10
18

12, AVENUE D'ITALIE. PARIS XIIIe

Sur l'auteur

Frank Tallis est un docteur en psychologie renommé, spécialiste des troubles obsessionnels. Il a d'abord publié des essais de psychologie grand public, puis des romans (*Killing Time* et *Sensing Others*) pour lesquels il a reçu en 1999 le Writer's Award de l'Académie des Arts de Grande-Bretagne et, un an plus tard, le New London Writer's Award. Sa série viennoise, *Les Carnets de Max Liebermann*, débute avec *La Justice de l'inconscient*, remarquablement bien accueilli par le public et la critique dès sa publication. Frank Tallis vit aujourd'hui à Londres.

FRANK TALLIS

LA JUSTICE DE L'INCONSCIENT

Les Carnets de Max Liebermann

Traduit de l'anglais
par Michèle VALENCIA

INÉDIT

10/18

« Grands Détectives »

dirigé par Jean-Claude Zylberstein

Du même auteur
aux Éditions 10/18

« Les Carnets de Max Liebermann »

► LA JUSTICE DE L'INCONSCIENT, n° 3982
DU SANG SUR VIENNE, n° 3983

Titre original :
Mortal Mischief

ISBN 978-2-264-04276-7

LA JUSTICE DE L'INCONSCIENT

Le centre de Vienne au début du XXe siècle

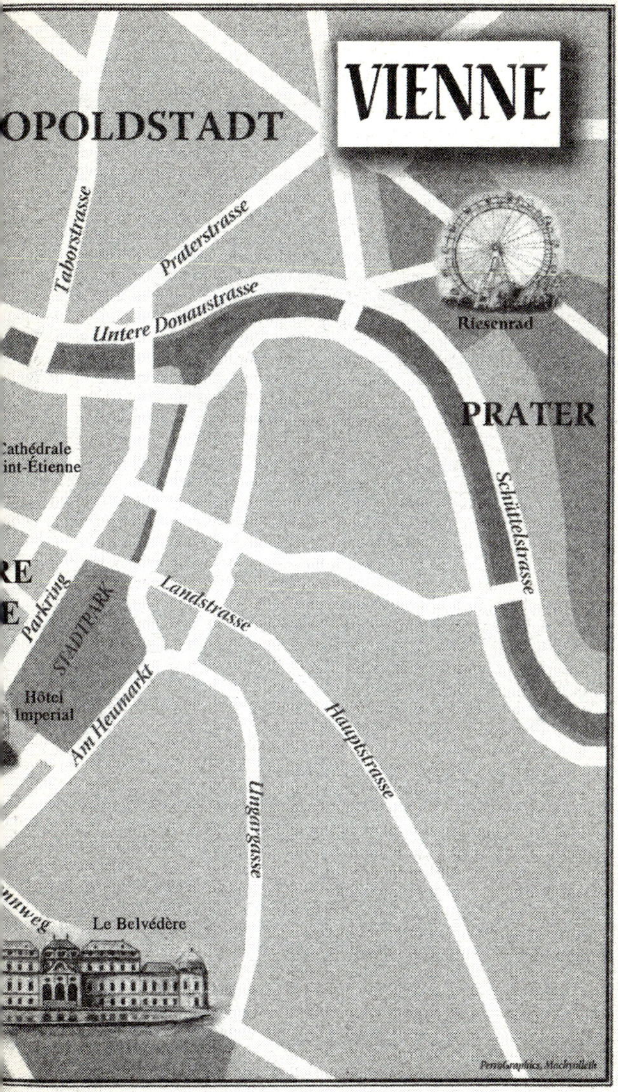

VIENNE
OPOLDSTADT
Taborstrasse
Praterstrasse
Untere Donaustrasse
Riesenrad
PRATER
Cathédrale
int-Étienne
Schüttelstrasse
RE
E
Parkring
STADTPARK
Landstrasse
Hôtel
Imperial
Am Heumarkt
Hauptstrasse
Ungargasse
nnweg
Le Belvédère

Première partie

Le dieu des orages

1

*C'était le jour de cet orage terrible. Je m'en souviens très bien parce que mon père – Mendel Liebermann – m'avait proposé de le retrouver à l'*Imperial *pour prendre le café. Je me doutais que quelque chose le tracassait...*

Derrière l'Opéra, une masse agitée de nuages noirs s'élevait vers le ciel, telles la fumée sulfureuse et les cendres d'une éruption volcanique. Son ampleur laissait présager une catastrophe imminente – un cataclysme épique à l'échelle de Pompéi. Dans cette étrange lumière ambrée, les bâtiments alentour avaient viré au jaunâtre. Perchées sur les toits, les sculptures – statues classiques et aigles triomphants – semblaient avoir été modelées dans du soufre. Un éclair en zigzag se déversa sur la montagne nuageuse, comme une rivière de fer en fusion. La terre trembla, l'air frémit, et pourtant il ne pleuvait toujours pas. L'orage paraissait se réserver, rassembler ses forces en vue d'un déluge apocalyptique.

La cloche du tramway arracha Liebermann à sa rêverie et dispersa les voitures à cheval qui encombraient les rails.

Pendant que le tramway avançait, Liebermann se demanda pourquoi son père voulait le voir. Ce rendez-vous n'avait certes rien d'inhabituel ; les deux hommes se retrouvaient souvent pour prendre le café. C'était plutôt la manière dont l'invitation avait été formulée. La voix de Mendel avait été curieusement tendue – flûtée et ambiguë. De plus, sa feinte nonchalance, peu convaincante, avait persuadé Liebermann qu'il avait une arrière-pensée – peut-être même inconsciente. Mais laquelle ?

Le tramway ralentit dans la circulation dense du Kärntner Ring, et Liebermann sauta à terre avant l'arrêt complet. Il releva le col de son manteau en astrakan pour se protéger du vent et se hâta vers le lieu du rendez-vous.

Bien que le déjeuner ait déjà été servi, l'*Imperial* débordait encore d'activité. Levant haut leur plateau d'argent pour ne pas se gêner les uns les autres, les serveurs se faufilaient entre les tables bondées, et les conversations animées rendaient l'air vibrant. Au fond de l'établissement, un pianiste jouait une mazurka de Chopin. Liebermann essuya la buée de ses lunettes avec un mouchoir et accrocha son pardessus au portemanteau.

— Bonjour, docteur.

Liebermann reconnut la voix et, sans se retourner, répondit :

— Bonjour, Bruno. Vous allez bien, j'espère ?

— Oui, monsieur. Très bien.

Quand Liebermann pivota, le serveur poursuivit :

— Si vous voulez venir par ici, monsieur. Votre père est déjà arrivé.

Bruno fit un signe de la main et guida Liebermann à travers la salle trépidante. Ils arrivèrent à une table, presque au fond, où Mendel était dissimulé derrière les pages au texte serré du *Wiener Zeitung*[1].

— Monsieur Liebermann ? dit Bruno.

Mendel replia son journal. C'était un homme trapu, à la barbe copieuse et aux sourcils broussailleux. Il avait un air quelque peu sévère – adouci cependant par un réseau de rides d'expression. Le serveur ajouta :

— Votre fils.

— Ah ! Maxim. Te voilà !

Le vieil homme avait un ton légèrement irrité, comme si on l'avait fait attendre.

1. Quotidien de Vienne fondé en 1703. *(N.d.T.)*

Après un instant d'hésitation, Liebermann répliqua :

— Mais je suis en avance, papa.

Mendel consulta sa montre de gousset.

— En effet. Bon, assieds-toi, assieds-toi. Un autre *Pharisäer*[1] pour moi et… Max ?

Il invitait son fils à commander.

— Un *Schwarzer*[2], s'il vous plaît, Bruno.

Après avoir esquissé une courbette, le serveur disparut.

— Alors, comment vas-tu, mon garçon ? demanda Mendel.

— Très bien, papa.

— On dirait que tu as un peu maigri.

— Tu trouves ?

— Oui. Tu as les traits tirés.

— Je n'avais pas remarqué.

— Est-ce que tu manges convenablement ?

Liebermann se mit à rire.

— Très bien, en fait. Et toi, comment vas-tu, papa ?

Mendel fit la grimace.

— *Ach !* Il y a des bons et des mauvais jours, tu sais comment ça se passe. J'ai vu le spécialiste que tu m'as recommandé, Pintsch. Et ça va un peu mieux, je suppose. Mais mon dos ne s'est pas arrangé.

— Oh ! je suis désolé de l'apprendre !

D'un geste de la main, Mendel balaya la remarque de son fils.

— Tu veux manger quelque chose ? proposa-t-il en poussant la carte sur la table. Tu as l'air d'en avoir besoin. Je crois que je vais prendre le *Topfenstrudel*.

Liebermann étudia la longue liste des pâtisseries : *Apfeltorte*, *Cremeschnitte*, *Trüffeltorte*, *Apfelstrudel*[3]. Elle se poursuivait sur plusieurs pages.

1. Café noir corsé avec du rhum et surmonté de crème fouettée. *(N.d.T.)*

2. Café noir. *(N.d.T.)*

3. Tarte aux pommes, tranche de moka, gâteau au chocolat, strudel aux pommes. *(N.d.T.)*

— Ta mère t'embrasse et aimerait savoir quand elle peut espérer ta visite.

L'expression de Mendel hésitait entre solidarité et réprimande.

— Je regrette, papa. J'ai été très occupé. Trop de patients… Dis à maman que j'essaierai de passer la voir la semaine prochaine. Vendredi, peut-être ?

— Alors, viens dîner.

— Oui, fit Liebermann en sentant soudain qu'il s'était engagé plus qu'il ne l'aurait voulu. Oui, merci.

Il baissa les yeux sur la carte : *Dobostorte*, *Gugelhupf*, *Linzer Torte*[1]. La mazurka de Chopin se termina sur un accord sonore en mineur, et une vague d'applaudissements parcourut la salle. Encouragé, le pianiste exécuta un arpège brillant dans l'aigu, tout en introduisant la mélodie d'une valse connue. Sensible à cette prouesse, un groupe de clients assis près de la vitre applaudit de nouveau.

Bruno apporta les cafés et prit en main carnet et crayon pour noter la commande.

— Un *Topfenstrudel*, dit Mendel.

— Un *Rehrücken*, s'il vous plaît, demanda Liebermann.

Mendel remua la crème Chantilly de son *Pharisäer* – un café viennois accompagné d'un verre de rhum – et aborda aussitôt le sujet de l'affaire familiale de textile. Il n'y avait là rien d'inhabituel. En fait, c'était presque devenu une tradition. Les bénéfices s'étaient accrus, et Mendel songeait à étendre l'entreprise : une autre usine, ou peut-être même un magasin. À présent que les bureaucrates importuns avaient levé l'interdiction de fonder des grands magasins, il pensait que le commerce de détail avait un bel avenir – c'était là une nouvelle chance à saisir. Son vieil ami Blomberg avait déjà ouvert un grand magasin très fréquenté et lui avait proposé une associa-

1. Biscuit fourré de crème au chocolat, kouglof, tarte aux amandes et à la gelée de framboises. *(N.d.T.)*

tion. Mendel s'exprimait avec enthousiasme et surveillait la réaction de son fils avec une attention manifeste.

Liebermann comprenait pourquoi son père le tenait au courant de ses affaires. En effet, s'il était fier de ses diplômes universitaires, il espérait encore que le jeune Max suivrait un jour la voie qu'il avait tracée.

Lorsqu'il remarqua la main de son fils, Mendel ralentit son débit. Ses doigts semblaient jouer la mélodie du pianiste en se servant de la table comme clavier.

— Tu m'écoutes ? demanda Mendel.

— Oui. Bien sûr.

Liebermann était tellement habitué à cette question que, désormais, on ne pouvait plus le prendre par surprise.

— Tu songes à t'associer avec Herr Blomberg.

Liebermann adopta une posture caractéristique. Sa main droite – tel un revolver – pressait sa joue, l'index s'appuyait à sa tempe. C'était l'attitude d'« écoute » privilégiée par de nombreux psychiatres.

— Alors ? Qu'est-ce que tu en dis ? C'est une bonne idée ? demanda Mendel.

— Eh bien, si le grand magasin déjà ouvert est rentable, voilà qui semble assez raisonnable.

— Il s'agit d'un investissement considérable.

— Je m'en doute.

Le vieil homme se caressa la barbe.

— Tu n'as pas l'air enthousiaste.

— Papa, mon avis importe-t-il vraiment ?

Mendel soupira.

— Non, je suppose que non.

Son désappointement était évident.

Liebermann détourna les yeux. Décevoir son père ne lui faisait pas plaisir, et il éprouva alors un sentiment de culpabilité. Les intentions du vieil homme étaient tout à fait louables, et Liebermann savait fort bien que son mode de vie confortable était assuré – du moins en partie – par sa gestion exemplaire des affaires familiales. Pourtant, il ne parvenait pas à s'imaginer en train de diriger une usine ou un grand magasin. Cette idée était ridicule.

Pendant que ces pensées lui traversaient l'esprit, Liebermann nota l'arrivée d'un monsieur d'un certain âge. En entrant dans l'établissement, l'homme ôta son chapeau et regarda autour de lui. Coiffés sur le côté, ses cheveux étaient séparés par une raie basse, et sa moustache et sa barbe bien taillées étaient quasiment grises. Le maître d'hôtel l'accueillit chaleureusement et l'aida à retirer son manteau. Le client portait une tenue impeccable, pantalon rayé, veston à larges revers et gilet flamboyant. Il avait dû lâcher un mot piquant, car le maître d'hôtel se mit à rire. L'homme ne paraissait pas pressé de trouver un siège et resta près de la porte pour écouter avec attention le serveur, qui, sembla-t-il à Liebermann, s'était lancé dans une histoire.

Mendel remarqua la distraction de son fils.

— Tu le connais, n'est-ce pas ?

Liebermann se retourna.

— Pardon ?

— Le Dr Freud, précisa Mendel d'un ton détaché.

Liebermann était surpris de voir que son père l'appelait par son nom.

— Oui, je le connais. Et, en fait, il est professeur.

— Bon, alors le professeur Freud. Mais il ne l'est pas depuis bien longtemps, n'est-ce pas ?

— Quelques mois, répondit Liebermann en haussant les sourcils. Comment le sais-tu ?

— Il vient à la loge.

— Quelle loge ?

Mendel fit la grimace.

— B'nai B'rith[1].

— Ah oui, bien sûr.

— Même si Dieu seul sait pourquoi. Pour ma part, je ne vois pas très bien quelle sorte de Juif il est. Il n'a

1. Organisation fondée aux États-Unis en 1843 pour aider les nouveaux émigrants juifs. *(N.d.T.)*

pas l'air de croire en quoi que ce soit. Quant à ses idées...

Mendel secoua la tête et reprit :

— L'année dernière, il nous a fait un exposé. Scandaleux. Tu le connais bien ?

— Assez bien, oui... Nous nous rencontrons de temps à autre pour discuter de son travail.

— Quoi ? Tu penses donc qu'il rime à quelque chose ?

— Le livre qu'il a écrit avec Breuer sur l'hystérie est excellent, et *L'Interprétation des rêves* est... disons un chef-d'œuvre. Bien entendu, je ne suis pas d'accord avec tout ce qu'il dit. N'empêche que je trouve ses suggestions de traitement très utiles.

— Tu dois faire partie d'une minorité.

— Sans aucun doute. Mais je suis convaincu que le système du professeur Freud – un système qu'il appelle psychanalyse – sera de plus en plus largement accepté.

— Pas à Vienne.

— Je ne sais pas. Un ou deux de mes confrères, de jeunes psychiatres eux aussi, s'intéressent beaucoup à ses idées.

Le front de Mendel se plissa.

— Certaines choses qu'il a dites l'année dernière étaient obscènes. Je plains ses patients.

— Je serais le premier à reconnaître que, depuis peu, il se préoccupe beaucoup de leur vie érotique. Sa compréhension de l'esprit humain va cependant bien au-delà de nos instincts animaux.

Le professeur se tenait toujours devant la porte avec le maître d'hôtel. Il éclata soudain de rire et tapa dans le dos de son compagnon qui, à l'évidence, lui avait raconté une blague.

— Seigneur, j'espère qu'il ne va pas venir par ici ! marmonna Mendel entre ses dents.

Puis, soulagé, il sourit quand le professeur Freud fut conduit à une table située hors de leur champ de vision.

Mendel fit mine de reprendre la parole, puis y renonça en voyant arriver Bruno avec leurs gâteaux.

— *Topfenstrudel* pour Herr Liebermann, et *Rehrücken* pour Herr Doktor Liebermann. Reprendrez-vous du café ?

Bruno montra le verre vide de Mendel.

— Oui, pourquoi pas ? Un *Melange*[1] et un autre *Schwarzer* pour mon fils.

Mendel jeta un regard envieux sur la pâtisserie de Max, un gros biscuit en forme de selle de chevreuil, fourré à la confiture d'abricots, nappé de chocolat et parsemé d'amandes. Le sien était moins spectaculaire, simple part de tarte au fromage blanc.

Liebermann constata que son père avait les yeux fixés sur son gâteau.

— Tu aurais dû en commander un toi aussi.

Mendel secoua la tête.

— Pintsch m'a dit que je devais maigrir.

— Ce n'est pas en mangeant un *Topfenstrudel* que tu vas maigrir.

Mendel haussa les épaules et enfourna une grosse bouchée, puis s'arrêta de mastiquer lorsqu'un énorme coup de tonnerre fit trembler les murs.

— Il va tomber des cordes, dit-il en regardant par la vitre.

Dehors, Vienne avait succombé à un crépuscule surnaturel.

— Maxim, j'avais une bonne raison pour te voir aujourd'hui, poursuivit Mendel. Une raison bien précise.

« Nous y voilà », pensa Liebermann. Enfin, il allait apprendre le but réel de leur rendez-vous. Il rassembla son courage, ne sachant à quoi il devait s'attendre.

— Tu vas sans doute penser que ça ne me regarde pas, commença Mendel. Mais…

Il s'interrompit soudain et, avec sa fourchette, promena un morceau de *Topfenstrudel* dans son assiette.

1. Café au lait mousseux. *(N.d.T.)*

— Quoi donc, papa ?

— Je parlais avec Herr Weiss l'autre jour et…

De nouveau, sa phrase se perdit.

— Maxim, reprit bientôt Mendel en s'attelant à sa tâche avec une plus grande détermination. Clara et toi, vous semblez vous entendre plutôt bien, et Herr Weiss souhaiterait connaître tes intentions, ce qui est bien compréhensible.

— Mes intentions ?

— Oui, confirma Mendel en regardant son fils. Tes intentions.

Puis il se remit à manger.

— Je vois, dit Liebermann, un peu décontenancé.

S'il avait pensé à plusieurs sujets que son père aimerait aborder, sa relation avec Clara Weiss n'en faisait pas partie. Pourtant, cette occultation lui parut à présent lumineuse.

— Bon, que puis-je te dire ? J'aime beaucoup Clara.

Mendel s'essuya la bouche avec sa serviette et se pencha en avant.

— Alors ?

— Alors…

Liebermann croisa le regard sévère de son père.

— Alors… Je suppose que mon intention, une fois le moment venu…

C'était maintenant à son tour d'hésiter.

— Oui ?

— … sera de l'épouser. C'est-à-dire, si elle veut de moi.

Mendel se détendit sur sa chaise. Il était soulagé, et un large sourire adoucit ses traits.

— Bien sûr qu'elle voudra de toi. Pourquoi ne t'épouserait-elle pas ?

— Parfois, il me semble que nous sommes… bons amis, sans plus.

Dans tous les domaines de la vie, Liebermann faisait entièrement confiance à sa perspicacité. Sauf avec Clara ; il ne savait jamais si ses gestes affectueux trahissaient de l'amour ou une simple coquetterie. Le désir avait émoussé en lui toute impartialité.

— Il n'est pas toujours évident de…

Mendel l'interrompit d'un geste élégant de la main.

— Tu n'as aucune raison de t'inquiéter, crois-moi.

Il se pencha en avant et empoigna le bras de son fils.

— Tu n'as aucune raison de t'inquiéter. Et maintenant, mange !

Mais Liebermann n'avait plus envie de manger. Clara avait dû dire qu'elle accepterait une demande en mariage puisque son père affirmait qu'il n'avait « aucune raison de s'inquiéter ». Il songea à ses traits délicats : ses yeux expressifs, son petit nez, ses lèvres semblables à des pétales de rose… son dos bien droit, sa taille fine. Elle allait être sa femme. Sa Clara.

— Je n'en parlerai pas à ta mère, poursuivit Mendel. Je t'en laisse le soin. Elle sera ravie, bien sûr. Ravie. Comme tu le sais, elle aime beaucoup Clara. D'ailleurs, elle me disait encore l'autre jour qu'elle était devenue fort jolie. Et les Weiss sont une bonne famille. De braves gens. Jacob et moi nous connaissons depuis une éternité. Nous sommes allés en classe ensemble à Leopoldstadt, tu le sais. Son père a aidé mon père – ton grand-père – à se lancer dans le commerce. Ils partageaient un étal au marché.

Liebermann avait entendu ce récit un nombre incalculable de fois. Mais comme son père prenait un immense plaisir à relater l'histoire de sa famille, il feignit de son mieux l'intérêt. Pris par son sujet, Mendel continua à mentionner les autres liens qui existaient entre les Weiss et les Liebermann. Le *Rehrücken* aida Liebermann à supporter cette répétition. Enfin, quand son père eut épuisé ce thème, il attira l'attention de Bruno et commanda un autre café et des cigares.

— Tu sais, Maxim, le mariage s'accompagne de grandes responsabilités.

— Bien entendu.

— Il va falloir que tu penses à l'avenir.

— C'est un fait.

— Alors, dis-moi, seras-tu vraiment capable d'entretenir une famille avec ton salaire ?

Liebermann sourit à son père. Mendel était doué à un point extraordinaire pour saisir la balle au bond.

— Oui, répondit Liebermann d'un ton patient. Avec le temps, oui, je crois.

Mendel haussa les épaules.

— Nous verrons bien…

Le vieil homme réussit à conserver quelques secondes de plus une mine sévère, puis s'autorisa à éclater de rire. Tendant la main par-dessus la table, il tapota l'épaule de son fils.

— Félicitations, mon fils.

Son geste était étrangement émouvant, et Liebermann reconnut que, en dépit de leurs différences, père et fils entretenaient une relation fondée sur l'affection. Sa gorge se serra et ses yeux picotèrent. L'animation du restaurant se fit oublier l'espace de ce moment rare, intense, où les deux hommes se regardèrent avec une compréhension mutuelle.

— Excuse-moi, dit Mendel en se levant avec précipitation pour se diriger vers le vestiaire.

Mais le vieil homme n'avait pas été assez rapide. Liebermann avait remarqué ses yeux humides.

Liebermann vit son père se fondre dans la foule agitée de la Ringstrasse[1]. Une bourrasque lui rappela que, contrairement à Mendel, il n'avait pas pris de parapluie. Par chance, un fiacre attendait juste devant l'*Imperial*. Le tonnerre gronda une nouvelle fois – grognement mécontent d'une divinité de second ordre. Le cheval dressa la tête, fit cliqueter sa bride et frappa les pavés de ses sabots nerveux.

1. La Ringstrasse, ou le Ring, le boulevard qui délimite le centre historique de Vienne, prend les noms suivants au fur et à mesure du parcours : Stubenring, Parkring, Schubert Ring, Dr Karl Renner Ring, Dr Karl Lueger Ring, Schottenring. *(N.d.T.)*

— Là, doucement ! lui lança le cocher – sa voix à peine audible au milieu des voitures bruyantes.

De l'autre côté de la rue, une marquise mal fixée claquait comme une voile.

Liebermann leva les yeux vers un ciel beige plombé. Des lambeaux nuageux déchiquetés flottaient au-dessus du fronton de l'*Imperial* tels les jupons d'un ange soumis à un rapt. L'air avait une odeur curieuse, métallique.

Liebermann levait la main pour attirer l'attention du cocher quand il fut distrait par une voix familière.

— Max !

En se retournant, il aperçut un homme robuste qui approchait. Son manteau déboutonné battait pendant qu'il avançait dans le vent ; d'une main prudente, il empêchait son chapeau de s'envoler. Liebermann reconnut aussitôt son ami l'inspecteur Oskar Rheinhardt et lui adressa un large sourire.

— Oskar !

Les deux hommes se serrèrent la main.

— Max, je sais que tu vas me trouver horriblement grossier, dit Rheinhardt avant de s'interrompre pour reprendre son souffle. Mais est-ce que ça ne te dérangerait pas trop si je te chipais ton fiacre ?

Le visage de l'inspecteur trahissait la fatigue. Sous ses yeux, la peau décolorée s'affaissait et formait des poches bien visibles. Il arborait toutefois une moustache en crocs soignée à l'extrême, aux pointes très effilées.

— Est-il arrivé quelque chose ? demanda Liebermann.

— Oui, répondit Rheinhardt d'une voix haletante. En fait, il y a urgence.

— Alors, je t'en prie, vas-y.

— Merci, mon ami. Je te suis très obligé.

En s'apprêtant à grimper dans le fiacre, Rheinhardt dit au cocher :

— Place du marché… à Leopoldstadt.

Le cocher répondit d'un doigt ganté porté à son front. Avant de refermer la portière, Rheinhardt s'adressa à Liebermann :

— À propos, les lieder de Hugo Wolf prennent vraiment tournure.

— Alors à samedi ?

— À samedi.

Sur ces mots, Rheinhardt referma la portière, et le fiacre se glissa dans la circulation.

Un énorme éclair blanc transforma alors la Ringstrasse en une vision monochrome aveuglante. Quelques instants plus tard, le ciel se déchira avec un craquement formidable, et les premières grosses gouttes de pluie vinrent frapper les pavés.

Liebermann chercha des yeux un autre fiacre tout en sachant que c'était en pure perte. Il soupira, maudit gentiment Rheinhardt et, d'un pas lourd, se dirigea vers la station de tramway la plus proche.

2

Rheinhardt colla l'épaule à la porte fermée à clé et poussa. Elle ne bougea pas.

Un coup de vent ébranla les fenêtres. Des gémissements qui semblaient émaner de voix impies s'échappèrent des conduits de cheminée. Un volet claquait sans cesse, tel un revenant impatient exigeant le droit d'entrer. L'artillerie implacable de la pluie envahissait tout. Cette saucée violente, torrentielle, tambourinait sur le toit, giclait des gouttières, débordait, bouillonnante, des bouches d'égout. Le déluge était enfin arrivé.

Rheinhardt soupira, se retourna et fixa des yeux la jeune fille assise dans le couloir miteux. Mince, elle portait un tablier sur une robe modeste et semblait très nerveuse. Ses doigts s'agitaient sur ses genoux, un tic qui rappela à l'inspecteur sa fille, Mitzi. La jeune fille se leva lorsqu'il s'approcha.

— Je vous en prie, restez assise si vous le souhaitez, lui dit-il.

Elle secoua la tête.

— Merci beaucoup, monsieur, mais je crois que je préfère être debout.

Sa voix tremblait un peu.

— J'aimerais vous poser quelques questions, si vous permettez.

Ses lèvres formèrent les mots « oui, monsieur », mais aucun son ne sortit de sa bouche.

Une fois le nom de la jeune fille établi – Rosa Sucher –, Rheinhardt lui demanda :

— À quelle heure êtes-vous arrivée aujourd'hui ?

— Comme d'habitude, monsieur. Neuf heures.

— En général, trouvez-vous Fräulein Löwenstein levée ?

— En général, mais pas toujours. Comme vous voyez, la porte de la chambre est ouverte.

Rheinhardt regarda poliment de l'autre côté du couloir. On n'apercevait que le coin d'une courtepointe bise.

— Le lit n'était pas défait, si bien que je…

Elle s'interrompit, le visage soudain cramoisi de confusion.

— Vous avez bien sûr supposé que votre maîtresse n'avait pas passé la nuit chez elle.

— Oui. C'est ça, monsieur.

— Qu'avez-vous fait, alors ?

— Je me suis mise au travail, monsieur… mais j'ai constaté que je ne pouvais pas entrer dans la salle de séjour. La porte était fermée à clé… je ne savais pas quoi faire. Alors, j'ai continué le ménage en me disant que ma maîtresse finirait bien par revenir… Mais elle n'est pas revenue. Aujourd'hui, on est jeudi. Le jeudi, elle m'envoie toujours dans les magasins. Tous les jeudis, je vais faire des courses pour la réception de ses invités : pâtisseries, fleurs…

— Ses invités ?

— Oui, monsieur. Fräulein Löwenstein est une médium célèbre, précisa la jeune fille avec une certaine fierté. Tous les jeudis soir, à huit heures, elle tient une réunion.

Rheinhardt se sentit obligé de prendre l'air impressionné.

— Célèbre, dites-vous ?

— Oui. Très célèbre. Un jour, un prince russe est venu de Saint-Pétersbourg pour la consulter.

L'averse gagna encore en force et le volet détaché claqua avec une violence accrue. Rosa Sucher regarda la porte de la salle de séjour.

— Je vous en prie, poursuivez.

— J'ai attendu... et, l'après-midi, ma maîtresse n'était toujours pas rentrée à la maison. J'ai commencé à m'inquiéter. Finalement, je suis allée au café *Zilbergeld.*

— Dans la Haidgasse ?

— Oui. Je connais Herr Zilbergeld, j'ai travaillé pour lui l'été dernier. Je lui ai expliqué que ma maîtresse n'était pas rentrée, et il m'a demandé si c'était déjà arrivé. Je lui ai dit que non, alors il m'a conseillé de prévenir la police. J'ai donc couru au coin de la rue, au poste de la Grosse Sperlgasse.

La jeune fille sortit un mouchoir de sa manche et se moucha. À l'évidence, elle était au bord des larmes.

— Merci, Rosa. Vous m'avez beaucoup aidé.

La jeune fille s'inclina et se rassit en prenant appui sur une petite table en bois de rose.

Rheinhardt avança dans le couloir en jetant un coup d'œil dans les pièces. L'appartement n'était pas très grand : une chambre, un salon, une salle de bains et une cuisine abritant les toilettes. La domestique l'observa : un grand bonhomme en manteau bleu foncé, paraissant plongé dans ses pensées. Il s'immobilisa et tourna la pointe droite de sa moustache pour l'effiler encore. Une fois revenu devant la porte fermée à clé, il s'accroupit et regarda par le trou de la serrure.

Il ne voyait rien. On avait manifestement fermé de l'intérieur, ce qui sous-entendait que la pièce était occupée. Mais personne n'avait bougé ni dit un mot depuis l'arrivée de Rosa Sucher, le matin.

Rheinhardt entendit que son adjoint, Haussmann, et l'agent du poste de la Grosse Sperlgasse grimpaient l'escalier en courant. À peine quelques secondes plus tard, ils apparurent au bout du couloir.

— Alors ? s'enquit Rheinhardt en se relevant lentement.

C'était un homme corpulent et il appuya les paumes de ses mains sur ses cuisses pour se donner de l'élan.

Les deux policiers s'avancèrent vers lui en laissant des empreintes mouillées.

— Tous les volets sauf un sont bloqués, expliqua Haussmann. Voir la fenêtre avec la pluie n'est pas facile, mais j'ai l'impression qu'elle est fermée. La salle de séjour n'est pas accessible de l'extérieur.

— Même avec une échelle ?

— Bon, il faudrait qu'elle soit très grande, monsieur.

Les deux jeunes gens s'immobilisèrent soudain devant Rheinhardt. Quoique trempés jusqu'aux os, ils trahissaient une sorte d'enthousiasme – l'agitation maîtrisée d'un retriever quand on s'apprête à lui lancer un bâton. Derrière eux, la pauvre Rosa Sucher se rongeait les ongles.

— Voulez-vous accompagner Fräulein Sucher en bas ? demanda Rheinhardt à l'agent.

— En bas, monsieur ?

— Oui, dans le hall d'entrée. Je vous rejoins dans un instant.

— Très bien, monsieur, acquiesça l'agent de police en s'empressant de tourner les talons.

Rheinhardt lui posa une main sur l'épaule pour l'empêcher de bondir vers la jeune fille, et lui murmura à l'oreille :

— Allez-y doucement. Elle est bouleversée.

Lorsqu'il le relâcha, l'agent s'approcha de Rosa Sucher avec la lenteur exagérée d'un croque-mort.

Rheinhardt leva les yeux au ciel et se tourna vers Haussmann.

— Ne perdons pas davantage de temps. C'est là une ancienne porte bien solide, mais, à deux, nous devrions y arriver.

Haussmann ôta sa casquette trempée et la tordit. Une petite flaque se forma entre ses pieds. Après quoi, il la remit sur sa tête.

— Vous allez attraper froid, dit Rheinhardt.

Haussmann regarda son supérieur hiérarchique sans savoir au juste comment réagir.

— Pourquoi ne l'enlevez-vous pas ?

Haussmann la retira docilement et la fourra dans la poche de son manteau.

Ils se placèrent face à la porte, à quelques pas de distance.

— Prêt ? demanda Rheinhardt.

— Oui, monsieur.

S'élançant vers la porte, ils vinrent la frapper de l'épaule. Il y eut un coup assourdi, et le bruit de l'air qu'ils relâchaient de leurs poumons. Haussmann recula avec une grimace et se frotta l'épaule.

— Ça fait mal.

— Vous n'en mourrez pas, remarqua Rheinhardt.

Au bout du couloir, l'agent ouvrait la porte de l'appartement et s'effaçait devant Rosa Sucher. Elle jeta un bref regard derrière elle avant de s'éloigner à la hâte en passant sous le bras du policier.

— Essayons encore, dit Rheinhardt.

Ils reprirent place et répétèrent l'opération. Cette fois, quand leurs épaules entrèrent en contact avec le bois, le cadre vola en éclats et la porte s'ouvrit dans un craquement sonore. Les deux hommes s'efforcèrent de garder l'équilibre, manquant tomber en avant dans la pièce.

Il fallut quelques secondes à Rheinhardt avant que ses yeux s'habituent à la pénombre. À cause des rideaux tirés, la lumière était faible. Mais l'odeur désagréable suffisait à confirmer ses pires craintes.

— Dieu du ciel !

Le timbre d'Haussmann trahissait un mélange de respect et d'horreur.

La pièce était vaste, dotée d'un haut plafond orné de guirlandes et de chérubins. L'attention de Rheinhardt fut toutefois attirée par une table massive autour de laquelle dix robustes chaises étaient disposées à intervalles réguliers. Au milieu de la table se trouvait un candélabre tape-à-l'œil en argent. Les bougies s'étaient consumées, et de longues traînées de cire pendaient aux bras à l'ornementation chargée.

Peu à peu, des formes émergèrent de l'obscurité, en particulier une méridienne, de l'autre côté de la pièce. Elle était occupée par une ombre qui se transforma bientôt en une silhouette féminine allongée.

— Haussmann. Les rideaux, s'il vous plaît.

L'adjoint ne répondit pas, mais resta figé, les yeux écarquillés.

Rheinhardt éleva la voix :

— Haussmann ?

— Monsieur ?

— Les rideaux, s'il vous plaît.

— Oui, monsieur.

Haussmann contourna la table sans détacher les yeux du cadavre. Il ouvrit l'un des rideaux et s'apprêtait à tirer le deuxième quand Rheinhardt lui lança :

— Non, ça suffit.

Il ne semblait ni correct ni respectueux d'exposer le corps à la lumière.

Rheinhardt s'approcha en marchant avec précaution sur le tapis persan usé et s'arrêta devant la méridienne.

Âgée de moins de trente ans, la jeune femme était très jolie. Des boucles blondes retombaient en longues anglaises effleurant ses épaules sveltes. Sa robe, dont l'échancrure frisait l'indécence, était en soie bleue, et un double rang de perles reposait sur sa généreuse poitrine d'albâtre. Elle aurait pu paraître endormie sans cette tache sombre étalée sur son décolleté et ce sang coagulé autour d'un trou irrégulier, à l'endroit du cœur.

Il y avait quelque chose de curieux – presque d'affecté – dans sa posture, celle d'un modèle posant pour un peintre. Un bras était étendu le long de son flanc, l'autre soigneusement replié derrière la tête.

— Monsieur ?

Haussmann montrait quelque chose.

Une feuille de papier à lettres était posée sur la table. Rheinhardt alla l'examiner. Le message suivant était tracé d'une écriture ornée :

Dieu me pardonne pour ce que j'ai fait. Certaines connaissances sont bel et bien interdites. Il m'enverra en enfer... sans aucun espoir de rédemption.

La personne qui l'avait rédigé semblait avoir eu un soubresaut en terminant le dernier mot. Un arc d'encre s'interrompait juste au-dessus du coin inférieur droit. En y regardant de plus près, Rheinhardt remarqua aussi une faute dans la dernière phrase. Un mot avait été barré entre « il » et « m'enverra en enfer ».

— Suicide, déclara Haussmann.

Rheinhardt ne répondit pas. Son adjoint haussa les épaules et s'approcha de la méridienne.

— C'est une très belle femme.

— En effet, estima Rheinhardt. Et même d'une beauté saisissante.

— Il s'agit de Fräulein Löwenstein ?

— Sans doute. Je suppose que nous devrions demander à Rosa Sucher de reconnaître le corps. Mais elle était tellement bouleversée... que ce n'est peut-être pas une bonne idée.

— Ça pourrait nous éviter du boulot, monsieur.

— C'est vrai. Mais un bon policier ne prend pas uniquement les décisions qui l'arrangent, Haussmann.

L'air vexé de son adjoint força Rheinhardt à adoucir sa réprimande d'un sourire conciliant. Puis il ajouta :

— D'ailleurs, Fräulein Löwenstein attendait des invités ce soir. Peut-être y aura-t-il parmi eux un homme qui voudra bien nous aider.

Si la pièce avait tout d'abord paru grandiose, un examen plus approfondi révéla qu'il s'agissait d'une illusion. La peinture était écaillée, le plancher éraflé, et une tache brune, sous une fenêtre, était sans doute due à l'humidité. À un bout se trouvait une austère cheminée en marbre, surmontée d'un miroir ornementé, de style vénitien. Rheinhardt le soupçonna d'être une copie. De part et d'autre, des renfoncements étaient pourvus d'étagères contenant divers objets : figurine bon marché en porcelaine représentant une bergère, coupe vide, deux vases et une main en céramique (avec les lignes bien visibles sur la paume). L'autre bout était occupé par un grand paravent brodé. L'impression générale était déprimante, la salle de séjour miteuse, minable.

— Nous allons avoir besoin d'un plan pour le dossier. Vous pouvez vous en charger, Haussmann ?

— Oui, monsieur.

— Et aussi de la description des lieux ?

— Oui, monsieur.

Rheinhardt continua à scruter la pièce.

La pluie cinglait les vitres, ruisselait le long des battants. Dehors, le volet claquait toujours contre le mur. Rheinhardt débloqua et ouvrit la fenêtre en question et jeta un coup d'œil à l'extérieur. Une rafale d'air froid lui mordit le visage, et les rideaux se gonflèrent. La rue était à présent une rivière en crue – l'eau dévalait, bouillonnait. L'inspecteur se pencha sur le rebord pour regarder vers le bas de l'immeuble. Rien ne permettait de prendre appui.

Il accrocha le volet et referma la fenêtre. Après s'être essuyé le visage avec un mouchoir, il examina son reflet dans la vitre et rectifia un tantinet sa moustache. Son soupir de satisfaction embua le verre.

— Monsieur ?

La voix du jeune homme était un peu nerveuse, hésitante. La pièce trembla, la canonnade céleste se poursuivant.

— Oui ?

— Vous feriez mieux de jeter un coup d'œil.

Derrière le paravent se trouvait un coffret en laque, décoré de silhouettes japonaises. Rheinhardt essaya d'en soulever le couvercle, mais s'aperçut qu'il était fermé à clé.

— Faut-il l'ouvrir de force ?

— Ce ne sera pas nécessaire. Vous pouvez demander à Rosa Sucher où sa maîtresse rangeait la clé.

— Dois-je y aller tout de suite, monsieur ?

— Non. Pas maintenant, Haussmann. Réfléchissons d'abord un peu, hein ?

Haussmann inclina la tête et arbora une expression que son chef, espérait-il, prendrait pour de la concentration.

L'attention de Rheinhardt se reporta sur le corps. Sans se presser, il avança vers le canapé et s'agenouilla pour examiner la blessure. Ce faisant, il effleura par mégarde les doigts délicats mais figés de la jeune femme. Le contact avec cette peau glacée le fit frémir. Instinctivement, il eut envie de s'excuser, mais se retint à temps. Il plaça son mouchoir humide devant sa bouche et son nez car, de près, l'odeur d'urine et de début de décomposition était très désagréable. Deux éclairs quasi simultanés éclairèrent le ciel, et les cristaux de sang coagulé autour de la blessure se mirent à luire comme des grenats.

— Impossible, murmura-t-il sans presque en avoir conscience.

— Pardon, monsieur ?

Le tonnerre rugit tel un géant captif.

Rheinhardt se releva et regarda autour de lui, déconcerté par ce que ses sens lui dictaient.

— Monsieur ?

Haussmann semblait anxieux.

Rheinhardt alla vers la porte pour vérifier si la clé se trouvait toujours dans la serrure. Elle y était bien – une grosse clé noire. Il pivota. Haussmann le dévisageait, la tête penchée sur le côté.

— À votre avis, que s'est-il passé ici ? lui demanda Rheinhardt.

Haussmann déglutit avant de répondre.

— La Fräulein s'est suicidée, monsieur.

— Bon. Essayez de reconstituer les faits… dites-moi comment elle s'y est prise.

Haussmann parut troublé.

— Elle s'est tuée d'une balle, monsieur.

— À l'évidence… mais commencez par le début.

— La Fräulein a dû entrer ici hier soir – du moins, je suppose, vu la manière dont elle est habillée. Elle a fermé la porte à clé, puis s'est assise à cette table pour écrire qu'elle allait se suicider. Elle était sans doute très affligée et a renoncé avant d'avoir rédigé son message jusqu'au bout.

— Et que pensez-vous de ce qu'elle a écrit ?

Haussmann fit un pas vers la table et baissa les yeux sur la feuille de papier avant de poursuivre :

— C'est une sorte de confession. Elle sentait qu'elle avait fait quelque chose de mal et devait donc réparer ses torts en se tuant.

— Continuez.

— Et puis, peut-être après avoir encore réfléchi – qui sait ? –, la Fräulein s'est installée sur la méridienne et s'est tiré une balle dans le cœur.

— Je vois.

Rheinhardt attendit.

Haussmann pinça les lèvres et s'approcha du corps. Il examina la blessure, puis suivit des yeux la ligne du bras et de la main. S'agenouillant sur le sol, il regarda sous le divan, puis dit :

— Monsieur…

— Exactement. Il n'y a pas d'arme.

— Il faut pourtant bien qu'il y en ait une.

Haussmann se leva et ouvrit un tiroir de la table.

— Que faites-vous ? lui demanda Rheinhardt.

— Je cherche le pistolet.

— Haussmann, dit Rheinhardt d'un ton patient. La Fräulein a la poitrine transpercée. Allons, croyez-vous que, après une telle blessure, elle aurait eu le temps de cacher une arme, puis de reprendre sa place sur la méridienne ?

— Elle aurait pu s'effondrer en arrière.

Rheinhardt secoua la tête.

— Non, je ne crois pas.

— Mais la porte ! s'écria Haussmann d'une voix presque irritée en montrant le cadre endommagé. Elle était fermée de l'intérieur. Le pistolet doit bien être quelque part dans cette pièce !

Rheinhardt tira l'autre rideau.

— Toutes les fenêtres étaient bloquées. D'ailleurs, qui choisirait de s'enfuir par la fenêtre, à moins d'être fou ?

À travers les cordes qui tombaient, Rheinhardt vit l'image brouillée d'un fiacre solitaire qui luttait pour avancer, son cocher recroquevillé sous une cape imperméable.

— Dans ce cas… commença Haussmann d'un ton enthousiaste avant de sourire d'un air penaud et de laisser sa phrase en suspens.

— Oui ? Qu'alliez-vous dire ?

L'adjoint secoua la tête.

— Rien, monsieur. C'est ridicule.

Rheinhardt regarda son jeune compagnon en fronçant les sourcils.

— Très bien, monsieur. Mais ce n'est qu'une idée en l'air, vous comprenez ?

— Oui.

— Fräulein Löwenstein. Son message…

— Alors ?

— Les connaissances interdites ?

Rheinhardt secoua la tête.

— Haussmann, seriez-vous en train de suggérer une explication surnaturelle ?

Son adjoint écarta les mains.

— J'ai dit que ce n'était qu'une idée en l'air.

Rheinhardt frissonna malgré lui. Il ramassa le message de Fräulein Löwenstein.

Il m'enverra en enfer... sans aucun espoir de rédemption.

Rheinhardt avait beau se moquer et secouer la tête, malgré tous ses efforts, il ne voyait aucune alternative à la suggestion d'Haussmann. Pour ce qu'il en savait, Fräulein Löwenstein avait bel et bien été assassinée par quelqu'un – ou quelque chose – qui pouvait franchir les murs.

3

La porte s'ouvrit et un gardien de l'hôpital poussa le fauteuil roulant dans lequel se trouvait le sujet qui servirait à la démonstration du professeur Wolfgang Gruner. Elle portait une simple chemise blanche d'hôpital et avait les pieds nus. Sa tête était penchée et ses longs cheveux bruns lui tombaient devant la figure. Les médecins – plus de cinquante regroupés sur des bancs en gradins autour du professeur Gruner – se mirent à murmurer.

Liebermann eut un soupir sonore, s'affala sur son siège et croisa les bras.

— Max ?

Il leva les yeux vers son ami et confrère, le Dr Stefan Kanner.

— Quoi ?

Kanner tira sur les manches de sa chemise pour découvrir ses boutons de manchette en or, puis ajusta son nœud papillon. Son eau de Cologne avait un parfum très sucré.

— Ne commence pas, Max.

— Stefan, je ne crois pas pouvoir assister à une démonstration de plus.

Il fit mine de se lever, mais Kanner lui agrippa le bras et l'obligea à se rasseoir.

— Maxim !

Liebermann secoua la tête et marmonna entre ses dents :

— Quel cirque !

L'homme qui se trouvait juste devant Liebermann lui décocha un coup d'œil sévère par-dessus son épaule.

— Ça suffit, souffla Kanner en plantant un coude pointu dans les côtes de Liebermann. C'est sûrement un copain de Gruner !

— Gruner connaît déjà mon point de vue.

— Il le connaît en effet si bien que ta situation ici devient tous les jours un peu plus incertaine.

Le gardien avança le fauteuil roulant bancal près du professeur Gruner. Les deux hommes soulevèrent la jeune femme et la portèrent sur la petite estrade où trônait un énorme siège. Ils l'y installèrent et lui disposèrent bras et jambes en bonne position. Puis le professeur lui glissa une plaque métallique sous les pieds. Pendant ce temps, le gardien poussa le fauteuil roulant jusqu'à la porte devant laquelle il se posta.

— Messieurs !

La voix sonore du professeur emplit la salle. Le bourdonnement des conversations cessa aussitôt. Dehors, l'orage s'était calmé et, au lieu de s'abattre avec férocité, la pluie crépitait à présent doucement.

Grand et imposant, Gruner avait une longue barbe mouchetée, poivre et sel, et une masse de cheveux grisonnants, indisciplinés, autour d'un front haut qui se dégarnissait. Une expression légèrement maussade ne le quittait pas, au point qu'une ride verticale permanente s'était creusée entre ses sourcils.

— Messieurs, répéta-t-il. Puis-je vous présenter la signora Locatelli ?

La jeune femme remua et ramena en arrière la mèche qui lui tombait sur le visage. Liebermann estima qu'elle devait avoir environ vingt-cinq ans et, à défaut d'être belle, elle était certainement saisissante avec ses yeux sombres, très enfoncés, et ses traits anguleux. Elle jeta un coup d'œil sur le public, puis regarda Gruner, qui inclina la tête et sourit – une fraction de seconde à peine.

— La signora est l'épouse d'un diplomate italien, poursuivit-il. Il y a trois ou quatre mois, elle a commencé à montrer des symptômes suggérant l'hystérie et, par la suite, un médecin de sa région a en effet diagnostiqué cette maladie. Elle est devenue de plus en plus invalide, anorexique, et, à présent, elle souffre d'une paralysie apparemment totale des deux jambes. L'examen clinique ne révèle aucun trauma ni aucune maladie.

Gruner se tourna alors vers son sujet.

— Signora, vous ne pouvez pas marcher, c'est bien ça ?

La jeune femme fit un signe de tête.

— Je vous demande pardon ? dit Gruner. Je crains de ne pas avoir entendu votre réponse.

La patiente déglutit et, dans un allemand au léger accent italien, elle confirma :

— Non. Je ne peux pas marcher.

— Sentez-vous une douleur dans les jambes ?

— Je ne sens rien. Mes jambes sont…

Son visage se tordit d'angoisse.

— … mortes.

Gruner s'adressa de nouveau à son public.

— Hélas, il se trouve qu'en ce moment, et surtout à Vienne, il existe dans notre profession une tendance pernicieuse à chercher des explications psychologiques à l'hystérie.

Sans se presser, Gruner scruta le public jusqu'au moment où il repéra Liebermann. Ce dernier ne bougea pas. Il savait qu'on s'attendait à le voir s'agiter d'embarras et trembler. Au lieu de quoi, il soutint fièrement le regard menaçant du professeur et osa même esquisser un sourire. Gruner reprit :

— Messieurs, je vous engage avec la plus grande insistance à mettre en question le bien-fondé de cette approche et le point de vue de tous ceux qui la soutiennent. L'hystérie est une maladie provoquée par la faiblesse constitutionnelle des nerfs. Une faiblesse qui peut être corrigée par une électrothérapie.

Gruner désigna l'appareil posé sur la table, à côté de la signora Locatelli.

— Aujourd'hui, je vais vous faire la démonstration d'un instrument qui vient des États-Unis d'Amérique. D'après ma première impression, il est plus efficace que ceux qui sont fabriqués ici.

Liebermann connaissait bien les « instruments » de Gruner, qui avaient tous le même aspect. Celui-ci, toutefois, était encore plus volumineux. Gruner s'approcha de la table et caressa la surface luisante du gros coffre en teck. Il libéra les deux fermoirs en cuivre et souleva avec soin le couvercle dont le dessous, tapissé de cuir rouge, portait l'inscription suivante frappée en lettres d'or : *The Galvanic and Faradic Battery Company of Chicago, Illinois, U.S.A.* À l'intérieur se trouvait une série de boutons, galets et cadrans. Gruner attrapa deux tiges métalliques brillantes, aux poignées en bois, fixées à l'assemblage par de longs câbles.

— Pour ceux qui s'intéressent aux caractéristiques techniques de cet instrument, il est de facture courante et est alimenté par des piles sèches de six volts qui sont à la fois sûres et commodes. On peut faire varier la tension en réglant un simple cylindre métallique qui glisse sur la bobine d'induction.

Gruner appuya sur un bouton, et un bourdonnement sonore emplit aussitôt la salle. Le professeur demanda alors l'aide d'un membre du public. Un homme d'un certain âge se leva.

— Merci, docteur, dit Gruner. Si vous voulez bien venir vous placer de l'autre côté de la patiente.

L'homme traversa le plancher nu, grimpa sur l'estrade et se posta près de l'épouse du diplomate.

— Signora Locatelli, accepteriez-vous de relever votre chemise ?

La jeune femme en attrapa le bas et le remonta sur ses chevilles et ses mollets élancés.

— Signora, poursuivit Gruner, il va vous falloir tirer votre chemise au-dessus des genoux.

La jeune femme rougit et, prenant le tissu à pleines mains, découvrit entièrement ses jambes. Liebermann se détourna et lança un coup d'œil méprisant à ses confrères qui, pour la plupart, s'étaient penchés en avant. Sentant la réaction de son ami, Kanner lui donna un nouveau coup de coude et, d'un mouvement de tête, indiqua l'estrade.

Gruner s'avança et passa les tiges métalliques sur les jambes de la signora Locatelli.

— Est-ce que vous sentez quelque chose ?

— Non.

— Rien… même pas un léger picotement ?

— Non.

Gruner s'adressa au public.

— Je vais donc augmenter la charge.

D'une main, il attrapa les deux tiges et, de l'autre, régla les cadrans et les cylindres de l'appareil. Le bourdonnement grimpa d'une octave dans l'aigu. Gruner revint alors vers sa patiente et passa une nouvelle fois les tiges sur ses jambes. Elle resta immobile, et son regard se fixa sur un point situé en hauteur, au fond de la salle. Liebermann s'aperçut qu'il était dirigé sur le buste d'une sommité médicale oubliée depuis longtemps.

— Signora, vous devez sentir quelque chose maintenant. Des fourmis, peut-être ?

L'épouse du diplomate continua à fixer le fond de la salle.

— Signora ? reprit Gruner avec irritation. Que sentez-vous ?

— Je sens…

La jeune femme s'interrompit.

— … qu'il n'y a pas d'espoir.

Gruner secoua la tête.

— Signora, abstenez-vous, je vous prie, de toute remarque obtuse. Éprouvez-vous une sensation quelconque dans les jambes ?

Toujours sans bouger, elle souffla :

— Non. Je ne sens rien…

Après un nouveau silence, elle ajouta :

— … dans mes jambes.

— Très bien, dit Gruner.

Il donna les deux tiges à son assistant, puis plongea les mains dans l'appareil électrique. Le bourdonnement s'amplifia, horrible glissando, jusqu'à une hauteur telle que Liebermann en eut mal aux oreilles. Gruner reprit alors les tiges.

À l'évidence, il avait beaucoup augmenté la charge électrique, et la salle, tendue, attendait de voir ce qui allait se passer. Même Liebermann se surprit à être plus attentif, plongé dans le drame en entendant la jeune femme déclarer qu'il n'y avait pas d'espoir – une affirmation qui, pour lui, pouvait se comprendre de plusieurs manières.

Gruner étendit les bras et, après une infime hésitation, poussa les tiges métalliques sur les jambes de la signora Locatelli. Celle-ci ouvrit la bouche et lâcha un cri, non pas de douleur, mais d'angoisse. S'il n'était pas très fort, Liebermann le trouvait profondément troublant. Il lui rappelait un sanglot d'opéra, plein de désespoir et de mélancolie. En même temps, la jambe droite de la jeune femme s'avança.

— Bien, dit Gruner avant d'appliquer de nouveau les tiges.

Les jambes de la jeune femme se mirent à frémir.

— Levez-vous, signora.

Le tremblement augmenta.

— Levez-vous ! ordonna Gruner.

Avec une grimace, la signora Locatelli appuya les mains sur les bras de son trône en bois et, un instant plus tard, se leva en tremblant de tout son corps. Gruner recula pour permettre à tous de voir et de reconnaître ce succès. Il brandit les tiges métalliques comme s'il s'agissait d'un trophée.

— Observez donc, messieurs. Vous voyez que le sujet se lève. Si l'hystérie était une maladie psychologique, la chose à laquelle vous assistez ne serait pas possible.

Liebermann jugeait l'équilibre de la patiente précaire. Elle tendait les bras devant elle, un peu comme une funambule sur une corde raide. Loin de paraître contente ou surprise de son exploit, elle avait les traits contorsionnés par la peur et l'embarras.

— Signora, dit Gruner, peut-être voudrez-vous faire un pas ou deux ?

Le haut de son corps oscilla sur des jambes qui refusaient de répondre. On aurait dit que ses pieds étaient cloués au sol.

— Allons, signora. Juste un pas.

Mobilisant toutes ses forces, l'épouse du diplomate lâcha un cri lorsqu'elle força sa jambe gauche à avancer. Mais elle perdit alors l'équilibre et tomba. L'assistant l'attrapa sous les aisselles et, avec douceur, l'aida à se rasseoir. Elle se pencha en arrière, haletante, la sueur perlant à son front.

Gruner replaça les tiges dans le coffre et éteignit l'appareil. Le bourdonnement cessa, révélant un silence étrange, palpable, que seule la respiration sonore de la signora Locatelli rompait.

Quelques applaudissements retentirent, bientôt repris dans toute la salle. L'homme assis devant Liebermann se leva soudain et s'écria :

— Bravo, Herr Professor !

Liebermann se tourna vers Kanner et éleva la voix pour se faire entendre par-dessus les applaudissements.

— Pas question que j'assiste à une autre de ces démonstrations absurdes, barbares et humiliantes.

Kanner se pencha vers son ami et lui parla à l'oreille.

— Tu seras viré.

— Tant pis.

Kanner haussa les épaules.

— Bon, je t'aurai prévenu.

4

Flanquée de huit muses, l'allée centrale grimpait vers la première cascade : gigantesque coquillage de pierre, soutenu par une série de tritons et de néréides. De part et d'autre de la fontaine, les balustrades qui bordaient les marches étaient peuplées d'angelots potelés, et, plus loin, on apercevait le premier des célèbres sphinx du Belvédère.

— Est-ce que l'orage t'a effrayée?

— Max, je ne suis pas une enfant. Il ne m'a pas fait peur.

Le sol était encore mouillé, et Liebermann dut guider Clara à travers un archipel de flaques. Il ne put s'empêcher de remarquer ses bottines – si petites, si élégantes.

— Mais Rachel a fait une comédie.

— Ah bon ?

— Oui, elle a frappé à ma porte en insistant pour que je la laisse entrer.

— Et c'est ce que tu as fait ?

— Bien entendu. Je lui ai dit qu'il n'y avait rien à craindre et que l'orage allait passer. Mais ça n'a pas servi à grand-chose. Elle s'est glissée dans mon lit et a rabattu les couvertures sur sa tête.

— Combien de temps est-elle restée comme ça ?

— Jusqu'à la fin de l'orage.

Une fois les flaques négociées, Liebermann offrit son bras à Clara, qui le prit sans hésiter.

— De quoi avait-elle peur ? Que pensait-elle qu'il allait arriver ?

— Je ne sais pas. Tu devrais peut-être la soumettre à une analyse... mais ça ne changerait rien. Elle n'écouterait pas un mot de ce que tu lui dirais.

Liebermann avait déjà expliqué à Clara que la psychanalyse consistait davantage à écouter qu'à commenter, mais il résista à l'envie de la corriger.

— C'est vrai. Mais toi non plus, tu n'écoutes pas !

Elle se libéra et se mit à rire. Puis, pivotant pour faire face à Liebermann, elle avança à reculons.

— Fais attention, lui dit-il. Tu risques de trébucher.

— Non. C'est mieux comme ça... je profite de la vue.

Clara portait un long manteau au col de fourrure et un chapeau de style cosaque. L'ensemble soulignait la délicatesse de ses traits. Au-dessus de son nid de zibeline, son petit visage interrogateur semblait étrangement sauvage.

Est-ce le bon moment ?

Depuis sa rencontre avec Mendel à l'*Imperial*, Liebermann ne pensait qu'à cette promenade. Il l'attendait avec une impatience ardente. Chaque seconde s'écoulait trop lentement – surtout le temps consacré à la démonstration de Gruner –, les minutes s'étirant en heures rebelles. Pendant la plus grande part de l'après-midi, l'orage avait menacé de faire capoter son projet, mais, à présent, plus rien ne s'y opposait. Il s'éclaircit la gorge, prêt à se déclarer.

— Tu ne sais pas ce que mon père a dit ce matin ? demanda Clara.

L'occasion s'éloigna aussi vite qu'elle s'était présentée.

— Non. Qu'est-ce qu'il a dit ?

— Que nous irions à Merano cet été.

— Ah bon ? Combien de temps allez-vous y rester ?

— Un mois ou deux… Il pense que ce séjour contribuera à soigner l'asthme de Rachel.

— J'en suis persuadé. L'air du Tyrol est très bon pour les problèmes de bronches.

Clara s'immobilisa, se retourna et tendit le bras pour permettre à Liebermann de le prendre une fois arrivé à sa hauteur.

— Est-ce que tu y es déjà allé, Max ?

— Oui. J'ai travaillé à Merano quand j'étais étudiant. Laisse-moi te donner un conseil qui te sera très utile. Évite tout ce qui est censé avoir des propriétés curatives – en particulier la cure de petit-lait.

— De quoi s'agit-il ?

— C'est un remède très en faveur auprès des braves habitants de Merano. Il consiste en lait caillé avec du vin blanc, puis égoutté et sucré.

Clara fit la grimace.

— C'est dégoûtant.

— Bon… n'empêche que les gens du coin ne jurent que par ce petit-lait. Mais, en été, vous devriez y échapper. Je crois que c'est un délice saisonnier, servi surtout au printemps.

Une rafale de vent glacé souffla de l'est, et ils se rapprochèrent instinctivement.

— Tu crois que je vais m'ennuyer là-bas ?

— Peut-être un peu. Mais il y a des foires et des jours de marché. Et puis tant de Viennois y vont que tu tomberas sûrement sur des gens que tu connais…

Devant eux, les détails du palais baroque se faisaient plus nets. L'énorme bâtiment en stuc blanc s'étirait entre deux pavillons octogonaux surmontés d'un dôme ; on avait toutefois l'impression qu'une garnison de Turcs avait planté ses tentes vertes sur le toit. C'était là, bien sûr, une astuce architecturale, destinée à rappeler ce long siège.

Clara serra le bras de Liebermann dans le creux formé par son coude.

De nouveau, le jeune homme se demanda si le moment était venu. S'il devrait s'arrêter, prendre Clara dans ses bras et lui demander si elle acceptait de devenir sa femme.

— Herr Donner est venu aujourd'hui.

Le son de sa voix l'arracha à sa rêverie.

— Pardon ?

— Herr Donner, mon professeur de piano.

— Oui, bien sûr… qu'est-ce qu'il t'a appris ?

— Nous avons joué un duo de Brahms. Une valse.

— Laquelle ?

— Je ne sais plus. J'ai oublié.

— Quel en est l'air ?

Clara s'efforça de chanter la mélodie, mais se perdit bien vite dans une succession chaotique de changements de ton.

— Non, dit-elle. Ce n'est pas ça du tout.

Elle fit une nouvelle tentative et, cette fois, réussit à fredonner un petit air mélodieux qui ressemblait à une berceuse.

— Je la connais. Une valse de l'opus 39. La numéro 15, je crois. Nous devrions peut-être essayer de la jouer en rentrant ?

— Oh ! Seigneur, non ! Elle est trop difficile… J'ai besoin de la travailler d'abord.

Clara continua à raconter sa journée : des courses chez Blomberg avec sa mère ; l'achat de rideaux pour le salon ; les défauts de la nouvelle servante. Si Liebermann s'intéressait peu à l'organisation domestique des Weiss, il avait néanmoins grand plaisir à écouter le rythme familier de la voix de Clara et son rire musical. Et surtout, il adorait être près d'elle, sentir la chaleur de son corps et respirer la fragrance subtile de son parfum.

Leur lente montée avait quelque chose d'hypnotique : agréable régularité de leurs pas, accompagnée par le crissement satisfaisant du gravier humide sous leurs semelles. En fait, on aurait dit que cette cadence alanguie avait facilité leur passage d'un monde à l'autre. Gagnés par une légère somnolence, ils avaient pénétré dans un paysage onirique.

Liebermann regarda par-dessus son épaule. Ils étaient seuls dans les jardins, n'avaient d'autre compagnie que les sphinx. À l'évidence, le mauvais temps avait découragé nombre de visiteurs potentiels. Après avoir grimpé la dernière pente, ils s'arrêtèrent pour admirer la vue.

Derrière les jardins entourés de haies, les fontaines et les statues, se trouvait le palais du bas, relativement modeste. Plus loin encore, les clochers, dômes et résidences de la ville s'éparpillaient et se perdaient dans les hautes collines bleues qu'on apercevait à l'horizon. Un voile de brume adoucissait le panorama et accentuait l'opacité du silence. La fière capitale semblait spectrale… et même curieusement transparente.

— C'est beau, n'est-ce pas ? dit Clara.

— Oui. Très beau.

Enfin, il savait que le moment était venu. Il avait répété son texte toute la journée : des poèmes d'une grande puissance évocatrice culminant dans des déclarations d'amour enflammées. Mais, soudain, tous ces mots d'affection lui parurent superflus. Faux. Un langage boursouflé, dépourvu de sincérité et gonflé de préciosité.

— Clara, je t'aime beaucoup. Veux-tu m'épouser ?

Il prononça ces mots calmement, d'une voix claire, puis prit la petite main gantée dans la sienne et la porta à ses lèvres.

— S'il te plaît, dis oui.

L'expression de Clara vacilla d'incertitude, oscilla entre différentes émotions. Enfin, la jeune fille souffla une réponse haletante, simple chuchotement :

— Oui, Maxim. Je t'épouserai.

Liebermann releva avec douceur son menton et effleura ses lèvres d'un baiser fugitif. Elle ferma les yeux, et il la prit alors dans ses bras et serra son corps soudain amolli contre le sien.

Quand ils s'écartèrent l'un de l'autre, elle souriait. Mais ses yeux s'étaient voilés. Elle renifla, et la première larme, bientôt suivie par de nombreuses autres, roula sur son visage embrasé.

Liebermann ne l'avait encore jamais vue pleurer, et ses yeux se plissèrent d'inquiétude.

— Tout va bien, dit Clara. Je t'assure. C'est juste que je suis tellement heureuse !

5

Karl Uberhorst considéra l'inspecteur derrière les lentilles ovales de son pince-nez en argent. C'était un homme petit, aux cheveux courts châtains et à l'épaisse moustache couvrant sa lèvre supérieure. Rheinhardt avait remarqué que la plupart des hommes petits se tenaient bien droits pour compenser leur taille. Ce n'était pas le cas d'Uberhorst, qui avait les épaules affaissées, la colonne vertébrale voûtée et la tête penchée en avant. Quelque chose, dans son aspect, évoquait vaguement une tortue. Uberhorst avait sans doute dans les trente-cinq ans, mais sa mauvaise tenue et sa manière traditionnelle de s'habiller le faisaient paraître beaucoup plus vieux.

Il était le deuxième « invité » à s'être présenté. La première était une jeune femme du nom de Natalie Heck, séduisante, aux grands yeux sombres. Elle était maintenant assise sur la chaise près de la table en bois de rose – celle que Rosa Sucher avait occupée plus tôt.

— Les autres ne vont pas tarder, annonça Uberhorst. En général, ils sont à l'heure.

Le petit bonhomme n'avait aucune envie de voir le corps, mais Rheinhardt ne pouvait différer davantage l'identification. Il s'adressa alors à Haussmann :

— Vous pourriez peut-être emmener Fräulein Heck dans le salon ?

La jeune femme se leva et ajusta son châle joliment brodé, un vêtement paraissant trop coûteux pour une fille dotée d'un tel accent, se dit Rheinhardt. Ses cheveux noirs luisants ne découvraient qu'une oreille à laquelle pendait une grosse boucle en verroterie. Elle avait un peu l'air d'une bohémienne.

— Elle n'est pas là-dedans, hein ? demanda la jeune femme d'une voix tremblante en indiquant la porte du salon.

— Non, répondit Reinhardt. Le corps se trouve dans la salle de séjour. Herr Uberhorst va procéder à l'identification.

Fräulein Heck soupira de soulagement.

Haussmann la guida vers le salon et Rheinhardt remarqua – avec quelque satisfaction – que son adjoint avait déjà sorti son calepin. Il pourrait se charger de prendre la première déposition.

— Par ici, je vous prie, dit l'inspecteur à Uberhorst.

La salle de séjour n'était pas mieux éclairée qu'au moment où l'orage s'était déchaîné. La lumière provenait d'une unique lampe à pétrole, qui avait été déposée sur la table ronde massive. Au moment où ils entrèrent, le photographe de la police était accroupi près de son trépied et rabattait un grand tissu noir sur sa tête. Son apprenti, un adolescent dégingandé, à l'air triste, frotta une allumette, et, un instant plus tard, un ruban de magnésium s'enflamma. Soudain le corps fut illuminé par une lumière crue, glaçante. Son intensité mettait cruellement en évidence la robe bleue tachée de sang.

— Eh bien ? demanda Rheinhardt.

— Oui, c'est Fräulein Löwenstein, confirma Uberhorst.

— Fräulein Charlotte Löwenstein ?

— Oui.

— Merci.

L'air déjà fétide s'alourdit encore avec la fumée et les émanations chimiques résultant de la combustion du ruban métallique.

Rheinhardt effleura le bras du petit bonhomme qui semblait hypnotisé par cette vision d'horreur.

— Herr Uberhorst ?

Ce dernier secoua la tête et laissa l'inspecteur le conduire comme un enfant ensommeillé pour lui faire franchir la porte enfoncée.

Une fois dans le couloir, il se rua sur la chaise placée près de la table en bois de rose. Il s'y effondra, la tête dans les mains. Presque aussitôt, son corps entier fut secoué. Rheinhardt attendit que ses sanglots commencent à s'apaiser.

Uberhorst se redressa, prit une profonde inspiration, et retira son pince-nez. Il sortit alors de sa poche un mouchoir bien repassé, le déplia, se tapota les yeux et se moucha enfin avec un bruit sonore.

— Excusez-moi, inspecteur.

— Je comprends.

— Je suis serrurier. Je n'ai jamais…

Un nouveau sanglot interrompit sa phrase. Uberhorst fourra le mouchoir trempé dans sa poche et se mit à se balancer tout doucement d'avant en arrière. Au bout d'un moment, il reprit :

— Je n'arrive pas à y croire.

Puis, après un autre long silence, il demanda :

— Que s'est-il passé ?

— Nous ne le savons pas encore, répondit Rheinhardt.

Uberhorst renifla et secoua la tête.

— C'est incroyable. Incroyable…

— Herr Uberhorst, qui d'autre était attendu ce soir ?

— Les membres réguliers du cercle.

Rheinhardt sortit un carnet et patienta, le crayon en l'air.

Uberhorst se rendit soudain compte que l'inspecteur escomptait une réponse plus précise.

— Oh ! je vois. Vous voulez des noms. Nous attendons aussi Otto Braun, Heinrich Hölderlin et sa femme, Juno. Hans Bruckmüller… et le comte.

— Le comte ?

— Zoltán Záborszky… il est hongrois.

Un deuxième ruban de magnésium s'enflamma en déversant sa lumière minérale impitoyable dans le couloir.

— Herr Uberhorst, depuis combien de temps participez-vous aux réunions de Fräulein Löwenstein ?

— Quatre mois environ.

— Et comment avez-vous rejoint son cercle ?

— Par hasard. Je l'ai rencontrée un jour au Prater, et elle m'a invité.

Un agent de police apparut à la porte de l'appartement.

— Deux autres visiteurs, monsieur.

— Faites-les entrer.

La porte s'ouvrit largement pour révéler un homme assez corpulent dans un manteau en poil de chameau. Il ôta son chapeau melon et avança d'un pas vif dans le hall. Sa moustache ressemblait à celle de Rheinhardt, pointes recourbées vers le haut – tout en étant peut-être moins soignée. Derrière lui, un autre homme portait une tenue voyante mais râpée qui lui donnait l'aspect d'un imprésario dans la dèche.

Le premier s'arrêta à côté d'Uberhorst.

— Karl ? C'est vrai ? Lotte ?

Il avait une belle voix de basse profonde et vibrante.

Uberhorst inclina la tête et gémit :

— Oui. C'est vrai. Elle est morte.

— Mon Dieu ! gronda le gros bonhomme.

Puis, en regardant Rheinhardt, il ajouta :

— Je vous demande pardon… inspecteur…
— Rheinhardt.
— Inspecteur Rheinhardt. Je m'appelle Bruckmüller. Hans Bruckmüller.
Il retira un gant en chevreau et tendit la main. Rheinhardt fut surpris par sa poigne très vigoureuse.
— Les jeunes agents, en bas, ont dit que…
Bruckmüller tenta vainement de baisser la voix.
— … que Fräulein Löwenstein avait été tuée par balle.
— Oui, dit Rheinhardt. En effet.
— Quand ? Quand est-ce arrivé ?
— Hier soir, tard, ou tôt ce matin.
— Voilà qui est extraordinaire !
Bruckmüller se mit à avancer dans le couloir.
— Herr Bruckmüller ! s'écria Uberhorst d'une voix bouleversée.
Bruckmüller s'immobilisa et se retourna.
— N'entrez pas là-dedans, expliqua Uberhorst. C'est terrible. Cauchemardesque.
Bruckmüller croisa le regard de Rheinhardt.
— Je vois, dit-il avant d'ajouter en montrant la porte : Si ça peut vous aider, inspecteur, je suis prêt à…
— Non. Ce ne sera pas nécessaire. Le corps a déjà été reconnu.
Bruckmüller s'approcha d'Uberhorst et lui posa une main dodue sur l'épaule.
— Bravo, mon vieux !
Il accentua sa pression. Uberhorst fit la grimace.
Rheinhardt se tourna vers l'autre homme, « l'imprésario », qui s'était posté devant la porte de la chambre. Il portait un manteau de fourrure mangé aux mites sur un costume élimé en pongé, et une cravate en soie rouge. Attaché à un ruban noir, un monocle oscillait sur son gilet. Enfin, l'homme tenait une canne. Son visage large suggérait qu'il avait un soupçon de sang mongol dans les veines. Cet aspect étranger était renforcé par une moustache orientale qui lui descendait jusqu'au

menton et par un petit bouc. Sans réagir, il se tenait parfaitement immobile, impassible sous le regard scrutateur de Rheinhardt.

— Pardonnez-moi, inspecteur, dit Bruckmüller d'une voix de stentor qui emplit tout le couloir. Puis-je vous présenter le comte Zoltán Záborszky ?

Puis, sentant qu'une explication s'imposait, il ajouta :

— Nous sommes arrivés en bas au même moment.

On aurait dit qu'il voulait éclaircir la nature de leurs relations en soulignant qu'ils n'étaient pas venus ensemble. Ils étaient compagnons de hasard et non d'élection.

Le comte inclina légèrement la tête et leva sa canne dont le pommeau en or s'ornait d'une petite tête de jaguar montrant les dents. Il s'avança sans se presser, d'une démarche fanfaronne.

— Le corps est dans la salle de séjour ?

Son allemand avait un net accent magyar.

— Oui, répondit Rheinhardt.

— Je dois le voir.

À l'évidence, le comte n'entendait pas demander l'autorisation. Faraud, il continua simplement vers la porte sans prêter grande attention à l'inspecteur. Tenté d'affirmer son autorité, Rheinhardt était néanmoins curieux de voir la réaction de cet homme étrange. Il avança donc dans son sillage parfumé – une odeur rappelant celle d'un pot-pourri éventé.

Le comte franchit le seuil de la porte enfoncée et se campa près de la grande table ronde. Il fouilla la pénombre, qui fut aussitôt trouée par un nouvel éclair de magnésium. Le corps de Fräulein Löwenstein surgit de l'obscurité.

Les narines du comte palpitèrent.

— Je flaire un maléfice, souffla-t-il. Je flaire un maléfice.

Son visage était dénué de toute émotion – vide insondable. Sortant un petit crucifix de la poche de son gilet, il le déposa sur la table après avoir baisé le Christ.

— Que Dieu nous protège ! murmura-t-il.

Ses yeux balayaient la pièce, comme s'ils tentaient de repérer un démon dissimulé.

6

La taverne – une cave chichement éclairée par les flammes vacillantes de lampes à gaz et le rougeoiement d'un poêle en fonte trapu – se trouvait dans la banlieue ouvrière de Meidling. Assis dans un coin, un mendiant tirait des sons dissonants de son violon, pendant que trois vieillards, attablés au milieu de la salle, se disputaient à grand bruit. L'atmosphère était alourdie par la fumée des pipes. Au comptoir, une femme à la peau jaunâtre picorait des tranches de concombre dans une assiette et mâchonnait du pain carbonisé.

Otto Braun vida les dernières gouttes de vodka dans son verre et se passa la main dans les cheveux. Ils étaient longs et ne cessaient de lui tomber devant les yeux.

L'un des vieillards beugla :

— Gergo ! Gergo ! Où t'es passé, bon Dieu ?

Braun renversa la tête en arrière et avala. L'alcool commençait enfin à faire son effet, à lui procurer un agréable détachement.

Derrière le bar, deux bottes (à parements rouges) apparurent dans l'escalier, suivies par un Ruthène costaud qui s'écria :

— Voilà ! voilà !…

Il portait un pantalon large et un gilet graisseux en satin.

— Tiens, tiens…

La voix flotta jusqu'au cerveau de Braun.

— Je ne vous ai encore jamais vu ici.

Braun leva les yeux. La femme du comptoir se tenait devant sa table.

— Je vous ai observé, dit-elle en s'asseyant à côté de lui.

— Ah bon ?

— Oui. Et je me suis dit : voilà un homme qui aurait bien besoin d'un peu de compagnie.

Avant que Braun puisse répondre, elle avait agrippé le bras du tenancier.

— Gergo ?

— Quoi ?

Elle leva la bouteille de vodka vide.

— Le monsieur a fini.

Le regard du tenancier passa de la bouteille à Braun.

— Vous en voulez une autre ?

Braun examina les traits de la femme. Malgré son teint jaunâtre, ses yeux avaient gardé quelque chose de son ancienne beauté.

— Oui, fit-il. Pourquoi pas ?

La femme sourit et un réseau de rides constella son visage.

Braun avait peut-être eu une réaction excessive. La police ne pouvait manquer d'intervenir. En traversant la place déserte, il avait vu les deux agents postés devant l'entrée de l'immeuble de Lotte ; des agents en long manteau bleu et casque à pointe, armés de sabres. Il s'était alors caché derrière un étal de marché abandonné pour observer les événements. Herr Bruckmüller et le comte étaient arrivés en même temps et, après quelques questions, avaient été autorisés à entrer. Puis, Hölderlin et son épouse agaçante s'étaient présentés. Instinctivement, sans réfléchir, Braun s'était éloigné et avait rebroussé chemin en rasant les murs. Il avait réagi comme un animal. Ce n'était sans doute pas la chose à faire, mais il disposerait ainsi d'un jour ou deux de plus – et parfois un ou deux jours font toute la différence.

Le tenancier revint avec une bouteille de vodka qu'il posa bruyamment au milieu de la table.

— Alors, comment vous vous appelez ? demanda la femme.

— Felix, répondit Otto.

— Moi, c'est Lili.

Otto souleva la bouteille et inclina le col au-dessus de son verre. Il la pencha trop, et le liquide incolore se mit à déborder sur le bois parcouru de profondes entailles.

— Hé là ! dit Lili en lui redressant la main. Allez-y doucement, Felix.

Elle remit la bouteille droite et laissa sa main s'attarder sur celle d'Otto. L'un des vieillards beuglait quelque chose au sujet de la bataille de Solferino, et le violoniste se lança soudain dans un discordant mais reconnaissable air traditionnel tsigane. Otto attrapa son verre et en siffla le contenu. Âpre, la vodka bon marché arrachait le gosier.

Malgré lui, une image nette s'imposa à l'esprit d'Otto. *Lotte. Ses cheveux blonds – des fils d'or à la lumière des bougies. Ses yeux verts flamboyant de rage.*

Il n'aurait pas dû lui demander davantage d'argent, et surtout il n'aurait pas dû la frapper. Mais la dispute avait dégénéré. Soudain, elle était dans l'encadrement de la porte et brandissait un couteau de cuisine. Otto secoua la tête et leva une main – comme s'il tentait d'expulser ce souvenir de sa mémoire.

— Qu'est-ce qui se passe ? demanda Lili.

— Rien.

Il se tourna vers le violoniste, presque invisible dans son renfoncement sombre, et dont on ne voyait que les iris blancs voilés. Le vagabond raclait son archet avec une violence fruste. Le son qui en résultait était diabolique – tout comme ses exhalaisons méphitiques.

Lili emplit le verre d'Otto et, sans même un regard pour demander la permission, le but. Puis elle frôla la manche de son veston.

— Très joli. Du velours. Et bien coupé.

Elle s'adossa à son siège et regarda mieux Otto, examinant ses vêtements pour en estimer la valeur. Bien qu'un peu débraillé, ce jeune homme était élégant. Ses longs cheveux bruns et son menton carré lui donnaient l'air d'un poète romantique.

— Alors, qu'est-ce que vous faites dans la vie ?

Otto ne répondit pas.

— Artiste ?

Il repoussa sa frange, qui se colla au crâne avec la sueur qui perlait à son front.

— Si on veut.

— Comment ça ?

Otto attrapa la main de Lili et retira prestement une bague en strass d'un de ses doigts.

— Aïe !

— Chut. Regardez.

Il lui présenta ses deux poings fermés.

— Dans quelle main ?

Lili sourit et effleura la gauche. Otto lui montra qu'elle était vide. Elle toucha alors la droite – qui se révéla tout aussi vide.

— Très malin. Rendez-la-moi, maintenant !

Otto lui montra la bouteille de vodka.

Lili se pencha en avant et souffla :

— Alors là !

Sa bague se trouvait à l'intérieur, au fond.

— Il va falloir tout boire pour la récupérer, dit Otto.

Lili partit d'un éclat de rire sonore – on aurait dit un bruit de ferraille. Elle se rapprocha et Otto sentit qu'elle lui glissait une main sur la cuisse.

— Montrez-moi un autre tour, dit-elle. Allez-y.

— D'accord.

Il sortit ses trois dernières pièces de sa poche et les aligna.

— Je veux que vous regardiez très, très attentivement…

7

La morgue était vaste et froide. Une grosse suspension électrique pendait au bout d'un long fil au-dessus du cadavre. Son large abat-jour conique créait une flaque de lumière au-delà de laquelle il était difficile de distinguer quoi que ce soit.

Le professeur Mathias rabattit le drap et examina le visage de Fräulein Löwenstein. Sa peau ne portait pas de marque et, sous la lumière directe, ses cheveux brillaient plus que jamais. Malgré ses lèvres non plus rouges mais d'un bleu étrange, elle était encore très belle. D'ailleurs, la curieuse couleur de sa bouche semblait accroître encore sa perfection anormale. Pour Rheinhardt, elle avait l'air d'une poupée exotique.

— Pardonnez-moi, dit Mathias. Comment avez-vous dit qu'elle s'appelait ?

— Quelle importance, Herr Professor ?

Mathias le scruta par-dessus ses lunettes.

— Une grande importance, inspecteur.

Rheinhardt haussa les épaules.

— Elle s'appelait Charlotte Löwenstein.

Mathias baissa les yeux sur le visage angélique et remit une boucle en place. Puis, après quelques instants de silence, il posa les jointures de sa main fermée contre la joue de la jeune femme et se mit à déclamer :

— « Charlotte ! Charlotte ! Un dernier mot ! Un mot d'adieu ! Adieu, Charlotte ! Adieu à jamais ! »

— Goethe, dit Rheinhardt.

— Bravo, inspecteur. *Les Souffrances du jeune Werther*, bien sûr.

Mathias ne retira pas sa main. Au lieu de quoi, il fixa des yeux la morte. Sur son visage se lisait une compassion débordante.

Rheinhardt toussa, quelque peu déconcerté par les excentricités du professeur.

— Professeur, si nous pouvions commencer…

Mathias eut un reniflement de mépris.

— Quand on travaille avec les morts, Rheinhardt, on apprend à ne pas se presser.

Il continua à dévisager la jeune femme en soupirant, et son souffle troubla l'air. Lorsqu'il se tourna vers Rheinhardt, sa tête se haussa et se baissa avec une lenteur presque bovine. Ses yeux larmoyants bougeaient derrière des verres épais.

— Est-ce que les morts vous mettent mal à l'aise, Rheinhardt ?

— En fait, oui, professeur.

— Quoi qu'il en soit, je crois qu'ils méritent quelques petites attentions.

Sur ces mots, le professeur couvrit le visage de Fräulein Löwenstein et continua à citer Goethe entre ses dents :

— « Garde un cœur paisible… »

Rheinhardt fut soulagé en le voyant enfin s'arracher à sa distraction et montrer des signes d'activité. Le professeur retroussa ses manches, noua son tablier et arrangea ses instruments sur un chariot métallique blanc : couteaux, scies, gouges, petits maillets en métal et foret. Leur disposition, à l'évidence, ne le satisfaisait pas, si bien qu'il en déplaça plusieurs. Rheinhardt ne voyait aucune raison à ces changements et soupçonna Mathias de se livrer à quelque obscur rituel superstitieux. Après une réflexion qui dura plusieurs minutes, le professeur hocha la tête, et son expression passa de la légère anxiété à la satisfaction.

— Allons-y, dit-il.

Il attrapa une énorme paire de ciseaux et se mit à tailler dans la robe, du milieu du décolleté jusqu'à la taille. Puis il tira doucement sur le tissu. Du sang coagulé le collait à la peau. Peu à peu, il le libéra et découvrit les seins nus et le torse de Charlotte Löwenstein.

— Pas de corset, remarqua Mathias.

Il disposa les draps de telle sorte que seuls le cratère et sa croûte de sang, au niveau du cœur, restèrent visibles. Lorsqu'un mamelon menaça de réapparaître, Mathias arrangea les draps par respect pour la pudeur.

— Je vous demande pardon, souffla-t-il.

Rheinhardt trouvait cette sollicitude envers les morts à la fois lassante et macabre.

Du bout des doigts, le vieil homme tâta doucement le pourtour de la blessure. Pendant qu'il travaillait, il se mit à fredonner un lied. Rheinhardt écouta le premier vers et se demanda si on testait de nouveau ses connaissances. Il lui fut toutefois impossible de ne pas mordre à l'hameçon tant la réponse était facile.

— Schubert.

Le professeur interrompit son récital impromptu sur une note poussive, chancelante. Ce son faisait penser à un soufflet antique qu'on referme.

— Ah bon ? Cet air vient de me traverser l'esprit. Je ne sais pas de quoi il s'agit.

— C'est de Schubert. *Das Wandern*[1].

— Ah oui, je me rappelle, maintenant. Vous chantez un peu, n'est-ce pas ?

— Un peu…

— *Das Wandern*, hein ?

— Sans le moindre doute.

Mathias se remit à fredonner et reprit son exploration de la blessure. Il attrapa une loupe sur le chariot et pencha la tête pour mieux voir. Soudain, il s'arrêta de chanter au milieu d'une phrase et haleta. Après un silence, il lâcha dans un aparté théâtral :

— Ah ! oui.

— Qu'y a-t-il ?

— On lui a tiré dessus.

Rheinhardt soupira.

1. *Das Wandern* (« Le Voyage ») ouvre le cycle de *La Belle Meunière*. (Die schöne Müllerin) *(N.d.T.)*

— Je croyais que nous avions déjà établi ce fait, professeur.

Mathias secoua la tête.

— Rheinhardt, j'ai toujours été un fervent adepte de la maxime latine : *Festina lente*. Hâte-toi lentement.

— Je ne peux pas dire que ça me surprenne.

Le professeur ignora cette remarque sarcastique et poursuivit son examen sans se presser. Fermant un œil, il changea la distance focale de la loupe et hocha la tête. Puis, plus à son profit qu'à celui de Rheinhardt, il expliqua :

— Un coup de feu tiré dans le cœur, à bout portant. Il y a les brûlures de la poudre et… oui, j'aperçois l'ecchymose faite par le canon.

Rheinhardt avait les doigts engourdis dans ce froid et commençait à regretter d'avoir demandé l'aide du professeur. Celui-ci remit la loupe à sa place sur le chariot et attrapa un couteau en argent de taille moyenne. Il pratiqua une incision profonde dans la peau blanche de Fräulein Löwenstein qui s'ouvrit avec la lenteur gracieuse d'une coquille Saint-Jacques pour révéler la chair corail à l'intérieur. Rheinhardt avait beau avoir assisté à de nombreuses autopsies, elles le perturbaient toujours.

— Excusez-moi, Herr Professor, dit-il en reculant d'un pas. Je crois que je vais vous abandonner.

— Comme vous voudrez, inspecteur, répliqua Mathias, qui s'absorbait de plus en plus dans sa tâche.

Rheinhardt contourna la table d'autopsie et se fondit dans l'ombre. Derrière lui, il entendait Mathias fouiller dans ses instruments, puis frapper, et enfin scier. Il supposa qu'il retirait une côte. Tout en travaillant, Mathias reprit le lied de Schubert. Son chant était lent, et beaucoup de notes étaient instables ou se fêlaient. Pourtant, sa voix vieillie et la lenteur de chaque phrase rendaient extrêmement pathétique ce chant joyeux composé à la gloire du voyage.

Une fois que ses yeux se furent habitués à l'obscurité, Rheinhardt s'aperçut qu'il se tenait à côté d'une rangée de portes métalliques carrées. La plupart des compartiments qui se trouvaient derrière étaient, selon toute probabilité, occupés par des cadavres. Des morts réfrigérés.

Il se retourna pour regarder l'étrange petit bonhomme penché sur le corps de Fräulein Löwenstein, tel un lutin ou un nain sorti d'un conte des frères Grimm. À la lumière vive, la condensation de l'haleine de Mathias formait, sous l'action du froid, une fine brume lumineuse au-dessus de la table. Rheinhardt souffla dans ses mains, puis les frotta l'une contre l'autre. Le froid de la morgue s'insinuait jusqu'à la moelle des os.

Alors qu'il retournait vers la table d'autopsie, Rheinhardt s'arrêta pour examiner les instruments du professeur Mathias en s'efforçant d'ignorer un bruit qui lui faisait penser à une cuisse de poulet rôti qu'on arrache.

Soudain la lumière s'éteignit et la morgue fut plongée dans une obscurité totale, un espace d'un noir insondable.

Le professeur Mathias fredonnait toujours tranquillement le lied de Schubert, et Rheinhardt, déjà énervé par l'atmosphère sinistre, se rendit compte que son cœur battait un peu trop vite. Telle une hallucination auditive, les mots du comte Záborszky lui revinrent en mémoire : *Je flaire un maléfice.*

— Professeur ? appela Rheinhardt dans le vide.

Le fredonnement cessa.

— Oh ! ce n'est pas grave, inspecteur. En général, la lumière revient au bout de quelques minutes… C'est sans doute à cause de l'orage d'aujourd'hui. Personnellement, je trouve que nous aurions dû nous en tenir au gaz.

Il y eut un léger mouvement, et un cliquetis sur les dalles. Rheinhardt sentit que quelque chose lui heurtait le pied.

— Oh ! mon Dieu ! dit Mathias. Il me semble que j'ai lâché un de mes instruments.

Après un bruit sec, la lumière revint soudain.

— Voilà, dit le professeur. Je vous l'avais bien dit.

Rheinhardt baissa les yeux et vit un scalpel par terre, à côté de son pied. Il le ramassa.

— Votre scalpel, professeur.

— Remettez-le sur le chariot pour l'instant… mais pas avec les autres. Sur la tablette inférieure, dans le bocal.

Tout en parlant, Mathias ôtait de la poitrine de Fräulein Löwenstein un gros morceau de matière sanguinolente. Rheinhardt s'empressa de regarder ailleurs. Pour penser à autre chose, il tourna entre ses mains la lame qui lança des éclairs en interceptant la lumière. Il remarqua que le scalpel portait l'inscription suivante gravée en écriture cursive : *Hans Bruckmüller & C°*.

— Professeur ?

— Qu'y a-t-il ?

— Le nom de Bruckmüller vous dit-il quelque chose ?

— Oui, bien sûr. Bruckmüller. C'est le magasin d'instruments chirurgicaux, près de l'université.

— Connaissez-vous Herr Bruckmüller ?

— Non. Pourquoi posez-vous la question ?

— Fräulein Löwenstein le connaissait.

— Vraiment ? dit le professeur sans paraître prêter grande attention.

Rheinhardt déposa le scalpel dans le bocal qui tinta comme une cloche.

Se tenant derrière Mathias, Rheinhardt ne put s'empêcher de noter que, malgré ses exhortations précédentes à ne pas se hâter, il travaillait beaucoup plus vite à présent. Il employait divers instruments, l'un après l'autre, et s'exclamait bruyamment. Son agitation augmentait même à vue d'œil – voire son irritation.

Pensant qu'il valait mieux ne pas intervenir, Rheinhardt patienta en silence.

Au bout de quelques minutes, Mathias essuya le sang sur une longue pince et, avec un manque de soin qui lui ressemblait peu, la jeta sur le chariot. Rheinhardt sursauta. Le vieil homme le regarda bien en face sans rien dire. Son expression était loin d'être amicale.

— Professeur ? risqua Rheinhardt.

— Qu'est-ce que ça signifie ? demanda Mathias en désignant le corps.

— Pardon, professeur ?

— C'était Orlov ? Ou Humboldt ? Ce sont eux qui vous ont poussé à faire ça ?

Rheinhardt écarta les mains.

— Je regrette, Herr Professor, mais je ne comprends pas un mot de ce que vous me dites.

Mathias grogna, ôta ses lunettes et se frotta les yeux. L'inspecteur se demanda si son excentricité ne frisait pas la démence, tout compte fait. Le vieil homme remit ses lunettes et dénoua son tablier d'un coup sec. Il le passa par-dessus la tête, le roula et le déposa sur la tablette inférieure du chariot. Puis il se mit à tripoter ses instruments, à les déplacer comme s'il s'agissait des pièces d'un curieux échiquier.

— Professeur, je vous serais très reconnaissant de bien vouloir vous expliquer.

Mathias leva les yeux et dévisagea de nouveau l'inspecteur, ses yeux noyés derrière les lentilles grossissantes de ses lunettes. Vint le moment où Rheinhardt ne supporta plus le silence et perdit patience.

— Herr Professor, j'ai eu une journée longue et pénible. Je n'ai rien mangé depuis ce matin, et je suis fatigué. Je n'ai qu'une envie : rentrer chez moi. Alors, pour la dernière fois, je vous serais très reconnaissant de bien vouloir vous expliquer !

Le professeur grogna, mais une expression de doute passa sur son visage et adoucit sa grimace de colère.

— Ce n'est pas une plaisanterie ? lâcha-t-il d'un ton neutre.

Rheinhardt secoua la tête.

— Non, professeur.

— Très bien, dit Mathias avec lassitude. Je vais vous expliquer ce que j'ai trouvé et, si vous arrivez à y comprendre quelque chose, c'est que vous êtes meilleur médecin que moi.

Le vieil homme s'interrompit pour se tourner vers le cadavre. Puis, montrant le trou béant dans la poitrine de Fräulein Löwenstein, il poursuivit :

— On a tiré sur cette femme. Voici l'endroit où la balle est entrée. Le cœur a été déchiré, comme on pouvait s'y attendre.

Il planta un doigt dans le corps et souleva un petit lambeau de peau. L'inspecteur sentit une légère nausée le gagner.

— Regardez. La balle a traversé le ventricule gauche. Tout porte à croire que la blessure résulte d'un coup de feu.

— Oui. Je vois bien.

— Mais il n'y a pas de balle.

— Je vous demande pardon, Herr Professor ?

— Il n'y a pas de balle, répéta Mathias.

Rheinhardt hocha la tête.

— Elle est ressortie du corps ?

— Non. Le trajet s'arrête à l'intérieur. Rien n'est ressorti de l'autre côté.

— Alors, qu'êtes-vous donc en train de me dire ? Que la balle a été… retirée ?

— Non, elle n'a pas été retirée.

— Vous en êtes absolument sûr ?

— Sûr et certain.

— Dans ce cas, comment pouvez-vous expliquer…

Les mots de l'inspecteur se perdirent dans le silence. Le système électrique se mit à bourdonner, et la lampe clignota pendant une ou deux secondes.

— Je ne peux rien expliquer du tout, dit Mathias en rabattant le lambeau de peau comme s'il s'agissait du couvercle d'un coffret à bijoux. Rheinhardt, ce que vous m'avez apporté là est une impossibilité physique. C'est pourquoi je crois que je suis victime d'une blague affligeante – à moins que nous le soyons tous les deux. Bonsoir, inspecteur.

Mathias essuya ses doigts pleins de sang sur une serviette blanche. Puis il se dirigea vers la porte. Ses chaussures à bout renforcé lançaient des étincelles sur les dalles pendant qu'il avançait d'un pas lourd.

8

Heinrich et Juno Hölderlin étaient assis dans la vaste salle réservée au petit déjeuner de leur villa située à Hietzing. Deux servantes qui débarrassaient les assiettes échangèrent un regard entendu : le maître et la maîtresse de maison n'avaient visiblement pas faim. La motte de beurre au jaune luisant n'avait pas été raclée plus d'une ou deux fois, et la corbeille regorgeait encore de petits pains tout frais. Le bacon et les œufs à la coque avaient à peine été touchés.

Hölderlin agita la clochette pour appeler le valet qui se matérialisa presque aussitôt. Il portait une livrée impeccable, rouge brique avec un col de velours noir, et des gants blancs.

— Merci, Klaus, dit Juno lorsque le serviteur à la tenue irréprochable déposa sur la table un plateau chargé d'une grande cafetière en argent.

— La cuisinière va préparer du cochon de lait et des artichauts pour le dîner… et elle voulait savoir si Monsieur préférerait une mousse ou une glace à l'ananas en dessert.

Hölderlin jeta un bref coup d'œil à sa femme.

— La mousse ?

— Oui, dit Juno. La mousse.

Le valet s'inclina, claqua les talons et sortit de la pièce, suivi par les servantes lourdement chargées. Hölderlin attrapa son exemplaire du *Wiener Zeitung* et consulta les pages financières.

— Qu'est-ce qu'ils disent ? demanda Juno avec nervosité.

Le dôme luisant du crâne chauve de son mari monta au-dessus du journal tel le soleil levant.

— Au sujet de Fräulein Löwenstein ?

Juno hocha la tête, les paupières frémissantes.

— Rien, bien sûr. Il est trop tôt.

Juno servit une tasse de café à son mari, puis s'en versa une.

— Qui ferait une chose pareille ? C'est tellement horrible ! s'exclama-t-elle à voix basse.

— Là, tout le monde serait d'accord avec toi, dit Hölderlin en tournant une page.

— Je n'ai pas pu dormir.

— Moi non plus.

Juno regarda autour d'elle et se livra à une inspection impromptue des plantes d'appartement. Elle jugea l'aspidistra un peu flétri et prit bonne note de l'arroser davantage. À côté de l'aspidistra se trouvait un portrait encadré de sa sœur adorée, Sieglinde.

Sieglinde était morte (ou « partie », comme préférait dire Juno) à l'automne de l'année précédente, après une longue et douloureuse maladie. Les médecins n'avaient pas fait grand-chose pour soulager ses souffrances, et ce fut avec des sentiments mêlés que Juno avait enterré sa sœur au Zentralfriedhof. Elle savait qu'elle ressentirait l'absence de sa sœur comme la perte d'un bras ou d'une jambe, mais voir Sieglinde cracher des caillots de sang noirâtre et se tordre de douleur avait été intolérable.

Pendant les mois d'hiver, même quand il avait neigé, Juno avait fait le trajet de Hietzing au Zentralfriedhof pour fleurir sa tombe. Puis, par un triste matin de décembre, au moment de quitter le cimetière, elle était entrée en conversation avec un beau jeune homme qui s'appelait Otto Braun. Il lui avait expliqué comment, après la perte de sa mère, une médium talentueuse de Leopoldstadt avait allégé sa peine. Juno supplia Heinrich de l'accompagner là-bas. La personne en question, Fräulein Löwenstein, organisait des réunions tous les jeudis soir, et Juno ne voulait pas s'aventurer dans ce quartier toute seule. Après une seule séance, elle fut convaincue que cette femme n'était pas un charlatan. Au début, Heinrich s'était montré sceptique, mais même lui avait été forcé de changer d'avis quand son père s'était « manifesté ».

Oui, Fräulein Löwenstein avait été exceptionnelle.

— À ton avis, l'inspecteur va venir aujourd'hui ?

— Je n'en ai pas la moindre idée.

— Comment s'appelle-t-il, déjà ? J'ai oublié.

— Rheinhardt… l'inspecteur Rheinhardt.

— Il a bien dit qu'il passerait ?

Hölderlin regarda sa femme. Ses paupières battaient encore plus vite que tout à l'heure.

— Il a dit qu'il aimerait nous poser d'autres questions. Mais je ne crois pas l'avoir entendu préciser que ce serait aujourd'hui.

Hölderlin leva son journal et ajouta :

— En tout cas, je n'ai pas eu cette impression.

— Pourquoi veut-il nous questionner ?

— Je l'ignore.

— Tout de même… il ne nous soupçonne pas. Il ne pense sûrement pas que nous…

— Bien sûr que non ! s'écria Hölderlin en élevant la voix. Ne sois pas ridicule ! Il sait que nous n'avons rien à voir avec cette histoire !

Il tourna la page avec colère.

Juno porta sa tasse de café à ses lèvres, mais ne but pas.

— Je l'espère, dit-elle d'un ton plus calme. Il semble être un homme raisonnable.

— Oui, confirma son mari d'un ton bourru. Très raisonnable.

Juno avala une minuscule gorgée et poursuivit :

— Le petit serrurier était vraiment bouleversé. Accablé.

Derrière son journal, Hölderlin répliqua :

— Herr Uberhorst est très sensible.

— Oui. Je crois qu'il a toujours un de mes livres. Je lui avais prêté mon « Madame Blavatsky[1] ». Peut-être pourrais-tu le récupérer, mon chéri… si tu passes par là ?

— Oui… oui.

— C'est vrai qu'il est sensible. Mais il y avait autre chose, tu ne crois pas ?

Hölderlin ne répondit pas.

— La manière qu'il avait de la regarder…

Hölderlin abaissa son journal avec une impatience manifeste.

— Comment ?

— Tu n'as pas remarqué ?

— Quoi ? lâcha son mari du ton irrité.

Juno cilla.

— La manière dont Herr Uberhorst regardait Fräulein Löwenstein. La manière dont il était suspendu à ses lèvres.

Hölderlin secoua son crâne luisant et continua sa lecture.

— On aurait dit un écolier, reprit Juno. Note bien qu'il n'était pas le seul. Elle semblait exercer… comment dire… un pouvoir sur les hommes. Tu ne trouves pas ? Si tu veux mon avis, le comte était lui aussi entiché d'elle – tout comme le jeune Braun. Bien sûr, on ne peut nier qu'elle avait un don. Elle était très douée.

1. Helena Petrovna Blavatsky, ou HPB (1831-1891), d'origine russe, fonda la Société théosophique en 1875 à New York et laissa une œuvre ésotérique abondante. *(N.d.T.)*

Bénie de Dieu, pourrait-on dire. Curieux, n'est-ce pas ? Qu'une femme aussi vaniteuse – j'ignore si ce n'est pas méchant de dire ça –, qu'une femme aussi vaniteuse, aussi préoccupée de son apparence, possède un tel don. Mais qui suis-je pour mettre en question la volonté du Seigneur ? Un tel don est un cadeau de Dieu… ça, au moins, j'en suis certaine.

Lorsqu'elle se tut, le silence fut écrasant.

— Heinrich ?

Son mari ne répondit pas.

Juno reposa sa tasse bruyamment dans sa soucoupe.

— Heinrich ? répéta-t-elle un peu plus fort. Tu ne m'écoutes pas !

Derrière l'écran protecteur de son journal, les yeux écarquillés, Heinrich Hölderlin se concentrait sur une réclame pour le dentifrice Kalodont : « Indispensable. » Il avait entendu chaque mot prononcé par son épouse, et sa bouche était devenue toute sèche – comme si on l'avait emplie de sciure. Hölderlin déglutit afin de chasser cette sensation inconfortable, mais sans résultat.

9

Ses cheveux tirés en arrière et ses sourcils légèrement froncés en permanence laissaient deviner un tempérament sérieux. Malgré sa jeunesse, rien en elle ne suggérait la naïveté ou l'insouciance.

De la salle d'examen, Liebermann entendit un homme hurler quelque part. Il était pour sa part habitué à ce genre de bruits à l'hôpital, mais craignait que ces cris angoissés – évoquant la pratique de quelque torture médiévale – ne troublent sa nouvelle patiente.

La jeune femme leva la main gauche pour réprimer une toux persistante. Sa main droite resta singulièrement immobile – paume ouverte et doigts repliés, comme les pétales d'une fleur en train de mourir.

Les hurlements cessèrent.

— Avec votre permission, j'aimerais vous examiner le bras, Miss Lydgate, dit Liebermann.

— Bien sûr.

Sa voix était douce, mais un peu rauque, conséquence, sans aucun doute, de sa toux continuelle.

Liebermann remonta la manche droite de la chemise d'hôpital. Le bras était mince, presque décharné, et, sous le papier crépon transparent de la peau, le réseau de veines était visible.

— Pourriez-vous fermer les yeux, s'il vous plaît ? Maintenant, dites-moi si vous sentez quelque chose.

De la pointe d'un crayon, Liebermann frappa légèrement la paume, le poignet et l'avant-bras de la jeune femme sans obtenir de réaction. Quand il atteignit un point situé près de l'épaule, elle tressaillit soudain et dit :

— Oui, je sens quelque chose, là.

En continuant à tapoter dans cette région, Liebermann put déterminer que la paralysie avait commencé de façon très soudaine. On aurait dit qu'une amulette protégeait le haut du bras, tandis que, plus bas, les récepteurs sensoriels ne fonctionnaient plus. Une telle frontière ne correspondait pas à la continuité du système nerveux. Le phénomène était une aberration physiologique et constituait un symptôme essentiel de l'hystérie.

— Merci, Miss Lydgate. Vous pouvez ouvrir les yeux. Quand avez-vous constaté pour la première fois cette paralysie ?

— La semaine dernière.

— Aviez-vous déjà eu des problèmes de cet ordre ?

— Non.

— La paralysie s'est-elle déclarée tout d'un coup ou peu à peu ?

— Tout d'un coup. En me réveillant, je n'ai pas réussi à bouger le bras.

— Même pas les doigts ?

— Non.

— Est-ce que, depuis, la paralysie a été constante, ou vous est-il arrivé de sentir quelque chose ?

— Elle a été constante.

Liebermann baissa la manche de Miss Lydgate et, avec quelque affectation, en aligna le bord sur les lignes de son poignet.

— Votre toux a-t-elle débuté en même temps ?

— Oui.

— S'est-il produit un événement important la semaine dernière ?

— Non. Pas vraiment.

— Avez-vous d'autres problèmes de santé ?

Avant de répondre, elle prit une profonde inspiration.

— Je souffre d'aménorrhée.

— Je vois, dit Liebermann qui s'efforça de lui faire oublier sa gêne en s'en tenant à une attitude strictement professionnelle. À quand remontent vos dernières règles ?

Les joues de Miss Lydgate se colorèrent et parurent aspergées d'une pincée d'ocre.

— Il y a trois mois.

— J'imagine que vous n'avez pas eu beaucoup d'appétit, ces temps-ci.

— En effet.

Liebermann ouvrit son carnet et prit des notes.

— Votre allemand est remarquable, Miss Lydgate.

Un sourire s'esquissa, mais ne parvint pas à s'épanouir. Très vite, le léger froncement de sourcils s'imposa de nouveau.

— Je n'ai aucun mérite. Mon grand-père était allemand… et ma mère me parlait allemand quand j'étais petite.

Liebermann passa à une nouvelle page et entreprit de questionner Miss Lydgate sur sa situation. Il apprit qu'elle habitait avec des parents éloignés : Herr Schelling (un parlementaire appartenant au Parti chrétien-social[1]), Frau Schelling et leurs deux enfants, Eduard et Adele. Herr Schelling avait accepté de fournir une chambre et des appointements mensuels à Miss Lydgate, engagée comme gouvernante ; toutefois, sa seule véritable tâche consistait à enseigner l'anglais écrit et oral à Eduard et à Adele.

— Combien de temps avez-vous l'intention de rester à Vienne ? demanda Liebermann.

— Un certain temps. Des années, peut-être.

— Les Schelling vous l'ont-ils proposé ?

— Ce n'est pas nécessaire. Je ne souhaite pas conserver mon emploi de gouvernante chez eux.

— Non ?

Elle secoua la tête et poursuivit :

— Non. Je veux étudier la médecine.

— Ici ? demanda Liebermann en haussant les sourcils. À Vienne ?

— Oui, répondit Miss Lydgate. L'université accepte depuis peu les étudiantes.

— Ah bon. Mais pourquoi ici ? Si vous souhaitez étudier la médecine, ne serait-il pas plus commode pour vous de le faire à Londres ?

— Je suis venue à Vienne à cause du Dr Landsteiner. Voyez-vous, je m'intéresse…

Elle s'interrompit avant de reprendre :

— Je m'intéresse au sang.

Ses yeux avaient une couleur peu courante. Ni bleus ni gris, ils étaient entre les deux, un mélange qui, pour Liebermann, évoquait l'étain. D'une profondeur saisissante, les iris étaient subtilement rehaussés d'une teinte plus foncée sur le bord externe. La jeune femme se rendit compte que Liebermann avait besoin d'une explication.

1. Le Parti chrétien-social (*Christlichsoziale Partei*) a été fondé en 1893. *(N.d.T.)*

— Mon grand-père était médecin, et il a écrit de nombreux articles sur les maladies du sang. En outre, il était fasciné par les savants anglais du siècle des Lumières – surtout ceux qui avaient expérimenté la transfusion. Après avoir lu son journal, qui contenait des informations détaillées sur ses idées et ses observations scientifiques, je me suis moi aussi intéressée à ce sujet. En mélangeant des échantillons de sang et en les examinant au microscope, il a établi que le sang n'est pas une substance unique, mais peut être classé selon différents types. En conséquence, il a suggéré que l'incompatibilité sanguine était la raison principale de l'échec des transfusions qu'on avait tentées jusque-là. Mon grand-père semble donc avoir devancé de plus d'un demi-siècle la récente découverte de Landsteiner. Je suis entrée en correspondance avec le Dr Landsteiner quand j'étais encore en Angleterre, et, après mon arrivée à Vienne, il m'a invitée à des réunions de l'Institut de pathologie.

— Pour discuter du travail de votre grand-père ?

— Oui et…

Elle marqua une pause avant de continuer.

— Et pour que je lui expose certaines de mes idées. Le Dr Landsteiner m'a promis que, si je suis acceptée par l'université, je pourrai travailler dans son laboratoire.

— Vous devez l'avoir beaucoup impressionné.

Déconcertée par ce compliment, elle baissa les yeux.

Liebermann l'encouragea à parler en détail de son grand-père et du journal qu'il avait tenu. Bien qu'un peu réticente au début, sa patiente se mit bientôt à s'exprimer avec beaucoup d'aisance et d'enthousiasme. Le Dr Ludwig Buchbinder était allé en Angleterre à la demande du prince Albert en personne. La reine Victoria l'avait nommé médecin ordinaire, mais sa tâche excédait largement l'exercice de la médecine. Il était le confident du prince consort et joua un rôle significatif dans la conception et l'organisation de la Grande Exposition. Il faisait aussi partie d'un petit groupe de médecins qui recommandaient vivement l'usage du stéthoscope (un instrument que la plupart des praticiens britanniques considéraient avec une forte méfiance parce qu'il venait du Continent). Malgré son emploi du temps chargé, Buchbinder réussit à s'adonner à sa passion pour l'histoire de la médecine et, le moment venu, tomba sur plusieurs comptes rendus d'expériences de transfusion menées au XVIIe siècle sous l'égide de la Royal Society. Il s'établit à Londres… et se maria à un âge assez avancé. Le couple eut deux filles, dont la cadette, Greta, était la mère de Miss Lydgate. Plus tard, Buchbinder poursuivit ses recherches sur de nombreux sujets pratiques, y compris les propriétés analgésiques des plantes. Parmi la liste de celles qu'il avait retenues, on trouvait *Salix alba*, le saule blanc (dont un dérivé avait été introduit sous le nom d'aspirine par Hoffmann à peine trois ans plus tard).

— Fascinant, dit Liebermann. Ce devait être un homme vraiment remarquable.

— En effet. Le Dr Landsteiner pense que le journal de mon grand-père devrait être préparé en vue d'une publication.

— Seriez-vous prête à vous charger de cette tâche ?

— Quand j'irai mieux, oui.

— Et qu'en est-il du reste de votre famille ?

Miss Lydgate passa de son illustre grand-père à sa mère, qu'elle décrivit avec une immense affection. Puis elle parla de son père, Samuel Lydgate, un professeur de sciences et un gentleman aux sympathies nettement progressistes. Il estimait que les femmes modernes devaient avoir les mêmes chances et les mêmes droits que les hommes, et avait traité sa fille en conséquence. Miss Lydgate était fille unique, et Liebermann se demanda quelle aurait été son éducation si Greta Lydgate avait donné à son mari plusieurs enfants avec lesquels mettre en œuvre ses principes pédagogiques. Il constatait en effet qu'elle avait été la bénéficiaire – ou la victime – d'une éducation singulièrement exigeante.

Les Lydgate habitaient à quelques kilomètres au nord de la capitale. Liebermann avait visité Londres à plusieurs reprises, mais n'avait jamais entendu parler de Highgate. La description de Miss Lydgate évoquait une sorte de Grinzing[1] anglais : un village construit sur une hauteur, d'où, le soir, un visiteur pouvait admirer le spectacle étincelant des lumières de la ville, en bas.

Une fois convaincu qu'il disposait de renseignements suffisants, Liebermann traça une ligne sous ses notes et releva la tête. De nouveau, il fut surpris par l'expression intense de sa patiente : les yeux d'étain luisaient sous le front plissé, les cheveux étaient sévèrement tirés en arrière. Il sourit pour l'inviter à faire de même, mais Miss Lydgate se contenta de pencher la tête sur le côté – semblant déconcertée par son attitude. Puis, sans transition, elle demanda :

— Est-ce une batterie, docteur Liebermann ?

Liebermann se retourna vers le fond de la pièce. Dans un coin, un grand coffre en bois était posé sur un chariot d'hôpital.

— Oui.

— Est-ce que mon traitement d'électrothérapie va commencer aujourd'hui ?

Elle prononçait ces mots d'une voix égale, dénuée d'émotion.

— Non, répondit Liebermann.

— Demain, alors ?

Elle réprima une toux nerveuse.

— Peut-être.

— Le professeur Gruner m'a dit que…

Liebermann l'interrompit.

— Miss Lydgate, je crois que, pour le moment, nous devrions nous contenter de parler.

1. Ancien village vigneron, Grinzing est aujourd'hui un quartier de Vienne. *(N.d.T.)*

— De quoi ?

Liebermann joignit le bout des doigts.

— De vous. Et de vos symptômes, évidemment.

— Quel bien cela me fera-t-il ?

Avant qu'il puisse répondre, on frappa à la porte.

Stefan Kanner entra. Il jeta un bref coup d'œil à Miss Lydgate puis s'adressa tout bas à Liebermann.

— Excuse-moi, Max, mais je crois que tu as emporté les clés de la réserve.

Liebermann se leva et sortit trois trousseaux de sa poche : clés de son appartement, de l'hôpital et, enfin, celles de la réserve.

— Ah, oui ! Que je suis bête.

Avant que Kanner puisse les prendre, l'attention des deux hommes se reporta sur Miss Lydgate. Elle s'était mise à tousser avec une violence considérable – une affreuse toux sèche, râpeuse. Soudain, elle se pencha en avant, prise de haut-le-cœur. Sa colonne vertébrale et ses omoplates saillantes étaient bien visibles sous la chemise d'hôpital. On aurait dit qu'une étrange créature marine aux énormes branchies et à la longue queue segmentée s'était collée à son corps – et s'efforçait de la tuer sous ses assauts.

Kanner était le plus près du lavabo, sous lequel se trouvait un vieux seau en fer-blanc. D'un geste vif, il l'attrapa et le plaça par terre devant le fauteuil de la patiente. Il posa alors une main réconfortante sur le dos de la jeune femme.

Ce qui se passa ensuite ne dura qu'un instant, mais se grava dans la mémoire de Liebermann.

La patiente se contorsionna – comme si Kanner lui avait appliqué un fer rouge entre les omoplates. Ce contact la fit tressaillir et sa colonne vertébrale se tortilla dans tous les sens pour échapper à ses doigts.

Miss Lydgate subissait une transformation extraordinaire. L'Anglaise à la voix douce semblait possédée par quelque chose de démoniaque, et son expression était devenue haineuse, venimeuse. Ses yeux injectés de sang lui sortaient de la tête, et une épaisse veine bleue se dessinait sur son front – zébrure marquée qui tranchait sur la pâleur de sa peau. Animée d'une colère inhumaine, elle avait un rictus méprisant, désagréable. Figé sur place, en état de choc, Kanner l'observait. Mais ce ne fut pas l'expression diabolique de Miss Lydgate qui retint l'attention de Liebermann. Une chose beaucoup plus importante venait de se produire : morte jusque-là, sa main droite était revenue à la vie et se tordait avec fureur.

10

Au-dessus de la tête du commissaire Manfred Brügel était accroché l'immense portrait de l'empereur François-Joseph qu'on trouvait dans la plupart des foyers et dans presque tous les bâtiments publics. Semblant éternel, le patriarche impérial était omniprésent, on ne pouvait échapper à sa vigilance. Comme beaucoup de fonctionnaires gradés, Brügel avait décidé d'affirmer son soutien aux Habsbourg en se laissant pousser les énormes favoris qu'arborait le monarque.

Brügel examina la première photographie : Fräulein Löwenstein allongée sur la méridienne, la tache de sang bien visible à l'endroit du cœur.

— Jolie fille.

— Oui, monsieur, dit Rheinhardt.

— Savez-vous ce qui est arrivé à la balle ?

— Non, monsieur.

— Bon, avez-vous échafaudé une hypothèse quelconque ?

— Pas encore, monsieur.

— Et Mathias ? Qu'en pense-t-il ?

— Le professeur Mathias n'a pas pu expliquer ce qu'il a trouvé à l'autopsie.

Brügel lâcha la première photo et en attrapa une deuxième : un portrait en buste de la victime. Elle avait l'air d'une Vénus endormie.

— Très jolie, répéta Brügel.

Après avoir contemplé Charlotte Löwenstein quelques minutes de plus, le commissaire releva sa tête massive et considéra son subordonné d'un air maussade.

— Croyez-vous au surnaturel, Rheinhardt ?

L'inspecteur hésita.

— Eh bien ?

— Je pense que nous ne devrions envisager cette explication qu'une fois toutes les autres éliminées, répondit Rheinhardt en choisissant ses mots avec soin.

— Vraiment… mais je vous demandais si vous y croyiez ou non.

Rheinhardt changea de position pour échapper au malaise que lui causait le regard inquisiteur du commissaire.

— Il serait présomptueux de supposer que nous avons une compréhension totale du monde dans lequel nous vivons. J'ose affirmer que de nombreux phénomènes n'ont pas livré leurs secrets à la science. Mais, avec tout le respect que je vous dois, monsieur… je suis policier, et non pas philosophe.

Brügel sourit, un demi-sourire énigmatique – opaque et corrosif.

— Cette affaire va attirer l'attention, Rheinhardt. Vous vous en rendez compte, n'est-ce pas ?

— Les éléments que nous avons rassemblés jusqu'ici sont en effet… curieux.

— Curieux ?

Le commissaire souffla comme si ce mot était resté coincé et qu'il essayait de le déloger de sa lèvre supérieure.

— Les éléments ne sont pas curieux, Rheinhardt, ils sont extraordinaires ! J'imagine que nos amis du *Wiener Zeitung* vont exploiter chaque détail pour faire du sensationnel. Et vous savez ce que ça veut dire, Rheinhardt ?

La question étant de pure rhétorique, le commissaire poursuivit :

— Le public attend des résultats !

Brügel attrapa la troisième photographie : un gros plan de la blessure. À côté du cratère déchiqueté, il y avait une règle métallique. La main de la personne qui la tenait apparaissait dans le coin inférieur droit.

— Ce genre d'affaire influence l'opinion publique, poursuivit Brügel. Élucidez une énigme de cette sorte, et la sûreté de Vienne recevra les félicitations de tout l'empire de Sa Majesté, d'ici aux postes les plus reculés.

En disant ces mots, il indiqua du pouce le tableau de François-Joseph, derrière lui.

— Échouez et…

Le commissaire marqua une pause.

— Échouez… et nous risquons de nous couvrir de ridicule. Je vois d'ici les gros titres : « Le démon de Leopoldstadt se rit de la police viennoise. » Ce n'est pas ce que nous voulons, n'est-ce pas, Rheinhardt ?

— Non, monsieur.

Brügel repoussa les clichés de Charlotte Löwenstein sur son bureau.

— Tenez-moi au courant, Rheinhardt.

L'entretien était terminé.

11

Pendant qu'Oskar Rheinhardt feuilletait sa partition, Liebermann s'amusait à improviser une simple suite d'accords sur le Bösendorfer. En la répétant, il s'aperçut qu'il avait inconsciemment joué les harmonies de la *Marche nuptiale* de Mendelssohn. Lorsqu'il leva les yeux sur Rheinhardt – le plus heureux des maris –, il éprouva un étrange sentiment de camaraderie. Bientôt, il rejoindrait lui aussi la confrérie des hommes mariés. Impatient d'annoncer ses fiançailles à son ami, Liebermann reconnut néanmoins qu'il serait plus correct de prévenir d'abord sa propre famille.

— Oskar ? Ce sera bientôt ton anniversaire de mariage… n'est-ce pas ?

— Le mois prochain, en effet.

— Le 19 ?

— Oui, c'est exact.

— As-tu déjà acheté le cadeau d'Else ?

— J'ai eu quelques rendez-vous clandestins avec Maria, sa couturière.

— Ah ! souffla Liebermann en plaquant un accord menaçant dans le registre grave du clavier.

— Faire une robe, c'est compliqué, expliqua Rheinhardt. Plus que tu ne le penses.

— Oui, je suppose.

— Maria m'a recommandé des tas de choses… tissus, modèles. Elle m'a dit qu'elle pouvait copier une robe qu'elle a vue dans la boutique de Bertha Fürst – le magasin à la mode dans la Stumpergasse. J'espère que je n'ai pas fait de bêtise.

— Je suis sûr que non. Quelle couleur as-tu choisie ?

Liebermann commençait à jouer une gamme chromatique en tierces, mais il s'arrêta quand il se rendit compte que son ami n'avait pas répondu. En levant la tête, il constata qu'il avait l'air un peu embarrassé. Sa moustache impeccable remuait de droite à gauche et son expression reflétait un épuisement mental croissant.

— Que se passe-t-il, Oskar ?

— Eh bien, je ne suis pas sûr de ce que nous avons fini par choisir. Nous en avons tellement parlé… et il y avait une infinité de teintes. Est-ce que c'était une certaine nuance de vert ? Je ne m'en souviens plus.

Liebermann haussa les épaules.

— Ne fais pas tant d'effort… ça te reviendra tout seul.

Voyant que son ami ne suivait pas son conseil, Liebermann tapota l'amoncellement de partitions posées à côté du pupitre et demanda :

— Alors, par quoi allons-nous terminer ?

— Je ne vois rien d'autre là-dedans…

Rheinhardt posa le volume qu'il avait à la main et proposa :

— Pourquoi pas un Schubert ?

— Parfait.

— *Das Wandern* ?

Liebermann laissa courir un doigt sur les dos des partitions et tira *La Belle Meunière* de la pile. Il l'ouvrit à la première page et, quand son ami fut prêt, joua les quatre mesures d'introduction. Le Bösendorfer avait un son riche, plein, et Liebermann enfonçait les touches avec délectation.

Soudain, Rheinhardt leva la main.

— Non, Max.

Liebermann s'arrêta de jouer et regarda son ami d'un air interrogateur.

— Je me demandais si on ne pouvait pas le prendre un peu plus lentement ?

— Bien sûr.

Liebermann recommença depuis le début, et, cette fois, son accompagnement évoquait plus une flânerie qu'une marche à pas vifs. Bientôt Rheinhardt ouvrit la bouche et emplit la pièce de sa voix chaude et mélodieuse de baryton.

— *Das Wandern ist des Müllers Lust, das Wandern*[1] *!*

Lied du voyage – évoquant une scène pastorale faite de chemins de campagne, de ruisseaux gazouillant et de moulins aux ailes en mouvement.

— *Das Wandern ! Das Wandern !*

1. « Le voyage est la joie du meunier, le voyage ! » *(N.d.T.)*

Rheinhardt s'attardait sur chaque mot, savourait chaque phrase, et Liebermann s'adaptait à son humeur en rendant l'accompagnement moins vif, moins léger, pour donner l'impression d'un voyageur fatigué, à bout de forces, qui luttait pour parvenir à sa destination. Le résultat était étrangement élégiaque. Après la dernière mesure, les deux hommes gardèrent le silence, gagnés par un état d'esprit paisible, méditatif.

— Un charme certain, estima Liebermann. Bien sûr, ce n'est pas là l'interprétation habituelle, mais elle n'en a pas moins beaucoup d'attrait.

Il referma la partition.

— Ah ! s'écria Rheinhardt en sursautant.

— Quoi donc ?

— La couleur de la robe d'Else. Elle est bleue ! Une robe du soir bleue.

— Tu vois bien. Je t'avais dit que ça te reviendrait.

Liebermann posa *La Belle Meunière* sur la pile de partitions, replia le pupitre et rabattit le couvercle du piano. En se levant, il ne put s'empêcher de caresser la surface luisante de l'instrument.

La salle de musique était vaste et sa décoration moderne. D'un noir mat, les sièges étaient tapissés d'un tissu dont le motif formait de simples lignes rouges sur fond chamois. Le tapis, lui aussi, était dépouillé – une discrète bordure de petits carrés bleus et rouges. Rheinhardt ne partageait pas les goûts de son ami pour l'art moderne qui, en fait, le plongeait dans la perplexité. Il se sentit donc beaucoup mieux quand Liebermann ouvrit la porte à double battant derrière laquelle se trouvait le fumoir lambrissé : fauteuils en cuir, feu crépitant dans la cheminée, et table sur laquelle le domestique avait placé un flacon de brandy, des verres en cristal et deux gros cigares dont on venait de couper le bout.

Rheinhardt s'installa dans le fauteuil de droite, celui qu'il choisissait toujours, et se perdit dans la contemplation des flammes. Il entendait que Liebermann servait le brandy, mais ne détourna pas les yeux jusqu'au moment où son ami lui offrit un cigare. Une fois tous deux pourvus d'un verre et d'un cigare, Liebermann prit la parole.

— Bon, Oskar, tu es sur le point de me parler d'une enquête criminelle. Et, si je ne m'abuse, tu vas me demander mon aide.

Rheinhardt se mit à rire.

— Est-ce aussi évident ?

— Oui. Le corps a été découvert jeudi après-midi, et tu as dû enfoncer une porte pour pouvoir entrer dans l'appartement. La victime était une jeune femme d'environ vingt-cinq ans, très séduisante. Blessée mortellement, elle avait perdu une grande quantité de sang qui tachait sa… laisse-moi réfléchir : sa robe était bien bleue ?

Liebermann avala une gorgée de brandy et sourit à son ami, puis ajouta :

— Il est bon, tu devrais le goûter.

Rheinhardt suivit ce conseil et hocha la tête d'un air appréciateur avant de demander :

— Alors, comment me suis-je trahi, cette fois ?

— Au début de la soirée, nous parlions de Schubert et, sans le faire exprès, tu as confondu le quatuor à cordes intitulé *La Jeune Fille et la Mort* avec le quintette dit *La Truite* ! Je sais parfaitement que tu connais très bien le répertoire schubertien. J'estime donc que cette erreur – ce lapsus – était révélatrice. Dans la mesure où tu es inspecteur de police, le genre de mort qui te préoccupe surtout est le meurtre. Le terme « jeune fille » implique jeunesse et beauté… En assemblant tous ces éléments, j'en ai déduit que tu étais influencé par un souvenir inconscient. Celui d'une jeune femme assassinée.

Incrédule, Rheinhardt secoua la tête.

— Bon, mais le sang… le sang sur la robe bleue ? Comment as-tu trouvé ça ?

— En chantant *Auf dem See*[1], le lied de Hugo Wolf, tu as trébuché sur le mot « sang » deux fois de suite. J'y ai vu la confirmation de mes suppositions. Quand je t'ai demandé ce que tu comptais offrir à ta femme pour votre anniversaire de mariage, tu m'as dit : une robe. Mais, au début, tu ne te souvenais pas de la couleur que la couturière t'avait recommandée. Toutefois, un peu plus tard, tu te l'es rappelée : du bleu. J'en ai déduit que tu réprimais l'idée d'une robe bleue.

Liebermann secoua son cigare au-dessus du cendrier et fit tomber un cylindre de cendres.

— Et la date de l'enquête ? Comment savais-tu que c'était jeudi ?

— Nous nous sommes croisés… tu te rappelles ? Devant l'*Imperial* ?

— Oui, bien sûr, mais…

— Tu étais terriblement pressé. À partir de là, je me suis donc livré à une simple supposition… rien de psychologique, cette fois, je le crains.

Rheinhardt se pencha vers son ami.

— À propos, encore merci pour m'avoir permis de réquisitionner ton fiacre. Est-ce que tu t'es beaucoup mouillé ?

— Oui, j'étais trempé.

— Oh ! je suis navré…

Rheinhardt eut une expression chagrinée à l'extrême – ses yeux battus, mélancoliques, trahissaient une angoisse et une compassion considérables.

— Ce n'était pas aussi terrible que ça, Oskar, dit Liebermann, gêné par l'attitude contrite de son ami.

Rheinhardt esquissa un sourire et continua à se poser des questions sur les déductions de Liebermann.

— Max, tu as dit que j'avais dû enfoncer une porte pour entrer dans l'appartement. C'était là aussi une simple supposition ?

1. « Sur le lac. » *(N.d.T.)*

— Non. Pendant une grande partie de la soirée, tu t'es frotté distraitement l'épaule. Tu fais toujours ça quand tu as enfoncé une porte. Tu dois avoir des ecchymoses. Puis-je te suggérer de te servir de ton pied la prochaine fois ?

Rheinhardt se tut un instant avant de se mettre à rire.

— Remarquable. Tu as fait preuve d'une grande perspicacité, Max.

Liebermann se carra dans son fauteuil et tira sur son cigare avant d'observer :

— Mais ce que je n'ai toujours pas compris, c'est pourquoi tu as besoin de mon aide. Il doit y avoir quelque chose de spécial, d'insolite dans cette affaire.

L'expression de Rheinhardt s'assombrit.

— Oui, en effet.

Liebermann se tourna face à son ami.

— Vas-y…

— La victime était une spirite, une médium du nom de Charlotte Löwenstein. Nous avons découvert son corps jeudi après-midi dans son appartement qui donne sur la place du marché, à Leopoldstadt.

Liebermann prit sa position d'écoute, main droite repliée contre la joue, index allongé sur la tempe.

— Apparemment, on lui a tiré une balle dans le cœur, poursuivit Rheinhardt. Mais la pièce dans laquelle nous avons trouvé le corps était fermée à clé de l'intérieur, et l'arme du crime avait disparu. Pourtant, il n'existe aucun moyen de s'échapper.

— Tu en es sûr ?

— Les annales criminelles font état d'un certain nombre de cas similaires – un cadavre retrouvé dans une chambre close. En général, l'assassin s'est caché. Il a attendu dans une alcôve secrète, et il est parti quand la porte, enfin, a été ouverte. Les murs de Fräulein Löwenstein ne présentent pas le moindre renfoncement, et le parquet est solide.

Rheinhardt lâcha d'épaisses volutes de fumée avant de reprendre :

— De surcroît, quand le professeur Mathias a pratiqué l'autopsie, il n'a pas pu retrouver la balle. Il n'y avait pas de blessure secondaire – prouvant qu'elle aurait pu ressortir du corps – ni la moindre trace indiquant qu'on l'avait retirée.

Rheinhardt s'interrompit pour évaluer la réaction du jeune médecin et vit dans ses yeux plissés le soupçon qu'il escomptait. De l'index, Liebermann se tapotait la tempe.

— C'est un tour que quelqu'un a joué, n'est-ce pas ? Une illusion.

— Je suppose que tel doit être le cas.

— Pourquoi s'arrêter à une supposition ? C'est fascinant que quelqu'un se soit donné tout ce mal... Enfin, quelle sorte de personne irait...

Rheinhardt l'interrompit.

— Et ce n'est pas tout, Max. Nous avons trouvé ceci à côté du corps.

L'inspecteur sortit de sa poche le message de Fräulein Löwenstein et le tendit à Liebermann qui le lut tout haut.

— « Dieu me pardonne pour ce que j'ai fait. Certaines connaissances sont bel et bien interdites. Il m'enverra en enfer... sans aucun espoir de rédemption. »

Sa voix était assurée et dépourvue d'émotion.

— Alors, qu'est-ce que tu en dis ? demanda Rheinhardt.

Liebermann scruta le papier avec attention avant de répondre :

— C'est l'écriture assez élégante d'une femme. Je n'ai jamais vu un seul homme remplacer les points par des petits ronds.

Il retourna alors la feuille pour en examiner le verso.

— Elle était très tendue en rédigeant ce message et écrasait la plume sur le papier. Après avoir tracé le dernier mot, elle ne l'a pas relevée aussitôt. Je le sais parce que l'encre s'est accumulée, là.

Il montra l'endroit.

— Ensuite, j'imagine qu'elle s'est levée à la hâte, et un arc s'est formé sur la page…

Les yeux de Liebermann luisaient à la lueur du feu.

— Mais, ce que j'aimerais bien connaître, c'est l'identité de la tierce personne qui se trouvait là.

Rheinhardt faillit s'étrangler en avalant une gorgée de brandy.

— La tierce personne ? Quelle tierce personne ?

Liebermann eut un sourire matois.

— Quand ce message a été écrit, il y avait trois personnes dans la pièce. Fräulein Löwenstein, son assassin, et quelqu'un d'autre qui, je suppose, l'a accompagnée en enfer.

Rheinhardt secoua la tête.

— Voilà qui est absurde, Max ! Comment peux-tu le savoir en regardant ce message ?

Liebermann se leva de son fauteuil et, après un rapide survol de sa bibliothèque, revint avec un volume qu'il tendit à son ami.

— *Psychopathologie de la vie quotidienne*, lut Rheinhardt. Par le Dr Sigmund Freud.

— Oui, confirma Liebermann en se rasseyant. Je ne peux le recommander avec assez de chaleur. Comme tu le sais, Freud suggère que les lapsus peuvent être très révélateurs. Mais aussi certains actes dont on n'a pas conscience, par exemple laisser glisser la plume en écrivant. Tiens, regarde ce message, dit-il en le rendant à son ami. Tu ne remarques rien d'intéressant ?

— Tu veux sans doute parler du mot barré avant « m'enverra ».

— Exactement. Regarde bien… À ton avis, quel mot avait-elle commencé à écrire avant de le barrer ? Tiens le papier devant le feu – la rature devient moins opaque.

Rheinhardt s'exécuta.

— C'est difficile à dire, mais je pense… qu'elle avait écrit « nous ».

Liebermann sourit.

— Exactement. Elle allait écrire « Il nous enverra en enfer » au lieu de « Il m'enverra en enfer ». Pourquoi aurait-elle fait cette faute ?

Rheinhardt eut l'air un peu déçu.

— Tu sais, Max, parfois une faute n'est rien d'autre qu'une faute.

Liebermann joua une gamme silencieuse sur le bras de son fauteuil et se mit à rire tout bas.

— Oui, tu as sans doute raison, Oskar. Comme beaucoup de partisans de Freud, j'ai tendance à tout gâcher en allant parfois un peu trop loin.

12

Lorsque Natalie Heck passa devant les chapiteaux aux couleurs vives du Volksprater, elle se surprit à s'immobiliser une fois de plus pour regarder la grande roue, la Riesenrad, qui représentait un miracle d'ingéniosité. À peu près ronde, sa circonférence consistait en une ligne continue de poutrelles en fer reliées les unes aux autres par des boulons et, à l'intérieur du cercle, l'espace était occupé par un réseau d'énormes câbles métalliques destinés à les renforcer. Natalie imagina que la main d'un Titan pinçait ces fils, comme les cordes d'une gigantesque harpe. Le plus spectaculaire, toutefois, c'étaient les nacelles rouges, chacune de la taille d'un tramway, hissant leur fragile cargaison humaine au-dessus de la ville.

Lena, l'amie de Natalie, y était montée. Son père l'y avait emmenée quatre ans plus tôt, en 1898. Natalie connaissait la date exacte. En effet, la roue avait été installée pour commémorer le cinquantenaire du règne de l'empereur François-Joseph, et Lena avait été parmi les premiers visiteurs à poser le pied dans l'une des nacelles. Sa description avait terrifié Natalie. La montée trépidante, le halètement des passagers, les câbles tendus qui grinçaient et craquaient. Et, pire encore, le moment terrible où on était suspendu tout en haut – le vent avait secoué la nacelle de Lena, la faisant trembler et osciller comme un berceau. Une autre jeune femme s'était évanouie, semblait-il.

Lena avait de la chance – son père était encore en vie. Le père de Natalie était mort trois ans avant le jubilé de l'empereur, de sorte que, même si elle en avait eu envie, il n'aurait pas pu l'emmener dans la grande roue. Elle l'avait adoré. Après son décès, elle le convoquait avant de s'endormir, s'adressait à l'obscurité et imaginait les réponses de son père. Alors qu'elle avait souvent besoin de conseils, elle ne pouvait se tourner vers personne. Sa mère était devenue froide et distante.

La douloureuse sensation de perte avait duré des années, et aurait persisté si Natalie n'avait pas fait la connaissance de celle que les marchands (les hommes surtout) appelaient « la princesse » – une jeune femme gracieuse, élégante, qui s'exprimait si bien.

La princesse aimait particulièrement l'étal de Natalie, sur lequel était déployé un beau choix de châles brodés. Elle s'était présentée sous le nom de Charlotte Löwenstein, et Natalie était sincèrement étonnée qu'elle n'ait pas de titre de noblesse. De propos aimables, elles étaient passées à de vraies conversations, et, en apprenant son deuil, Fräulein Löwenstein avait aussitôt invité la « pauvre fille » à venir prendre le thé chez elle, juste en face. C'était à cette occasion que Natalie Heck avait entendu parler du don étrange de cette femme. Le jeudi soir suivant, Natalie était arrivée à huit heures précises à la porte de Fräulein Löwenstein. Trois heures plus tard, elle était recroquevillée dans son lit et pleurait de joie.

Mais, depuis, ses relations avec Fräulein Löwenstein étaient devenues de plus en plus compliquées, ses sentiments de plus en plus confus…

La grande roue tournait lentement, et Natalie devait la regarder avec beaucoup d'attention pour déceler son mouvement. Si la perspective d'un tour en Riesenrad accélérait sa respiration et lui comprimait la poitrine contre les baleines de son corset, son émotion n'était pas dénuée d'ambiguïté. Elle se sentait à la fois terrorisée et surexcitée.

Serrant son châle sur ses épaules, elle se hâta de poursuivre son chemin. Ce châle était bien joli – mais tout ce qu'elle confectionnait était joli, et elle était pour le moins très travailleuse.

Fräulein Löwenstein est morte.

Comme la grande roue, cette pensée suscitait frayeur et surexcitation. Dérangeante, une légère culpabilité affleura à la conscience de Natalie lorsqu'elle osa songer que, dorénavant, les choses pourraient s'améliorer.

En pénétrant dans Leopoldstadt, la jeune fille fit un détour pour ne pas passer près de l'appartement de Fräulein Löwenstein. Le jeudi précédent était encore frais dans sa mémoire : les policiers avec leurs calepins, les voix étouffées, les sanglots de Herr Uberhorst, et le fait de savoir que, pendant tout ce temps, la morte se trouvait dans la pièce voisine. Natalie avait été incapable de chasser des images troublantes, des représentations macabres du cadavre de Charlotte Löwenstein étendu sur le sol ou gisant sur la méridienne, telle une héroïne romantique au sort tragique.

Fräulein Löwenstein était – ou plutôt avait été – une belle femme. Si belle que Natalie n'avait jamais essayé de rivaliser avec elle. Elle ne prenait pas la peine de remonter ses cheveux, de se poudrer le visage ou de porter une robe décolletée en sa présence. En fait, c'était plutôt l'inverse. Certes, elle était jeune, bien faite et avait des yeux sombres qui, ces dernières années, lui avaient valu plus d'un compliment. Mais, comme tout le monde, elle savait que Fräulein Löwenstein était une rivale inattaquable en affaires de cœur. Pendant les séances, quand ses lèvres pleines s'écartaient en un sourire radieux à la lueur vacillante des bougies, sa beauté était troublante.

Quand Natalie avait avoué son secret (et son désespoir) à Lena, son amie lui avait dit qu'une femme comme Fräulein Löwenstein devait avoir conclu un pacte avec le Malin. C'était une plaisanterie, mais, à présent, Natalie se demandait si une telle chose était possible. La police lui avait posé de fort étranges questions en vérité…

Les grandes rues de Leopoldstadt étaient bien fréquentées, mais, derrière, il y avait des ruelles mal entretenues, minables. Les vieux immeubles lugubres, élevés, cachaient la plus grande partie du ciel. Natalie accéléra le pas, glissa, et dut se raccrocher à un lampadaire pour ne pas tomber.

Elle était tout près de chez elle.

Un gros rat noir s'élança d'un tas d'ordures et détala dans la rue. Elle frémit et s'arrêta bientôt, puis décida de faire un détour. En s'engageant dans une rue perpendiculaire, elle avança dans le sinistre labyrinthe.

C'était tellement injuste, se dit-elle, qu'un homme de sa classe et de son talent en soit réduit à la misère. Felix, son vil frère aîné, l'avait dépossédé d'un héritage et, à présent, en sa qualité d'artiste, il devait tirer le diable par la queue. Il se débattait toujours pour trouver de quoi payer son loyer, et Natalie s'était mise à lui prêter de petites sommes afin de lui éviter l'expulsion. Leur amitié s'étant approfondie, elle avait sorti plus d'une fois des pièces de sa tirelire, cachée sous une lame de parquet, dans sa chambre. Avec le temps, les piécettes s'étaient additionnées pour donner un montant non négligeable et, à présent, sa tirelire était presque vide.

Mais ça en valait la peine. Un mois plus tôt, tous deux se promenaient sur les pelouses du Prater, observaient les cerfs et parlaient des projets d'avenir du jeune homme – une grande exposition dans le nouveau bâtiment réservé aux adeptes de la Sécession viennoise, avec des peintres aussi réputés que Gustav Klimt. Il l'avait remerciée, l'avait appelée son « sauveur », son « ange ». Puis, sans prévenir, il s'était penché et avait déposé un baiser sur sa joue. Ce geste n'était pas correct, mais elle n'avait pas protesté. Le curieux mélange de peur et de surexcitation qu'elle avait éprouvé lui avait donné le vertige.

Natalie porta la main à son visage afin de sentir l'endroit où ses lèvres avaient effleuré sa peau.

« La beauté n'est pas tout, songea-t-elle. Il y a aussi la gentillesse. »

Pourtant, l'image de Fräulein Löwenstein traversa de nouveau son esprit – sa beauté encore rehaussée par ses récentes acquisitions : collier de perles, boucles d'oreilles en diamant, ravissante broche en forme de papillon (censée être l'œuvre de Peter Breithut). Ainsi parée, Fräulein Löwenstein, parfaite, se riait des honorables sentiments de la couturière.

Quand Natalie arriva devant chez lui, elle trouva la porte de l'immeuble ouverte. Elle ne tenait que par un gond. Natalie se glissa dans le couloir humide et obscur. L'air confiné sentait le chou bouilli et l'urine. Elle entendait un bébé pleurer, mais pas de voix d'adultes. Les murs étaient striés d'humidité et, à un ou deux endroits, le plâtre s'était effrité par grosses plaques. La jeune fille frémit, courut dans l'escalier, traversa le palier et frappa doucement à sa porte.

— Otto. Otto, c'est moi. Natalie.

Il n'y eut pas de réponse.

Elle frappa de nouveau, plus fort cette fois.

— Otto ? Tu es là ?

Lorsqu'elle colla l'oreille à la porte, elle perçut vaguement un mouvement dans l'ombre. Avant qu'elle ait le temps de se retourner, une grande main gantée s'abattit lourdement sur son épaule.

13

Le dimanche, après le déjeuner, Rheinhardt était installé dans le salon pour fumer un cigare. Il avait sur les genoux le premier volume du *Manuel à l'usage des juges d'instruction*[1] du professeur Hans Gross, un ouvrage de criminologie faisant autorité. Rheinhardt lisait un passage qui exhortait l'enquêteur à rechercher l'avis de spécialistes dans certains domaines : « En ayant de tels hommes à sa disposition, on peut s'éviter beaucoup de travail, de problèmes et d'erreurs », affirmait Gross avec toute la force que lui conférait sa compétence.

« Oui, pensa Rheinhardt. C'est parfaitement logique. » Et il se félicita d'avoir consulté son ami Liebermann la veille.

Il leva alors la tête et regarda autour de lui. Assise à la table, sa femme, Else, recousait un bouton argenté sur sa vieille veste en tweed. Quinze ans de mariage n'avaient pas émoussé le plaisir qu'il éprouvait à la regarder. Elle avait un visage d'une extrême gentillesse et une bouche qui, même au repos, semblait prête à rire. Leurs deux filles étaient assises sur le sofa, Therese, qui venait d'avoir treize ans, et la petite Mitzi, âgée de onze ans. L'aînée lisait à sa sœur des contes populaires. Rheinhardt soupira de satisfaction, et aborda un nouveau chapitre du *Manuel*. Il concernait les dangers des idées préconçues… Pendant qu'il s'efforçait de suivre le raisonnement du professeur, son attention dériva vers ses filles.

— Un autre ?

— Oui, s'il te plaît.

— Tu es sûre, Mitzi ?

— Oui.

— Bon, très bien.

1. *Handbuch für Untersuchungsrichter*. À l'époque, les juges d'instruction autrichiens exerçaient des fonctions d'enquêteur, de procureur et de juge. *(N.d.T.)*

Tel un orateur, Therese s'éclaircit la gorge et se mit à lire.

— « Tout là-haut, dans la forêt de Bohême – la chaîne de montagnes qui sépare l'Autriche, la Bavière et la Bohême – se trouve l'ancienne ville de Kasperské Hory. En approchant, il faut être très prudent, car la vieille sorcière Swiza vit non loin de là. Elle ne ressemble pas aux autres vieilles femmes – votre grand-mère ou même votre arrière-grand-mère. Quand on l'aperçoit, le sang se fige dans les veines. Swiza a des bois de cerf et porte une fourrure de loup. Pour autant qu'on s'en souvienne, elle a toujours vécu près de Kasperské Hory. Personne ne sait qui elle est, d'où elle vient, ni pourquoi elle se trouve là. Certains disent que c'est une sorcière. Lorsque des voyageurs arrivent à la taverne en affirmant l'avoir vue, les hommes s'arrêtent de parler, et les femmes se mettent à prier. En effet, chaque fois qu'on voit Swiza, un malheur ne tarde pas à se produire... »

Rheinhardt regarda son épouse. Elle aussi avait lâché son ouvrage et écoutait l'histoire. Therese poursuivit :

— « Il y a bien longtemps, un habitant de Zda... Zdan... »

— Zdanov, lui souffla Else.

— Ah oui, Zdanov... « un habitant de Zdanov se rendait à cheval à Kasperské Hory et croisa Swiza. Il savait qui elle était et tenta de s'échapper, mais la vieille sorcière lui ordonna de rester et de lui vouer un culte. Chrétien, l'homme de Zdanov refusa. Pour le punir, Swiza le changea en pierre. »

— Therese, est-ce que tu dois vraiment lire ce genre d'histoires à ta sœur ? demanda Rheinhardt. Tu vas lui faire peur.

— Je n'ai pas peur, répliqua la cadette d'une voix flûtée.

— Bon, c'est ce que tu dis maintenant, Mitzi, mais au moment de te coucher, ce sera un autre refrain.

— J'aime ces contes.

Rheinhardt soupira et consulta sa femme du regard.

— Moi aussi, je les aime, dit Else, les yeux étincelant de gaieté.

Habitué à lâcher du lest quand il se trouvait confronté à la solidarité féminine, Rheinhardt grommela :

— Alors, continue… mais si Mitzi fait des cauchemars cette nuit, ne viens pas me chercher.

Il se plongea de nouveau dans le livre de Gross.

— Papa ?

C'était Mitzi.

— Oui.

La syllabe allongée, prononcée d'une intonation déclinante, traduisait une légère irritation.

— Tu crois aux sorcières, toi ?

— Non.

Il prononça le mot avec force, comme si, en niant l'existence des sorcières, il pouvait annihiler tout ce qui appartenait au domaine du surnaturel.

14

— C'est là qu'on l'a trouvée, dit Rheinhardt en montrant la méridienne.

Le regard de Liebermann balaya la pièce et, à une ou deux reprises, s'aventura vers le haut des murs et le plafond craquelé orné d'un bas-relief.

— Elle était allongée, une main derrière la tête, l'autre le long de son flanc, poursuivit l'inspecteur.

— Ça t'a paru curieux ?

— Oui. On aurait dit qu'elle se reposait. Compte tenu des circonstances, c'était surprenant.

Liebermann s'accroupit devant la porte ouverte et examina la serrure. Il tourna la clé plusieurs fois pour la vérifier : elle fonctionnait toujours fort bien. Il fit glisser l'épais verrou et y pressa la main.

— Bon, dit-il en réfléchissant tout haut. Que devons-nous croire ? Que Fräulein Löwenstein escomptait une forme de châtiment surnaturel ? Elle aurait donc rédigé son message et, sachant qu'elle ne pourrait y échapper, se serait installée sur la méridienne pour attendre patiemment d'être conduite en enfer. Comme Faust, Fräulein Löwenstein aurait bénéficié d'une connaissance interdite, le prix à payer étant la damnation éternelle ?

Liebermann s'approcha d'une fenêtre et la déverrouilla. Puis il l'ouvrit et jeta un coup d'œil dehors. Une rafale d'air froid le fit tressaillir. L'appartement était situé à un étage élevé et il n'y avait pas d'issue possible par les fenêtres. En refermant la croisée, il continua à penser tout haut.

— Le moment venu, un spectre assassin est arrivé, armé d'un pistolet fantôme dont le chargeur contenait une balle ectoplasme. Notre ami démoniaque semble alors avoir promptement abattu Fräulein Löwenstein, puis s'être volatilisé à travers une porte fermée à clé – ou une fenêtre, peut-être – en traînant derrière lui l'âme damnée de la malheureuse Fräulein Löwenstein.

Son ton laissait entendre qu'il trouvait cette idée tout à fait ridicule.

— Oui, dit Rheinhardt. C'est absurde, mais, manque de chance, il n'y a pas d'autre explication.

Liebermann s'approcha des étagères et attrapa la main en céramique avec un dédain évident.

— Est-ce que tu as des suspects ?

Rheinhardt leva les bras au ciel et regarda autour de lui d'un air désespéré.

— Des suspects ? Est-ce qu'il y en a dans les meurtres impossibles ? Pour être franc, Max, je n'ai pas vraiment abordé cette question.

— Ce qui, bien entendu, était le but recherché. La description que tu me fais de cet assassinat est si bizarre que toutes nos facultés intellectuelles sont mobilisées sur la question de savoir comment il a été accompli. Elle nous préoccupe tant que nous ne pensons même pas à nous en poser une beaucoup plus importante : qui a tué Fräulein Löwenstein ? En outre, j'imagine que, même si tu devais arrêter un individu soupçonné du meurtre, pour l'instant, il y aurait peu de chances qu'on arrive à prouver sa culpabilité. Comment, en effet, juger l'auteur d'un crime impossible ? Tout cela est très malin. L'homme – ou la femme – que tu recherches est sans doute fort intelligent et doté d'une imagination fertile.

— Alors, à ton avis, comment devrions-nous procéder, Max ?

— Ne te laisse pas abuser. Oublie démons, apparitions et pactes avec le diable. Effectue ton enquête comme d'habitude.

— Tu es donc convaincu qu'il s'agit d'une illusion ?

— Bien sûr ! s'exclama Liebermann, consterné à l'idée que son ami puisse poser une telle question. C'est le fonds de commerce de ces gens-là... les spirites ! Regarde un peu cette table.

Liebermann frappa de son poing fermé.

— Écoute.

Lorsqu'il déplaça sa main, le son changea.

— Certaines parties sont creuses. Tu vois la taille de ce plateau ? Soulève-le et tu découvriras tout un tas d'artifices. Fräulein Löwenstein devait avoir des complices qui l'aidaient à abuser les gens. Une pièce fermée à clé, une balle qui disparaît... pour moi, ça sent le théâtre. Le trucage. De la fumée et des miroirs ! Peut-être l'un des complices l'a-t-il tuée. Et peut-être devrais-tu consulter un illusionniste au lieu d'un psychiatre !

— Justement, il se trouve que je suis allé au Volksprater ce matin pour m'entretenir avec Adolphus Farber, mieux connu parmi les amateurs de cirque sous le nom du Grand Magnifico. Il fait disparaître les gens après les avoir enfermés dans des coffres.

— Et alors ?

— Bien que Herr Farber ait la réputation d'être l'un des meilleurs illusionnistes qui soient, il n'a pas pu m'aider quand je lui ai exposé les faits.

— Qu'en a-t-il conclu ?

— Que le meurtre devait être mis au compte d'une apparition.

Liebermann secoua la tête d'un air désespéré.

— Ce meurtre est un leurre, ne t'y trompe pas. Et si nous ne parvenons pas à comprendre comment il a été commis, tout ce que ça prouve, c'est la supériorité intellectuelle et imaginative de notre adversaire.

Certes, l'assurance de son ami lui redonnait courage, mais Rheinhardt n'en restait pas moins mal à l'aise en songeant au caractère extraordinaire des faits dont il disposait.

— Si le crime a été commis par un complice, il – ou elle – doit être membre du cercle de Fräulein Löwenstein, reprit Liebermann. Que sais-tu à leur sujet ?

Rheinhardt sortit son calepin.

— Il y a un serrurier, Uberhorst. Un certain Hans Bruckmüller, qui fabrique des instruments chirurgicaux. Un banquier et sa femme – Heinrich et Juno Hölderlin. Natalie Heck, une couturière. Et Zoltán Záborszky, un aristocrate hongrois. Je dis aristocrate, mais, à en juger par son aspect, je devine qu'il a eu des revers de fortune. Ces gens-là semblent faire partie des habitués. Oh ! il y a aussi un jeune homme qui s'appelle Otto Braun. Il était attendu jeudi soir, mais ne s'est pas présenté. Depuis, on ne l'a pas vu.

— Tiens, tiens, c'est louche…

— En effet. Haussmann et moi avons entendu plusieurs fois les autres, de sorte que nous disposons de quelques éléments sur lui. À quoi il ressemble, où il habite…

— Que fait-il ?

— C'est un artiste.

— Un artiste ? Je n'ai jamais entendu parler de lui.

Rheinhardt haussa les épaules et ajouta :

— Il y a peut-être quelque chose entre Braun et la couturière, Natalie Heck. Elle s'est rendue chez lui hier et a été surprise par l'un de nos agents.

— Et le serrurier ? Lui as-tu parlé de la porte… ou plutôt de la serrure ?

— Non. Nous n'avons révélé le caractère étrange du meurtre à personne – pas encore.

— Mais vous comptez le faire ?

— Bien sûr.

— Et les journaux ?

— On leur dira tout le moment venu.

— Pourquoi pas maintenant ?

— Le commissaire Brügel s'inquiète. À son avis, dès que les journaux seront au courant, cette affaire soulèvera un intérêt considérable. Tu sais à quel point les Viennois aiment le sensationnel. Alors, si nous sommes incapables d'élucider cette énigme…

— Vous passerez pour des incompétents ?

— Bon, disons que ça pourrait sans aucun doute écorner la confiance que le public accorde aux forces de sécurité.

Liebermann effleura l'encadrement de la porte.

— On ne peut s'empêcher de penser qu'un serrurier aurait eu les moyens de provoquer cette illusion… du moins en partie.

— Il était pourtant accablé. Jeudi, il était vraiment consumé de chagrin.

— Un chagrin sincère ?

— C'était mon impression.

— Mais pourquoi ? Se pourrait-il que leur relation ait été plus poussée que celle qu'entretiennent une diseuse de bonne aventure et son client ?

— Je ne pourrais pas imaginer couple plus mal assorti !

— N'empêche…

Rheinhardt rempocha son carnet et lissa les pointes de sa moustache.

— Le Hongrois – Záborszky – est un type étrange. Il a lâché une remarque bizarre… il flairait un maléfice.

— Et ça t'a déstabilisé ?

— Pour être franc, oui.

— Peut-être que ça nous en apprend plus sur toi que sur lui, estima Liebermann avec un grand sourire.

Rheinhardt eut l'air perplexe.

— Oskar, c'était une illusion, je t'assure ! reprit Liebermann en posant amicalement la main sur le bras de l'inspecteur.

Rheinhardt fit passer son poids d'une jambe sur l'autre. Il était gêné. Le jeune médecin avait, à l'évidence, découvert chez lui une veine bien cachée de crédulité – une disposition latente à accepter le surnaturel. L'inspecteur enviait à son ami sa sensibilité de citadin, son immunité apparente à ces forces de l'ombre que tout habitant d'Europe centrale apprenait à respecter avant de quitter le jardin d'enfants. Quelque part, dans les recoins obscurs de son esprit troublé, il y avait une vieille sorcière avec des bois sur la tête, en train de glousser de joie – un rire moqueur, grinçant.

— Qu'est-ce qu'il y a là-dedans ?

Liebermann avait disparu derrière le paravent et tambourinait sur du bois qui produisait un son creux.

— Oh ! mon Dieu !

— Oskar ?

Liebermann revint avec le coffret japonais.

— Je l'avais complètement oublié. Haussmann devait se charger de trouver la clé.

Liebermann le secoua doucement.

— Il y a quelque chose à l'intérieur.

Il le déposa sur la table et les deux hommes échangèrent un regard.

— Alors ? dit Liebermann.

— Je suppose que nous ferions mieux de l'ouvrir.

Rheinhardt sortit dans le couloir et appela :

— Haussmann ?

Quelques instants plus tard, son adjoint apparut. Il entra en s'inclinant deux fois.

— Inspecteur. Herr Doktor.

— Haussmann, avez-vous trouvé la clé de ce coffret ?

— Non, monsieur. Fräulein Sucher ne l'avait pas. Elle dit qu'elle n'a jamais vu ce coffret ouvert.

— C'est sans doute parce qu'il contient une supercherie, estima Liebermann.

Haussmann le dévisagea sans savoir comment prendre sa remarque.

Rheinhardt fit signe à Haussmann de s'approcher de la table.

— Ouvrez-le de force.

Haussmann sortit un canif de sa poche intérieure et se mit à peser sur le couvercle. Le bois fin, laqué, se fragmenta facilement.

Liebermann s'avança et ouvrit le coffret. Il sentait que Rheinhardt et Haussmann scrutaient par-dessus son épaule.

À l'intérieur, sur un capitonnage de velours, se trouvait une petite figurine en pierre. Elle avait un corps de chien, des yeux bridés, des oreilles carrées et un long museau busqué. Le trait le plus frappant était sa longue queue fourchue.

— Qu'est-ce que c'est, bon sang ? demanda Rheinhardt.

— Je l'ignore, dit Liebermann. Mais ça semble très ancien. Il s'agit d'une antiquité, à mon avis.

Il souleva la statuette. Pour sa taille, elle était lourde. Il remarqua alors une petite clé qui dépassait du coffret. La créature avait été enfermée à clé – de l'intérieur.

15

— Mais pourquoi dois-je m'allonger ?

— Parce que je veux que vous vous détendiez.

Miss Lydgate était assise sur la table d'examen. Elle fit basculer ses jambes et se pencha lentement en arrière. Quand sa tête toucha l'oreiller, elle se mit à la tourner d'un côté, puis de l'autre. Elle ne parvenait pas à trouver de position confortable à cause de sa coiffure.

— Je ne peux pas me détendre comme ça, dit-elle d'une voix un peu irritée.

Miss Lydgate se redressa et, après avoir retiré nombre d'épingles, de rubans et un filet, libéra ses cheveux. Sa crinière jaillit et lui retomba dans le dos, flamboyante, auburn, avec des reflets cuivrés. Liebermann fut surpris de constater qu'une telle masse avait été aussi habilement cachée. La jeune femme se rallongea.

— C'est mieux.

— Vous pouvez fermer les yeux si vous voulez.

Ils restèrent néanmoins ouverts et basculèrent vers le haut pour voir le médecin. Liebermann soupira.

— Miss Lydgate, il ne faut pas que vous me regardiez, c'est important. Vous allez vous fatiguer les yeux.

Elle fixa le plafond et, de sa main gauche, amena son bras droit sur son ventre.

— Je ne me sens pas à l'aise allongée là, alors que vous êtes derrière moi.

— Vous allez très vite vous y habituer, je vous assure.

La jeune femme se mordit la lèvre inférieure, toussa dans sa main gauche, puis, enfin, s'immobilisa ; ses orteils étaient toutefois recourbés tant elle était tendue.

— Miss Lydgate, vous rappelez-vous la dernière fois que vous vous trouviez dans cette pièce ?

— Oui.

— Racontez-moi ce qui s'est passé.

— Vous m'avez examinée… et nous avons abordé un certain nombre de sujets. Il me semble que je vous ai parlé en détail de mon grand-père.

— En effet. Et de quoi d'autre ?

— Des Schelling, du Dr Landsteiner…

Elle s'interrompit et soupira.

— Je vous en prie, continuez.

— Écoutez, docteur, je n'ai pas de problème de mémoire.

— Je le sais bien. Ce qui m'intéresse, ce sont les impressions que vous avez conservées de cette dernière consultation.

— Je ne comprends pas ce que vous voulez que je vous dise. Voulez-vous que je vous répète tout, mot pour mot ?

— Non, seulement que vous me racontiez ce qui s'est passé.

— Très bien. Une infirmière m'a accompagnée jusqu'ici. Vous m'avez examiné le bras. Ensuite, nous avons discuté de la façon dont j'avais été engagée dans la famille Schelling. J'ai mentionné mon intention d'étudier la médecine, et je vous ai expliqué pourquoi je préférais le faire ici plutôt qu'à Londres. Je vous ai parlé du journal de mon grand-père et de certains aspects de sa vie. Vous m'avez alors posé quelques questions sur ma famille. Peu après, on a frappé à la porte et un de vos confrères est entré.

— Le Dr Kanncr.

— C'est donc son nom ?

Liebermann inclina la tête et demanda :

— Et ensuite, que s'est-il passé ?

— Vous vous êtes entretenus tous les deux… assez longtemps, je crois.

— Combien de temps ?

— Sans doute… c'est difficile à dire.

— Cinq… dix minutes ?

— Assez longtemps pour que je m'endorme.

— Vous ne vous rappelez rien d'autre ?

— Non. Je suppose que vous avez jugé qu'il valait mieux ne pas me déranger, et qu'on m'a alors ramenée dans ma chambre.

Liebermann garda le silence.

— Est-ce que… commença Miss Lydgate, hésitante, d'une voix qui tremblait légèrement d'anxiété. Est-ce qu'il s'est passé quelque chose, docteur ? Une chose dont je n'arrive pas à me souvenir ?

— Oui. En effet.

— Quoi ?

Mal à l'aise, Miss Lydgate gigota et, de sa main gauche, pressa la droite.

— Je vous en prie, dites-le-moi.

— Vous êtes devenue très agitée. Une sorte d'attaque.

— Et j'ai fait quelque chose ?

— Vous ne vous rappelez vraiment plus ?

— Non !

Sa voix grimpa dans l'aigu, et la toux refit son apparition.

— Vous étiez très secouée, et le Dr Kanner est venu à votre aide. Comme vous alliez vomir, il a placé un seau devant vous.

— Ce n'est pas possible.

— Il a essayé de vous réconforter en vous posant une main dans le dos. C'est alors que vous avez menacé de le tuer, avant de le frapper au ventre avec…

Liebermann se tut. La pièce était plongée dans un silence total. Même la toux de Miss Lydgate avait cédé. Liebermann reprit :

— Avec votre poing droit.

Liebermann observa sa poitrine qui se soulevait et s'abaissait de plus en plus vite. Miss Lydgate fit rouler sa tête de droite à gauche et son front, d'ordinaire un peu plissé, se lissa pour prendre une expression de parfaite incrédulité.

16

Uberhorst était planté au milieu de son petit atelier. Son tablier blanc était taché de graisse ; ses mains étaient en revanche d'une propreté méticuleuse.

— Vous étiez donc accablé le soir où son corps a été découvert ?

— Oui, inspecteur. Je n'arrive toujours pas à y croire. C'était une amie très chère.

On voyait bien que le serrurier luttait pour maîtriser ses émotions.

— Jusqu'à quel point la connaissiez-vous ?

— Sous certains aspects, je ne la connaissais pas du tout. Si vous me demandiez où elle était née, qui étaient ses parents, où elle était allée en classe, je ne pourrais pas vous répondre. Mais il y a d'autres choses que je sais...

Uberhorst ne put soutenir le regard de l'inspecteur. Il détourna les yeux, puis les promena dans tout l'atelier avec de petits mouvements brusques d'oiseau qui trahissaient son anxiété.

— Quelles choses ? voulut savoir Rheinhardt.

— Qu'elle était quelqu'un de gentil... et de courageux.

— Avez-vous jamais rencontré Fräulein Löwenstein en privé ? Seul à seule ?

— Oui. Pour des consultations.

Uberhorst montra sa paume droite et, de l'index gauche, suivit une ligne de la main.

— Elle prédisait l'avenir ?

— Non, elle ne parlait jamais de l'avenir.

— Alors, quel était l'intérêt de ces consultations ?

— Elle me parlait... de moi.

— Ce qu'elle disait se révélait exact ?

— Complètement. Je me sentais alors... compris. Moins...

La voix du petit bonhomme se perdit et il leva les yeux vers l'effigie du Christ sur la croix, suspendue au-dessus d'une bibliothèque. Sa lèvre inférieure tremblait.

Rheinhardt insista.

— Moins... quoi ?

— Seul.

Ses yeux s'emplirent de larmes.

— Combien Fräulein Löwenstein demandait-elle pour ces consultations, Herr Uberhorst ?

— Rien, mais j'étais heureux de lui remettre une contribution.

— Qui se montait à combien ?

— Deux couronnes.

— Vous auriez pu aller à l'Opéra pour moins que ça.

— Mais alors, je n'aurais pas bénéficié de ses pouvoirs extraordinaires.

Uberhorst se passa l'avant-bras sur la joue afin de dissimuler ses larmes. C'était un geste pathétique, effort pitoyable d'un enfant blessé qui veut conserver sa dignité.

— Pourquoi disiez-vous qu'elle était gentille ? Et courageuse ?

— Elle a mené une vie difficile, monsieur l'inspecteur. Seule une personne courageuse pouvait surmonter une adversité aussi redoutable.

— Ah bon ? En quel sens sa vie était-elle difficile ?

— Ses parents sont morts quand elle était très jeune – elle avait dix ou onze ans, je crois. On l'a envoyée vivre chez son oncle, le frère de son père. Il habitait seul et Lotte devait cuisiner et s'occuper de lui. Elle tâchait de faire de son mieux, mais il n'était jamais content. Il la battait souvent… et, quand elle a été plus âgée… qu'elle est devenue une femme, il… il était cruel et…

Uberhorst frémit.

— Et quoi, Herr Uberhorst ?

— Je crois qu'il a peut-être…

— Abusé d'elle ?

Uberhorst inclina la tête et ajusta son pince-nez, confirmant sans mot dire ce que l'inspecteur supposait.

— À votre avis, pourquoi Fräulein Löwenstein vous a-t-elle parlé de ces choses ? Elles sont très personnelles, vous ne trouvez pas ?

— Elle se sentait peut-être seule, elle aussi.

Rheinhardt réfléchit à cette réponse. Était-ce possible ? Que la belle Fräulein Löwenstein et le minuscule

Uberhorst aient l'un comme l'autre manqué d'affection ? Qu'une amitié profonde se soit nouée entre eux ? Rheinhardt inscrivit les mots « solitude » et « confidences » dans son calepin, suivis chacun par trois points d'interrogation.

— Que lui est-il arrivé ensuite ? Lorsqu'elle habitait chez son oncle ?

— Elle s'est enfuie…

— Pour aller où ?

— Je ne sais pas.

— De quoi vivait-elle ?

— Elle a trouvé des petits travaux – ménage, courses –, puis je crois qu'elle a travaillé dans un théâtre. Monsieur l'inspecteur ?

— Oui ?

— Ce que je vous ai raconté sur son oncle… C'est un secret qu'elle m'a confié.

— Sans aucun doute.

— Parce que les autres – Bruckmüller, Záborszky, les Hölderlin… je vous serais reconnaissant de ne pas en discuter avec eux.

— Vous avez ma parole. Herr Uberhorst, quand Fräulein Löwenstein est-elle devenue médium ?

— Elle a toujours été dotée de ce genre de sensibilité… elle a toujours vu des choses.

— Des esprits ?

— Oui.

— Bon, alors quand en a-t-elle fait profession ?

— Je ne sais pas. Mais elle a accepté sa vocation après avoir eu une vision.

— Quelle vision ?

— Elle disait qu'on ne pouvait pas la décrire… comment peut-on décrire la communion avec l'infini ?

— Vous pensez qu'une puissance supérieure la guidait ?

— Bien sûr.

— Je vois.

Sans interruption ni transition, Rheinhardt demanda :

— Vous rappelez-vous ce que vous avez fait mercredi soir, Herr Uberhorst ?

— Oui.

Sa voix tremblait légèrement.

— Où étiez-vous ?

— S'il vous plaît, je ne voudrais pas paraître grossier, monsieur l'inspecteur, mais je l'ai déjà dit à votre adjoint, qui…

Le front plissé de Rheinhardt incita Uberhorst à répondre sans tergiverser.

— J'étais ici. J'habite à l'étage.

— Y a-t-il quelqu'un qui puisse confirmer votre version ?

— Ce n'est pas une version, monsieur l'inspecteur. J'étais ici et… non, je n'ai pas d'alibi. Je reçois rarement de la visite.

Rheinhardt s'approcha du tour à métaux, et ses chaussures crissèrent sur un tapis de cisaille. Au-dessus du tour était accroché un mezzotinto encadré. Il ne semblait pas avoir grand mérite artistique, s'agissant du schéma d'un mécanisme dont les différentes parties portaient une lettre de l'alphabet.

— Qu'est-ce que c'est ? demanda Rheinhardt.

— Un dessin de la serrure à détecteur[1] inventée par Jeremiah Chubb. Elle a été brevetée en 1818. Un chef-d'œuvre, à mon avis.

Rheinhardt fit encore quelques pas pour examiner les titres qui emplissaient la bibliothèque. Il y avait surtout des revues reliées et des ouvrages techniques.

— Vous semblez vous y connaître.

— J'aime mon métier.

Uberhorst rejoignit l'inspecteur et attrapa un volume sur l'étagère du haut. Au dos, le titre était en anglais, mais Uberhorst traduisit :

1. Serrure à gorge avec cliquets dont l'un permet de savoir si on a tenté de la forcer. *(N.d.T.)*

— *La Fabrication des serrures et des clés*, par Jeremiah Chubb. C'est une édition originale.

Il caressa la couverture et esquissa un sourire timide, nerveux.

Rheinhardt s'efforça de prendre l'air impressionné et désigna un autre ouvrage.

— *Les Serrures de l'Antiquité* ? J'ignorais qu'il y en avait déjà.

— Oh si, confirma Uberhorst avec, dans les yeux, la lueur qu'engendre la passion. Les toutes premières étaient en bois, mais certains exemplaires en métal, d'une forme comparable, remontent aux Césars. On trouve encore aujourd'hui des clés romaines… J'en ai d'ailleurs une en ma possession. On l'a exhumée à Karlsplatz, quand on a construit la nouvelle station de métro.

Uberhorst glissa le traité de Jeremiah Chubb à sa place.

— Herr Uberhorst, savez-vous quel type de serrure il y a dans l'appartement de Fräulein Löwenstein ?

— Je n'y ai jamais prêté attention. Mais, étant donné l'âge de l'immeuble, j'imagine qu'elles sont toutes à gorge avec cliquet.

— Quand nous avons découvert son corps, il n'y avait pas d'arme dans la pièce, et la porte avait été fermée à clé de l'intérieur, dit Rheinhardt d'un ton détaché. Avez-vous une idée de la manière dont l'assassin de Fräulein Löwenstein a pu s'y prendre ?

— Il a dû fermer la porte et ressortir par la fenêtre.

— Je ne crois pas. Les fenêtres étaient bloquées elles aussi et, comme vous le savez, la hauteur est considérable.

Uberhorst réfléchit un instant.

— Vous avez dû vous tromper, monsieur l'inspecteur.

— Pourquoi ?

— Parce que c'est impossible.

— Vraiment ? Même pour un maître serrurier ?

De son index, le petit bonhomme s'effleura la lèvre inférieure. Elle ne frémissait plus, mais son doigt, lui, tremblait nettement.

17

On était en fin d'après-midi, mais les lustres du café *Schwarzenberg* scintillaient de tous leurs feux. Dehors, une pluie fine, persistante, voilait la lumière. En regardant par la vitre, vers la place, Liebermann apercevait la grande statue équestre du prince Karl von Schwarzenberg, cavalier blême, spectral, émergeant peu à peu de la légère brume. Derrière le prince fantomatique, on apercevait le jet d'une fontaine, tout juste visible.

— Je ne comprends pas, dit Clara. Si son bras n'a rien, pourquoi ne peut-elle pas le bouger ?

Ils étaient installés dans un renfoncement lambrissé douillet. Alors que la salle voûtée était presque pleine, leur petite niche leur donnait le sentiment d'être seuls tous les deux. Ce qui les isolait aussi, c'était l'intimité singulièrement puissante, presque palpable, que créent les amoureux.

— Son bras est paralysé, expliqua Liebermann.

— Écoute, s'il était paralysé, comment aurait-elle pu frapper le Dr Kanner ? Tu ne le vois donc pas, Maxim ? Elle fait semblant, voilà tout !

Après avoir assené ce point de vue catégorique, Clara se mit à disséquer son *Apfelstrudel*. Elle sectionna la pâte sucrée du dessus, si bien que de gros morceaux de pomme et des raisins s'éparpillèrent dans son assiette. Une odeur douce de cannelle et de clou de girofle se mêla aux effluves de café et de cigare. En considérant son fiancé avec une expression ambiguë qui hésitait entre l'impertinence et l'amusement, Clara porta à sa bouche un cube de pomme aromatisée.

— D'une certaine manière… tu as raison, concéda Liebermann d'une voix presque couverte par les bruits de vaisselle, les conversations et la musique du piano. Elle fait semblant. Mais ce n'est pas nous qu'elle trompe. C'est elle-même.

Clara s'empressa d'avaler sa bouchée et répliqua :

— Maxim, comment peut-on se tromper soi-même ? On le sait, quand on fait semblant !

— À vrai dire, ça dépend de la manière dont on envisage l'esprit. S'il était double ? S'il possédait deux zones, l'une consciente, et l'autre inconsciente ? Il serait alors possible que des souvenirs siégeant dans l'inconscient influencent le corps sans que l'esprit conscient n'en ait connaissance. Si l'esprit fonctionne bien de cette façon, quand Miss Lydgate affirme qu'elle ne peut pas bouger le bras, elle dit la vérité. Elle en est vraiment incapable.

— Mais elle peut le bouger ! répéta Clara avec une note de sincère déception dans la voix.

— Non, déclara fermement Liebermann. Une partie de son esprit – la partie consciente – ne peut pas le bouger. Mais ce n'est pas celle qui correspond à ses pensées, ses émotions, ses perceptions quotidiennes.

— Oh ! tout ça semble tellement…

Clara agita un morceau de pomme au bout de sa fourchette à gâteau.

— Compliqué ? suggéra Liebermann.

— Oui.

— Bon, ça l'est sans doute.

Clara lui adressa un petit sourire narquois, puis lui offrit le morceau de pomme empalé. Après s'être retourné pour vérifier que personne ne le regardait, il avança la tête et enfourna le fruit luisant. De façon absurde, ce geste peu convenable sembla ravir Clara. L'air rayonnant, elle ressemblait à une enfant qui a fait une bêtise et vient d'échapper à une punition.

— Et comment va le Dr Kanner maintenant ?

— Oh ! Stefan est en parfaite santé !

— Court-il toujours après cette chanteuse… comment s'appelle-t-elle ?

— Cora. Non.

Clara baissa la tête, puis la releva pour regarder Liebermann avec des yeux douloureusement implorants.

— Elle était très jolie…

Liebermann savait qu'il lui fallait user de diplomatie et, réprimant son envie de rire, lâcha d'un ton désinvolte :

— Je ne la trouvais pas aussi séduisante que ça.

Ses paroles eurent l'effet escompté. Le visage de nouveau rayonnant, Clara lui tendit une autre bouchée de pomme. Cette fois, il déclina son offre.

La pluie continuait à crépiter contre les vitres avec une détermination patiente. Un tramway cliqueta en contournant le cavalier fantôme.

— Elle est anglaise, disais-tu ?

— Qui ?

— Cette patiente.

— Oui.

— Les Anglais sont plutôt bizarres, tu ne trouves pas ?

— En quel sens ?

— Ils manquent de chaleur.

— Parfois… mais quand on les connaît, ils sont plus ou moins comme nous. Je m'étais fait de très bons amis quand j'étais à Londres.

— Frau Frischmuth a engagé une nurse anglaise l'année dernière…

— Et alors ?

— Elles ne se sont pas du tout entendues.

Liebermann haussa les épaules.

Au bout d'une rue perpendiculaire, le dôme vert ornementé de la Karlskirche luisait au loin, tel un palais de conte de fées. Le pianiste, qui jusque-là avait joué des valses peu exigeantes, se lança dans une interprétation de *Träumerei*, de Schumann. C'était délicieux : innocent, avec une mélancolie qui menaçait de verser dans la tristesse, mais qui résistait au dernier moment, chaque accord inventif se fondant dans le suivant. La musique flottait dans l'air comme de l'encens et berçait l'esprit, le transportant dans un état de langueur opiacée. Les doigts de Liebermann jouaient machinalement la mélodie sur le marbre de la table.

Sortant de sa rêverie, Liebermann s'aperçut que Clara pressait son genou contre le sien. Il la regarda et, l'espace d'un instant, elle perdit contenance, rougit et détourna les yeux, mais, reprenant son assurance, elle lui permit de glisser sa jambe entre les siennes. Ils maintinrent ce contact pendant quelques secondes, puis, au même moment, s'écartèrent l'un de l'autre.

— Tu sais ce qu'il joue ? demanda Liebermann en souriant.

— Oui. C'est le morceau sur la rêverie… de Robert Schumann.

— Et toi, à quoi rêves-tu ?

— Tu ne le devines pas, Maxim ?

Le regard qu'elle lui lança frisait l'indécence.

18

— Bon, fit le professeur Freud. Deux Juifs se rencontrent devant les bains publics. « Tu as déjà pris un bain ? demande l'un. — Pourquoi ? réplique l'autre. Il en manque un ? »

Liebermann se mit à rire, mais plus que la blague, c'était la manière de la raconter qui l'amusait. Freud avait adopté un accent yiddish prononcé et terminé en levant les bras au ciel, grotesque parodie de la gestuelle propre aux Juifs d'Europe orientale.

— Laissez-moi vous en dire une autre, reprit Freud. Un jeune homme se rend chez le marieur, qui l'interroge : « Quelle sorte de femme veux-tu ? » Le jeune homme répond : « Elle doit être belle, elle doit être riche et elle doit être intelligente. — Bon, dit le marieur. Alors, il va en falloir trois. »

Freud écrasa son cigare et ne réussit pas à empêcher son sourire réservé de tourner au petit rire ahanant qui dura un certain temps. Il avait bonne mine, pensa Liebermann. En fait, Freud se sentait plus joyeux depuis février, car, enfin, après plusieurs années de retard injustifié, on lui avait décerné le titre illustre d'*Extraordinarius*. Il était singulier de voir un homme dont l'avancement avait été bloqué à cause de l'antisémitisme aimer autant les blagues juives, dont beaucoup présentaient les Juifs sous un jour fort peu flatteur. Mais le professeur Freud était un homme complexe, et Liebermann n'avait guère envie d'analyser le père de la psychanalyse. Un seul individu avait les moyens de s'embarquer dans une entreprise aussi risquée, et c'était Freud lui-même.

Lorsque son rire s'éteignit, Freud leva un doigt.

— Une dernière. Et j'arrête.

— Comme vous voudrez, répondit Liebermann.

— À quoi reconnaît-on que Jésus était juif ?

— Je ne sais pas. À quoi reconnaît-on que Jésus était juif ?

— Il a vécu chez ses parents jusqu'à trente ans, il a repris l'affaire de son père, et, pour sa mère, il était Dieu !

Cette fois, Liebermann éclata d'un rire sincère.

— Pourquoi avez-vous commencé à recueillir des blagues ? demanda-t-il.

— Je n'ai pas commencé. Je le fais depuis des années. Je songe à écrire un livre là-dessus.

— Sur les blagues ?

— Oui. Les blagues. Je crois que les blagues, tout comme les rêves et les lapsus, révèlent le fonctionnement de l'inconscient.

Le professeur alluma un autre cigare. C'était son troisième depuis l'arrivée de Liebermann, et son cabinet de travail était empli d'une épaisse fumée. Des volutes s'enroulaient comme du brouillard autour des pieds des statuettes anciennes posées sur son bureau. Pour Liebermann, cette collection ressemblait à une armée mythique émergeant d'un marais originel.

— Vous êtes sûr que je ne peux pas vous convaincre d'en prendre un autre ? lui demanda Freud en poussant vers lui le coffret de cigares. Ils sont très bons, croyez-moi. Ils viennent de Cuba.

— Merci, Herr Professor. Mais un me suffit.

Freud regarda Liebermann comme si sa réticence à fumer plus d'un cigare était complètement incompréhensible.

— Mon garçon, je considère le tabac comme l'un des plus grands plaisirs de la vie – et l'un des moins chers.

Il tira sur son cigare, se carra dans son fauteuil et sourit d'un air béat.

— Je vois que votre collection s'agrandit, dit Liebermann en montrant les statuettes. Chaque fois que je vous rends visite, vous semblez en avoir acheté une nouvelle.

— En effet.

Freud tendit la main et caressa la tête d'un singe en marbre, comme s'il s'agissait d'un petit animal vivant.

— Voici ma dernière acquisition. C'est le babouin qui représente le dieu Thot. Une statuette égyptienne, bien sûr, qui date de 30 avant Jésus-Christ, ou à peu près.

Liebermann ne connaissait pas grand-chose à l'archéologie et ne comprenait pas non plus qu'on puisse être attiré par les antiquités (il préférait nettement les œuvres modernes). Néanmoins, ne voulant pas vexer le professeur, il hocha la tête d'un air appréciateur.

Pendant que Freud admirait sa collection, Liebermann saisit l'occasion qu'il guettait.

— En fait, Herr Professor, je me demandais si je pourrais vous consulter pour vos compétences d'archéologue.

Freud leva les yeux et sourit, un peu embarrassé.

— D'archéologue ? Moi ? Ce n'est qu'un passe-temps, guère plus…

Liebermann désigna sa bibliothèque.

— N'empêche que je ne connais personne qui ait davantage lu sur ce sujet.

Le professeur hocha vigoureusement la tête.

— C'est vrai. Écoutez, j'ai honte de l'avouer, mais j'ai lu plus d'ouvrages sur l'archéologie que sur la psychologie.

— Peut-être auriez-vous dû devenir archéologue ?

Freud souffla un nuage de fumée au-dessus de son bureau.

— Ah ! Dans un sens, c'est ce que je suis. Vous ne le pensez pas ?

Liebermann en convint tacitement. Puis il sortit de sa sacoche en cuir la statuette trouvée dans l'appartement de Charlotte Löwenstein et la montra à Freud.

— À votre avis, s'agit-il d'une véritable antiquité ? Et, si oui, avez-vous une idée de ce qu'elle pourrait représenter ?

Freud posa son havane dans le cendrier et saisit délicatement la figurine, avec une expression d'intérêt et de grand sérieux. Il la fit tourner entre ses mains et en étudia chaque détail. Le silence fut troublé par les enfants du professeur, qui couraient et poussaient des cris à l'étage. Un instant distrait par le bruit, Freud leva la tête, puis s'absorba de nouveau totalement dans son examen. Liebermann se demandait s'il serait impoli de rappeler sa présence au professeur quand ce dernier déclara soudain :

— Elle est égyptienne et semble authentique… mais c'est difficile à dire. Il vous faudra consulter un spécialiste pour en être sûr.

— Et qu'est-ce qu'elle est censée représenter ?

Freud leva la tête et fixa Liebermann de son regard pénétrant.

— Un seul dieu possède un museau et une queue fourchue. C'est Set, ou Seth. Le dieu du chaos… le dieu de l'orage et de la discorde.

Liebermann resta imperturbable, mais, dans sa tête, les idées se bousculaient. Les mots du professeur lui martelaient la cervelle : l'orage et la discorde. Jusque-là, il avait supposé que le meurtre de Fräulein Löwenstein n'était qu'un tour de magie bien exécuté. Rien de plus qu'un trucage sophistiqué. Une mystification, sans aucun doute, mortelle, toutefois. À présent, il se prit à douter. Quelle sorte d'illusionniste pouvait déclencher un orage ? Liebermann se rappela le déluge du jeudi, inhabituel en cette saison : d'énormes éclairs zébraient le ciel, suivis par des coups de tonnerre apocalyptiques, la pluie débordait des gouttières et s'écrasait sur les trottoirs avec la violence de cascades.

— Où l'avez-vous dénichée ? demanda Freud.

— Elle appartient à un de mes amis. Il m'a demandé de la faire estimer.

— Ah ! dit Freud en levant la statuette vers la lumière. Elle ne vaut sans doute pas une fortune. Les antiquités égyptiennes ne sont pas très appréciées à Vienne. Ces temps-ci, on n'en a que pour le baroque et le Biedermeier.

— Ah oui ?

— Oui. Mais il y a quelques bons antiquaires dans la Wieblinger Strasse. Vous devriez la leur montrer.

— C'est ce que je vais faire…

Freud s'empressa de l'interrompre :

— Et si votre ami n'est pas satisfait de leur offre, tenez-moi au courant, s'il vous plaît. Je serais ravi d'ajouter ce petit bonhomme à ma collection.

Le professeur posa la statuette sur son bureau, entre le singe et un Horus en bronze. Puis il caressa la tête du démon en disant :

— Un joli petit bonhomme. Très joli.

Une volute de fumée enveloppa les jambes et la queue de la créature, évoquant, une fois de plus, un pouvoir primitif – le réveil d'une malveillance ancienne et frivole.

Deuxième partie

La tierce personne

19

En ce début de soirée, la lumière des becs de gaz était encore faible. Rheinhardt inclina le petit pot en cuivre et versa son café turc dans sa tasse qu'il porta alors à ses lèvres. Ne le trouvant pas à son goût, il ajouta une demi-cuillerée de sucre et avala une nouvelle gorgée.

— C'est meilleur. Comment est le tien ?

— Acceptable, répondit Liebermann.

De l'autre côté de la salle, sous la première des deux voûtes basses, le propriétaire de l'établissement était campé tel un soldat de la garde. À l'exception d'un vieillard en caftan, Liebermann et Rheinhardt étaient les seuls clients.

— Pour Herr Uberhorst, les serrures semblent avoir pris une signification particulière.

— En quel sens ?

— Eh bien, quand il en a décrit une, il a parlé de… chef-d'œuvre. On dirait qu'il éprouve envers ces mécanismes le même degré de vénération que toi ou moi pourrions réserver à une sonate de Beethoven. Maintenant que je l'ai questionné plus à fond, et que j'ai vu son atelier, je dois reconnaître que mes soupçons ont augmenté… Mais…

— Tu ne le crois pas capable d'assassiner.

— Franchement, non.

Liebermann décela une certaine hésitation – une pause révélatrice entre chaque mot.

— Qu'y a-t-il, Oskar ?

— Je ne l'en crois pas capable, mais je ne suis pas persuadé non plus de sa parfaite sincérité.

— Pourquoi dis-tu ça ?

— Il est très nerveux.

— C'est peut-être son tempérament.

— Sans doute. N'empêche… Appelle ça un pressentiment.

— Se pourrait-il qu'il ait utilisé ses compétences pour aider quelqu'un ? Une personne mieux à même d'assassiner ?

— Braun ? C'est une possibilité à envisager…

Liebermann regarda par la fenêtre. Deux hussards passèrent au pas cadencé. Aperçus du café miteux, ils avaient l'air de sortir d'un autre monde, oiseaux de paradis au plumage extravagant. L'uniforme de la cavalerie légère était impressionnant : haut bonnet à poil, lourde tunique à galons et cape caractéristique portée sur l'épaule gauche. Ils disparurent en quelques secondes, et la vitre redevint un carré vide obscur.

— Puis-je jeter un coup d'œil à la déposition de Fräulein Sucher ? demanda Liebermann.

— Oui, bien sûr.

Rheinhardt sortit deux feuillets de sa poche et les tendit à son ami.

— C'est elle qui a écrit ?

— Non, Haussmann.

— Je me disais aussi…

— L'information importante se trouve à la deuxième page. Là, dit Rheinhardt en montrant l'endroit.

Liebermann étudia le paragraphe en question.

— Braun venait donc souvent voir Fräulein Löwenstein.

Rheinhardt inclina la tête.

Liebermann se mit à lire tout haut :

— « Herr Braun s'est souvent présenté chez ma maîtresse pendant que j'étais là. Elle le recevait dans la salle de séjour. J'ai plusieurs fois entendu des éclats de voix, mais j'ignore ce qui se passait entre eux. Ça ne me regardait pas. »

Liebermann haussa les sourcils et sirota son *Schwarzer*.

— Quoi ? Tu ne la crois pas ?

— Une domestique qui n'écouterait pas aux portes ?

— C'est tout à fait possible, affirma Rheinhardt avec un ton juste assez affirmé pour éveiller l'intérêt de son ami.

— Pourquoi dis-tu ça ?

L'expression de Rheinhardt passa de l'indignation à l'embarras.

— Bon, d'accord ! Elle me fait un peu penser à Mitzi.

— Ah !

— De toute façon, j'ai une confiance totale en Fräulein Sucher. C'est une brave petite, crois-moi.

L'emploi de « brave petite » ne fit que renforcer Liebermann dans sa conviction que son ami identifiait Fräulein Sucher à sa fille.

Rheinhardt poursuivit :

— Pour être franc, Max, j'ai des doutes sur l'expérience de ce soir. Que pouvons-nous en attendre ? Fräulein Sucher nous a déjà dit tout ce qu'elle savait.

Liebermann poussa la déposition vers lui.

— Sauf que, entre se rappeler et savoir, il y a une différence.

— Qu'est-ce que tu veux dire par là ?

— Fräulein Sucher pourrait se rappeler plus de choses qu'elle n'en sait.

Rheinhardt tortilla une pointe de sa moustache et était sur le point de poser une autre question quand la pendule sonna.

— Huit heures, dit Liebermann. Nous devrions nous mettre en route.

Rheinhardt ramassa la déposition de Rosa Sucher et lâcha quelques pièces dans un petit plateau en argent. Puis, après avoir balayé du regard les tables vides, il en ajouta quelques autres en guise de pourboire. Le vieillard en caftan leva la tête, son attention attirée par le bruit de la monnaie.

— Et c'est à moi que tu reproches toujours de jeter l'argent par les fenêtres ! déclara Liebermann d'un ton égal.

Le propriétaire s'inclina et claqua les talons lorsque les deux étrangers attrapèrent leur manteau et sortirent.

Il avait plu de nouveau – une brève averse qui avait vitrifié les pavés. L'air sentait le crottin et la poussière de charbon.

Rheinhardt avança d'un pas vif et s'engagea aussitôt dans une ruelle étroite. Il faisait si sombre que Liebermann se surprit à tendre la main pour toucher le mur. Rheinhardt fonçait en tête et, de manière incongrue, sifflait le thème introductif de la *Symphonie pastorale* de Beethoven : mélodie enjouée destinée à traduire la gaieté que l'on ressent en arrivant à la campagne.

Au bout de la ruelle, Rheinhardt s'arrêta pour s'orienter.

— Par là, je crois.

Ils débouchèrent sur une grande rue, où il n'y avait toutefois ni piétons ni circulation. Les réverbères avaient été allumés et l'humidité créait un halo phosphorescent autour des flammes vacillantes.

Liebermann remarqua une femme postée devant une porte, de l'autre côté de la rue. À leur approche, elle sortit de l'ombre et releva sa jupe assez haut pour révéler ses bas vert clair et ses jupons.

— Bonsoir, messieurs ! dit-elle d'une voix effrontée.

Une épaisse couche de poudre donnait à son visage l'aspect vide et un peu dérangeant d'un masque vénitien.

— Bonsoir, lui retourna sèchement Rheinhardt.

La femme haussa les épaules et s'éloigna, confirmant ainsi sans ambiguïté sa profession. Animée d'un ultime espoir, elle jeta un coup d'œil par-dessus son épaule, puis se fondit dans l'obscurité d'une autre ruelle. Le martèlement de ses pas sur les pavés se perdit dans la nuit.

Après avoir parcouru une centaine de mètres, Rheinhardt s'arrêta devant un grand immeuble délabré.

— C'est là.

Liebermann leva les yeux sur la façade. Elle devait avoir été belle jadis. On voyait des vestiges de statues dans plusieurs niches, ainsi que les restes d'un relief doré – épais cordons et feuillages fantomatiques. La porte d'entrée était massive et décorée de barreaux en fer rouillés qui évoquaient une herse de château fort. De sa paume, Rheinhardt la poussa et fut surpris de sentir si peu de résistance. Ses gonds grincèrent et elle s'ouvrit.

Liebermann suivit l'inspecteur dans un hall austère. Les murs ne présentaient aucun trait distinctif, et le sol formait un grossier damier dont plusieurs carreaux blancs et noirs étaient fêlés ou manquaient. Juste à leur droite, quelques marches menaient à un palier où se trouvait la porte éraflée et gondolée de Rosa Sucher. Rheinhardt souleva le heurtoir en fer et frappa trois fois.

La porte s'ouvrit presque aussitôt.

— Bonsoir, inspecteur.

Rosa Sucher était telle que Rheinhardt se la rappelait : simple, polie, timide.

— Bonsoir, Rosa. Puis-je vous présenter mon collègue, le Dr Max Liebermann ?

Rosa écarquilla les yeux sous l'effet d'une surprise mêlée de respect.

— Entrez, je vous en prie, Herr Doktor.

Elle les débarrassa de leurs manteaux, qu'elle accrocha à la patère, et fit entrer les visiteurs dans ce qui servait de salon. La pièce était petite et chichement meublée, mais un gros effort avait été fait pour arranger les ornements et les coussins de façon à créer une atmosphère accueillante. Dans un coin, une vieille femme s'était levée et oscillait dangereusement en se penchant sur sa canne.

— Ma grand-mère, expliqua Rosa avant de se précipiter vers elle pour soutenir sa charpente minuscule.

— Va chercher du schnaps pour ces messieurs, dit la vieille femme d'une voix grinçante avant de se tasser et de retomber sur son siège. Il fait froid, ils vont vouloir du schnaps.

— Nous n'en avons pas, grand-mère, répondit tout bas Rosa en jetant un regard désespéré à Rheinhardt.

L'inspecteur agita la main.

— Chère madame, merci mille fois pour votre amabilité, mais mon collègue et moi allons devoir refuser.

Puis, en regardant Rosa, il ajouta avec tendresse :

— Merci d'avoir accepté ce nouvel entretien.

La jeune fille rougit et s'inclina de façon presque imperceptible. Puis, sortant des chaises dissimulées sous une table, elle invita les deux hommes à s'asseoir devant un poêle ventru. Elle s'installa ensuite sur un tabouret, à côté de sa grand-mère, dont elle prit la main entre les siennes.

Rheinhardt parla du temps qu'il faisait, puis remercia une nouvelle fois Rosa. En regardant son compagnon, il annonça à la jeune fille que le médecin souhaitait lui poser quelques questions.

Rosa lissa les plis de sa robe et considéra Liebermann avec nervosité.

— Fräulein Sucher, est-ce que l'hypnose est une notion qui vous dit quelque chose ?

20

La mèche de la lampe à pétrole fut baissée, de sorte que la lumière était faible. Parfaitement immobile, Rosa Sucher était allongée sur une ottomane, telle une morte dans son cercueil. Liebermann était assis juste derrière elle, hors de sa vue, mais il ne l'en observait pas moins avec la plus grande attention.

— Je veux que vous fixiez un point au plafond… la baguette près de la tringle à rideaux, ce sera parfait.

Rosa s'exécuta en renversant la tête en arrière pour mieux la voir.

— Pendant que vous vous concentrez, vos yeux peuvent ressentir de la fatigue, vos paupières vont devenir lourdes.

Rheinhardt fut étonné de constater que les mots de Liebermann exerçaient un effet immédiat. Rosa Sucher se mit à ciller de plus en plus souvent, et, au bout d'un moment, ses paupières papillotèrent, comme si elle devait fournir un effort pour rester éveillée. Liebermann adopta un ton monocorde pour rendre ses paroles plus persuasives.

— Vos bras sont lourds. Vos jambes sont lourdes. Lourdes et détendues.

Rosa Sucher laissa glisser sa main, qui retomba sur l'ottomane avec un son mat.

— Sentez comme votre respiration devient superficielle. Chaque fois que vous expirez, vous vous détendez un peu plus…

Le poêle siffla pendant que les bûches roussies, à l'intérieur, lâchaient une odeur de fumée.

— Vos paupières sont de plus en plus lourdes, murmura Liebermann. De plus en plus lourdes. Vous vous enfoncez dans un sommeil profond, profond, qui vous détend.

Un claquement sonore dans le poêle fit sursauter Rheinhardt. Les muscles de son cou s'étaient relâchés, sa tête roulait de droite à gauche, et il fut affolé en constatant que sa respiration avait cette mollesse qui accompagne la descente de l'esprit dans l'oubli. Il mordit sa lèvre inférieure jusqu'au moment où la douleur dispersa le brouillard qu'il sentait dans sa tête, puis, pour s'assurer qu'il ne risquait pas de s'endormir, il se pinça subrepticement.

— Je vais compter jusqu'à trois, poursuivit Liebermann de sa voix alanguie. Et, à trois, vos yeux vont se fermer, et vous allez sombrer dans un sommeil profond, sans rêve. Mais ce sommeil sera différent de celui auquel vous êtes habituée. Dans ce sommeil-là, vous pourrez toujours entendre ma voix, et vous serez tout à fait capable de répondre à mes questions. Un. Deux…

Les paupières de Rosa commencèrent à se fermer en battant comme les ailes d'un papillon. Au mot « trois », elles s'abandonnèrent au sommeil d'un seul coup, tel le couperet d'une guillotine. En un instant, son visage prit l'expression angélique d'un petit enfant qui dort.

Liebermann leva la tête et sourit à Rheinhardt – à l'évidence, il était satisfait du résultat. Puis il entreprit d'interroger Rosa sur les tâches domestiques que Fräulein Löwenstein lui demandait d'accomplir. Les réponses de la jeune femme étaient parfaitement intelligibles, même si sa voix était un peu monocorde, comme elle peut l'être sous l'effet d'un puissant somnifère. Ce questionnement se poursuivit un certain temps. En entendant Liebermann passer d'un sujet anodin à l'autre – arrangement des fleurs, lessive, époussetage, cirage des meubles et ainsi de suite –, Rheinhardt se rendit compte qu'il éprouvait quelque impatience, et se sentit même vraiment agacé lorsque le médecin sembla se perdre dans une longue discussion sur les listes de commissions et les provisions.

— Vous avez donc commandé moins de café.

— En février, oui.

— Et moins d'œufs ?

— Ma maîtresse n'en a plus voulu.

— Mais les pâtes apparaissaient plus souvent sur la liste de courses ?

— Ma maîtresse m'a demandé de lui en préparer avec du jambon.

— Pour le petit déjeuner ?

— Oui, monsieur.

— Combien de fois ?

— Cinq fois, monsieur.

— C'était inhabituel ?

— Oui, monsieur. Ma maîtresse prenait rarement un petit déjeuner.

— Dites-moi, est-ce que Fräulein Löwenstein ne vous aurait pas demandé d'acheter des infusions de menthe ?

— Si. Dans un magasin de la Kärntner Strasse.

— Récemment ?

— En février.

— Vous avait-elle déjà demandé d'en acheter ?

Cette curieuse conversation se poursuivit ainsi, enchaînant les sujets anecdotiques. Par chance, Liebermann abandonna bientôt ses questions exhaustives sur les dispositions domestiques de Charlotte Löwenstein pour passer à Otto Braun. Rheinhardt en soupira de soulagement et, en l'entendant, Liebermann se retourna afin de savoir s'il y avait un problème. Rheinhardt secoua la tête pour le rassurer, et Liebermann reprit :

— Herr Braun venait-il souvent voir votre maîtresse ?

— Très souvent, monsieur.

— Tous les jours ?

— Non. Pas tous les jours.

— Deux ou trois fois par semaine ?

— Oui, à peu près. Mais pas toujours. Parfois, il ne venait pas pendant plusieurs semaines d'affilée.

— Pour quelle raison ? Pensez-vous qu'il devait s'absenter de temps à autre ?

— Non. Parce qu'il assistait à toutes les séances de Fräulein Löwenstein.

— Où Fräulein Löwenstein le recevait-elle ?

— Dans la salle de séjour, monsieur.

— Et vous, où étiez-vous ? Pendant qu'ils étaient ensemble ?

— Parfois dans la cuisine, parfois dans le salon… et parfois…

Le front de Rosa se plissa.

— Oui ? dit Liebermann.

— Parfois, Fräulein Löwenstein me demandait de quitter l'appartement… pendant quelques heures.

— Elle voulait rester seule avec Herr Braun ?

— Je ne sais pas.

— N'est-ce pas le plus probable ?

— Je ne sais pas.

Rheinhardt trouvait sa loyauté touchante. Même sous hypnose, elle faisait son possible pour protéger l'honneur de sa maîtresse.

— Écoutez-moi bien. Vous devez répondre franchement. Je répète : pensez-vous que votre maîtresse voulait rester seule avec Herr Braun ?

Un coin de la bouche de Rosa se contracta.

Liebermann insista :

— Il faut me répondre.

— Oui, lâcha Rosa avec un gros soupir. Oui, je crois.

Liebermann jeta un coup d'œil à Rheinhardt, puis continua :

— Est-ce qu'il leur arrivait de se disputer ?

— Quelquefois… quelquefois j'entendais leurs voix. Quand j'étais dans la cuisine. Ils semblaient contrariés.

— Que disaient-ils ?

— Je ne me rappelle pas.

Liebermann se pencha en avant.

— Rosa, imaginez-vous dans la cuisine de Fräulein Löwenstein. Représentez-vous la scène. Chaque détail. Le sol, les placards, l'évier… Les rideaux devant la fenêtre. Vous arrivez à voir tout cela ?

— Oui.

— Votre image mentale est tellement nette qu'elle en est presque réelle. Vous avez l'impression d'être dans la cuisine. Vous sentez que vous y êtes. Dites-moi, êtes-vous assise ou debout ?

— Assise. Assise à la table.

— Que faites-vous ?

— J'aiguise des couteaux.

— Bon, écoutez-moi. Écoutez-moi bien… Vous entendez leurs voix. Celles de Fräulein Löwenstein et de Herr Braun. Ils sont dans la salle de séjour, et vous les entendez. Ils semblent contrariés…

— Oui. Contrariés et…

— Et quoi ?

— En colère.

— Faites bien attention, maintenant. Qu'est-ce qu'ils disent ?

— Je ne les entends pas bien. Ils sont trop loin.

— Essayez, Rosa. Concentrez-vous. Écoutez leurs voix. Que disent-elles ?

— Ça n'a rien à voir avec moi. Ça ne me regarde pas.

— Mais vous ne pouvez pas vous empêcher d'entendre. Ils se disputent. Qu'est-ce qu'ils disent, Rosa ?

— Je ne les entends pas. Ils sont trop loin…

Liebermann se pencha pour entourer de ses mains la tête de Rosa. Du bout des doigts, il exerça une légère pression sur ses tempes et reprit d'une voix basse, douce, persuasive :

— Écoutez, Rosa. Écoutez les voix. Plus la pression augmente sur vos tempes, et plus les voix sont fortes. Écoutez-les… Vous êtes assise à la table et vous aiguisez les couteaux… Dans la salle de séjour, Fräulein Löwenstein et Herr Braun se disputent. Que disent-ils, Rosa ? Que disent-ils ?

Soudain, Rosa lâcha :

— Fiche-moi le camp…

Sa voix était tout à fait différente. Les accents monocordes de la transe étaient remplacés par un murmure sonore inquiétant, chargé d'émotion.

— Fiche le camp d'ici… Tu… tu… me dégoûtes… J'ai besoin d'argent… Tu as toujours besoin d'argent. Fiche le camp, fiche le camp ou je…

La voix de Rosa ne fut plus qu'un grondement agité, bruit étrange, étouffé qui sortait de son arrière-gorge. Bientôt, d'autres bribes émergèrent de ce marmonnement chaotique :

— Theo… Jamais… la dernière fois, je te jure que je… Je le jure devant Dieu, je te…

Puis le silence se fit. Un silence que seul le poêle sifflant rompait.

— Sentez bien la pression, dit Liebermann. Les voix deviennent plus nettes… qu'entendez-vous ?

— Il n'y a pas de voix.

— Vous êtes sûre ?

— Une voiture passe… dans la rue, en bas… et un marchand ambulant crie : Lacets, lacets… qui veut acheter des lacets ?…

Liebermann ôta les mains du front de Rosa et s'appuya à son dossier. Le visage de la jeune fille avait repris l'expression d'un enfant endormi.

21

L'après-midi avait été calme, et la salle d'hôpital était aussi paisible qu'un lac en été.

Sabina Rupius était diplômée du prestigieux Rudolfinerhaus – une institution dans laquelle seules les jeunes filles de bonne famille étaient admises et qui avait la réputation de former des infirmières consciencieuses. Pourtant, son esprit n'était pas à sa tâche.

Elle était censée préparer le chariot des médicaments. Mais entre le moment où elle avait vérifié le dosage des gélules contenant chloral hydraté et gélatine pour Frau Auerbach et celui où elle avait versé le sirop mentholé destiné à Frau Bertram, elle s'était laissé distraire par ses pensées et, à présent, elle était plongée dans une rêverie qui avait pour sujet le Dr Stefan Kanner.

Inutile de le nier – le Dr Kanner était un très bel homme. Sabina se représenta son visage et se perdit dans la contemplation de ses yeux d'un bleu incroyable. Le seul fait d'y penser produisit une curieuse sensation dans son ventre et lui mit le feu aux joues. Il s'habillait avec un soin extrême – une grande méticulosité. Et, quand il se tenait près de vous, l'odeur de son eau de toilette était grisante.

Sabina Rupius secoua la tête.

Non. Ça ne va pas du tout.

Elle se força à se concentrer sur le pot de gélules de chloral hydraté. Après avoir recompté le nombre prescrit à Frau Auerbach, elle remit en place le lourd couvercle en soupirant.

Une mèche d'épais cheveux auburn s'échappa de son bonnet. L'infirmière grogna, la remit en place à l'aide d'une épingle, puis examina son reflet sur la surface métallique du chariot et se déclara satisfaite.

J'ai de grands yeux... et un menton délicat. Je ne suis pas déplaisante.

En levant la tête, elle remarqua que la gouvernante anglaise s'était approchée du lit de Fräulein Dill et que les deux femmes s'étaient engagées dans une conversation polie.

L'infirmière déboucha le flacon vert foncé de sirop mentholé et en versa deux cuillerées à café dans un petit verre. Puis elle s'assit et annota les dossiers de Frau Auerbach et de Frau Bertram.

La jeune femme et la gouvernante anglaise bavardaient à voix basse. Sabina Rupius ne s'était pas encore remise de sa rêverie, et l'image du Dr Kanner hantait toujours son imagination, s'interposant entre elle et les deux patientes. À travers le voile formé par le visage avenant de Kanner, elle vit la jeune Dill sortir son ouvrage de tapisserie.

De nouveau, Sabina Rupius secoua la tête pour chasser ses visions.

Fräulein Dill leva son ouvrage pour le montrer à la gouvernante anglaise. Puis elle attrapa un petit panier et en sortit un écheveau de laine et une paire de ciseaux.

Le sourire de la gouvernante anglaise s'évanouit. Ce changement radical faisait penser au soleil englouti par un nuage. Soudain, elle parut effrayée, troublée. L'infirmière vit que Fräulein Dill essayait de la réconforter, mais ses efforts se révélèrent vains. La gouvernante ne réagissait plus. Son visage était figé dans une expression de terreur, et son regard fixe posé sur la laine et les ciseaux.

— Mademoiselle ? appela Fräulein Dill. Je crois qu'il y a un problème.

Sabina Rupius se leva et se dirigea vers son lit.

— Que se passe-t-il, Fräulein Dill ?

— Nous étions en train de parler. Et, brusquement, la demoiselle anglaise s'est tue. Elle s'est mise à me regarder d'une drôle de façon… elle avait l'air terrifiée.

L'infirmière se pencha pour poser une main sur l'épaule de la gouvernante.

— Miss Lydgate ?

Elle la secoua un peu.

— Miss Lydgate ? Qu'y a-t-il ?

La gouvernante anglaise ne répondit pas. On aurait dit qu'elle était tombée en catalepsie ; pourtant, sa main gauche serrait très fort son bras droit. Si fort que les ongles avaient troué la peau parcheminée et que des gouttes de sang luisant perlaient déjà.

— Mademoiselle ? dit la jeune Dill.

Sabina Rupius leva les yeux et constata que la grimace terrorisée de Miss Lydgate se reflétait sur le visage de l'autre patiente.

— Mademoiselle, répéta la jeune fille d'une voix tremblante. Regardez ses lèvres. Je crois qu'elle essaie de dire quelque chose.

Sabina Rupius approcha l'oreille de sa bouche. Miss Lydgate disait quelque chose, en effet, mais pas en allemand. L'infirmière ne maîtrisait pas bien l'anglais, mais elle reconnut quelques mots et s'efforça avec détermination de se rappeler ce que la jeune femme disait.

— Je le ferai, si tu ne le fais pas. Je le ferai. Je le ferai si tu ne…

22

La serrure était maintenue en place par deux petits étaux. Une seule bougie brûlait sur le manteau de la cheminée, mais l'artisan n'avait pas besoin de voir ce qu'il faisait. Il se représentait mentalement le mécanisme, et, en manœuvrant le crochet, ses doigts habiles réagissaient à la moindre résistance.

C'était à cette distraction qu'il se livrait depuis de nombreuses années. Certains jouent aux échecs, font de la musique ou lisent de la poésie ; Karl Uberhorst, quant à lui, crochetait les serrures. Cette tâche avait le mérite de l'absorber entièrement. Il évitait ainsi de penser à ce qui lui brisait le cœur : sa solitude et ses regrets.

Parfois, il mettait plusieurs mois à déterminer, par tâtonnements, l'enchaînement précis des gestes permettant d'ouvrir une serrure particulière. Mais le temps consacré à chaque tentative ne comptait pas pour un homme dont la vie solitaire et routinière était exempte d'événements marquants. Sa patience était infinie. En outre, il avait l'impression qu'il ne pourrait prétendre à la compréhension de tel ou tel mécanisme si, au préalable, il ne s'en était pas rendu maître.

Uberhorst était certes sensible, mais il ne se laissait pas emporter par son imagination. Toutefois, à l'occasion, sa passion pour les serrures éveillait en lui quelque chose qui frisait l'inspiration poétique. Il lui venait alors à l'esprit des comparaisons qui prenaient l'ampleur de fresques éclatantes. Comme un mystique, il sondait les mystères de l'univers ; comme un amoureux, il triomphait de la résistance d'une femme effarouchée ; comme Œdipe, il savait résoudre les énigmes du Sphinx. Lorsqu'elles surgissaient, ces comparaisons influaient sur sa méthode. Certaines serrures avaient besoin d'être persuadées, séduites par de subtils stratagèmes, d'autres devaient être prises d'assaut et requéraient une sorte d'héroïsme.

La serrure sur laquelle il travaillait était de type Chubb, à « détecteur », un modèle récemment breveté en Amérique (un pays qui semblait menacer la prééminence historique des Britanniques). Il fallait manipuler ce genre de serrures avec un soin extrême, car le pêne se coinçait si on soulevait trop un cliquet. On devait alors utiliser la clé d'origine pour débloquer la serrure, puis tout recommencer depuis le début. Uberhorst se mordit la lèvre inférieure et introduisit le crochet en vérifiant chaque cliquet pour déterminer lequel entraînait le pêne.

Outre la distraction et l'oubli, ce singulier passe-temps visait un but moins clairement identifié. Quelque part, dans d'obscurs recoins de son esprit ténébreux, le germe de l'ambition s'était enraciné. La connaissance approfondie qu'il avait des serrures lui permettrait un jour de mettre au point un mécanisme véritablement invincible. Avant de s'endormir, il cédait souvent à la séduction d'une idée prometteuse, un mécanisme nouveau flottait alors dans l'obscurité : une serrure à gorge mobile, pourvue d'un cylindre rotatif…

Uberhorst ferma les yeux et souleva le cliquet en sentant une légère résistance.

Encore un peu… juste un peu.

Durant cette phase de l'opération, l'habileté avait besoin du secours de l'intuition. Uberhorst décida de prendre des risques.

Tout doucement…

Mais il avait trop forcé, et le cliquet venait de déclencher le ressort du détecteur.

Le pêne était bloqué.

Il soupira, retira le crochet et réfléchit à l'importance de son erreur. Une image qui avait envahi son esprit durant toute la semaine vint interrompre le cours de ses pensées : l'inspecteur aux yeux battus et à la moustache en crocs, avec son corps massif occupant tout l'espace de l'atelier. Et les derniers mots de leur conversation.

Vous avez dû vous tromper, monsieur l'inspecteur.

Pourquoi ?

Parce que c'est impossible.

Vraiment ? Même pour un maître serrurier ?

S'il ne prenait garde, Uberhorst risquait de se balancer au bout d'une corde.

23

Liebermann avait éprouvé un léger malaise en acceptant l'invitation à dîner de son père. Cette sensation se manifesta de nouveau lorsqu'il descendit de son fiacre à Concordiaplatz. Et, quand il s'aperçut qu'il n'y aurait pas seulement ses parents et Hannah, sa sœur cadette, autour de la table, mais que Leah, sa sœur aînée, Josef, son mari, et le petit Daniel avaient eux aussi été conviés à ce repas, son cœur se serra. À l'évidence, Mendel avait décidé de profiter de la visite de son fils pour organiser une réunion de famille, ce qui voulait dire que le vieil homme s'estimerait en droit de célébrer le shabbat.

Au bout de la table, sa coupe de vin ostensiblement levée, Mendel récitait le *kiddoush* avec la solennité d'un prophète de l'Ancien Testament.

Mendel savait fort bien que son fils s'était presque complètement détaché de la tradition juive, mais c'était là un fait qu'il n'était pas prêt à accepter. Parfois, Liebermann avait même l'impression que son père menait une guerre d'usure – cherchait sans cesse à éroder sa résistance en le confrontant aux coutumes et aux rituels dès que l'occasion se présentait.

— *Baroukh attah Adonaï èlohénou mèlekh ha-olam...*

« Béni sois-tu, Seigneur, notre Dieu, roi de l'univers, qui nous a sanctifiés par ses commandements, et qui, dans son amour et sa bienveillance... »

De l'autre côté de la table, derrière les bougies du shabbat, Liebermann croisa le regard de sa petite sœur et feignit une piété exagérée. Hannah détourna les yeux, et Liebermann eut la satisfaction de voir ses épaules secouées par un rire qu'elle s'efforçait de réprimer. Il trouvait la facilité avec laquelle il pouvait la faire réagir presque aussi frappante que l'ampleur de sa propre immaturité.

« Oui, c'est nous que tu as choisis entre tous les peuples et que tu as sanctifiés, et c'est à nous que, dans ton amour et ta bienveillance, tu as donné ton saint jour de shabbat en héritage. »

Liebermann emplit le récipient destiné aux ablutions et, trois fois de suite, versa un peu d'eau sur sa main droite, puis sur sa main gauche. Ce processus lui rappelait les rituels superstitieux associés aux névroses obsessionnelles. Avant de s'essuyer les mains, il récita la prière suivante.

« Béni sois-tu, Seigneur, notre Dieu, roi de l'univers, qui nous a sanctifiés par ses commandements et nous a ordonné de nous laver les mains. »

Douée de la mystérieuse prescience dont fait preuve toute mère vigilante, Leah intercepta les petits doigts dodus de Daniel qui rampaient vers les pains. Sans se laisser troubler, Mendel ôta, pour la dernière prière, le napperon qui les recouvrait.

— *Baroukh attah Adonaï èlohénou mèlekh ha-olam...*

« Béni sois-tu, Seigneur, notre Dieu, roi de l'univers... »

— ... *Ha-motzi lèhem min ha-arets.*

« qui fais sortir le pain de la terre. »

D'une voix indifférente, Liebermann murmura un « amen » avec les autres, et fit un clin d'œil à Hannah quand elle releva la tête. Elle souriait – un grand sourire de triomphe. Une fois de plus, elle avait surmonté le rite du shabbat malgré les efforts déployés par son frère pour la troubler.

Mendel fit un signe au domestique qui dirigeait le service et avait patiemment attendu près de la porte. Un instant plus tard, la pièce se transforma en véritable ruche. Une grosse soupière de consommé de poulet fut déposée au milieu de la table, et plusieurs conversations furent aussitôt lancées. La mère de Liebermann, Rebecca, n'en avait que pour Daniel, pendant que Mendel interrogeait Josef sur un point obscur de droit civil en matière de contrat. Le vieil homme regardait son fils, assis de l'autre côté de la table, en souhaitant sa participation, mais Liebermann se contenta de sourire et se tourna vers Hannah.

— Alors… commença-t-il.

Mais, avant qu'il ait eu le temps de prononcer un mot de plus, sa mère s'adressa à lui.

— Maxim, tu ne devineras jamais qui j'ai rencontré l'autre jour.

— Qui ?

— Frau Hirschfeld.

— Ah oui ?

— Oui. Je ne l'avais pas vue depuis des années. Apparemment…

Sans s'interrompre, Rebecca essuya la bouche de Daniel, luisante de consommé, et le recoiffa avec ses doigts.

— … ils habitent en Italie, toute la famille, sauf Martin, bien sûr. Est-ce que tu vois parfois Martin ?

— Très rarement.

— Il a eu une promotion.

Rebecca passa du pain à Mendel et poursuivit :

— Frau Hirschfeld avait bonne mine. Elle a pris un peu de poids, bien sûr, mais, à notre âge, qui ne grossit pas ?

Avec une rapidité qui rendait son geste presque imperceptible, Rebecca rectifia la position de la cuiller que tenait Leah avant qu'elle atteigne la bouche de l'enfant.

— Oh… et Rosamund… tu te souviens de Rosamund ? Elle a deux enfants à présent. C'est celle qui a épousé l'architecte. Comment s'appelle-t-il donc ?

— Weisel. Hermann Weisel.

— C'est ça. Le cousin de Herr Klein. Il se fait un nom, d'après Frau Hirschfeld.

— Qui, Herr Klein ?

— Non, non. L'architecte.

Se tournant soudain vers son mari, elle lui dit :

— Mendel, laisse Josef manger. Il n'a pas touché à son consommé.

Mendel montra le bol de son épouse et répliqua sèchement :

— Toi non plus, ma chère.

Rebecca haussa les épaules et continua à s'agiter.

— Alors, reprit Liebermann en s'adressant pour la deuxième fois à Hannah par-dessus la table. Qu'est-ce que tu as fait de beau ?

Hannah fit la grimace.

— Rien, je t'assure.

Liebermann secoua la tête.

— Tu dois bien avoir fait quelque chose, il y a presque un mois que je ne t'ai pas vue.

— Bon, admit Hannah pendant que sa moue d'adolescente prenait une expression plus adulte. Je suis allée voir Emilie. Mais c'est tout.

— C'est bien vrai ?

— Oui.

Liebermann plaignait sa sœur cadette. Hannah était la petite dernière et, depuis le mariage de Leah, devait rester seule avec ses parents. À seize ans, elle était bloquée dans un foyer vieillissant qui commençait à sentir le renfermé.

— Bon, alors je suppose que je devrais te sortir pour t'égayer un peu. Ça te ferait plaisir ?

Le visage de sa sœur s'illumina.

— Oh ! oui, très plaisir !

— Où veux-tu aller ?

— Je ne sais pas.

— Allons… choisis.

— Une exposition ?

— Laquelle ?

— N'importe laquelle.

— Que dirais-tu des peintres de la Sécession ? Est-ce que tu aimerais voir leurs œuvres ? Elles sont exposées dans le nouveau pavillon. Tu sais, celui que les béotiens appellent le « chou doré ».

— Est-ce que ce sera très… moderne ?

— Bien sûr, mais tu vas beaucoup aimer, je te le promets. Klimt a réalisé une frise immense. Très controversée, semble-t-il.

— Je ne suis pas sûre que papa…

Liebermann porta un doigt à ses lèvres. Après avoir vérifié que Mendel n'avait rien entendu, il murmura :

— Je t'enverrai un petit mot. Dans le courant de la semaine prochaine.

Un joyeux babillage occupa la famille Liebermann pendant que les différents plats étaient servis, et ne languit qu'après l'arrivée du dessert – une odorante compote de prunes dans une grande coupe en argent. Le cuisinier l'apporta lui-même et fut accueilli par un chœur de louanges.

Quand tout le monde eut terminé son dessert, Liebermann se leva.

— Pouvez-vous m'accorder un instant d'attention, s'il vous plaît ?

Le silence se fit.

— Je suis content que vous soyez tous là car j'ai une nouvelle importante à vous annoncer.

— Une nouvelle importante ? Quelle nouvelle ? demanda Rebecca avec plus d'anxiété que de curiosité.

Mendel posa une main apaisante sur le bras de sa femme.

— C'est précisément ce que je vais te dire, maman.

Liebermann regarda autour de la table. Tous les membres de la famille le considéraient d'un air interrogateur. Seul son père avait une expression posée.

— Jeudi dernier, j'ai demandé Clara Weiss en mariage, commença-t-il avant de s'interrompre pour prolonger le suspense. Et… je suis ravi de vous informer qu'elle a accepté. Nous sommes donc fiancés.

Un infime silence précéda un déchaînement d'exclamations et d'applaudissements. Rebecca se leva et se rua vers son fils pour se jeter à son cou. Leah et Hannah l'imitèrent. Quelques instants plus tard, Liebermann se trouva pris dans une bousculade affectueuse et, les larmes aux yeux, tous le serrèrent dans leurs bras, l'embrassèrent, le félicitèrent. Cette frénésie fut si soudaine et si bruyante que le petit Daniel, effrayé, joignit ses braillements au vacarme général. Quand Liebermann fut enfin libéré, il s'aperçut que son père s'était levé et se tenait juste devant lui. Le vieil homme lui ouvrit les bras.

— Toutes mes félicitations, mon garçon.

— Merci, papa.

Ils s'enlacèrent – pour la première fois depuis bien des années.

24

Le mobilier de la salle d'interrogatoire était sommaire : une table et de simples chaises en bois. Une photographie d'un François-Joseph omniprésent venait quelque peu adoucir ce décor spartiate. Les yeux légèrement baissés, le vieil empereur respirait la bienveillance. De sa position élevée, avantageuse, presque à l'égal d'un dieu, il ne semblait pas fâché d'attendre des aveux depuis une éternité. On ne pouvait toutefois pas en dire autant de Rheinhardt.

L'inspecteur éprouvait de nouveau quelque irritation, voire de la stupéfaction, en entendant les questions indirectes que posait son ami. Même Natalie Heck montrait des signes de perplexité. À l'évidence, elle s'était attendue à un interrogatoire plus astreignant, avait peut-être même redouté que le « docteur » la pousse à révéler plus de choses qu'elle n'avait l'intention d'en dire. Au lieu de quoi Liebermann avait passé un temps infini à discuter de couture et semblait à présent obnubilé par tout ce qu'elle savait sur la garde-robe de Fräulein Löwenstein. Rheinhardt avait vu l'expression de Fräulein Heck trahir successivement la peur, le soulagement, puis quelque chose qui ressemblait beaucoup à de l'embarras.

— Il y avait donc trois robes en soie ?

— Oui, pour autant que je sache. Une rouge – elle l'avait achetée chez Taubenrauch & C°, le magasin qui se trouve dans la Mariahilfer Strasse –, une verte et une bleue conçue par Bertha Fürst. Elle portait parfois sur la bleue une magnifique broche en forme de papillon.

— Ces robes étaient-elles bien cousues ? De bonne qualité ?

— Oui. La soie était très chère… chinoise, je pense. Et la coupe était très belle, surtout celle de Fürst, bien que pas du goût de tout le monde.

— Pourquoi dites-vous ça ?

— Certains pourraient la qualifier d'indécente.

— Et vous, qu'en pensiez-vous ?

— Je…

Natalie hésita avant de relever le menton et de déclarer fièrement :

— Je ne me serais pas sentie à l'aise avec une telle robe.

Rheinhardt étouffa un bâillement et consulta sa montre de gousset.

— Fräulein Löwenstein avait donc l'habitude de porter l'une de ces robes le jeudi soir.

— Oui.

— Elle n'en portait jamais d'autre ?

— Il y avait une robe de bal en velours noir et une vieille en satin… mais elle avait cessé de les porter depuis un certain temps déjà.

— Étaient-elles de moins bonne qualité ?

— Oui. Le poignet de la robe de bal s'était effrangé.

— Dites-moi, Fräulein Löwenstein avait-elle l'air d'aimer toutes ses robes en soie de la même façon, ou en préférait-elle une ?

— Elle portait surtout la bleue… mais parce qu'elle était plus confortable.

— Comment le savez-vous ?

— Eh bien, parce qu'elle m'avait demandé de l'élargir. Elle disait qu'elle avait toujours été trop juste.

Liebermann se tut un instant. Il retira un cheveu de son pantalon et tendit le bras pour s'en débarrasser. Puis, reportant son attention sur Fräulein Heck, il demanda :

— Vous n'avez pas trouvé ça curieux ?

Natalie Heck ne comprit pas la question. Elle pinça les lèvres et regarda devant elle, ses grands yeux sombres écarquillés, telles deux flaques d'encre de Chine.

— C'est pourtant inouï, vous ne croyez pas ? poursuivit Liebermann. Qu'une robe d'aussi bonne coupe ait été trop étroite ? Est-ce que Frau Fürst, dont la réputation est excellente, aurait pu se tromper à ce point ?

Natalie Heck haussa les épaules.

— Ce genre de chose arrive. Vous pouvez prendre les mesures un jour et, le lendemain…

Elle avança les mains et les écarta devant elle.

Liebermann se tut. Il ôta ses lunettes et se mit à les essuyer avec son mouchoir. Une fois qu'il eut terminé, il rempocha son mouchoir et examina les verres à la lumière. Ce faisant, il demanda du ton détaché qu'on emploie pour lâcher une observation anodine ou une réflexion qui vous traverse l'esprit :

— Fräulein Heck, pourquoi vous êtes-vous rendue chez Herr Braun ?

Natalie Heck parut surprise en constatant que l'entretien s'engageait soudain sur un terrain moins confortable pour elle. Rheinhardt cessa de lisser sa moustache et se redressa.

— Herr Braun est mon ami.

Liebermann remit ses lunettes et regarda la jeune femme bien en face. Elle détourna les yeux et ses joues rosirent.

— Allez-vous souvent chez lui ?

Après un silence infime, Liebermann ajouta :

— Toute seule ?

Natalie Heck secoua la tête.

— Non, non. Herr Braun est mon ami. Nous ne sommes pas…

Liebermann l'interrompit.

— Pardonnez-moi, je vous prie. Je n'avais nullement l'intention de laisser croire à une conduite inconvenante de votre part.

Puis, en choisissant ses mots avec soin, il ajouta :

— À un quelconque manque de pudeur.

Le teint de Natalie Heck vira au cramoisi. Troublée, elle se lança dans une défense plutôt embrouillée.

— Je ne suis pas souvent allée chez Herr Braun. Il n'est pas très résistant… il lui arrive d'être souffrant. Dimanche, quand l'agent de police m'a empêchée d'entrer… j'étais inquiète… je voulais savoir s'il allait bien.

— Avez-vous une idée de l'endroit où il se trouve en ce moment ?

— Bien sûr que non !

Elle lança un regard furieux à Rheinhardt.

— Monsieur l'inspecteur, je vous ai dit la vérité la semaine dernière. Je n'ai rien à ajouter.

— C'est un fait, Fräulein, et nous vous sommes très reconnaissants pour votre aide, glissa Rheinhardt.

Natalie Heck se tourna vers Liebermann qui feignit de ne pas avoir entendu cet échange.

— À votre avis, Fräulein, votre ami Herr Braun était-il attiré par Charlotte Löwenstein ?

— Je…

Elle lutta pour se maîtriser.

— Je pense que oui, sans doute. C'était une très belle femme.

— Lui arrivait-il de parler d'elle ?

— Non.

— Alors, pourquoi estimez-vous qu'il éprouvait de l'attirance pour elle ?

— Parfois…

Elle serra sur ses épaules son châle aux couleurs somptueuses comme si un courant d'air froid avait soufflé dans la pièce.

— Parfois, il la regardait d'une certaine façon.

Juste au moment où Rheinhardt pensait que son ami avait flairé une piste et se préparait à assener une question fatale à sa proie, Liebermann se contenta de sourire, s'appuya à son dossier et dit :

— Merci, Fräulein Heck. Vous nous avez beaucoup aidés.

Puis, se tournant vers Rheinhardt, il ajouta :

— Je n'ai pas d'autre question, inspecteur.

— Vous êtes sûr, Herr Doktor ?

— Oui, inspecteur. Tout à fait sûr.

Un peu à contrecœur, Rheinhardt se leva en se demandant si Liebermann ne se livrait pas à un petit jeu psychologique pour donner à Natalie Heck un faux sentiment de sécurité. Mais le jeune médecin ne semblait pas avoir d'idée derrière la tête.

— Dans ce cas, vous êtes libre de partir, Fräulein Heck, dit Rheinhardt.

La couturière, l'air glacial, évitant avec soin d'approcher Liebermann, sortit de la pièce. Rheinhardt lui emboîta le pas et Liebermann l'entendit donner à un agent l'ordre d'escorter Fräulein Heck jusque chez elle, près du Prater.

Quand l'inspecteur revint, il s'assit sur la chaise qu'avait occupée la couturière. Les deux hommes gardèrent un instant un silence gêné. Puis Rheinhardt secoua la tête.

— C'était là un entretien bien curieux, Max.

— Tu trouves ?

— Oui. Pourquoi l'as-tu terminé aussi brusquement ? Juste au moment où les choses commençaient à devenir intéressantes – du moins pour moi.

— Fräulein Heck nous a dit tout ce qu'elle savait.

— Dans ce cas, la matinée n'a pas été très productive.

— Ce n'est pas mon avis.

Rheinhardt fronça les sourcils.

— Bon, avons-nous appris quelque chose que nous ignorions hier ?

— Oui… des tas de choses, me semble-t-il. Nous savons que Natalie Heck s'est entichée d'Otto Braun. Le fait qu'elle le nie en dit long. Nous avons aussi davantage d'indices suggérant que Fräulein Löwenstein et Braun étaient amants. Le désespoir de Natalie Heck était palpable. Et surtout, nous avons la confirmation d'une hypothèse.

— Ah bon ?

— Bien sûr. Tu te rappelles que je conjecturais la présence d'une tierce personne au moment du meurtre ?

— C'est vrai, mais…

Liebermann l'interrompit.

— Nous connaissons maintenant son identité, lâcha-t-il.

Incapable de se contenir, Rheinhardt se releva. Son geste fut tellement brusque que sa chaise bascula et faillit se renverser.

— Quoi ?

— La tierce personne était l'enfant à naître de Fräulein Löwenstein, expliqua Liebermann d'une voix douce. Quand elle a été assassinée, elle était enceinte d'environ trois mois.

— Comment diable as-tu fait pour déduire une chose pareille ? s'écria l'inspecteur.

La porte s'ouvrit et un jeune policier passa la tête dans la pièce.

— Tout va bien, monsieur ?

— Oui, oui, répondit Rheinhardt avec impatience en agitant les mains.

Le policier s'inclina d'un air d'excuse et referma la porte.

— Je te l'expliquerai le moment venu, répondit Liebermann. Pour l'instant, je dois retourner à l'hôpital. Dans l'immédiat, ce que je te recommande instamment, Oskar, c'est de rédiger une note polie au professeur

Mathias pour solliciter la reprise de l'autopsie interrompue de Fräulein Löwenstein... le plus tôt possible.

— Entendu.

— Et puis... Oskar ?

— Oui ?

— J'aimerais y assister aussi... si on m'y autorise.

25

Zoltán Záborszky était assis à sa table habituelle, dans le jardin du *Csarda*, un restaurant du Prater. Un joueur de cymbalum et deux violonistes interprétaient la *Complainte de Rákóczi*, une chanson populaire que la nourrice de Záborszky lui chantait quand il était tout petit. Il ferma les yeux et, l'espace d'un instant, il lui sembla entendre la Tisza couler dans le parc de la propriété familiale perdue depuis longtemps. Il revoyait le château imposant, avec ses remparts et ses tours rondes, perché sur un escarpement rocheux ; ses salles immenses, emplies, l'été, d'une douce lumière qui se déversait lentement des fenêtres comme du miel. Qui, à présent, profitait de cette cave bien fournie, contenant, sous les toiles d'araignée soyeuses, des bouteilles provenant des meilleurs cavistes de Paris ?

Záborszky avala une gorgée de son bourgogne insipide et fit la grimace, comme s'il souffrait d'une rage de dents.

Si son père, le vieux comte, avait survécu à l'assaut final de tuberculose qui l'avait emporté, il se serait sans doute levé de son lit avec une seule idée en tête : loger une balle dans la cervelle de son fils dévoyé. Záborszky envisageait ce scénario assez régulièrement et, le plus souvent, regrettait que les choses ne se soient pas passées de cette façon.

Quand la musique s'arrêta, il fit signe au joueur de cymbalum, qui posa aussitôt ses maillets sur les cordes et vint vers la table de Záborszky.

— Oui, mon cher comte ?

Le musicien ne put réprimer un mouvement de recul en voyant le somptueux œil au beurre noir de son interlocuteur. La chair était si enflée qu'on apercevait tout juste le blanc de l'œil et l'iris.

Záborszky remarqua la réaction du musicien.

— Un accident, lâcha-t-il d'une voix terne.

— Vous devriez prendre plus grand soin de vous, monsieur le comte.

— Sans doute, dit Záborszky en pliant sa serviette. Tamás, s'il vous plaît… ne jouez plus ces vieux airs.

Le musicien sourit d'un air compatissant.

— Ah, je comprends ! La mélancolie, c'est ça ?

Záborszky le confirma en hochant la tête, son unique œil visible devenant humide.

Le musicien s'inclina et alla rejoindre ses compagnons. Lorsqu'ils se remirent à jouer, ils donnèrent un arrangement modeste mais plein d'entrain de la *Valse de l'empereur*, composée par Strauss.

Záborszky attrapa son exemplaire du *Wiener Zeitung* et lut les nouvelles – dont la plupart ne l'intéressaient pas. Parfois, le texte était interrompu par des blancs portant un mot unique : « Coupé ». Tous les matins, les journaux étaient soumis à l'approbation d'un censeur – enclin à estimer de nombreux articles impropres à la consommation publique. Záborszky allait reposer le journal quand un titre attira son attention :

Le meurtre de Leopoldstadt déroute la police.

Ainsi donc, ils avaient enfin décidé de publier les détails de l'affaire. Záborszky se demanda si ce délai avait quelque chose à voir avec la censure.

Dans son impatience, il survola le texte et laissa de côté des phrases entières.

Pièce fermée à clé... pas de balle... la statuette d'un dieu de l'Antiquité...

Illusion astucieuse... trucage.

Un mince sourire se dessina sur le visage de Záborszky.

Recherche un jeune homme dénommé Otto Braun.

Pensant que le comte était réjoui par la musique de Strauss, Tamás frappait les cordes de son cymbalum avec une vigueur accrue et encourageait ses collègues à accélérer le tempo.

— Quel clown empoté, cet inspecteur ! marmonna Záborszky. Il a complètement perdu pied.

Záborszky les imaginait tous : les agents coiffés de leur ridicule casque à pointe, le sabre au côté, postés devant l'entrée de l'immeuble, l'équipe de l'inspecteur en train de déambuler dans l'appartement en sondant les murs et en cherchant trappes et leviers. Ils ne découvriraient rien.

Le comte ferma son œil intact et laissa un ancien souvenir affleurer à sa conscience déjà troublée.

C'était l'hiver. Tels des vêtements en lambeaux suspendus à une corde, les corbeaux s'accrochaient aux branches dénudées. Il avait chassé dans l'immense forêt qui couvrait les hautes terres de la propriété. Des nappes de brouillard tourbillonnaient dans les cuvettes, des mottes de terre gelée volaient sous les sabots de son cheval.

Effrayée, sa monture sentait un danger. Une vieille toute ratatinée se tenait au bord de la piste cavalière. Elle semblait avoir surgi de nulle part. Le cheval hennit et agita la tête avec nervosité. Záborszky ignorait qui était cette femme, mais il savait fort bien ce qu'elle était.

La sorcière avait prononcé un mot tabou. Elle avait mentionné la *szépasszony* – la belle dame aux longs cheveux blonds qui s'attaquait aux jeunes hommes. La séductrice démoniaque qui se manifestait les jours d'orage et de grêle...

La sorcière l'avait maudit.

Elle t'aura, avait prédit la sorcière.

26

Le corps de Fräulein Löwenstein se trouvait de nouveau sur la table de dissection, dissimulé sous des draps. Les plis du tissu créaient un paysage miniature de monts et de ravins, qui déformait presque la dépouille humaine étendue dessous. Une odeur de pourriture alourdissait l'air – des miasmes délétères qui auraient pu être vomis par une faille de la croûte terrestre.

Le professeur Mathias tira avec douceur le drap du haut, qui glissa et révéla le visage de Fräulein Löwenstein. Rheinhardt ne s'attendait pas à la voir très changée, mais, déjà, sa peau s'était décolorée et ses traits s'étaient affaissés. Bleues après sa mort, ses lèvres avaient à présent viré au noir. Quelque chose dans son expression suggérait la terreur, comme si son cerveau, qui était pourtant en train de se désagréger, avait encore le pouvoir de concevoir un cauchemar. Seuls ses cheveux avaient conservé leur incandescence. Les boucles resplendissaient, provocantes, sous l'éclairage électrique impitoyable.

D'un doigt posé sur le front de la défunte, Mathias lissa une ride.

— « L'herbe sèche et sa fleur tombe. »

Rheinhardt croisa le regard de Liebermann et feignit le désespoir – l'excentricité du vieil homme était déjà lassante. Mathias soupira, releva lentement la tête et examina le jeune médecin qui se tenait de l'autre côté de la table d'examen.

— Je vais vous donner satisfaction, déclara Mathias d'une voix soudain ferme. Mais je le fais avec une certaine réticence. Je continue à croire que nous sommes tous victimes d'une redoutable plaisanterie. Ce que vous demandez, Liebermann, c'est une sorte de violation…

Vous vous en rendez compte, n'est-ce pas ? Je ne puis me soumettre à cette procédure d'un cœur léger.

Pourtant prévenu de la relation singulière qu'entretenait Mathias avec les morts, Liebermann se demanda pourquoi un homme qui possédait une telle sensibilité avait choisi la médecine légale.

— Monsieur le professeur, permettez-moi de vous assurer que j'ai mûrement réfléchi.

— Je l'espère. Parce que, si vous vous trompez et si vos méthodes psychologiques de déduction se révèlent erronées, outre le fait que nous passerons pour des idiots, une fois de plus, pourrais-je ajouter, nous aurons perpétré un acte de brutalité inexcusable à l'égard de cette malheureuse femme.

Les yeux de Mathias saillaient derrière ses verres épais.

— En effet, concéda Liebermann. Je suis toutefois persuadé que les résultats de l'autopsie d'aujourd'hui confirmeront mon hypothèse et seront précieux pour l'enquête.

Il désigna Rheinhardt.

Mathias pencha un peu la tête sur le côté.

— Où travaillez-vous, Liebermann ?

— Dans le service de psychiatrie de l'Hôpital général.

— Celui du professeur Gruner ?

— Oui.

— Et que pensez-vous du professeur Gruner ?

Liebermann répondit avec quelque hésitation :

— Je ne me crois pas autorisé à juger…

— Allons… je vous pose une question raisonnable ! lâcha Mathias. Que pensez-vous du professeur Gruner ?

— Je ne saurais me prévaloir d'une connaissance particulière du professeur Gruner en tant qu'homme. Néanmoins, en tant que médecin…

— Oui ?

Liebermann prit une profonde inspiration.

— Je ne suis pas du tout d'accord avec ses méthodes.

— Pourquoi ?

— Elles sont inhumaines.

Mathias approuva d'un grognement.

— Exact. Cet homme est un imbécile. C'était l'étudiant le moins éveillé de ma classe d'anatomie… Il n'est arrivé où il est aujourd'hui que par favoritisme, en faisant jouer ses relations !

Liebermann entendit Rheinhardt émettre un petit soupir de soulagement.

— Bon, Herr Doktor, poursuivit Mathias. Peut-être n'êtes-vous pas aussi mauvais juge, après tout. Même si vous avez choisi de vous spécialiser dans la branche la moins recommandable de la médecine, ajouta-t-il entre ses dents.

Liebermann lui adressa un sourire poli et se mordit la langue.

Le vieux professeur traîna son chariot près de la table et se mit à arranger sa collection d'instruments. Il poussa un maillet d'un centimètre vers la gauche, puis le reposa à sa place initiale. Après quoi, il entreprit d'aligner les scalpels, mais s'interrompit en plein milieu pour recommencer depuis le début. Liebermann eut tôt fait de voir là un cas manifeste de névrose obsessionnelle.

Rheinhardt s'impatientait. Non seulement il avait hâte que le professeur se mette à la tâche, mais il trouvait l'odeur de la morgue intolérable. Le corps de Fräulein Löwenstein exhalait des vapeurs fétides qui lui soulevaient le cœur. L'air empestait le formol et la putréfaction. Rheinhardt sortit un mouchoir et se l'appliqua sur le visage, attirant ainsi l'attention du professeur Mathias.

— Savez-vous que je ne sens presque rien tant j'y suis habitué ? dit le vieil homme.

Il approcha une lame en dents de scie d'un burin et ajouta :

— Puis-je vous suggérer de fumer un cigare, messieurs ? Les émanations en deviennent plus supportables… d'après ce qu'on m'a dit.

— Merci, Herr Professor, répondit Rheinhardt.

D'un geste rapide, désespéré, l'inspecteur ouvrit le bouton du haut de son veston et sortit une boîte plate de panatelas. Il en alluma un aussitôt et tira dessus au point que sa tête disparut presque derrière un nuage de fumée âcre. Les traits tendus de Rheinhardt s'adoucirent de plaisir lorsque le tabac odorant neutralisa la puanteur.

— Pardon. Herr Doktor ?

Il présenta la boîte à son ami. Liebermann avait le sentiment qu'un médecin ne devrait pas avoir besoin de fumer ; toutefois, il n'avait pas assisté à une autopsie depuis longtemps et les miasmes lui donnaient la nausée.

— Merci, dit-il en se servant.

Le professeur Mathias acheva son rituel préparatoire et déclara :

— « Si nous ne trouvons pas des choses agréables, nous trouverons du moins des choses nouvelles. »

Il regarda ses deux compagnons en espérant une réaction.

— Non ? Bon… *Candide*.

Puis il repoussa doucement le drap qui couvrait le ventre de Fräulein Löwenstein. Son abdomen était gonflé, la peau tendue par les gaz contenus dans les intestins. Le dos collé à la table grise, elle avait les flancs marbrés de grenat et de violet. Mathias arrangea les draps avec un soin extrême pour cacher les parties génitales de la morte.

— Herr Professor, avant que vous commenciez, puis-je voir la blessure ? demanda Liebermann.

Mathias lui jeta un regard réprobateur.

— S'il vous plaît, ajouta Liebermann avec une note d'espoir dans la voix.

Mathias souleva le drap du haut et le rabattit presque aussitôt, n'accordant à Liebermann qu'un regard fort bref.

— Et vous ne voyez aucune explication ?

— Aucune, répondit Mathias d'un ton glacial sans réplique.

Le vieil homme choisit un petit scalpel et commença à pratiquer une série d'incisions dans l'abdomen de Fräulein Löwenstein. Lorsqu'il écarta la chair, on aperçut, par cette large ouverture, l'arrondi rosé de la vessie et, derrière, la masse un peu plus sombre de l'utérus. Rheinhardt détourna les yeux.

— Eh bien, eh bien… grommela le professeur Mathias.

Sa respiration se fit bruyante, un peu haletante.

— Qu'y a-t-il ? demanda Rheinhardt.

— La matrice est engorgée.

La fumée du cigare de Rheinhardt flotta au-dessus du corps de Fräulein Löwenstein et alla se loger dans la cavité abdominale. Mathias émit un grognement de réprobation.

— Est-ce que ça veut dire…

— Patience, inspecteur. Combien de fois faut-il que je vous le répète ?

— *Festina lente ?*

— Bien entendu. *Festina lente.*

Le vieil homme essuya sa lame sanguinolente, puis choisit une grosse paire de ciseaux. Il sectionna quelques ligaments et retira à deux mains la vessie de la défunte. Après avoir déposé cette poche flasque dans un bocal de formol, il marqua une pause pour la voir tomber au fond. En descendant, l'organe lâcha des filets bruns visqueux. Mathias semblait s'abîmer dans ses réflexions.

— Très intéressant… murmura-t-il.

— Quoi donc ? demanda Rheinhardt.

Mathias ignora sa question. Au lieu de quoi, il s'adressa à la tête de Fräulein Löwenstein :

— Excusez-moi.

Il replongea alors les deux mains dans son corps et les referma autour du ballon très gonflé de l'utérus.

— Oui, répéta-t-il. Vraiment très intéressant.

Après s'être essuyé les mains pour en retirer un résidu transparent nauséabond, le professeur choisit un autre scalpel et pratiqua deux rapides incisions. Liebermann avait vu les serveurs de l'*Imperial* user des mêmes gestes pour préparer les fruits. Mathias se pencha sur le corps de Fräulein Löwenstein et, accompagné par les inventions mélodiques de ses poumons fatigués, replia les quartiers d'utérus avec tendresse.

Une fois l'opération terminée, il resta parfaitement immobile. Ni Rheinhardt ni Liebermann ne voyaient ce qu'il avait découvert. Penché sur le cadavre, Mathias avait toujours ses mains sanguinolentes immergées dans les entrailles de Fräulein Löwenstein.

Rheinhardt s'éclaircit la gorge en espérant attirer son attention.

Il n'y eut aucune réaction.

— Herr Professor ?

Mathias secoua la tête et murmura une réponse inaudible.

Liebermann regarda Rheinhardt d'un air interrogateur.

— Herr Professor ? répéta l'inspecteur.

Le vieil homme recula d'un pas et, montrant l'abdomen ouvert de Fräulein Löwenstein, les invita à approcher.

— Messieurs…

L'inspecteur et le médecin s'avancèrent.

Liebermann ne s'attendait pas à une surprise. Certain que Fräulein Löwenstein était enceinte, il s'était forgé une image mentale de ce qu'il allait voir.

Mais il était loin du compte.

— Seigneur ! souffla Rheinhardt.

Dans la coquille de chair à vif que constituait l'utérus de Fräulein Löwenstein se trouvaient deux petits corps, chacun pas plus gros qu'un pouce, mais déjà humains jusque dans les moindres détails. Les minuscules doigts et orteils étaient formés, et les visages – les yeux fermés – composaient un tableau de sérénité. Un cordon ombilical enchevêtré les séparait, tel un serpent qui montait la garde. Ils semblaient douillettement lovés dans leur mare fétide de liquide amniotique.

Une fois le premier choc passé, Liebermann se sentit gagné par une affreuse tristesse. Il aurait bien récité une prière, mais, en l'absence de tout sentiment religieux, il fut contraint de chercher l'apaisement dans un baume substitutif : la poésie.

— « Le sommeil est bon, la mort préférable ; mais, bien sûr, le mieux serait de ne pas être né. »

— Heinrich Heine, dit le professeur Mathias, révélant une fois de plus sa curieuse prédilection pour les citations et leur origine. *Morphine.* Je vous félicite doublement, Herr Doktor : pour vos facultés de déduction, et pour votre choix d'épitaphes. « Nous vivons dans un monde méchant. Ils ne seront jamais touchés par le mal ni la douleur. Leur sommeil innocent sera éternel. »

Tout en prononçant ces mots, le professeur bénit du bout de l'index chacun des petits crânes minuscules. Liebermann n'avait jamais vu bénédiction plus bizarre ni plus macabre.

Mathias s'essuya les mains sur son tablier où il laissa des traces de mucosités rougeâtres, puis regarda Rheinhardt et déclara :

— On dirait que vous enquêtez maintenant sur un triple meurtre, inspecteur.

27

La pièce était assez petite, mais décorée à la manière d'un palais de sultan. Les rideaux étaient bleu foncé, presque noirs, rehaussés d'un motif tressé doré. Une pile de coussins ornés d'un fil d'argent et cloutés de perles et de minuscules miroirs avaient basculé du divan et s'étaient éparpillés sur le sol. Trois énormes bougies, aussi grosses que le bras d'un enfant, brûlaient dans des bougeoirs incrustés de pierres : onyx, opale, saphir et chrysoprase ; enfin, l'air était alourdi par l'odeur des bâtons d'encens qui se consumaient dans une grande coupe en granit poli.

Assise à une table de jeu couverte d'un tapis, se trouvait une femme imposante dont les amples rondeurs étaient comprimées entre les solides accoudoirs d'un grand trône en bois. Le siège possédait la dignité primitive d'un objet médiéval – le haut dossier était agrémenté de rosaces et de créatures serpentines sculptées grossièrement, parmi lesquelles apparaissait une curieuse assemblée de furies démoniaques et de séraphins ailés.

Fräulein Löwenstein a été retrouvée morte dans une pièce fermée à clé.

Elle a été tuée d'une balle dans le cœur... et il n'y avait pas de balle.

Le *Zeitung* tentait de laisser entendre que rien d'étrange ne s'était produit, que Braun pouvait être incriminé, que c'était là un tour de magie – un trucage compliqué. Mais qu'en savaient-ils ?

Cosima von Rath repensa à la curieuse rencontre qui avait eu lieu deux ans plus tôt. Elle s'était rendue à New York avec son père. Lors d'une soirée chez les Decker, au cours de laquelle Ferdinand et elle avaient été totalement ignorés par les Rothschild (la rebuffade était encore cuisante), on l'avait présentée à un jeune mage anglais, Lord Boleskin, beau garçon qui avait une lueur ardente singulière dans le regard. Boleskin était venu à New York dans l'intention de récolter des fonds pour l'ordre magique qu'il avait créé, la Lampe de la lumière invisible. Il était tellement persuasif qu'elle avait accepté de faire un don sur-le-champ, bientôt suivi par d'autres, en réponse à ses lettres. Pour sa part, le mage lui avait envoyé des ouvrages de poésie qu'il avait lui-même écrits sous le nom modeste d'Aleister

Crowley. Le plus récent, *L'Âme d'Osiris*, se trouvait devant elle, sur la table.

Lorsqu'ils avaient fait connaissance, Boleskin avait posé une main sur le bras de Cosima von Rath et, en se penchant vers elle – un peu trop, peut-être –, lui avait murmuré : « Je sais qui vous êtes. Pardonnez à ces imbéciles. » En balayant la pièce d'un geste théâtral, il avait ajouté : « Ce sont des ignorants. »

Puis il l'avait entraînée sur le balcon, d'où ils apercevaient, au loin, la statue de la *Liberté*, et s'était confié. Il lui avait expliqué qu'il expérimentait un rituel qui pouvait rendre l'officiant invisible. Un mage de son envergure – ou quelqu'un d'encore plus versé dans la magie noire – pouvait donc très bien entrer dans une pièce, commettre un meurtre et se contenter d'attendre que la porte fermée à clé soit enfoncée pour se faufiler dehors sans se faire remarquer, en passant sous le nez d'enquêteurs peu éveillés.

Cosima se félicita d'avoir envisagé cette hypothèse, mais se sentit troublée par ses implications. Fräulein Löwenstein avait-elle réellement eu l'occasion de frayer avec des cercles aussi exaltés ? Certes, elle avait été une médium douée, mais, à l'évidence, elle n'était pas érudite en matière d'occultisme. Son don était naturel, brut, et non cultivé. Elle ne savait presque rien des dieux égyptiens. Quand Cosima avait mentionné Horus, Isis et Hoor-Paar-Kraat (mieux connu chez les non-initiés sous le nom de Seth), Charlotte Löwenstein avait simplement changé de sujet et trahi d'indubitables signes d'embarras.

Mal à l'aise, Cosima s'agita dans son fauteuil. Les accoudoirs pressaient une chair qui pendait en bourrelets flasques sur le ventre et les hanches. Elle attrapa son jeu de tarots, qui avait déjà beaucoup servi, et feuilleta les arcanes mineurs pour retirer les quatre reines.

« Laquelle pourrait le mieux représenter Charlotte Löwenstein ? » se demanda-t-elle.

Elle effleura chaque carte et, après réflexion, posa son index potelé sur la reine de coupe, qu'elle isola de ses compagnes royales et poussa vers la boule de verre, au support d'ivoire, posée sur la table de jeu.

Bien sûr, restait une dernière possibilité. Fräulein Löwenstein aurait pu chercher à contacter des forces que, par la suite, elle n'avait pas été en mesure de contrôler. Lord Boleskin avait évoqué « l'opération d'Abramelin » et d'autres rites similaires consistant à convoquer les quatre grands princes du monde maléfique et leurs huit princes subordonnés... La simplicité apparente de Charlotte Löwenstein pouvait avoir été une ruse, un déguisement pour dissimuler un cœur fier et une ambition que Cosima avait soupçonnée au début. Si cette idiote avait tenté de négocier avec des forces qu'elle ne comprenait pas, celles-ci pouvaient avoir exercé une vengeance terrible et innommable.

Cosima caressa la croix égyptienne, incrustée de diamants, pendue à son cou, et regarda dans la boule de cristal. Un monde inversé apparaissait dans cette sorte de bulle aqueuse, et il n'y avait pas de vie sauf un homoncule difforme aux yeux exorbités. Cosima était souvent restée des heures à fixer son reflet déformé, et jamais la boule n'était devenue laiteuse, jamais l'intérieur ne s'était troublé pour accueillir des visions de l'avenir.

— Mademoiselle... Mademoiselle !

Une voix tremblante appelait derrière la porte.

Oh ! quelle petite dinde !

— Qu'y a-t-il, Friederike ? Je vous ai déjà dit de ne pas me déranger quand je suis ici.

La voix poursuivit :

— Mademoiselle, Herr Bruckmüller est venu vous voir.

— Oh ! dit Cosima d'un ton qui passa de l'irritation à la légère surprise.

— Je lui dis de s'en aller ?

— Non ! brailla Cosima. Bien sûr que non, stupide enfant ! Faites-le monter tout de suite.

La domestique se hâta de descendre l'escalier, et Cosima retourna à ses conjectures.

La police n'était pas de force à mener une telle enquête. Pour elle, l'absence de Braun signifiait sa culpabilité. Mais s'il avait été impliqué dans la quête de pouvoir tentée par Fräulein Löwenstein ? Les puissances occultes qui avaient mis en œuvre le décès extraordinaire de la médium devaient être tout à fait capables de faire disparaître un jeune artiste.

La basse profonde de Bruckmüller gronda bien avant que son pas lourd retentisse dans l'escalier. Cosima ne voyait vraiment pas pourquoi il se donnait la peine de bavarder avec les domestiques.

On frappa tout doucement.

— Entrez.

La porte s'ouvrit et Friederike annonça :

— Herr Bruckmüller.

— Merci, Friederike. Ce sera tout.

L'homme corpulent sourit et s'avança vers le trône en bois.

— Ma chère Cosima, tu as l'air rayonnante ! brailla-t-il.

Le compliment ravit et embarrassa tout à la fois Cosima. Elle tendit une main potelée et permit à Bruckmüller de poser les lèvres sur ses doigts dodus. Les poils raides de sa moustache piquaient d'une façon étonnante.

— Hans, mon cher, as-tu lu le journal ?

— Oui. Extraordinaire ! Vraiment extraordinaire !

— Une puissance supérieure s'est manifestée.

— Tu crois ?

— Bien sûr. Cette nigaude jouait avec le feu… elle se mêlait d'arts qu'elle ne connaissait pas assez pour les pratiquer en toute sécurité.

Bruckmüller s'assit sur le divan et secoua la tête.

— Les choses ont dû être terribles.

— En effet. Il est difficile d'imaginer à quel point son âme a dû être ébranlée cette nuit-là. Je frémis à cette idée.

L'expression de Bruckmüller changea soudain.

— Pourtant...

— Quoi donc ? demanda Cosima.

— Il reste le problème que pose Braun. Où est-il ? Pourquoi a-t-il pris la fuite ?

— L'a-t-il vraiment fait ? C'est ce que la police laisse entendre. Mais il pourrait y avoir une autre explication. Il peut avoir été neutralisé.

— Comment ? Tu veux dire par cette même puissance supérieure ?

— Je crains que la police n'ait plus jamais la possibilité de l'interroger.

— Mais pourquoi ? demanda Bruckmüller de sa voix tonnante. Pourquoi Braun ?

— J'entends bien apporter la réponse à cette question, répondit Cosima en serrant sa croix égyptienne et en prenant une expression qu'elle voulait à la fois séduisante et mystérieuse. Bientôt, très bientôt.

28

Liebermann posa son stylo sur le bureau et appliqua un grand buvard carré sur son carnet. Après s'être assuré que l'encre était sèche, il relut les notes relatives à ses patients et rangea le carnet dans un tiroir. À ce moment précis, on frappa à la porte. C'était Kanner.

— Bonjour, Max. Tu as une minute ?

— Une minute, pas plus. Mahler dirige l'orchestre philharmonique dans un programme Beethoven et Wagner. Le concert commence à sept heures.

— Je ne vais pas te retenir longtemps, dit Kanner en s'asseyant. As-tu vu Miss Lydgate aujourd'hui ?

— Non.

— Max, elle a eu une nouvelle… crise.

— Ah !

Le visage de Liebermann se plissa d'inquiétude.

— Exactement comme la dernière fois, poursuivit Kanner. Miss Lydgate avait été bien pendant la plus grande partie de la journée, semble-t-il, elle avait bavardé avec les infirmières et lu. Je passais parmi les malades, je me suis approché d'elle et…

Kanner sourit d'un air d'excuse et haussa les épaules.

— Apparemment, c'est moi qui ai tout déclenché. Dès qu'elle m'a vu, elle s'est mise à tousser, et quelques secondes plus tard, elle hurlait… Je ne comprends vraiment pas.

— Est-ce que sa main droite…

— Oh ! ça oui ! confirma Kanner en hochant vigoureusement la tête. Elle a essayé de me donner un coup de poing, mais, cette fois, étant mieux préparé, j'ai réussi à l'esquiver. Les gardiens l'ont maintenue jusqu'à ce qu'elle se calme.

— A-t-elle dit quelque chose ?

— Je l'ignore… j'ai jugé préférable de partir. Je ne voulais pas aggraver les choses. Je crois comprendre qu'elle s'est endormie et, en se réveillant deux heures plus tard, elle n'avait plus aucun souvenir de ce qui s'était passé. Je regrette, Max, je n'avais pas l'intention de…

— Je t'en prie, dit Liebermann en levant la main pour faire taire son ami. Ça n'est pas ta faute, Stefan.

— Sans doute pas, mais je me sens tout de même responsable.

Liebermann attrapa son stylo et le glissa dans la poche de son veston.

— Oh ! il y a aussi autre chose ! reprit Kanner. Vendredi après-midi, Miss Lydgate était assise à côté de Katia Dill – tu sais, la jeune fille de Baden ? Bref, tout en bavardant, Katia lui a montré sa tapisserie.

Quelques secondes plus tard, Miss Lydgate a été agitée à l'extrême.

— De quelle manière ?

— Distraite… incapable de se concentrer. Elle pourrait même avoir perdu connaissance. Apparemment, elle s'est mise à marmonner quelque chose en anglais. Je ne sais pas quoi au juste, je n'étais pas là. C'est Sabina qui m'en a parlé.

Liebermann parut perplexe.

— Sabina Rupius, poursuivit Kanner. La jolie fille aux grands yeux marron. Tu as sûrement…

— Stefan !

— Excuse-moi, Max.

Kanner tenta de recouvrer un peu de sa crédibilité professionnelle avant de suggérer :

— Tu devrais peut-être parler à Fräulein Rupius avant de voir Miss Lydgate.

— Oui, c'est ce que je vais faire.

Liebermann regarda sa montre et se leva.

— Il faut vraiment que je parte, Stefan. Et merci.

— De rien.

Liebermann ouvrit la porte pour laisser sortir Kanner.

— Max ?

Kanner n'avait pas l'air à l'aise.

— Oui.

— Il est prévu de soigner Miss Lydgate par électrothérapie.

— Je sais.

— Que vas-tu dire au professeur Gruner quand il te demandera de t'expliquer ?

Liebermann soupira.

— Je n'y ai pas encore vraiment réfléchi.

— Dans ce cas, tu ferais mieux de t'y mettre tout de suite, dit Kanner en posant une main amicale sur l'épaule de Liebermann.

29

Tout, dans la salle de concert, semblait être en or : le plafond baroque, les frises sculptées, les cariatides élégantes, le tympan et l'entablement qui abritaient l'orgue. L'effet était éblouissant. Un déferlement de métal précieux.

Au-dessus des spectateurs, d'énormes lustres en cristal étincelaient sans relâche et, en réponse à leurs feux, des éclats de lumière parcouraient le public. Dans les loges, une abondance de broches en diamant scintillaient. La Grosser Saal évoquait la caverne d'Aladin et brillait de tous les gages de la prospérité bourgeoise.

— Ah, te voilà !

Liebermann se retourna pour voir Rheinhardt avancer – avec quelque difficulté – dans l'allée étroite.

— C'était la course, grommela-t-il. J'ai à peine eu le temps de me changer.

Il se laissa tomber dans son fauteuil à côté de Liebermann, reprit son souffle et, encore un peu haletant, ajouta :

— J'ai terminé mon rapport sur la seconde autopsie.

Liebermann scruta la scène par-dessus la balustrade du balcon.

— J'ai eu beaucoup de chance d'avoir ces places, surtout au dernier moment. Pour moi, quand Mahler dirige, c'est le seul endroit valable. Il faut voir son visage… on y lit une telle humanité !

Sans s'offusquer de la manière peu traditionnelle, voire légèrement impolie, dont Liebermann l'avait accueilli, Rheinhardt baissa la voix et se pencha vers son ami.

— Tu comprends, il a fallu que je précise que la seconde autopsie avait été ordonnée une fois que j'avais pris l'avis d'un médecin – ton avis, en l'occurrence. N'empêche que tu ne m'as toujours pas dit comment tu avais fait pour en arriver à cette conclusion.

Des violonistes et quelques musiciens du pupitre des bois émergèrent des coulisses et s'avancèrent sur la scène.

— Oh ! ça n'avait rien de sorcier, Oskar ! répondit Liebermann, l'air plus intéressé par les musiciens que par la conversation. Rosa Sucher avait signalé des changements dans les habitudes alimentaires de Fräulein Löwenstein, notamment qu'elle buvait moins de café et avait opté pour les infusions de menthe. En tant que père de deux enfants, tu mesures sûrement la portée de ces renseignements.

Rheinhardt se gratta la tête.

— Tu veux parler des envies ? Oui. Quand Else était enceinte de Mitzi, je devais me lever aux aurores pour aller lui acheter des fraises au Naschmarkt. Pendant des semaines d'affilée, elle n'a rien voulu d'autre ! Mais je crains que la signification du café et des infusions de menthe m'échappe complètement.

Liebermann observait toujours l'arrivée des musiciens.

— La plupart des femmes trouvent le café moins bon au début de leur grossesse.

— Ah bon ? Je ne me rappelle pas qu'Else…

— Est-ce que tu l'aurais remarqué ?

— Peut-être pas.

— Quant aux infusions de menthe, il s'agit d'un vieux remède contre les nausées matinales. C'est assez efficace, d'ailleurs.

Rheinhardt grogna d'un air approbateur. Liebermann poursuivit :

— Une fois que cette information était en ma possession, je me suis demandé si Natalie Heck, du fait qu'elle était couturière, et donc encline à examiner la garde-robe de Fräulein Löwenstein, avait remarqué un changement quelconque dans sa manière de s'habiller. Aurait-elle, par exemple, acheté des vêtements plus larges ? Fräulein Heck a dépassé toutes mes espérances en avouant qu'elle avait dû élargir elle-même la robe de soie bleue. Si bien que j'ai révisé ma première interprétation du mot que Fräulein Löwenstein avait rayé dans son message, et qui nous intriguait. La signification de « Il nous enverra en enfer » est alors devenue transparente.

— Voilà qui explique aussi un détail dont je n'ai pas saisi l'importance lors de la première autopsie. Fräulein Löwenstein ne portait pas de corset.

— En effet, elle n'aurait vraiment pas été à son aise.

Chaque pupitre de l'orchestre était maintenant représenté sur la scène, et les cornistes avaient commencé à chauffer leur instrument en faisant quelques gammes assourdies.

— Bon, une fois de plus, je te dois une fière chandelle, Herr Doktor.

— Cela reste à voir. La grossesse de Fräulein Löwenstein introduit un élément nouveau dans notre énigme. Mais de quelle importance ?

— En effet. N'empêche que nous avons progressé. Quelque chose me dit que cette grossesse va jouer un rôle dans la découverte du mobile du crime.

— C'est possible.

Avant qu'il puisse en dire plus, il fut distrait par un groupe d'hommes en tenue de soirée, qui se frayaient un chemin vers les derniers rangs de l'orchestre. Plusieurs portaient une sorte d'uniforme – habit vert, parements de velours noir, boutons dorés. Leur lente progression créait des vagues d'agitation dans le public : le bourdonnement indifférent se transforma en murmures surexcités. Les têtes se tournaient et quelques personnes montrèrent même du doigt les arrivants. Tous les deux ou trois rangs, des Viennois et Viennoises distingués se levaient pour les saluer.

— Oskar ? dit Liebermann en désignant de la tête le fond de la Grosser Saal. Que se passe-t-il là en bas ? Est-ce que tu reconnais certains de ces hommes ?

Rheinhardt posa les mains sur la balustrade et se pencha en avant.

Au centre du groupe, un monsieur très soigné en costume gris foncé baisait la main d'une douairière à l'air aristocratique.

— Seigneur ! C'est le maire.

— Qu'est-ce qu'il fait ici ? s'écria Liebermann. Fichu hypocrite !

Quelques années plus tôt, Lueger avait insulté Mahler en invitant un autre chef d'orchestre à diriger un concert de charité donné par le Philharmonique. Connaissant les opinions politiques du maire, Liebermann savait très bien pour quel motif. Ceux qui soutenaient l'Union pour la réforme, le mouvement antisémite de Lueger, en étaient sans doute ravis. Les musiciens de l'orchestre, toutefois, avaient été furieux et avaient protesté avec acharnement.

— Pas si fort, Max.

Liebermann grogna et croisa les bras.

— Et… commença Rheinhardt en plissant les yeux. J'ai peine à le croire… Bruckmüller est là.

— Qui ?

— Hans Bruckmüller. Tu ne te rappelles pas ? Il assistait aux séances de Fräulein Löwenstein. Tu vois ce type, là ? dit l'inspecteur en le montrant discrètement du doigt. Le gros bonhomme… avec un œillet à la boutonnière.

— Ah, oui.

— J'ignorais qu'il comptait parmi les copains de Lueger.

— Bon, maintenant, tu le sais.

Dès que l'orchestre fut au complet, le premier violon fit son entrée d'un pas vif et fut applaudi avec chaleur. Il s'assit, donna le *la* aux autres musiciens, et la multitude de sons différents fusionna bientôt pour s'accorder à son instrument. Lueger et ses compagnons avançaient toujours avec peine dans l'allée quand Gustav Mahler apparut.

Le public applaudit à tout rompre.

Mahler grimpa les marches de son pupitre et s'inclina. Liebermann crut voir son expression se voiler d'irritation quand il aperçut le groupe de Lueger – qui avait dérangé plusieurs spectateurs pour gagner les fauteuils du milieu.

Les applaudissements s'éteignirent peu à peu et les lumières baissèrent. Mahler pivota vers l'orchestre. Il n'avait pas besoin de lire sa partition car il avait mémorisé les œuvres au programme. Il leva sa baguette, s'immobilisa un instant, puis plongea en avant pour libérer toute la majesté du génie de Beethoven.

De sa main droite fine, nerveuse et agile, le chef menait les violoncelles et les contrebasses. Son poing se leva et s'agita vers le ciel pour obtenir un crescendo – tel un défi lancé aux dieux. Il bondissait, s'agitait, s'étranglait, tressautait, attitude régulièrement vilipendée par les critiques qui exécraient son style flamboyant. On voyait à l'œuvre tous les « affreux excès » tournés en ridicule par dessinateurs humoristiques et commentateurs – « danse de Saint-Guy », « delirium tremens », « possédé du démon ». Tout cela était vrai. Et pourtant, jamais encore le Philharmonique n'avait donné cette puissance, ni l'ouverture de Beethoven fait preuve d'autant de vitalité. La musique éclatait, vigoureuse, rageuse, passionnée.

Liebermann ferma les yeux et s'abandonna à un univers sonore fait d'émoi, de tourment – et d'une félicité indicible.

30

Piqueté de truffes, le pâté de foie était présenté sur un lit de glace. Une corbeille rustique contenait des petits pains bruns et ronds, et le faisan – glacé au miel et saupoudré d'herbes odorantes –, servi dans un grand plat blanc, était accompagné de légumes verts et jaunes.

— Tu te souviens de Cosima von Rath ? demanda Juno Hölderlin en scrutant son mari.

« Comment pourrais-je l'oublier ? » songea-t-il.

— La fiancée de Herr Bruckmüller, poursuivit Juno. Elle est venue à quelques séances de Fräulein Löwenstein.

— Oui. Une femme tout à fait impressionnante, si je me rappelle bien.

Hölderlin déplia sa serviette, la secoua et la déposa avec soin sur ses genoux.

— Elle a téléphoné aujourd'hui.

— Ah bon ? Que voulait-elle ?

— Elle organise un cercle.

— Mon Dieu, un de plus ? s'écria Hölderlin avec une expression de malaise extrême. Ta passion pour le surnaturel n'a donc pas été tempérée par les événements récents ?

— Elle ne proposait pas de former un nouveau cercle pour remplacer celui de Fräulein Löwenstein. Non, Heinrich. Ce qu'elle suggérait, c'était une réunion d'investigation… une séance dont le but serait de découvrir ce qui s'est réellement passé ce soir-là.

— Elle projette d'entrer en contact avec Fräulein Löwenstein, c'est ça ?

Juno Hölderlin découpa le pâté et en fit glisser une tranche humide au bord de son assiette.

— J'imagine. Elle souhaite aussi savoir où se trouve Herr Braun.

Juno clignait des yeux à un rythme de plus en plus rapide, jusqu'au moment où elle ferma les paupières avec force pour essayer de se débarrasser de ce tic.

— Qui d'autre a-t-elle invité ?

— Herr Uberhorst, Fräulein Heck… tout le monde.

— Et ils ont accepté ?

— Oui, pour autant que je sache. Sauf que Fräulein von Rath n'avait pas encore pu contacter le comte Záborszky quand elle m'a appelée.

— Est-ce que… tu souhaites y aller ?

Juno baissa les yeux sur son assiette et fut un instant distraite par la beauté de son liseré bleu et or. Le service avait été un cadeau de mariage de Sieglinde.

— Si ça peut être utile… oui, bien sûr.

Hölderlin but une gorgée de vin.

— D'accord, dit-il. Nous irons.

31

— Il ne faisait pas très chaud – en fait, il faisait même froid –, mais Herr Schelling insistait pour que nous sortions. J'ai demandé à Frau Schelling si elle voulait son manteau. Elle m'a dit que ce n'était pas la peine, puisqu'elle ne nous accompagnerait pas.

Les yeux de Miss Lydgate roulaient sans cesse derrière les paupières closes et, sous l'effet de l'hypnose, ses mots étaient ralentis.

— Quelque chose est passé entre eux, poursuivit-elle. Entre le mari et la femme. Un regard, un regard étrange. Puis Frau Schelling a dit : « Je dois partir, à présent. Profitez bien de la forêt, Miss Lydgate. Elle est très belle en cette saison. » Et elle a quitté la pièce. Très vite, comme si… comme si elle fuyait.

— Que fuyait-elle ?

— Je ne sais pas.

Miss Lydgate toussa.

— La voiture a traversé la ville, puis a dépassé Unterdöbling et Oberdöbling. Herr Schelling m'a dit que Beethoven y avait vécu autrefois. C'est là qu'il avait composé sa *Troisième Symphonie*. À l'origine, Beethoven avait dédié cette œuvre à Napoléon, mais, en apprenant que le Premier consul s'était fait couronner empereur, l'illustre compositeur a été pris de fureur et a déchiré sa dédicace. Je connaissais déjà cette anecdote car mon père m'avait raconté à peu près la même histoire, mais j'ai jugé malséant de l'interrompre. Herr Schelling m'a demandé si j'aimais la musique. Je lui ai répondu que oui, mais j'ai avoué que je n'y connaissais pas grand-chose. Il m'a alors priée de l'autoriser à m'emmener à un concert. Je l'ai remercié en ayant l'impression de ne pas mériter cette gentillesse. Il m'a dit que ça lui faisait plaisir et a posé une main sur mon bras…

La tête roula de droite à gauche, nichée dans ses cheveux flamboyants. Au loin, une cloche d'église sonna, lente et funèbre.

— Herr Schelling n'a pas retiré sa main et s'est même approché de moi. Je ne savais pas quoi faire. Son attitude ne me semblait pas correcte. Pourtant, ce n'était pas un étranger, mais un parent, le cousin de ma mère. Peut-être était-il convenable qu'il pose une main sur mon bras. Je n'ai donc pas réagi… mais j'avais peur… j'avais peur de commettre une erreur. J'avais peur d'être responsable d'un éventuel malentendu.

Liebermann étudia sa patiente allongée. Elle avait l'air relativement calme. Après un long silence, elle reprit d'elle-même son récit.

— Malgré le temps un peu couvert, la forêt n'en était pas moins belle. J'étais fascinée par la flore… mais Herr Schelling m'a déconseillé de m'éloigner du sentier. Il m'a dit qu'il y avait encore des ours dans cette forêt. Je ne le croyais pas. Il souriait et ne semblait pas redouter le moindre danger. Nous avons escaladé une pente étroite et raide menant à un beau point de vue. Là, nous nous sommes arrêtés pour admirer le paysage. Herr Schelling m'a montré des villages accrochés au bas des versants, et un vignoble. Il se tenait juste derrière moi. De l'index, il a tracé un arc vers les montagnes. « Les Alpes », a-t-il précisé. J'ai avancé d'un pas… et il m'a suivie. Je sentais son corps qui se pressait contre moi… et alors… et alors…

La poitrine de Miss Lydgate se soulevait, sa respiration s'accélérait. Elle continua pourtant son récit d'une voix calme et lente.

— J'ai senti ses lèvres. Sur ma nuque. J'ai frissonné de dégoût et je me suis retournée. Il me regardait avec une lueur étrange, ardente dans les yeux. Il m'a saisie par les bras et m'a attirée contre lui. J'ai cru qu'il était devenu fou. Il a prononcé mon nom, deux fois, et a enfoui le visage dans le creux de mon épaule. De nouveau, j'ai senti ses lèvres, humides, sur mon cou. Je me suis débattue pour me libérer de son étreinte et j'ai reculé de quelques pas. Je me trouvais au bord d'un précipice. La montagne était à pic, et, l'espace d'un instant terrible, j'ai cru que Herr Schelling voulait me pousser. Mais, soudain, le feu s'est éteint dans ses yeux. Il a rectifié son nœud de cravate, s'est recoiffé avec les doigts et a feint l'inquiétude. « Que se passe-t-il ? » m'a-t-il demandé. J'étais fâchée et désorientée. « Herr Schelling, vous ne devez plus jamais faire ça, lui ai-je dit. – Faire quoi ? » a-t-il rétorqué. Sa sincérité paraissait telle que je me suis prise à douter de mes propres sens. Avais-je mal interprété sa conduite ? Il m'a tendu la main en disant : « Venez, Amelia, retournons à la voiture. » Je n'ai pas pris sa main. Il a haussé les sourcils. « Très bien, si vous croyez pouvoir descendre la pente sans mon aide. » Il a laissé retomber sa main et s'est tourné pour redescendre aussitôt. J'ai attendu un moment, ne sachant que faire. Puis, comme je n'avais pas le choix, je l'ai suivi à contrecœur. Nous avons parcouru presque tout le trajet en silence. De temps à autre, il me recommandait de faire attention aux endroits dangereux du sentier – inégal et criblé de fondrières. En chemin, nous avons croisé des promeneurs qui montaient. Ils nous ont salués, et Herr Schelling leur a souhaité de passer un très bon après-midi. Tout était tellement… normal. J'ai murmuré un bonjour et suis restée à la traîne. J'avais l'impression… d'être un enfant en pénitence. Pendant que nous descendions, il me semblait de moins en moins plausible que Herr Schelling se soit mal conduit, et de plus en plus probable que j'avais… je ne sais pas.

— De plus en plus probable que vous aviez… quoi ?

— Réagi de manière excessive.

Elle s'interrompit, puis ajouta :

— Hystérique.

Si le corps d'Amelia Lydgate restait parfaitement immobile, sa respiration était toujours un peu agitée.

— Nous avons réussi à maintenir une conversation guindée dans la voiture qui nous ramenait à Rennweg. Mais le malaise était profond. En nous accueillant, Frau Schelling a affirmé que la promenade m'avait donné des couleurs. J'ai marmonné une réponse polie, et expliqué que, en fait, je ne me sentais pas bien. « C'est l'air, a répliqué Frau Schelling. Il était peut-être trop humide. Vous aurez pris froid. » Je suis montée en courant dans ma chambre, je me suis assise à ma table de toilette et, en me regardant dans le miroir, j'ai constaté que je tremblais. Quelques minutes plus tard, on a frappé à la porte. C'était Frau Schelling qui demandait si je voulais du thé. J'ai répondu que je n'en voulais pas, que j'avais besoin de me reposer un moment et que je me sentais déjà un peu mieux. « Très bien », a-t-elle dit en me laissant seule.

« Les semaines suivantes, en m'acquittant de mes tâches quotidiennes, je m'apercevais souvent que j'étais l'objet des attentions importunes de Herr Schelling. Je le surprenais à me regarder d'une drôle de façon. Un soir, je lisais dans le salon où se trouvait aussi le couple. Frau Schelling a demandé qu'on l'excuse et s'est éclipsée. J'ai alors pris conscience d'une atmosphère oppressante. On aurait dit que la pièce s'était emplie d'une odeur lourde, écœurante – celle d'un fruit trop mûr.

Les épaules de Miss Lydgate furent secouées par la toux.

— En levant les yeux, je me suis aperçue que Herr Schelling me souriait. C'était un sourire extrêmement désagréable. Je me sentais… je me sentais… C'est difficile à expliquer.

Soudain, articulant avec plus d'assurance, elle déclara :

— Je me sentais mise à nu. Herr Schelling a fait quelques remarques anodines, puis il est venu s'asseoir à côté de moi sur le canapé. Trop près. Sa jambe se collait à la mienne. J'ai tenté de m'écarter, mais j'étais coincée entre lui et le bras du canapé. Herr Schelling m'a saisi la main, j'ai essayé de repousser la sienne, mais elle me serrait encore plus fort. « Amelia, vous savez que je vous aime beaucoup », m'a-t-il dit. Cette fois encore, je ne voyais pas comment m'en sortir. Atterrée, je me suis contentée de le fixer des yeux. Quand son visage s'est approché du mien, je me suis levée. J'ai arraché ma main à sa prise et j'ai couru vers la porte. « Amelia ? s'est-il écrié. Ça va ? » J'ai ouvert la porte et l'ai refermée derrière moi avec détermination. En levant les yeux vers l'étage, j'ai remarqué Frau Schelling sur le palier. J'ai eu l'impression qu'elle était restée là depuis qu'elle avait quitté le salon. Sans un mot, elle m'a regardée de là-haut. Je ne peux pas décrire ce regard. Elle semblait – mais est-ce possible ? – triomphante. Enfin, elle m'a dit : « Je vais dans ma chambre. Bonsoir, ma chère petite. » Puis elle a pivoté et a été engloutie par les ombres.

« Je suis devenue de plus en plus malheureuse, et même terrifiée. Au point que j'ai envisagé de retourner en Angleterre. Mais j'y ai renoncé, en songeant aux conséquences d'un tel acte. Que pouvais-je dire à mes parents ? Ma mère avait parlé des Schelling en termes très chaleureux. En fait, elle correspondait avec Herr Schelling depuis qu'ils étaient enfants. C'était un homme gentil, généreux… Dans mon cœur, je savais, je suppose, qu'il s'était comporté d'une manière incorrecte, mais j'avais encore l'impression que, d'une façon ou d'une autre, je pouvais m'être trompée. J'avais encore l'impression que, si je l'accusais, ou si j'en parlais avec Frau Schelling, ou avec quiconque, j'aurais l'air idiote. Il était incroyable qu'un homme tel que Herr Schelling trouve quelqu'un comme moi… désire…

Ses phrases se morcelèrent et, finalement, furent étouffées sous un profond soupir mélancolique.

— Miss Lydgate, dit Liebermann d'une voix très douce. Vous rappelez-vous la fois suivante où Herr Schelling s'est mal conduit ?

La jeune femme roula de nouveau des yeux sous ses paupières closes et hocha légèrement la tête.

— Je m'étais retirée assez tôt dans ma chambre pour lire un peu et achever une tapisserie. Un motif que j'avais dessiné en partant d'une illustration découverte dans l'*Herbarium Amboinense*, de Rumphius.

Liebermann supposa que ce volume était l'œuvre vénérable d'un botaniste érudit.

— J'ai essayé de m'endormir, mais sans succès, poursuivit Miss Lydgate. Un orage avait éclaté. La pluie était incessante et les coups de tonnerre assourdissants. J'étais donc éveillée… et je réfléchissais. Ce devait être l'aube quand j'ai entendu un fiacre s'arrêter dans la rue. Herr Schelling revenait d'une séance parlementaire tardive. Bon, du moins avait-il annoncé au dîner qu'il allait y assister.

En disant ces mots, Amelia Lydgate plissa le front, comme si le seul fait de mettre en doute la sincérité de son employeur lui causait un malaise considérable.

— Je l'ai entendu trébucher dans le hall d'entrée. Puis il a juré, et s'est mis à grimper les marches lentement, à pas lourds. Je pensais qu'il allait s'arrêter au premier étage, mais il a continué. Je me suis sentie nauséeuse et j'ai été envahie par un terrible pressentiment. Je l'entendais approcher de ma chambre. Je me suis rendu compte qu'il essayait de ne pas faire de bruit, mais le parquet est ancien, et les lames ont craqué. On a frappé à la porte. Je n'ai pas répondu. Le loquet a tourné. Bien sûr, j'avais fermé à double tour et rangé la clé dans le tiroir inférieur de ma table de chevet. Herr Schelling s'est entêté à tourner le loquet avant de le secouer bruyamment. Il a prononcé mon nom. « Amelia, Amelia. » Mon cœur cognait dans mes tempes et dans ma poitrine. J'ai agrippé mes draps et espéré que Frau Schelling allait se réveiller. « Amelia, Amelia, laissez-moi entrer. Il faut que je vous dise quelque chose. » Je voulais lui hurler : « Allez-vous-en, allez-vous-en ! Je vous en prie, laissez-moi tranquille », mais je ne pouvais pas. Les mots s'étranglaient dans ma gorge. Je suis donc restée allongée dans l'obscurité, paralysée de terreur. Au bout d'un moment – quelques minutes, sans doute, qui m'ont pourtant paru une éternité –, Herr Schelling a renoncé et je l'ai entendu s'éloigner. Il n'est toutefois pas redescendu, comme je le pensais, mais est monté au troisième étage.

« Essayer de dormir était inutile tant j'étais bouleversée. Je me suis redressée et j'ai fixé la fenêtre des yeux. Les rideaux n'étaient pas complètement fermés et j'ai pu me calmer en comptant les secondes qui séparaient chaque éclair. Enfin, ma nervosité s'est atténuée et j'ai alors été en mesure de considérer ma situation avec un certain sang-froid. Après avoir beaucoup réfléchi, j'ai conclu que ma position chez les Schelling était intenable. J'ai décidé de quitter Vienne à la première occasion.

La transe avait donné au visage d'Amelia Lydgate une expression imperturbable, pourtant, de temps à autre, un semblant d'émotion y flottait avant de s'évanouir. À présent, ses traits furent troublés par une mélancolie plus tenace.

— En me rendant compte que je devais quitter Vienne, je me suis sentie envahie par une terrible tristesse confinant au désespoir. J'allais devoir renoncer à tous mes rêves – travailler avec le Dr Landsteiner, acquérir des connaissances suffisantes pour préparer la publication des journaux de mon grand-père. Tous mes projets, toutes mes aspirations seraient anéantis. J'ai versé des larmes amères. Si j'étais absorbée par mon propre malheur, le choc que j'ai ressenti en entendant Herr Schelling descendre l'escalier m'a fait bien vite recouvrer mes esprits. Il s'est aussitôt dirigé vers ma chambre, n'a ni frappé, ni appelé. Une clé a tourné dans la serrure, la porte s'est ouverte et refermée… et il était là.

« J'étais stupéfaite. Je n'arrivais pas à le croire. Et pourtant, il le fallait bien, car j'entendais sa respiration entrecoupée – un bruit horrible. Un éclair a illuminé la pièce, apportant la confirmation de sa présence. J'ai vu Herr Schelling tout près de moi, vision cauchemardesque. Quand il s'est glissé sur le lit, le matelas s'est enfoncé. “Amelia, Amelia !” a-t-il murmuré. J'étais paralysée, incapable du moindre mouvement. Je sentais le poids de son corps sur le mien, ses lèvres sur mon visage. Sa moustache rêche m'égratignait les joues. Puis sa bouche s'est écrasée sur la mienne. Je n'arrivais pas à respirer… je n'arrivais pas à respirer… j'étouffais et je me suis mise à…

Haletante, Miss Lydgate leva le bras gauche. C'était un geste mou, lymphatique, évoquant une mauvaise herbe agitée par un ruisseau paresseux. Elle étouffa une toux et s'efforça de continuer.

— C'était… commença-t-elle avant de tousser. C'était…

Soudain, ses yeux s'ouvrirent comme ceux d'une poupée. Ils étaient anormalement écarquillés et fixes. Ses iris couleur d'étain roulaient de droite à gauche, tournés vers le plafond, puis ils s'abaissèrent pour scruter ce qu'il y avait derrière ses pieds. Alors, avec une souplesse inattendue, Amelia Lydgate fit basculer ses jambes sur le sol et s'assit – en s'aidant des deux bras. Liebermann remarqua que les doigts de sa main droite agrippaient le bois de lit aussi fermement que ceux de la main gauche. La chemise d'hôpital avait glissé sur son épaule, révélant une chair pâle et la courbe naissante d'un petit sein. Son attitude avait changé du tout au tout – son aspect avait quelque chose de relâché, presque de négligé. Un rideau de cheveux lui voilait le visage. Elle ne fit aucun effort pour les ramener en arrière. Pourtant, Liebermann voyait ses yeux luire d'un reflet métallique terne derrière les mèches rousses. Elle le considérait d'un regard fixe, absent.

Liebermann ne lui avait pas ordonné de se réveiller. D'ailleurs, en général, quand les sujets sortaient de leur état hypnotique, ils ouvraient simplement les yeux et ne bougeaient pas. Amelia Lydgate avait, de son propre chef, ouvert les yeux et s'était assise sans en recevoir l'ordre. Liebermann n'était pas bien sûr de ce qui était en train de se passer. Avant qu'il ait eu le temps de prendre une décision, elle lui demanda :

— Qui êtes-vous ?

Sa voix était moins hésitante que de coutume. De surcroît, la question était posée en anglais.

— Je suis votre médecin, répondit Liebermann en allemand.

Il constata qu'elle ne le comprenait pas.

— Je vous ai demandé : Qui êtes-vous ?

Elle détachait chaque syllabe, articulait avec soin, comme si elle s'adressait à un enfant obtus.

Liebermann recula son siège et, cette fois, répondit en anglais.

— Je suis le Dr Liebermann. Et vous, qui êtes-vous ?

— Moi ?

Amelia Lydgate regarda ses pieds et les balança d'avant en arrière. Puis elle leva les yeux, repoussa, de sa main droite, la mèche qui lui tombait sur la figure. Son rictus était celui d'un patient maniaque.

— Je m'appelle Katherine.

32

Le concert en plein air était donné à côté du restaurant *Prohaska*. Assis à quelques rangs à peine de la scène, Karl Uberhorst écoutait avec plaisir un programme d'airs en vogue exécutés par l'Orchestre à cordes féminin de Vienne – une petite formation de neuf instrumentistes. N'étant pas un grand mélomane, Uberhorst reconnut les œuvres célèbres de Strauss et de Lanner, mais fort peu d'autres morceaux. Ce n'était d'ailleurs pas la musique qui l'avait attiré, mais Fräulein Zöchling, placée à la tête de l'orchestre.

Sans être aussi séduisante que Fräulein Löwenstein, elle avait quelque chose qu'Uberhorst trouvait captivant : une posture fière, presque provocante, le torse oscillant d'avant en arrière pendant qu'elle faisait bondir son archet sur les cordes du violon.

Tombé par hasard sur cet orchestre en se promenant au Prater quelques jours plus tôt, il s'était senti obligé de revenir. Il avait un peu l'impression d'entrevoir le paradis. Dans leur robe blanche à col montant et à ceinture dorée, les musiciennes ressemblaient à des anges. À un moment donné, Fräulein Zöchling l'avait regardé dans les yeux avec une intensité presque insoutenable. Confus et honteux, il avait tourné la tête.

À la fin de *Frühlingstimmen*[1], les applaudissements tonnèrent. Fräulein Zöchling s'inclina et fit signe à ses collègues de se lever. Uberhorst remarqua que toutes portaient les cheveux relevés et maintenus par le même ruban jaune.

Il était tourmenté par leur beauté… tout comme il l'avait été par celle de Fräulein Löwenstein.

Pourquoi avait-elle choisi de lui confier son secret ?

Pourquoi à lui, et pas à l'un des autres membres du cercle ?

Il sentait qu'il était de son devoir de protéger l'honneur de la malheureuse… mais, en même temps, le renseignement qu'il détenait pourrait se révéler d'un intérêt considérable pour la police. En outre, dire la vérité aux policiers pourrait le laver de tout soupçon. Pourtant, à cette idée, il avait déjà le sentiment de commettre une terrible trahison. Peut-être allait-il découvrir la

1. « Voix du printemps. » *(N.d.T.)*

meilleure façon d'agir lors de la séance ? Mais, d'un autre côté, il ferait peut-être mieux de poursuivre ses expériences sur les serrures…

Les applaudissements cessèrent peu à peu, et les instrumentistes se rassirent. Aussitôt, Fräulein Zöchling leva son violon, consulta les autres musiciennes du regard et donna le départ d'une polka endiablée.

Uberhorst s'aperçut qu'il ne pouvait plus prendre plaisir au concert. Ses poumons peinaient à emplir d'air sa cage thoracique et une pellicule de sueur couvrait son front. L'anxiété lui donnait le vertige.

— Excusez-moi, murmura-t-il.

Par chance, il n'était qu'à trois sièges du bout de la rangée et put partir sans déranger trop de monde. Il s'éloigna à la hâte, haletant dans l'air parfumé de lilas.

Une fois à bonne distance, il s'arrêta et se retourna. L'orchestre céleste jouait toujours sous le manteau d'arlequin, et, derrière, la grande roue se détachait en noir sur le ciel blanc.

33

La cour de l'usine était couverte d'un gravier humide parsemé de caisses vides et de charrettes à bras abandonnées. Au-dessus de la tête de Haussmann et de Rheinhardt, un panache de fumée noire, craché par une haute cheminée, rendait encore plus oppressant le ciel moribond, voûte nuageuse déclinant toutes les nuances de gris, de l'argenté à l'anthracite. L'usine elle-même était longue, basse, construite en brique jaune sale. Une unique rangée de petites fenêtres aveugles trouait ce bâtiment anonyme ; tout au bout, deux grandes portes en bois avaient cependant été laissées ouvertes. Il s'en échappait le cliquetis perpétuel assourdissant de lourdes machines.

— Le voilà, dit Haussmann.

Appuyé au mur, un homme efflanqué, en combinaison de travail, fumait une cigarette. Il parlait à deux compagnons portant la même tenue que lui et qui, en voyant les policiers, se hâtèrent d'entrer dans le bâtiment.

— Comment l'avons-nous déniché ? demanda Rheinhardt.

— Par Tibor Király.

— Qui ça ?

— L'un des magiciens que nous sommes allés voir au Prater.

— Le Grand Magnifico ?

— Non, lui, c'est Adolphus Farber. Király se fait appeler Chan l'Impénétrable.

L'homme efflanqué jeta son mégot par terre et l'écrasa sous son bottillon. Puis il s'essuya les mains sur sa combinaison et se redressa. Il y avait quelque chose d'inattendu dans son attitude – la manière dont il bombait le torse et se tenait très droit. Rheinhardt le trouvait assez arrogant. Cette impression se renforça encore lorsqu'ils approchèrent.

— Bonjour, Herr Roche, dit Haussmann.

— Bonjour, mon cher, lui retourna l'homme.

C'était la voix d'un homme cultivé, et son ton était sec.

— L'inspecteur Rheinhardt, dit Haussmann en désignant son patron avec déférence.

Rheinhardt s'inclina.

— Merci beaucoup pour votre aide, Herr Roche.

Roche s'essuya une nouvelle fois les mains sur sa combinaison avant de les examiner d'un bref coup d'œil.

— Je crains de ne pas pouvoir vous saluer convenablement, dit-il en montrant ses paumes sales.

— Y a-t-il un endroit où nous pourrions nous asseoir, Herr Roche ? On s'entend à peine ici.

— C'est encore pire à l'intérieur. Je vous suggère d'utiliser quelques-unes de ces caisses, dit Roche en montrant la cour. Elles ne seront sans doute pas très confortables, mais feront l'affaire.

Les trois hommes allèrent chercher des caisses amassées près de l'entrée principale et s'installèrent de leur mieux. Rheinhardt remarqua que le sol était jonché de cartouches tirées à la carabine.

Avant que Rheinhardt ait eu le temps de poser une première question, Roche déclara :

— Écoutez, ça lui pendait au nez. Elle méritait la mort.

Rheinhardt le regarda dans les yeux et fut choqué de voir ses pattes-d'oie se plisser de plaisir. Ignorant cette curieuse entrée en matière, il demanda :

— Herr Roche, pouvez-vous nous expliquer comment vous avez connu Fräulein Löwenstein ?

— Elle a été mon assistante.

Puis, voyant que l'inspecteur attendait plus de détails, il ajouta :

— Vous comprenez, je n'ai pas toujours travaillé dans cet endroit infernal.

D'un pouce tendu par-dessus son épaule, il montra l'usine.

— Je m'occupais de spectacles. Le Danube Bleu, ça vous dit quelque chose ?

Rheinhardt secoua la tête. Sans perdre espoir, Roche insista.

— Un petit théâtre dans la Dampfschiffstrasse ?

— Non, je regrette, répondit Rheinhardt en secouant de nouveau la tête.

— Bon, c'est moi qui le dirigeais, dit Roche avec un soupir. Et je le dirigerais toujours s'il n'y avait pas eu…

Il se tut un instant avant de reprendre d'un ton crispé et méprisant, en insistant sur chaque syllabe :

— Cette femme. Bien sûr, elle n'a jamais été employée officiellement. Aucun contrat n'a été signé.

N'empêche qu'elle accomplissait toutes les tâches d'une assistante.

— Pourquoi n'était-elle pas employée officiellement ?

— J'ai eu le tort de l'embaucher sans en informer le propriétaire.

— Aviez-vous une raison d'agir ainsi ?

Roche sortit de sa combinaison une petite boîte en fer et en souleva le couvercle. À l'intérieur se trouvaient trois cigarettes minces roulées à la main. Il les proposa à contrecœur à ses interlocuteurs, mais trahit des signes manifestes de soulagement lorsqu'ils refusèrent.

— Je vous en prie, permettez-moi de vous donner du feu.

Rheinhardt frotta une allumette et la lui tendit.

— Le propriétaire n'aurait pas été d'accord, reprit Roche. Elle n'avait aucune expérience en matière de gestion. Elle était actrice.

— Alors, pourquoi l'avez-vous engagée ?

— Nous étions amants et j'avais confiance en elle.

Il tira sur sa cigarette et rejeta par les narines deux filets jumeaux de fumée.

— Avec le recul, je me dis que c'était de la folie. Mais je pensais vraiment qu'on pouvait lui faire confiance.

— Comment l'avez-vous rencontrée ?

— Elle était en tournée avec une troupe de province – pas très bonne, pourrais-je ajouter –, et ils avaient décidé de tenter leur chance dans la capitale. Vous l'imaginez sans peine, la critique les a éreintés, bien que Schnabel ait écrit des choses assez flatteuses sur elle en particulier. Quelque chose du genre : « Le talent qui lui manque est largement compensé par sa présence scénique et sa beauté. » J'ai oublié les mots exacts, mais c'était le sens général. Après ces mauvaises critiques, l'ambiance s'est détériorée dans la troupe – chacun rejetait la faute sur l'autre. Résultat, une fois les représentations lamentables terminées au Danube, la troupe s'est aussitôt séparée. Quant à elle, Charlotte, elle est venue me voir en pleurant et… Bon, vous savez comment ça se passe, inspecteur, vous êtes un homme d'expérience… ce genre de chose arrive.

Rheinhardt hocha la tête d'un air avisé.

— Elle refusait que je lui fasse la charité, poursuivit Roche. Avec beaucoup d'insistance, elle disait qu'elle préférait quitter Vienne plutôt qu'être un fardeau pour moi. Alors, je lui ai confié quelques tâches par-ci, par-là, et bientôt elle en a exécuté de plus en plus, tandis que moi, je m'habituais, je suppose, à en faire de moins en moins. Et puis, un beau matin, elle a disparu. Comme ça, dit-il en claquant des doigts. Toutes ses affaires étaient restées dans l'appartement, mais elle était partie. Quand je suis allé dans mon bureau, je me suis aperçu que le coffre avait été vidé. Pire encore, il s'est avéré que les comptes étaient truffés d'erreurs. Les chiffres de nos recettes ne signifiaient plus rien. Le propriétaire n'a pas trouvé ça drôle, vous n'en serez pas étonnés. Et c'est sur moi que tout est retombé.

— Aviez-vous donné la combinaison du coffre à Fräulein Löwenstein ?

— Non, mais, à plusieurs reprises, je l'avais ouvert en sa présence. À l'évidence, elle était beaucoup plus observatrice que je ne pensais.

— Avez-vous essayé de la retrouver ?

— Oui, bien sûr… mais trop tard. Elle avait déjà quitté Vienne.

— Seule ?

— Non, je ne crois pas. Par la suite, j'ai découvert qu'elle avait une liaison avec un magicien… sous mon nez. Il s'appelait Braun, me semble-t-il. En été, il avait participé à quelques spectacles au Danube (sans aucun succès, tout le monde ayant quitté la ville en cette saison). Je suppose qu'ils ont dû s'enfuir ensemble.

Lorsque quelques gouttes de pluie tachèrent sa combinaison, il leva les yeux vers le ciel menaçant.

— Vous n'aviez aucune idée que Fräulein Löwenstein était revenue à Vienne ? demanda Rheinhardt.

— Aucune. Car si je l'avais su, inspecteur, vous auriez sans doute eu le plaisir de m'inculper de meurtre.

34

Le cerveau travaillant à toute allure, Liebermann essayait de comprendre la curieuse transformation qu'il venait d'observer. Miss Amelia Lydgate – qui s'était dédoublée en Katherine – le dévisageait toujours. Elle ne paraissait pas représenter une menace physique immédiate, mais il savait fort bien que l'émergence d'une personnalité secondaire était un phénomène rare et imprévisible exigeant quelque prudence et un respect salutaire pour la vie mentale complexe des êtres humains.

Liebermann et « Katherine » gardèrent un certain temps leur posture respective. Le silence se figea, s'épaissit lentement, lourd de possibilités dérangeantes. Toujours un peu décontenancé, Liebermann se mit à mobiliser les mots d'anglais qu'il connaissait. Cette tâche calma ses nerfs en focalisant son intérêt sur un but immédiat.

— Où est Amelia ? demanda-t-il.

— Elle dort.

Même le timbre de Miss Lydgate était curieusement modifié. Elle semblait parler dans un registre plus aigu.

— Sait-elle que vous êtes ici ?

— Non, elle dort.

Il vint à l'esprit de Liebermann que la personnalité secondaire d'Amelia Lydgate pouvait être un enfant.

— Quel âge avez-vous ?

— Je suis plus jeune qu'Amelia.

— Oui… mais quel âge avez-vous ?

Katherine leva le menton et répondit d'une voix qui se voulait condescendante :

— Docteur, on ne vous a jamais dit qu'il était impoli de demander son âge à une dame ?

Tout en prononçant ces mots, elle se souleva du lit et se retrouva soudain debout, ses pieds nus frappant le sol carrelé. Puis elle lissa sa chemise en plaquant les mains sur sa taille et en les faisant glisser sur ses hanches. Le coton étiré souligna alors les courbes de son corps. Ce geste trahissait peut-être un désir de l'aguicher, néanmoins Liebermann y vit quelque chose de très puéril. Il pensa à certaines jeunes filles qui, parvenues au seuil de la puberté, se comportaient mi-innocemment, mi-sciemment, en allumeuses.

Elle fit un pas en avant et, attrapant sa chemise, la releva un peu et se dressa sur la pointe des pieds. C'était un curieux mouvement de danseuse qui se voulait sans doute élégant.

— Est-ce que vous me trouvez jolie, docteur ?

Gêné, Liebermann toussa et songea alors que, depuis l'arrivée de Katherine, Miss Lydgate – ou, du moins, sa personnalité mise en sommeil – n'avait pas toussé une seule fois.

Katherine pencha la tête, attendant une réponse.

Liebermann déglutit avant d'émettre un jugement prudent :

— Oui.

Satisfaite, mais le visage sérieux, Katherine regarda la porte.

— Où est votre ami ?

— Je vous demande pardon ?

— Blond aux yeux bleus, avec…

— Je crois que vous parlez du Dr Kanner.

Au lieu de répondre, Katherine se dirigea vers le lavabo et, après avoir vu son reflet dans la glace, s'occupa de sa coiffure. Elle releva ses cheveux à deux mains et tourna la tête d'un côté et de l'autre pour juger de l'effet sous différents angles. Mécontente, elle fronça les sourcils et les laissa retomber, cascade de cuivre luisant.

— Je ne l'aime pas, lâcha-t-elle sans ambages.

— Pourquoi ?

— Vous êtes bien curieux, docteur.

La main glissant sur la porcelaine du lavabo, Katherine alla vers la table.

— Qu'est-ce que c'est ?

— Une batterie.

Elle libéra le fermoir et ouvrit le coffre. Après en avoir examiné l'intérieur, elle referma le couvercle.

— Comment va votre bras ? demanda Liebermann.

Lorsqu'elle leva le bras droit, sa manche retomba en plis autour de son épaule. Elle examina son coude et son poignet.

— Mon bras n'a rien, répliqua-t-elle avant de pivoter et de retourner vers le lit.

Les deux mains posées à plat sur le matelas, elle se souleva, s'assit et balança ses jambes. Soudain, son visage se vida de toute expression. On aurait dit que, après avoir exécuté cette série limitée d'actions, elle marquait un temps d'arrêt en attendant un signal ou une instruction.

Liebermann se demandait si elle réagirait à un ordre. Selon toute probabilité, « Katherine » n'était pas une personnalité entièrement développée, mais ne constituait qu'une partie de l'esprit de Miss Lydgate, qui s'était scindée et avait acquis une certaine indépendance. Amelia Lydgate était toujours dans un état de transe. Liebermann en déduisit donc que Katherine pourrait être sensible à une suggestion sous hypnose. Ayant recouvré quelque autorité, il lui intima d'une voix ferme :

— Allongez-vous, Katherine.

Pendant une ou deux secondes, elle ne bougea pas. Puis elle leva les jambes et les fit basculer sur le lit avant de s'allonger. Liebermann lâcha un soupir de soulagement.

— Amelia me racontait ce qui s'est passé quand Herr Schelling est venu dans sa chambre.

— Ah bon ?

— Oui. Est-ce que vous étiez présente cette nuit-là ?

— Bien sûr.

— Avez-vous vu Herr Schelling entrer dans la chambre ?

— Il faisait noir.

— De quoi vous souvenez-vous ?

Katherine fronça le nez et fit la grimace.

— C'était dégoûtant.

— Quoi ?

— Cette horrible moustache... elle piquait. Son visage raclait comme une pierre ponce. Amelia était terrifiée. Elle aurait dû le repousser, mais elle n'a rien fait. Son cœur cognait si fort que je pouvais l'entendre.

Elle frappa la tête de lit pour imiter les battements désordonnés, affolés d'un cœur terrorisé.

— Il bavait comme un chien et mettait ses pattes partout...

Katherine se tut.

— Et ensuite, que s'est-il passé ? demanda Liebermann.

— Il y a eu un éclair, reprit Katherine. J'ai vu la corbeille à ouvrage et les ciseaux. Il était tellement occupé à baver et à tripoter que c'était facile de tendre la main. J'ai dit à Amelia : « Tue-le. Prends les ciseaux et plonge-les-lui dans le dos. » Mais elle n'a pas bougé. Je l'ai entendue dire : « Non... je ne peux pas faire ça. » J'ai insisté. « Vas-y, il le faut. » Elle a répété : « Je ne peux pas. » Son bras ne pouvait plus bouger. Je lui ai dit : « Très bien, si tu ne le fais pas, c'est moi qui vais le faire. » J'ai attrapé les ciseaux, mais Herr Schelling a remué. Il y a eu un nouvel éclair. Agenouillé, Herr Schelling baissait les yeux sur moi. Puis l'obscurité est revenue... mais cette image est restée gravée dans ma mémoire. Une tête et des épaules qui se découpaient en ombre chinoise… les pointes retroussées de sa moustache. Je me suis redressée et j'ai brandi les ciseaux… Je l'ai entendu haleter. J'ai senti une résistance et j'ai poussé plus fort. Il a juré – quand il a changé de position, le matelas a rebondi – et il est tombé du lit. Il y a eu un énorme craquement et des jurons. La porte s'est ouverte, puis refermée et… il était parti. J'ai replacé les ciseaux dans la corbeille à ouvrage et j'ai remonté la couverture jusqu'au cou. Dehors, la pluie tombait. Je l'entendais tambouriner sur le toit et s'écraser sur le trottoir en bas. Soudain, je me suis sentie faible. Fatiguée, épuisée, même.

Une main devant la bouche, elle bâilla.

— Êtes-vous fatiguée à présent ?

— Un peu…

— Alors, dormez, dit Liebermann. Vous êtes en sécurité ici, Katherine. Fermez les yeux et vous allez vous endormir.

Les paupières de Katherine frémirent et, un instant plus tard, sa respiration devint stertoreuse. Liebermann conserva une immobilité parfaite et observa sa patiente endormie.

— Docteur ?

Il était si surpris que ses épaules tressautèrent.

Les yeux d'Amelia Lydgate s'étaient rouverts.

— Docteur, pourrais-je avoir un verre d'eau, s'il vous plaît ? J'ai très soif.

Elle s'exprimait en allemand.

35

La troisième salle de réception des von Rath passait pour plus intime que les deux autres, mais, selon des critères ordinaires, elle était tout de même immense.

Au plafond, une peinture classique impressionnante montrait des campagnards jouant du pipeau et gambadant avec des nymphes sous un ciel bleu pâle. À chaque bout de la pièce, une cheminée de marbre rouge supportait un haut miroir doré français, et les murs étaient tendus de tapisseries anciennes des Gobelins. Devant une longue rangée de fenêtres aux volets clos, des bustes de philosophes et de dieux de l'Antiquité, montés sur des socles en malachite, fixaient sur l'assistance leurs yeux opaques, aveugles.

Bruckmüller alluma les bougies d'un chandelier qu'il déposa derrière sa fiancée. Il fit alors signe à Hölderlin d'éteindre l'éclairage au gaz. La pièce rétrécit aussitôt, son centre devenant un cercle de lumière floue perdu dans la vaste obscurité qui l'entourait.

Une fois les deux hommes revenus à la table, Cosima von Rath examina ses invités. La dernière séance à laquelle elle avait assisté chez Fräulein Löwenstein remontait à plusieurs mois, mais les personnes présentes n'avaient guère changé – sauf, peut-être, le comte, dont l'œil curieusement gonflé était ignoré avec soin par tous les participants.

Bruckmüller était assis à la gauche de l'hôtesse, puis venaient Uberhorst – qui, nerveux, nouait et dénouait ses petits doigts délicats –, le comte et, juste en face, Natalie Heck – dont les yeux écarquillés étaient aussi noirs que des puits de mine. À la droite de Cosima se trouvaient les Hölderlin, Juno, cillant à la lumière des bougies, et Heinrich, le visage composé, solennel. L'absence de Braun, le jeune et bel artiste, était remarquée.

L'ample silhouette de Cosima projetait une ombre en forme de montagne sur la surface cirée de la table ronde. Les lettres de l'alphabet et les chiffres de zéro à neuf – le tout en écriture gothique – formaient deux arcs jumeaux sur des carreaux vernissés. Plus bas, on pouvait lire sur quatre carreaux plus grands les mots « oui », « non », « peut-être » et « au revoir ». Au milieu se trouvait la planchette – un morceau de bois en forme de cœur, monté sur trois roulettes.

— Sommes-nous prêts ?

L'assistance souffla un oui.

— Alors, commençons.

Cosima posa un doigt replet sur la planchette et, tour à tour, les autres l'imitèrent.

— Nous nous sommes rassemblés ici ce soir pour découvrir le sort qui a été réservé à nos amis Charlotte Löwenstein et Otto Braun. Si un esprit bienveillant se trouve parmi nous, je le prie de se manifester.

La planchette ne bougea pas.

L'ample poitrine de Cosima se souleva avant de retomber quand elle soupira. Une pierre précieuse sertie dans sa croix égyptienne lança ses feux.

— Au nom d'Isis et d'Osiris, d'Adonaï, d'Élohim, d'Ariel et de Jéhovah, nous vous supplions humblement, grands esprits qui êtes en possession du très précieux Trésor de la Lumière, de nous venir en aide.

Un silence suffocant suivit.

— Aucun de nous ne possède le pouvoir, déclara Záborszky avec la brusquerie qui le caractérisait.

— Mon cher comte, aucun de nous n'a en effet le don de Fräulein Löwenstein, dit Cosima en tournant son visage rond et plat vers l'aristocrate excentrique. Néanmoins…

Il lui coupa la parole.

— Il nous faut un clairvoyant. Un vrai.

— Si nos désirs sont sincères, les esprits nous aideront, répliqua Cosima sans relever cette remarque, puis, en regardant l'assemblée, elle ajouta : S'il vous plaît, nous devons tous nous concentrer. Pensez à Fräulein Löwenstein et ouvrez votre cœur à l'influence des puissances supérieures. Venez, bienheureux esprits, venez…

Sa voix grimpa dans l'aigu et chancela, vibrante d'émotion.

— Venez, esprits, venez…

La planchette tressauta et se déplaça de deux ou trois centimètres.

Natalie Heck en eut le souffle coupé et jeta un regard en coin au comte Záborszky.

— Là, vous voyez ! s'écria Cosima d'un ton de reproche. Ils sont ici… les esprits sont arrivés.

Le comte semblait indifférent.

— Qui êtes-vous ? poursuivit Cosima. Quel est votre nom, esprit qui avez répondu à notre appel ?

La planchette décrivit des petits cercles avant de s'envoler vers le premier arc de lettres. La pointe du cœur, qui servait de flèche, s'immobilisa brusquement sous la lettre F. Après un bref temps d'arrêt, elle désigna les lettres L-O-R-E-S-T-A, et enfin N.

— Florestan, dit Cosima, rayonnante. Nous vous saluons, Florestan, vous qui possédez le Trésor de la Lumière. Quelle était votre profession quand vous étiez incarné, Florestan ?

La planchette désigna les lettres suivantes : MAÎTRE DE CHAPELLE.

— Où ?

SALZBOURG.

— Quand avez-vous quitté le royaume des choses matérielles ?

1791.

— Voulez-vous nous aider, Florestan ?

OUI.

— Esprit bienheureux, il y a quinze jours que notre chère sœur, Fräulein Löwenstein, a quitté ce monde. Désire-t-elle entrer en communication avec nous ?

La planchette ne bougea pas.

— A-t-elle un message pour nous ?

Rien.

— Pouvons-nous lui parler ?

Toujours pas de mouvement.

Záborszky eut une moue méprisante et déclara sans s'émouvoir :

— Ce Florestan est trop faible. Il faut convoquer un esprit plus puissant.

— Cher comte, nous devons témoigner du respect à tous les émissaires du monde de la lumière, répliqua Cosima avec un sourire forcé.

Assise à côté d'elle, Frau Hölderlin pivota pour lui murmurer d'un ton sec :

— Demandez-le-lui une nouvelle fois.

— Florestan, est-ce que Charlotte Löwenstein désire entrer en communication avec nous ? répéta Cosima, la voix encore tremblante.

Silence.

— Demandez-lui ce qui s'est passé, siffla Frau Hölderlin entre ses dents. Demandez-lui ce qui lui est arrivé.

— Est-ce que Charlotte Löwenstein a été emportée… par une puissance supérieure ? risqua timidement Cosima.

La planchette roula autour de la table et revint s'immobiliser non loin de son point de départ.

OUI.

— Du premier niveau ?

NON.

— Du deuxième ?

NON.

— Du troisième ?

L'incrédulité avait mué le soprano de Cosima von Rath en couinement suraigu.

La planchette roula vers le carreau voisin.

OUI.

Des murmures s'élevèrent parmi les participants.

— Mais pourquoi ? demanda Cosima d'une voix gémissante.

Les apartés cessèrent. La planchette roula vers les lettres suivantes : PÉCHÉ.

— Quel péché ?

VANITÉ.

Son cou gras tressaillant de surexcitation, Cosima poursuivit :

— A-t-elle tenté de soumettre une puissance supérieure à sa volonté ?

OUI.

— Dans quel but ?

La planchette ne répondit pas et le silence déferla sur la pièce.

— Quel était son but ? répéta Cosima.

La planchette resta obstinément immobile. Cosima continua :

— Où est-elle ? Où a-t-elle été emportée ?

Rien.

— Et Otto ? dit Natalie Heck. Demandez-lui ce qui est arrivé à Otto.

Cosima acquiesça.

— Florestan… où se trouve Herr Braun ?

Toujours rien.

— Herr Braun a-t-il été emporté lui aussi ?

La planchette remua et roula doucement vers une réponse : NON.

— Est-il toujours en vie ?

Le cœur en bois décrivit plusieurs larges cercles et s'arrêta sur un segment vide de la table, ne donnant pas de réponse compréhensible.

Uberhorst toussa pour attirer l'attention et dit d'une voix hésitante :

— S'il vous plaît… j'aimerais poser une question.

— Mais bien sûr, répondit Cosima.

— Je voudrais savoir si… si je devrais leur en parler.

— Leur en parler ? À qui donc ?

— C'est… personnel.

— Mon cher ! répliqua Bruckmüller d'une voix tonnante qui semblait ébranler la table. Nous sommes ici entre amis !

Le pince-nez du petit serrurier capta la lumière. Ses yeux étaient deux lueurs ovales tremblotantes.

— Il s'agit d'une affaire personnelle, Herr Bruckmüller.

Le comte, qui était son voisin, s'adressa à Uberhorst comme s'ils étaient seuls tous les deux. Son ton était détaché.

— Vous a-t-elle confié quelque chose ? Fräulein Löwenstein ?

Le serrurier scruta le cercle de visages pour y chercher une expression compatissante, mais n'en trouva pas.

— Herr Uberhorst, si vous voulez obtenir une réponse à votre question, il faut apporter votre concours à notre cercle, dit Cosima. Nous devons parler d'une seule voix à Florestan. Si vous gardez un secret, nous n'y parviendrons pas.

— Aviez-vous la police à l'esprit, Uberhorst ? demanda Hölderlin. C'était aux policiers que vous pensiez ?

Uberhorst retira sa main de la planchette et se mit à se ronger les ongles.

— Je vous en prie, tout ce que je veux, c'est... marmonna-t-il d'une voix presque inaudible. Tout ce que je veux, c'est une réponse simple.

Il ne maîtrisait plus son affolement.

— Un « oui » ou un « non ».

La planchette tourbillonna de plus en plus vite vers la périphérie avant de s'arrêter soudain sous des lettres.

EN PARLER À QUI ?

— Vous voyez, l'esprit a besoin d'une précision, Uberhorst, affirma Bruckmüller.

— C'est une affaire d'honneur, Herr Bruckmüller. Je ne peux pas en dire plus.

À QUI ? voulait savoir la planchette.

— Herr Uberhorst, je vous en prie, ne refusez pas de répondre à l'esprit venu à nous, conseilla Cosima.

Uberhorst secoua la tête.

— Très bien, Herr Uberhorst, reprit Cosima. Je vais faire une tentative pour vous, mais je ne crois pas qu'elle sera couronnée de succès. Florestan, esprit possesseur du Trésor de la Lumière, est-ce que Herr Uberhorst devrait…

Elle marqua une pause et haussa les sourcils avant de conclure :

— … leur en parler ?

Uberhorst remit son doigt sur la planchette.

Le dispositif resta parfaitement immobile.

— Et voilà, je m'y attendais, dit Cosima.

L'assemblée se tourna vers Uberhorst. Il avait les yeux rivés sur le cœur en bois.

— Ce n'est pas juste, dit-il tout bas.

— Comment ça, pas juste ? demanda Cosima.

— Je ne peux pas croire… commença Uberhorst d'une voix engourdie qui donnait l'impression qu'il parlait dans son sommeil. Je ne peux pas croire que Fräulein Löwenstein ait été… emportée… par un démon. C'était quelqu'un de trop bien pour ça. De trop gentil.

— Avec vous, peut-être, marmotta Natalie.

Uberhorst leva les yeux. Le visage de la couturière n'était pas très net, seule la grosse boucle en verre qui se balançait à son oreille était bien visible.

— Herr Uberhorst, l'esprit affirme que Fräulein Löwenstein était coupable du péché de vanité, dit Frau Hölderlin. Et j'avais beau l'admirer, être impressionnée par son don…

— C'était une femme très vaniteuse, assena Natalie pour aider Frau Hölderlin à en arriver à sa conclusion inévitable.

— Mais très belle, indéniablement, répliqua Záborszky.

— C'est vrai, admit Hölderlin. Nous devons néanmoins nous rappeler que la beauté physique peut sans peine entamer les qualités morales. N'arrive-t-il pas souvent aux belles personnes d'être particulièrement enclines aux péchés d'orgueil et de vanité ?

— Je suis surpris d'entendre ces mots de votre bouche, dit Záborszky.

— Pourquoi ? rétorqua Hölderlin.

— Vous aviez l'air d'apprécier sa beauté autant que tout un chacun.

— Que diable voulez-vous dire par là ?

— Messieurs !

La voix de Cosima von Rath était stridente et furieuse.

— Allons, allons ! brailla Bruckmüller.

— Messieurs, je vous en prie !

Cosima gonfla les joues, et son nez en trompette, coincé entre ces deux amas de chair, évoquait de façon inquiétante un museau.

— Nous devons poursuivre, déclara-t-elle.

Frau Hölderlin loucha vers son mari, dont le crâne chauve luisait de minuscules gouttes de transpiration.

— Florestan ! s'écria Cosima. Florestan, y a-t-il quelque chose que nous puissions faire pour aider notre défunte sœur Charlotte ?

La planchette roula sur la table et s'arrêta brusquement.

NON.

— Nous faut-il prier pour son salut ?

La planchette décrivit un nouveau cercle.

NON.

— Alors, que devons-nous faire ?

Après avoir roulé d'un bord à l'autre, le cœur s'attarda dans un espace neutre, puis heurta enfin le carreau le plus grand : AU REVOIR.

— Il est parti, dit Cosima d'une voix assourdie par une note de mélancolie.

Herr Uberhorst fut le premier à retirer son doigt de la planchette. Son geste prompt, brusque, faisait penser à quelqu'un qui se serait brûlé à la plaque d'une cuisinière. Frau Hölderlin cillait avec frénésie, le regard fixé sur son mari.

Troisième partie

La Frise Beethoven

36

Le fiacre s'éloigna bruyamment et fut vite absorbé par le flot continu de la circulation : omnibus, tramways, et une véritable flotte de voitures à cheval. Les étals du Naschmarkt s'étiraient jusqu'au bâtiment de la Sécession[1] et l'air vibrait de bruits : les voix des poissonniers, bouchers, boulangers, marchands des quatre-saisons, vendeurs à la sauvette concouraient à former un chœur peu harmonieux. En bas de la Linke Wienzeile, le théâtre An der Wien attirait l'attention. C'était là que l'opéra *Fidelio* de Beethoven avait été donné pour la première fois cent ans plus tôt. Liebermann trouvait fort approprié que les membres de la Sécession célèbrent le génie du grand compositeur à quelques mètres à peine d'un lieu aussi imprégné de spiritualité.

— Bon, nous y voici, dit Liebermann en resserrant son nœud de cravate et en ajustant son col.

Clara et Hannah levèrent la tête vers le Pavillon d'exposition de la Sécession. Leur regard se portait bien entendu sur le trait le plus original – son dôme, lacis délicat de feuilles de laurier en bronze doré.

— Je comprends pourquoi on l'a appelé le chou doré, dit Hannah.

— Enfin, ma chère, comment peux-tu dire une chose pareille ? répliqua Liebermann. Il est d'une beauté exquise.

1. La Sécession est le mouvement fondé par Gustav Klimt en 1897 pour s'opposer à la conception traditionnelle de l'art qui dominait à Vienne. *(N.d.T.)*

Il offrit un bras à Clara, l'autre à Hannah, et tous trois avancèrent de front vers le bâtiment.

— « À chaque époque son art, à l'art sa liberté. »

Hannah lisait la légende inscrite en relief sous le dôme.

— J'espère que tu partages ce point de vue.

— Et il y a aussi écrit : « *Ver Sacrum* ». Qu'est-ce que ça veut dire ?

— Le Printemps sacré. C'est le titre de leur revue.

— Mais pourquoi ? Pourquoi le Printemps sacré ?

— C'était un rituel auquel se livraient les Romains lorsque le danger menaçait. Les jeunes gens promettaient de sauver la capitale. Les peintres de la Sécession ont pour leur part promis de sauver Vienne des forces conservatrices.

— Avons-nous vraiment besoin d'être sauvés ? demanda Clara d'un ton sarcastique.

— Sauvés est sans doute un terme un peu excessif… libérés conviendrait mieux, me semble-t-il.

Se hâtant pour éviter un convoi de charrettes chargées de bois, ils traversèrent la rue et grimpèrent les marches, observés d'en haut par trois visages figés figurant la Peinture, l'Architecture et la Sculpture, entourés de feuillage doré.

Une fois à l'intérieur, Liebermann prit les billets – une couronne chacun – et un catalogue. La couverture montrait un ange stylisé tenant un disque de lumière.

Surexcitées, Clara et Hannah s'étaient déjà précipitées vers l'entrée de l'exposition.

— Attendez une minute, dit Liebermann en ouvrant le catalogue et en le feuilletant.

— Pourquoi ? demanda Clara.

— Je veux étudier le plan.

— Le plan ? Tu ne crois tout de même pas que nous allons nous perdre, Max ?

Hannah se mit à rire sous cape.

— Non, répondit Liebermann. Nous ne risquons pas de nous perdre, mais je veux savoir ce que je vois.

— La sculpture de Klinger, sûrement. Et les peintures de Klimt, dit Clara.

— Certes, mais bien d'autres artistes exposent ici.

Il montra quelques noms mentionnés sur le plan.

— Regardez : Andri, Auchentaller, Moser… Je ne sais pas par quoi commencer. Accordez-moi un instant…

Après avoir lu quelques lignes, il ajouta :

— Ils conseillent de visiter tout d'abord l'aile gauche.

Clara jeta un coup d'œil à Hannah et, l'air malicieux, répéta :

— L'aile gauche.

Toutes deux se ruèrent dans cette direction et Liebermann fut obligé d'interrompre sa lecture pour les rattraper.

Ils pénétrèrent dans une longue salle où d'autres visiteurs, les yeux levés, étaient déjà rassemblés. Liebermann suivit leur regard et sentit son cœur palpiter de surexcitation. Le haut de trois murs sur quatre était décoré d'une fresque extraordinaire. Liebermann souffla à ses compagnes :

— La *Frise Beethoven.*

Clara et Hannah levèrent les yeux, mais leur attention avait déjà été attirée par la pièce maîtresse de l'exposition, le *Beethoven* sculpté par Klinger, qu'on apercevait par une large ouverture rectangulaire pratiquée dans un mur. Elles se mirent aussitôt à s'approcher de cet espace brillamment éclairé.

— Hannah ! Clara ! s'écria-t-il. La frise de Klimt !

Toutes deux se retournèrent, l'air perplexe, figées dans une posture comique, les bras levés, doigts amollis, encore dirigés vers la sculpture.

En réponse à leur expression interrogatrice, Liebermann fit un geste de la tête vers le haut – et elles suivirent des yeux la direction indiquée.

— Oh ! s'exclama Clara en apercevant alors la fresque.

Liebermann consulta son catalogue et engagea sa sœur et sa fiancée à se rapprocher de lui. Il résuma alors les informations contenues dans le guide.

— Les panneaux narratifs se fondent sur l'interprétation donnée par Wagner de la *Neuvième Symphonie* de Beethoven. Le premier est intitulé « Aspiration au bonheur », le deuxième « Forces hostiles » et le troisième « Désir de bonheur comblé par la poésie ». Le tout est censé représenter le triomphe de l'art sur l'adversité.

Un silence mystérieux régnait dans la salle. On avait un peu l'impression de se trouver dans une crypte. Cloués sur place, les autres visiteurs scrutaient la peinture murale magique de Klimt comme si elle détenait un secret qui ne serait révélé qu'aux observateurs les plus assidus.

Liebermann laissa errer son regard d'un panneau à l'autre et éprouva un léger vertige. Les teintes étaient vraiment audacieuses : rouge foncé, bleu-vert, argent, rouille, topaze et, bien sûr, vastes étendues dorées. Il avait l'impression que Klimt utilisait une palette de gemmes, de minerai de fer et de métaux précieux.

Une fois son œil habitué à ce tourbillon impressionnant de couleurs, il put distinguer les personnages qui émergeaient de l'ensemble. Des figures nues, émaciées, suppliaient un chevalier en armure ; un singe ailé monstrueux était accroupi au milieu de sirènes et de têtes de mort dérangeantes ; un homme et une femme, serrés l'un contre l'autre, s'embrassaient sous un chœur d'anges. Certaines parties de la frise semblaient froides et statiques, d'autres frémissaient d'activité, chaque centimètre animé d'un mouvement : rides, vagues, tourbillons et remous – détails vibrants encore renforcés par le chatoiement de miroirs incorporés à la peinture.

Une dame d'un certain âge, à l'ample poitrine, était entrée dans la salle, accompagnée d'un homme plus jeune dont le visage disait vaguement quelque chose à Liebermann. Il crut l'avoir déjà aperçu du côté d'Alsegrund et, sans pouvoir en avoir la certitude, le soupçonna d'être lui aussi médecin. La femme leva sa lorgnette pour scruter la frise. Bientôt, elle s'exclamait et grommelait une remarque à son compagnon, en ayant soin d'élever la voix au moment où elle prononçait les mots « obscénité » et « péché ».

Le jeune homme hochait la tête et approuvait sa condamnation :

— … images de folie… idées fixes…

Lorsqu'il approcha, Liebermann l'entendit mieux.

— … une caricature honteuse de la noblesse du corps humain. Seul un certain type d'intellectuel pourrait trouver plaisir à contempler de telles scènes pathologiques.

« Oui, songea Liebermann. Il est bien médecin… et sans doute antisémite. »

Il lança un regard protecteur à Clara et à Hannah, et fut bien content que ni l'une ni l'autre n'ait surpris l'allusion perfide.

Le couple s'éloigna, mais la douairière ne put résister à une dernière salve de venin :

— … il a excédé les limites du bon goût. Ce n'est certainement pas une exposition qu'une jeune femme qui se respecte devrait venir voir.

Hannah, qui, cette fois, avait entendu le commentaire, parut soudain soucieuse. Liebermann lui entoura les épaules d'un bras.

— Je crois que cette réflexion m'était destinée, Hannah, dit-il à sa sœur, qui lui sourit avec nervosité. Je t'assure qu'il n'y a rien de mal à venir admirer du grand art. Et c'en est bel et bien, crois-moi.

— Avez-vous remarqué le regard qu'elle nous a jeté ? s'écria Clara avec indignation.

Puis, reportant son attention sur la fresque, elle ajouta avec une certaine ambiguïté :

— Même si…

— Même si quoi ? demanda Liebermann.

— Elle n'a pas entièrement tort… expliqua-t-elle en montrant le mur du milieu et en haussant les sourcils. C'est-à-dire que c'est plutôt…

Elle s'interrompit, incapable de trouver le mot approprié.

— Osé, suggéra Hannah.

— Oui, dit Clara. Osé.

Les nus de Klimt étaient sensuels, charnels. Sur le panneau central, une femme aux attraits sublimes était assise, la joue reposant sur son genou, une masse luxuriante de cheveux roux retombant entre ses cuisses ouvertes. Son expression irradiait la lubricité et ses dents apparaissaient entre ses lèvres écartées.

— Et ça, qu'est-ce que c'est censé représenter ? poursuivit Clara. Ce… cette espèce de monstre.

Liebermann consulta de nouveau son catalogue.

— Typhon, le monstre que même les dieux n'ont pu détruire. Il est accompagné de la Maladie, de la Folie et de la Mort.

Clara et Hannah échangèrent un regard conspirateur qui leur donna envie de rire.

La salle s'était vidée et Liebermann en profita pour examiner l'œuvre de différents points de vue. Ses yeux étaient surtout attirés par la tentatrice assise. Quelque chose dans son visage lui rappelait Katherine, l'alter ego de la gouvernante anglaise.

Une image affleura à son esprit, brisant la façade de sa conscience. *Katherine à l'hôpital, en train de lisser sa chemise. Le tissu tendu plaqué sur ses hanches et son ventre.*

Honteux, il détourna les yeux.

Clara chuchotait à l'oreille de Hannah. Sa sœur sourit et mit une main devant la bouche, l'air stupéfait. Il éprouva un curieux mélange d'émotions : tendresse et, de façon étonnante, déception. Clara était une femme – elle avait huit ans de plus que Hannah. Pourtant, elle n'avait aucune difficulté à partager des plaisanteries puériles avec une jeune fille de seize ans. Bien entendu, le caractère enjoué de Clara faisait partie de son charme ; mais, dans ce cadre, dans ce grandiose temple de l'art, sa gaieté évoquait moins l'entrain que l'immaturité. Liebermann se sentait embarrassé par son propre manque de charité et, en se reprochant d'avoir aussi mauvais esprit, il rejoignit ses deux compagnes.

— Alors, qu'est-ce qui vous amuse autant ?

— Rien qui t'intéresserait, répondit avec malice Clara.

Liebermann haussa les épaules et elle ajouta :

— Si nous continuions ?

Prenant la main de Hannah, elle avança au bout de la salle où un escalier menait à l'aile centrale. Avant de quitter la *Frise Beethoven*, Liebermann laissa courir ses doigts sur le mur crépi et médita sur la signification d'un buste en marbre.

— Dépêche-toi, Max, je veux voir le Klinger, dit Clara.

De sa main à moitié repliée, elle décrivait de larges cercles, comme si elle essayait de provoquer un courant d'air pour l'entraîner. Impressionnée par l'impatience de Clara, Hannah se mit de la partie.

— Oui, Max, dépêche-toi.

— Mais, ça aussi, c'est de Klinger.

— Mais pas son *Beethoven*.

Liebermann sourit, amusé par la frustration de ses compagnes.

Ils se retrouvèrent dans un vaste espace austère sous un plafond voûté, décoré de plaques en céramique et de sculptures primitives. Liebermann était tout à fait enchanté. Il avait l'impression d'être un archéologue en train d'explorer le tombeau miraculeusement préservé d'un roi de l'Antiquité.

— N'est-ce pas merveilleux ? dit-il.

— Oui, répondit Clara. Mais, si nous continuons à cette allure, nous ne verrons jamais la pièce maîtresse de l'exposition.

Ignorant cette remarque, Liebermann poursuivit :

— Vous ne trouvez pas que l'atmosphère qu'ils ont créée exerce une curieuse influence ? Écoutez, j'ai lu dans la *Neue Presse*, sous la signature d'un critique, j'ai oublié lequel, que le temps d'atteindre la salle centrale, les gens sont plongés dans un état proche de l'hypnose. Je comprends tout à fait ce qu'il voulait dire, pas vous ?

Les mains tendues devant elle, Clara ferma les yeux et avança comme une somnambule. Manque de chance, un groupe de messieurs apparut à ce moment précis. L'un d'eux se remarquait particulièrement – un gros homme barbu portant un canotier et un gilet en piqué blanc.

— Clara ! lâcha Hannah.

Clara ouvrit les yeux et, avisant la situation, feignit de tendre la main pour retirer un cheveu du veston de Liebermann. Une fois le groupe ressorti, Clara et Hannah éclatèrent de rire et, haletantes, évoquèrent cet incident.

— Allons, mesdemoiselles !

Liebermann agita un doigt, puis avança en sachant fort bien que Clara et Hannah le suivaient en simulant la contrition, mais sans cesser de glousser.

Le *Beethoven* de Klinger se trouvait au milieu de l'allée centrale, juché sur une estrade et entouré d'une clôture basse circulaire. À moitié nu, assis sur un énorme trône, le grand compositeur était penché en avant, les poings serrés, son regard visionnaire perdu au loin. Il avait tout du dieu – sa tête familière carrée, lourde, exprimait gravité, puissance et dignité.

C'était là le saint des saints, le pivot de l'exposition, l'endroit sacré où les fervents de l'art pouvaient se recueillir et prier.

Il n'y avait plus trace du couple glacial qu'ils avaient rencontré plus tôt, mais de nombreux autres visiteurs tournaient autour de la sculpture.

— C'est vraiment beau ! s'écria Clara. On dirait… on dirait Zeus.

— Oui, dit Liebermann, agréablement surpris. Je pense que c'était l'objectif.

— Il a l'air très contrarié, fit remarquer Hannah.

— Beethoven avait des tas de raisons de l'être, rappela son frère. Sais-tu que, le soir de l'inauguration, Mahler a dirigé ici un arrangement de la *Neuvième Symphonie* pour orchestre de chambre ?

— C'est vrai ? s'écria Hannah. Oh ! c'était sûrement magnifique.

— Et le sculpteur était présent, je crois.

Clara prit le bras de Hannah et annonça sur le ton de la confidence :

— Ma chère, est-ce que tu connais les Moll ? Ils habitent une nouvelle villa mitoyenne à Heiligenstadt, dans la Steinfeldgasse.

Hannah secoua la tête.

— Bon, ta mère les connaît sûrement. Frau Moll avait épousé Emile Schindler, le peintre. Il est mort il y a quelques années, et Frau Moll s'est remariée avec l'un de ses élèves. Toujours est-il que sa fille, Alma Schindler…

Clara baissa la voix.

— … une aguicheuse à un point incroyable. On la dit très belle, mais, pour être franche, je ne vois pas ce qu'on lui trouve. Bref, elle s'est mariée en février avec Mahler, le chef d'orchestre.

— Oh ! quelle chance !

— Bon, pas forcément. On raconte que le mariage a été précipité…

Hannah eut l'air décontenancé, et Clara se pencha pour lui chuchoter quelque chose à l'oreille. Liebermann vit l'expression de sa sœur passer de l'amusement à l'incrédulité.

— Clara ! s'écria-t-il. Faut-il vraiment que tu lui farcisses la tête avec ce genre de potins ?

— Maxim, j'ai l'impression d'entendre papa, dit Hannah.

Clara ouvrit son éventail et le regarda par-dessus son bord tremblotant, telle une coquette.

— Il faut bien que quelqu'un mette Hannah au courant…

Liebermann soupira et croisa le regard de Beethoven. Clara et Hannah continuèrent à bavarder, mais se turent quand deux jeunes gens vêtus de couleurs vives vinrent s'agenouiller devant le chef-d'œuvre de Klinger.

37

— C'est très aimable à vous d'avoir accepté de me recevoir, Herr Schelling. Je me rends bien compte que vous êtes très occupé.

Les bajoues de Schelling tressautèrent quand il hocha la tête d'avant en arrière tout en entraînant Liebermann dans le salon.

— Je souhaite ardemment que Miss Lydgate recouvre la santé le plus tôt possible. Elle semblait fort affligée lorsqu'elle habitait ici ! Mon emploi du temps est assez bousculé aujourd'hui, mais je suis heureux de me mettre à votre disposition pendant environ une demi-heure, si vous estimez que mon opinion de profane peut avoir quelque intérêt.

Schelling était de taille moyenne et portait un costume sombre, un col cassé et un nœud papillon noir. Une chaîne de montre en or pendait à son gilet, dont le tissu tirait sur une bedaine naissante. Sa tenue habillée suggérait qu'il avait l'intention de partir pour le Parlement dès que l'entretien serait terminé.

— Merci. Je ne vous retiendrai que le temps strictement nécessaire.

Une femme apparut dans le couloir et entra par la porte ouverte à double battant. Son expression était très soucieuse et le style et la coupe de sa robe à fleurs lui donnaient un peu l'aspect d'une brave mère de famille.

— Ma femme, précisa Schelling. Beatrice, c'est le Dr Liebermann, le médecin d'Amelia.

— Frau Schelling, dit Liebermann en s'inclinant.

Campée sur le seuil, elle avait l'air de ne pas savoir si elle devait entrer ou non.

— Désirez-vous du thé, Herr Doktor ? proposa-t-elle.

— Non merci.

Elle jeta un bref coup d'œil anxieux à son mari.

— Dans ce cas, vous voudrez bien m'excuser, dit-elle en reculant et en fermant la porte.

— Pardonnez-moi, monsieur, mais j'espérais m'entretenir également avec Frau Schelling.

— Je crains que ce soit impossible, affirma Schelling d'un ton péremptoire. Mon épouse a été bouleversée par cette histoire. Il faut donc lui éviter toute affliction supplémentaire, je me dois d'insister.

— Bien entendu.

— J'étais sûr que vous comprendriez. Asseyez-vous, je vous en prie.

La pièce était grande et bien meublée. Au centre, une table ronde était garnie d'une nappe à pompons. L'impressionnant bouquet posé dessus était composé de fleurs qui n'étaient pas de saison, et Liebermann les soupçonna d'être artificielles ; sans doute de coûteuses imitations en soie. Sur un buffet très orné, une vitrine regorgeait d'objets d'art, flanquée de deux lampes électriques à abat-jour vert. Sur une petite table d'angle, on avait disposé de multiples photos de famille dans des cadres argentés. Liebermann remarqua qu'aucune ne montrait Herr Schelling et sa femme ensemble.

— Monsieur, je crois comprendre que vous êtes apparenté à Miss Lydgate ? dit Liebermann en guise d'introduction.

— En effet. Sa mère est une cousine éloignée… nos familles ont toujours eu des liens épistolaires. Quand

Amelia a terminé l'équivalent du *Gymnasium*, elle a exprimé le vif désir de venir étudier à Vienne avec le Dr Landsteiner. Je suppose qu'elle vous a parlé du journal de son grand-père ?

— Oui.

— J'ai proposé à Greta – la mère d'Amelia – qu'elle habite ici. La maison est grande, et j'ai pensé que ce serait un avantage pour les enfants. J'étais heureux de subvenir à ses besoins si, en échange, elle acceptait de donner des cours d'anglais à Eduard et à Adele.

— Les enfants aimaient-ils leur gouvernante ?

— Oui. C'était un arrangement très satisfaisant.

Schelling se carra dans son fauteuil bien rembourré et posa les mains sur son ventre.

— À quel moment vous êtes-vous rendu compte que Miss Lydgate n'allait pas bien ?

— Docteur Liebermann, puis-je être totalement franc avec vous ? demanda Schelling en joignant le bout des doigts.

— Cela m'aiderait beaucoup.

— J'ai nourri depuis le début quelques doutes quant à la santé mentale de cette pauvre petite.

— Ah bon ?

— Elle a un caractère si étrange. Quant à ce qui la passionne – le sang, la maladie… N'est-il pas curieux pour une femme, surtout une jeune femme, de s'intéresser à ces sujets morbides ? Je ne suis pas psychologue, Herr Doktor, mais je suis tenté de croire qu'un aspect de son caractère ne peut pas être qualifié autrement que par le mot « anormal ». Elle ne prend aucun plaisir aux activités que l'on associe en général au beau sexe. Elle préfère écouter une conférence dans un musée qu'aller danser à un bal, dénicher un volume poussiéreux dans la Wieblinger Strasse qu'aller s'acheter un nouveau chapeau chez Habig. À la vérité, au bout de quelques semaines à peine qu'elle était chez nous, je m'inquiétais déjà beaucoup.

Liebermann s'aperçut que, malgré son âge, Schelling avait toujours la moustache et les cheveux très bruns. Il supposa qu'il devait utiliser une teinture quelconque.

— Ma femme en est arrivée à la même conclusion, poursuivit Schelling. Beatrice – avec la douceur qui la caractérise – a encouragé Amelia à se montrer plus ouverte. Elle a même tenté de lui remonter le moral en la présentant à un cercle d'amies proches – elles se réunissent ici le mercredi après-midi pour jouer au tarot. Amelia n'aimait pas jouer et n'éprouvait aucun plaisir à converser avec ses pareilles. J'ai cru comprendre qu'elle se retirait toujours très tôt et préférait la compagnie de ses livres et du journal de son grand-père à celle des gens. Il n'est pas bon qu'une jeune femme s'enferme de cette manière. Même si je n'ai aucune compétence pour juger de ces questions, je me dis que passer tant de temps retirée du monde ne peut pas être sain. N'est-ce pas le cas, docteur ?

— Je suppose que ça dépend de l'individu concerné.

— Peut-être, mais, d'après moi – mon opinion vaut ce qu'elle vaut –, un esprit isolé perd très facilement prise sur la réalité et s'abandonne à son imagination.

Schelling fixa Liebermann dans les yeux et soutint son regard. Il semblait attendre un commentaire du jeune médecin. Liebermann garda toutefois le silence et ne fit pas un geste, mais il remarqua qu'une veine battait sur la tempe de Schelling. Ce dernier insista :

— Je ne me trompe pas, Herr Doktor ?

Sur le manteau de la cheminée, le mécanisme d'une pendule en forme de voiture se déclencha et un tintement délicat sonna l'heure. Schelling se retourna pour la regarder et Liebermann nota qu'il bougeait tout le corps. L'osier de son fauteuil craqua lorsqu'il changea de position.

— Quand les symptômes de Miss Lydgate ont-ils commencé à se manifester ?

Schelling réfléchit avant de répondre.

— Ma femme a remarqué il y a quelque temps qu'elle avait perdu l'appétit. La toux, et cette histoire de bras…

— La paralysie.

— Oui, la toux et la paralysie sont apparues brutalement. Il y a environ trois semaines.

— Quelque chose d'important s'était-il produit à ce moment-là ? demanda Liebermann. Disons, la veille ?

— D'important ? Que voulez-vous dire par important ?

— Eh bien, s'est-il produit quoi que ce soit qui ait pu la bouleverser ?

— Pas que je sache.

— Pouvez-vous me dire ce qui est arrivé ? Comment avez-vous appris sa paralysie ?

— Il n'y a pas grand-chose à raconter. Amelia ne s'est pas levée à l'heure habituelle et a dit qu'elle ne se sentait pas bien. En soi, ce n'était pas surprenant, elle se plaignait souvent de nausées. Une faible constitution. Elle n'a pas voulu ouvrir sa porte. Beatrice était affolée et, finalement, a exigé qu'elle lui ouvre. En entrant, elle a eu un choc. La pièce était en désordre, et la petite dans un état lamentable. Débraillée, en larmes… et elle toussait. Beatrice a pensé qu'elle avait pu essayer de se blesser car il y avait du sang sur ses ciseaux.

— Vous n'étiez pas présent ?

— Non, j'étais déjà parti. Le médecin de famille a été appelé et a conseillé de recourir à un spécialiste. Beatrice a estimé que ce serait mieux pour tout le monde si elle était soignée à l'hôpital. Vu son aspect effrayant, elle se faisait du souci à cause des enfants et ne voulait pas qu'ils la voient dans cet état… dans ce mauvais état de santé.

— Les parents de Miss Lydgate ont-ils été prévenus ?

— Bien sûr. Je leur ai sur-le-champ envoyé un télégramme. Ils m'ont demandé s'ils devaient venir, et je leur ai assuré que ça ne serait pas nécessaire. J'ai expliqué que nous pouvions nous vanter d'avoir à Vienne les meilleurs spécialistes au monde de l'hystérie. N'est-ce pas le cas, Herr Doktor ?

Liebermann accueillit ce compliment peu sincère avec un sourire forcé. Il regarda par-dessus l'épaule de Schelling et montra un paysage morne sur le mur.

— Est-ce un Friml ?

Schelling se retourna et, cette fois encore, il bougea tout le torse.

— Friml ? Non, c'est un peintre allemand. Frauscher. J'en ai plusieurs.

Feignant l'intérêt, Liebermann se leva et en profita pour couler un regard vers le col de Schelling, où il aperçut le bord de ce qui était sans doute un pansement.

— Collectionnez-vous les œuvres d'art, docteur Liebermann ?

— Un peu. Surtout les peintres mineurs de la Sécession.

— Vraiment ? Je crains de ne pas compter parmi leurs admirateurs.

— C'est un goût qui s'acquiert. Merci de m'avoir accordé un peu de votre temps, monsieur.

— C'est tout ?

Assez surpris, Schelling se leva.

— Je doute que cet entretien vous ait beaucoup aidé.

— Au contraire, j'ai appris bien des choses.

Les deux hommes se serrèrent la main, et Schelling raccompagna son visiteur à la porte.

En quittant la maison, Liebermann avait hâte de retourner à l'hôpital. Il fallait qu'il parle à Stefan Kanner. Kanner et Schelling étaient certes deux hommes fort différents, mais ils avaient une chose en commun. C'était sans doute là un détail, mais qui pouvait se révéler très significatif. Pour savoir jusqu'à quel point, Liebermann aurait besoin de tenter une expérience avec le concours de Kanner.

38

Liebermann et Rheinhardt avaient terminé leur soirée musicale par une interprétation presque sans faute des *Amours du poète*, de Schumann. Une fois le brandy décanté et après avoir allumé un cigare fraîchement coupé, les deux amis restèrent assez silencieux et, comme de coutume, gardèrent les yeux fixés sur le feu de cheminée. La mélodie enjouée du troisième lied du cycle s'attardait dans l'imagination de Liebermann – en particulier les mots : *Ich liebe alleine*...

Je n'aime plus qu'elle, si menue, si belle, si pure, si unique.

Cette phrase ne lui sortait pas de l'esprit. Pourquoi ? En réalité, elle décrivait bien Clara. Pourtant son insistance avait quelque chose de dérangeant.

Je n'aime plus qu'elle.

La musique résonnait encore dans sa tête et, à chaque répétition, prenait un tour ironique. Peu à peu, ce récital fantôme reflua, couvert par le craquement des bûches et le bruit que faisait Ernst, le serviteur, en rangeant les partitions et en refermant le couvercle du piano.

— Oskar ?

Rheinhardt se tourna pour regarder son ami. Fait peu habituel, le jeune médecin avait l'air plutôt perplexe.

— Oskar, j'aimerais te poser une question personnelle, si tu permets.

— Bien sûr.

— Je me demandais si... t'est-il déjà arrivé de...

Liebermann tressaillit avant de reprendre.

— Ce que je voulais te demander, c'est si... après avoir annoncé tes fiançailles, tu étais vraiment sûr de ne pas te tromper. En te mariant.

L'expression de Rheinhardt s'adoucit aussitôt.

— Mon cher ami, j'ai eu quelques doutes, oui. Tout le monde en a.

Liebermann souffla un nuage de fumée et sentit que ses épaules se détendaient.

— Quand as-tu fait ta demande en mariage ? poursuivit Rheinhardt.

— Il y a environ trois semaines. Même si j'ai l'impression qu'il y a beaucoup plus longtemps.

— Écoute, à présent que la surexcitation du moment est retombée, il est inévitable que le bonheur cède la place à un état d'esprit plus méditatif. Les doutes s'insinuent… et tant mieux. Après tout, un homme qui ne réfléchirait pas avant de s'engager d'une manière aussi capitale serait, avec raison, qualifié d'imbécile. Ce n'est pas ton avis ?

— Si. Sans doute.

— Je ne peux pas te donner de conseil, Max, car chaque homme doit aller son chemin dans la vie. Mais je peux te parler un peu de mon expérience. Peut-être que ça pourra t'aider, peut-être pas.

Une étrange lueur passa dans les yeux battus de l'inspecteur.

— Si j'avais écouté ces doutes, je ne sais pas ce que je serais devenu ! Quelle existence pitoyable j'aurais menée : clubs masculins, séjours à Baden, quelques parties de chasse, à la rigueur, et la compagnie d'une petite vendeuse de temps à autre… Je t'assure, Max, pas un jour ne passe sans que je me dise que je compte parmi les plus heureux des hommes. Ma vie aurait été vide et triste sans l'amour de ma chère Else et sans les distractions et les amusements infinis que m'apportent mes ravissantes filles.

Liebermann trouva les paroles de son ami profondément rassurantes.

Rheinhardt évoqua encore un instant son épouse et sa famille en termes chaleureux, puis, à son tour, Liebermann décrivit Clara et parla un peu de son milieu d'origine. Un léger malaise le gagna. Il avait l'impression de singer son père en mentionnant les liens de longue date qui unissaient les familles Liebermann et Weiss. D'un autre côté, il éprouvait un curieux soulagement, comme s'il était en train de jeter un pont capable de souder les différentes parties de sa vie pour apporter cohérence et sécurité.

Bientôt le cours de la conversation changea et, progressivement, malgré leur réticence, les deux hommes en vinrent à parler de l'expérience redoutable qu'ils avaient partagée à l'institut médico-légal.

— Sais-tu que je n'ai pas réussi à me sortir ça de l'esprit ? dit Rheinhardt. La vision de ces pauvres… bébés.

— C'était en effet un spectacle tragique, renchérit Liebermann avant d'allumer un autre cigare. Les journaux n'en ont pas parlé ?

— Non.

— À cause du commissaire Brügel ?

— Bien sûr.

Rheinhardt fronça les sourcils en entendant le nom de son supérieur hiérarchique.

— D'après lui, une telle révélation ne ferait qu'aggraver les choses… en rendant le meurtre encore plus sensationnel.

— Y a-t-il du neuf ?

Rheinhardt commença à relater son entretien avec Roche. De temps à autre, le jeune médecin lui demandait de préciser un détail, mais, le plus souvent, il se contentait de l'écouter. Le cigare se consuma lentement dans sa main et, centimètre par centimètre, se transforma en cendre desséchée.

— À ta place, j'éteindrais ce cigare, conseilla Rheinhardt.

Liebermann se tourna avec indolence et secoua le pouce. La cendre tomba dans le cendrier en produisant un petit nuage de poussière.

— Quel est le prénom de ce Roche ? demanda Liebermann.

— Theodore.

Après avoir réfléchi un instant, Liebermann écrasa son mégot et dit :

— Ils savaient fort bien qu'il pourrait se venger.

— Qui ? Fräulein Löwenstein et Braun ?

— Oui.

— Qu'est-ce qui te fait dire ça ?

— Quand j'ai hypnotisé Rosa Sucher et qu'elle a pris la voix de Charlotte Löwenstein, elle a mentionné un certain Theo.

— Je ne m'en souviens plus.

— Si, tout à la fin. Au moment où ses paroles devenaient assez incohérentes. Au milieu de phrases telles que : « jamais, je le jure », et « Dieu me vienne en aide », elle a prononcé le nom de Theo.

— Intéressant.

— Une grande ville offre sans doute d'infinies possibilités à ceux qui vivent d'escroquerie. Où trouverait-on autant de pigeons consentants ? Une fois leurs gains mal acquis dilapidés, Fräulein Löwenstein et Braun ont dû être obligés de revenir à Vienne ; ils prenaient toutefois un risque considérable. Ils avaient ruiné Roche et, comme nous le savons tous, les hommes désespérés sont dangereux. Je ne suis pas surpris du tout que son nom ait surgi au cours de leur dispute.

Rheinhardt secoua la tête.

— Écoute, Max, je n'en suis pas aussi sûr. Ce n'est pas parce qu'ils ont prononcé son nom qu'ils s'inquiétaient forcément à cause de lui. Nous ne savons même pas s'ils parlaient de ce Theo ou d'un autre.

— Exact, n'empêche que c'est une hypothèse raisonnable. T'a-t-il donné l'impression d'être capable de commettre un meurtre ?

— Tous les hommes trahis, surtout trahis par une maîtresse, sont capables de commettre un meurtre, je le crains.

— De plus, on peut être tenté de considérer son emploi actuel dans une fabrique d'armes comme incitatif.

Serait-il possible qu'il ait eu les moyens de fabriquer une balle dont les propriétés inhabituelles la feraient paraître magique ?

— Je ne vois vraiment pas comment, par le seul fait de travailler dans une fabrique d'armes, un ancien directeur de théâtre pourrait avoir plus de connaissances balistiques que les experts de la police. Ça me paraît peu plausible. En outre, un coupable aurait-il vraiment lâché cet aveu ?

— Quel aveu ?

— Il a dit que, s'il l'avait pu, il aurait tué Charlotte Löwenstein.

— Son intention était peut-être de feindre la franchise pour vous induire en erreur, Oskar.

— Non, je ne le pense pas. Par ailleurs, plus nous en savons sur Braun, plus il semble coupable. Tu n'es pas de cet avis ?

Liebermann ne répondit pas.

— À l'évidence, il était l'amant et le comparse de Fräulein Löwenstein, reprit Rheinhardt. Comme il est magicien, il a fort bien pu mettre le crime en scène. Tu as toi-même insisté sur le fait que c'était une illusion.

Liebermann gardait toujours le silence. L'accusation de l'inspecteur se fit plus passionnée.

— Visiblement, ce type ne s'embarrasse pas de principes. Tiens, par exemple, regarde la manière dont il a profité de la petite couturière. Les scrupules ne l'étouffent certes pas. C'est une tête brûlée et, en outre, on ne l'a pas revu depuis l'assassinat de Fräulein Löwenstein.

Liebermann se pinça la lèvre inférieure et émit un grognement qui ne l'engageait pas.

— Comment ? demanda Rheinhardt, un peu agacé par la réticence de son ami.

— Pour moi, ce n'est toujours pas logique.

Rheinhardt lui fit signe de développer sa pensée.

— Nous devons nous demander ce qui a motivé Braun, murmura Liebermann. Qu'avait-il à gagner dans cette histoire ?

— De l'argent. Il a bien fichu en l'air la vie de Roche pour de l'argent.

— Ce n'est pas la même chose que commettre un meurtre. D'ailleurs, Fräulein Löwenstein était loin d'être riche.

— Il y avait peut-être un rapport avec sa grossesse… avec les enfants.

— Les individus dépourvus de scrupules consacrent rarement beaucoup d'énergie à se soucier de leur progéniture illégitime.

— Et s'il l'avait tuée sur un coup de tête, au cours de l'une de leurs disputes ?

— Impossible. L'illusionnisme exige une certaine préparation.

— Alors, le mobile reste mystérieux… et nous ne le découvrirons qu'après avoir attrapé Braun.

— Avec tout le respect que je te dois, Oskar, ce n'est pas une manière de procéder.

Après un bref silence, Liebermann ajouta :

— Cette méthode manque d'élégance. Prendre ses désirs pour la réalité n'a pas sa place dans le processus qui consiste à essayer de parvenir à une solution satisfaisante.

Rheinhardt réprima un sourire, mais ne put s'empêcher de hausser les sourcils. Liebermann attrapa son verre et, faisant tournoyer le brandy, en respira l'arôme puissant, riche.

— Enfin, il y a autre chose, poursuivit-il. Après avoir pris la peine d'imaginer un tour de passe-passe aussi brillant, pourquoi Braun choisirait-il de fuir comme un vulgaire voleur ? Quel en serait l'objectif, sinon d'attirer l'attention sur lui et de faire naître les soupçons ?

— Après réflexion… il a perdu confiance et s'est dit que son illusionnisme ne tromperait personne.

— Ça m'étonnerait.

— Les gens manquent de suite dans les idées. Tu devrais être le premier à le reconnaître. Nous ne pouvons pas toujours compter sur des solutions élégantes.

— C'est vrai, même si j'ai la ferme conviction que les solutions les plus élégantes sont aussi celles qui correspondent à la vérité. Tu ne veux pas un autre cigare, Oskar ?

Avant d'en prendre un dans le coffret, Rheinhardt sortit de sa poche une photographie qu'il tendit à Liebermann.

— Jette un coup d'œil là-dessus.

C'était le portrait d'un bel homme sans barbe ni moustache, qui n'avait pas encore atteint la trentaine.

— Otto Braun ?

Rheinhardt alluma son cigare et rejeta plusieurs nuages de fumée bleue pendant que le tabac s'enflammait.

— Nous la tenons d'un agent de théâtre, celui qui représentait ce gredin quand il faisait ses tours au Danube. C'est une photo ancienne, mais ressemblante, paraît-il. J'ai demandé sa reproduction et sa diffusion dans tous les services de police du pays.

Liebermann pencha le cliché pour mieux l'examiner à la lueur du feu.

— Alors, que déduis-tu de ce visage, Herr Doktor ? Est-ce que tu vois quelque chose d'intéressant ?

— Oskar, tu me demandes de me livrer à une pseudo-science, une forme de divination qui ne vaut guère mieux que lire les lignes de la main, dit Liebermann en prenant l'air peiné.

— Je croyais que les médecins reconnaissaient la physiognomonie.

— Beaucoup souscrivent à la doctrine de Lombroso, selon laquelle il est possible d'identifier un criminel par la forme de ses oreilles ou la taille de ses mâchoires. Quant à moi, j'éprouve très peu de sympathie pour cette école de pensée.

Liebermann avança la photo vers son ami.

— Regarde-le. Est-ce que tu lis sur ses traits la marque de notre ascendance animale ? Un atavisme ? Moi, non. En fait, j'irai même jusqu'à affirmer l'inverse. Il y a une certaine noblesse dans sa physionomie. Il ressemble davantage à un poète romantique – un jeune Schiller, peut-être – qu'à un escroc. Non, Lombroso se trompe. On ne saurait reconnaître un criminel à la forme de son nez et de sa bouche. Seule compte la nature de son esprit.

Liebermann rendit le portrait à Rheinhardt qui y jeta un nouveau coup d'œil avant de hausser les épaules et de le glisser dans sa poche.

— Et les autres membres du cercle de Fräulein Löwenstein ? demanda Liebermann. En as-tu appris un peu plus sur eux ?

— Oui. Je me suis intéressé à Bruckmüller après l'avoir vu avec le maire au concert du Philharmonique.

— Ah bon ?

— J'ai trouvé assez curieux qu'un homme qui fréquente le maire et ses amis – des gens intéressés par le commerce et les relations dans le monde réel – assiste à des séances de spiritisme à Leopoldstadt.

Liebermann agita son verre de brandy et observa la lumière réfractée, kaléidoscope d'arcs-en-ciel déchiquetés.

— Le monde regorge de gens superstitieux, Oskar.

— C'est vrai. Mais je me souviens que, déjà, au moment où je l'interrogeais, je me disais : « Ce type n'est pas du genre à ça. » Le serrurier, oui. Ou Záborszky, le comte fêlé. Mais Bruckmüller ? Non.

— Tu as pensé la même chose de Hölderlin, le banquier.

Rheinhardt sursauta.

— En effet. Comment le sais-tu ?

Liebermann agita la main.

— Aucune importance. Excuse-moi, continue.

— J'ai donc décidé de me renseigner, dit Rheinhardt en jetant un regard méfiant à son ami. La première chose que j'ai apprise, c'est que Bruckmüller est un membre actif du Parti chrétien-social – ce qui explique les liens avec Lueger. La deuxième, c'est qu'il est fiancé avec Cosima von Rath.

— L'héritière ?

— Oui. Tu en sais long sur elle ?

— Elle est très riche et très grosse.

— Elle est aussi très étrange.

— Pourquoi dis-tu ça ?

— Elle s'intéresse beaucoup à l'occultisme et croit être la réincarnation d'une princesse égyptienne. Ce n'est pas un secret. En fait, son arrivée à certaines réunions mondaines tient du spectacle. Un bel esprit, Kraus, je crois, a dit que son entrée était plus imposante qu'une production d'*Aïda*.

Liebermann se mit à rire.

— Je devrais acheter *Die Fackel* plus souvent. Kraus a en effet beaucoup d'humour, toutefois, dès qu'il s'agit d'art, il est d'un tel conservatisme…

— Cette von Rath est le mécène important de plusieurs organisations spiritualistes, poursuivit Rheinhardt. Apparemment, c'est elle qui a découvert Fräulein Löwenstein et a plus tard introduit son fiancé dans le cercle. Bruckmüller est resté loyal au groupe de Fräulein Löwenstein, tandis que Cosima von Rath a poursuivi ailleurs sa quête spirituelle, en essayant divers cercles et médiums… et elle continue.

— Comment sais-tu tout cela ?

— Bruckmüller me l'a dit quand je l'ai interrogé. Mais, à ce moment-là, j'ignorais qu'ils étaient fiancés.

Liebermann posa son verre sur la table et se tourna vers son ami.

— Je me demande si elle est une adoratrice de Seth.

Rheinhardt hocha la tête, goûtant en silence les implications et les possibilités que suggérait une telle relation.

— Bref, reprit-il, ce n'est pas tout. Hier, j'ai reçu un mot de sa main, dans lequel elle m'engageait à abandonner mon enquête futile. Elle était entrée en communication avec le monde des esprits et avait reçu la confirmation que le décès de Fräulein Löwenstein était un événement surnaturel.

— Comme c'est gentil à elle de songer à t'en informer ! Que sais-tu d'autre sur Bruckmüller ?

— Pas grand-chose. C'est un type qui s'est fait tout seul… et son ambition ne s'arrête pas là. Il est le fils d'un boucher de province, a hérité de l'entreprise familiale, et, grâce à son dur labeur et à des investissements judicieux, a réussi à améliorer sa situation. Tu le sais sans doute, il est propriétaire de Bruckmüller & C°, le fournisseur d'instruments chirurgicaux, et je crois qu'il possède deux usines.

— De plus, par son mariage, il va entrer dans l'une des familles les plus riches de Vienne.

— Tu peux imaginer les rumeurs qui courent à ce sujet. Quand le vieux Ferdinand mourra et que Cosima héritera de sa fortune, Bruckmüller sera en position d'exercer une influence politique considérable.

Les deux hommes se turent.

— Tu mentionnais le serrurier… dit bientôt Liebermann. As-tu appris quelque chose sur lui ?

— Oui, même si rien n'a une grande importance. C'est un type singulier, et la nature de son travail éveille forcément les soupçons, mais…

— Tu ne le crois pas coupable.

Rheinhardt secoua la tête.

On frappa doucement. La porte à double battant s'ouvrit, et Ernst entra dans la pièce.

— Je regrette de vous déranger, monsieur, mais l'adjoint de l'inspecteur Rheinhardt le demande. Il dit qu'il s'agit d'une affaire urgente.

— Faites-le donc entrer, ordonna Liebermann en se levant.

— On ne peut pas être tranquille ! s'écria Rheinhardt. Je ne devrais jamais leur dire où je me trouve.

Il se leva lui aussi, s'approcha du feu et posa un coude sur la cheminée. Quelques instants plus tard, Ernst revint en compagnie de Haussmann.

— Herr Doktor, inspecteur Rheinhardt, dit le jeune homme en s'inclinant.

Le serviteur s'éclipsa avec discrétion et les battants se refermèrent.

— Qu'y a-t-il, Haussmann ?

Rheinhardt ne parvenait pas à dissimuler son irritation.

— Excusez-moi de vous déranger, monsieur, ainsi que le docteur, mais il s'est passé quelque chose, et je me suis dit que vous voudriez en être informé.

— Alors, de quoi s'agit-il ?

— Otto Braun, monsieur. Il vient de se présenter au poste de la Grosse Sperlgasse. Il s'est constitué prisonnier… il dit qu'il voudrait nous aider à élucider l'affaire.

Rheinhardt garda le silence. Il tira sur son cigare, puis le jeta au feu.

— J'ai dû agir de mon propre chef, monsieur. Je n'ai pas pu trouver de responsable. J'espère…

Liebermann leva la main pour lui faire comprendre qu'il n'avait pas à se justifier.

— Bon…

Rheinhardt gonfla les joues et chercha en vain des mots capables d'exprimer sa surprise.

39

— Excuse-moi, Stefan, dit Liebermann en se penchant pour renifler les revers du veston de Kanner.

Embarrassé, ce dernier se raidit.

— Alors ? demanda-t-il.

— Pas la moindre trace.

— Le contraire m'aurait étonné. Je suis allé chercher ce costume ce matin chez le teinturier, et j'ai sorti ma chemise du séchoir – elle n'a pas approché ma penderie.

— Parfait. Tu es prêt ?

— Oui, répondit le jeune médecin d'un ton qui suggérait pourtant l'inverse.

Liebermann posa les mains sur les épaules de Kanner et le secoua avec bonne humeur.

— Tu vas très bien t'en tirer. Fais-moi confiance.

Il ouvrit la porte et, à contrecœur, Kanner sortit dans le couloir. Ils l'enfilèrent, puis grimpèrent l'austère escalier de pierre.

— J'ai demandé à l'infirmière de nous retrouver à neuf heures et demie.

— Max, si ton expérience me fait passer pour un imbécile… je te réclamerai un dédommagement.

— Un dîner au *Bristol* ?

— Entendu.

— Mais tu n'auras pas l'air d'un imbécile.

Quand ils arrivèrent au premier étage, les deux hommes empruntèrent un étroit passage bordé de salles d'examen.

— C'est là, dit Liebermann avant de s'interrompre pour consulter sa montre-bracelet. Nous sommes en retard.

Il tourna le loquet et ouvrit largement la porte.

À l'intérieur, Fräulein Rupius et Miss Lydgate étaient assises l'une à côté de l'autre. L'infirmière se leva.

— Docteur Liebermann, docteur Kanner.

Ses joues s'empourprèrent un peu.

— Bonjour, Fräulein Rupius, dit Liebermann. Et bonjour à vous, Miss Lydgate.

Il se tourna pour montrer son ami et ajouta :

— Miss Lydgate, vous vous rappelez sans doute mon collègue, le Dr Stefan Kanner.

La jeune Anglaise considéra Kanner d'un regard paisible.

— Je ne me rappelle pas que nous ayons été présentés en bonne et due forme.

Kanner s'inclina et s'avança d'un pas prudent, les yeux fixés sur la patiente.

— Le Dr Kanner est ici pour vous examiner la gorge, expliqua Liebermann. Il a beaucoup d'expérience dans le traitement des toux nerveuses et des problèmes de bronches, et son opinion me sera très précieuse.

Il recula, laissant Kanner mener le jeu.

— Comment vous sentez-vous aujourd'hui, Miss Lydgate ? demanda Kanner d'une voix très hésitante.

Amelia Lydgate leva la tête et fixa les yeux bleus du médecin.

— Je ne crois pas qu'il y ait eu un changement quelconque dans mon état, docteur.

— Je vois.

Lorsque Miss Lydgate leva la main gauche, Kanner s'immobilisa aussitôt. La patiente mit sa main devant la bouche et toussa. Kanner regarda Liebermann qui, d'un bref signe de tête, incita son ami à poursuivre. Kanner prit une profonde inspiration et approcha une chaise en bois.

S'asseyant juste devant la patiente, il sourit et demanda :

— Voulez-vous ouvrir la bouche, Miss Lydgate ? Le plus grand possible, s'il vous plaît.

Amelia Lydgate ouvrit la bouche et Kanner scruta sa gorge.

— Bon, si vous pouviez vous tourner vers la fenêtre et renverser un peu la tête en arrière… Très bien. Et maintenant, dites « Aaah ».

Amelia Lydgate s'exécuta.

Kanner approcha sa chaise en jetant des coups d'œil nerveux sur la main droite imprévisible de Miss Lydgate. Il ouvrit sa trousse et sortit une petite spatule.

— Voilà qui va peut-être vous sembler un peu désagréable.

Il lui plaça la spatule sur la langue et appuya.

— Voulez-vous tousser, je vous prie ?
Elle toussa.
— Encore une fois, un peu plus fort. Merci.
Il ôta la spatule, la tendit à Fräulein Rupius, puis sortit un stéthoscope de sa trousse.
— S'il vous plaît, penchez-vous en avant.
Il se leva alors et posa la plaque du stéthoscope sur différents points de son dos en demandant à Miss Lydgate de tousser ou d'inspirer profondément.
— Parfait, dit-il une fois l'auscultation effectuée.
L'infirmière lui tendit la spatule qu'elle avait désinfectée et séchée près du lavabo. Kanner rangea ses instruments dans sa trousse qu'il referma.
— Merci.
Puis, sa trousse à la main, il se tourna vers Liebermann et ajouta :
— L'examen est terminé.
Il souriait de soulagement.
— Fräulein Rupius, voudriez-vous ramener Miss Lydgate dans sa chambre ? pria Liebermann.
L'infirmière sourit et poussa le fauteuil roulant.
Tout en ouvrant la porte, Liebermann s'adressa à sa patiente :
— J'arrive dans quelques minutes, Miss Lydgate. Je souhaite d'abord m'entretenir avec le Dr Kanner.
Il referma la porte.
— Bon, reconnut Kanner. C'est vraiment extraordinaire. Remarquable, en fait.
— Tu vois ! Je t'avais bien dit qu'il n'y aurait pas de problème.
Kanner secoua la tête.
— Tout était donc à cause de mon eau de toilette.
— Exact. Schelling utilise la même.
— Le parlementaire ?
— Oui, Stefan… l'homme qui a essayé de la violer.

Cosima von Rath fut frappée par le changement intervenu dans l'aspect de Frau Hölderlin. Elle paraissait rajeunie. Teints en roux, ses cheveux nattés étaient relevés au sommet de sa tête et maintenus par un gros peigne en écaille. Elle portait une robe de tulle écarlate à la coupe exquise, et des chaussures en daim marron clair parfaitement assorties à ses bas. Cette transformation était cependant gâchée du fait qu'elle clignait toujours les yeux avec autant de nervosité.

— Cet homme est sans aucun doute étrange, dit Cosima. Je crains toutefois qu'il s'agisse aussi d'un affreux personnage.

Frau Hölderlin offrit à l'héritière encore un peu de thé et de *Gugelhupf* – qu'elle refusa poliment.

— C'était délicieux, Juno, mais je ne peux pas avaler une miette de plus.

D'une main posée sur son ventre proéminent, elle cherchait à convaincre son hôtesse.

Frau Hölderlin hocha la tête.

— Je dois dire que je ne me suis jamais sentie tout à fait à l'aise avec le comte.

— Connaissez-vous l'histoire ? demanda Cosima avec nonchalance en caressant le bras du sofa recouvert d'un chintz à fleurs.

Frau Hölderlin se pencha en avant.

— J'ai entendu des rumeurs, bien entendu. Des bêtises, j'en suis sûre. Il aurait…

Elle cilla deux fois.

— … Il aurait tué son père pour hériter du domaine, puis dilapidé la fortune familiale.

Cosima se mit à rire.

— C'est quelqu'un de peu recommandable, mais je ne crois pas qu'il ait tué son père. Le vieux comte est mort de tuberculose… il n'a pas été assassiné.

— Comment le savez-vous ?

— Mon père a investi dans certaines affaires en Hongrie – des fermes et une usine – et il possède aussi quelques biens dans la capitale. Il est très ami avec le comte Cserteg, dont la famille vient de la région de Záborszky.

Cosima s'interrompit.

— Et alors ? dit Frau Hölderlin pour montrer son empressement à écouter la suite.

— Les rumeurs contiennent une parcelle de vérité. Sans aucun doute, le comte Záborszky a mené une vie dissolue. Apparemment, il n'allait pas souvent sur ses terres et n'éprouvait pas le moindre intérêt pour la gestion de son domaine. Il passait tout son temps à Pest, où il s'amusait en compagnie de chanteurs et d'autres bons à rien. Il aimait beaucoup le théâtre, dit-on, mais, à la vérité, c'était plutôt les actrices qu'il aimait…

Frau Hölderlin se rappela la façon dont le comte portait la main de Fräulein Löwenstein à ses lèvres et laissait sa bouche s'attarder sur les doigts fins et pâles.

— À moins que je ne lui rende pas justice, continua Cosima. Il aimait assez le théâtre pour dépenser une fortune à financer bon nombre de salles de troisième ordre qui ont lamentablement échoué. Je suppose donc que les actrices n'étaient pas seules en cause… car il aurait pu les connaître sans investir autant d'argent.

— Les hommes sont parfois si bêtes ! lâcha Frau Hölderlin.

— C'est bien vrai. Quelles qu'aient été ses motivations, il a fini par contracter d'énormes dettes qu'il a essayé d'effacer en jouant – avec un résultat prévisible. Quand son père est tombé malade, il a semblé s'investir davantage dans la gestion du domaine. Mais, en réalité, il ne faisait qu'exploiter la faiblesse du vieux comte. Au moment de sa mort, il ne restait presque plus rien – un maigre héritage déposé dans une banque viennoise. Sa mère et ses sœurs ont été abandonnées à leur sort. Sans l'aide de la petite noblesse locale, et notamment du comte Cserteg, ces femmes auraient sombré dans la misère. Inutile de dire qu'il a fallu vendre le château et les terres. La plus grande part de cette somme a toutefois fondu pour rembourser les dettes colossales du jeune comte.

— C'est scandaleux. Je m'en doutais. Il est rare que je déteste quelqu'un sans bonne raison. Certes, je n'ai pas le don, mais je me suis toujours fiée à mon intuition.

Frau Hölderlin découvrit une miette de gâteau dans un pli de sa robe écarlate. Elle attrapa la bribe malencontreuse et, d'un geste discret, la remit dans son assiette.

41

Otto Braun ne s'attendait pas à se retrouver allongé sur un divan dans une salle d'hôpital impersonnelle. Il n'avait pas compté non plus avec le médecin dont il sentait derrière lui la présence attentive.

— Nous étions descendus au *Grand*, à Baden. On y côtoyait beaucoup de riches, bien sûr… c'est un hôtel splendide. L'une des clientes était médium, une certaine Frau Henneberg. Les gens s'empressaient autour d'elle, surtout ceux qui étaient venus dans cette ville d'eaux à cause de leur mauvaise santé. Elle a consenti à organiser une série de soirées de spritisme, et j'ai assisté à l'une d'elles – juste parce que ça m'intéressait. C'était un pur spectacle, bien entendu, rien de plus, et je voyais la manière dont elle créait l'illusion : coups frappés, apparitions d'esprits ou d'objets. L'un des messieurs présents était sans aucun doute son comparse – je n'ai eu aucune difficulté à le repérer. À la fin de la séance, Frau Henneberg a invité l'assistance à verser une petite participation. Elle a dû rafler quatre-vingt-dix florins, je le jure. C'était un jeu d'enfant.

Braun s'interrompit et se passa les mains dans les cheveux.

— Combien de temps faut-il que je reste dans cette position ?

— Jusqu'à la fin de notre entretien.

Se résignant à ces circonstances singulières, le jeune homme soupira et détendit les épaules.

— Voilà qui est mieux, dit Liebermann. Je veux que vous vous sentiez à votre aise. Fermez les yeux si ça vous aide.

Braun s'exécuta et croisa les bras sur sa poitrine. En le voyant, Liebermann songea à un mort, et se demanda si cette posture trahissait un message subtil envoyé par son inconscient. Avouait-il déjà, sans le vouloir, avoir commis un meurtre ?

— Quand vous êtes arrivé devant l'appartement de Fräulein Löwenstein, pourquoi avez-vous choisi la fuite ? demanda Liebermann.

— Des policiers se trouvaient à la porte – ils avaient empêché Hölderlin et sa femme d'entrer. Je me suis dit qu'ils avaient fini par nous épingler. Il y avait cette histoire au Danube… parmi d'autres.

— Quelles autres histoires ?

Braun fronça les sourcils.

— J'avais cru comprendre que vous m'aviez amené ici pour parler du meurtre de Fräulein Löwenstein, docteur.

— En effet, Herr Braun. Et moi, j'avais cru comprendre que vous souhaitiez aider la police dans son enquête.

— Bon, d'accord, dit Braun en retroussant la lèvre supérieure. À Baden, nous avons rencontré une vieille dame, une veuve. Elle possédait des bijoux de prix, un bracelet en diamants, un saphir monté en pendentif…

Il agita la main pour suggérer que la liste complète n'était pas nécessaire.

— Dès que l'occasion s'est présentée, Lotte a tout pris.

— Avez-vous joué un rôle dans ce vol ? Avez-vous aidé Fräulein Löwenstein ?

Braun ouvrit les yeux et sa bouche esquissa un sourire sardonique.

— Non, dit-il – ses paupières se baissaient lentement, comme celles d'un chat repu. Lotte chipait toujours des tas de choses.

Liebermann remarqua que ses mains tremblaient un peu. Pourtant, le jeune homme ne paraissait pas vraiment anxieux.

— Vous vous êtes donc enfui. Pour aller où ?

— Dans une taverne.

— Laquelle ?

— Je ne sais plus… une petite. En dehors de la ville, à Meidling. Le propriétaire est un grand bonhomme, un Ruthène. Un certain Gergo, je crois. J'ai rencontré une femme là-bas. J'ai pu rester un moment avec elle.

— Comment s'appelle-t-elle ?

— Lili.

— Une prostituée ?

— Plus ou moins…

— Vous n'avez donc pas quitté Vienne. Vous y êtes resté tout le temps ?

— Oui. Avant-hier, je me suis aventuré dans un café et j'ai lu un ancien numéro du *Wiener Zeitung*. C'était le soir, vers huit heures. J'ai trouvé l'article – celui qui parle du meurtre de Lotte – et, aussitôt, je me suis aperçu que j'avais commis une énorme erreur. Je suis donc allé tout droit à la police.

Braun déglutit. Sa peau avait l'air moite.

— Comment qualifieriez-vous votre liaison avec Fräulein Löwenstein ?

— Je ne vois pas bien ce que vous voulez dire.

— Étiez-vous heureux ensemble ?

— Si nous étions heureux ? répéta Braun. Oui, je suppose, surtout au début. J'ai l'impression que nous avions une approche similaire du monde, une manière semblable de voir les choses… et elle était très belle. Vraiment belle. Mais le bonheur n'a pas duré. Une fois revenus à Vienne, nous ne nous sommes pas très bien entendus. Nous nous disputions sans cesse, et Lotte, qui avait été une femme si insouciante, si peu traditionnelle, est devenue préoccupée. Des choses dont elle ne s'était jamais souciée auparavant se sont mises à avoir de l'importance – elle a commencé à s'inquiéter de notre avenir, de notre sécurité. Et elle est devenue très irritable. Parfois, des semaines entières se passaient sans que nous échangions la moindre parole aimable.

— À quel propos vous disputiez-vous ?

— Le plus souvent, à cause de l'argent. Nous n'en avions jamais assez. Elle trouvait que je buvais trop. « Tu me dégoûtes », voilà ce qu'elle me hurlait. « Tu me dégoûtes »… Il y a une ironie du destin à me voir à présent soupçonné de l'avoir tuée. En effet, il s'en est fallu de peu pour que ce soit l'inverse. Un jour, elle a essayé de me poignarder – et elle a failli réussir. J'avais bu et je ne supportais plus ses bêtises. Je me rappelle avoir pensé : Si elle dit une fois de plus « Tu me dégoûtes », je… je…

Braun se tut.

— L'avez-vous frappée ? demanda Liebermann.

Braun baissa le menton, un geste si infime qu'il était presque imperceptible.

— Lotte est sortie de la pièce pour revenir avec un couteau de cuisine à la main.

Braun crispa les paupières, et un réseau de ridules s'esquissa jusqu'à ses tempes. Baissant la voix, soudain plongé dans son récit, il murmura :

— Je la revois, plantée sur le seuil, en train de brandir ce grand couteau, essoufflée, haletant comme un animal. Elle m'a regardé un instant, puis s'est ruée sur moi. Tout ce dont je me souviens, c'est de ses yeux, et d'avoir pensé : « Qu'elle est belle ! » Et : « C'est vraiment terrible ! » Je n'ai pas tenté de me défendre, je me sentais curieusement détaché. Elle m'aurait tué, j'en suis certain. Mais quelque chose est arrivé. Un accident – une intervention divine, pourrait-on dire – et j'ai eu la vie sauve. Charlotte s'est pris les pieds dans le tapis, et elle est tombée. Elle a atterri devant mes pieds et le couteau a glissé par terre pour finir sa course sous la méridienne. Soudain, j'ai repris mes esprits. Avant qu'elle puisse se relever, je me suis jeté sur elle. Bien sûr, elle s'est débattue… à coups de pied, tout en hurlant. Mais j'ai réussi à la plaquer au sol. Finalement, elle a renoncé, est devenue toute molle et s'est mise à pleurer… Je l'avais échappé belle, elle aurait pu me tuer.

Braun secoua la tête et marmonna :

— Après ça, il m'était difficile d'éprouver pour elle de l'aversion… pardon, de l'affection.

Liebermann saisit aussitôt la portée de ce lapsus. Malgré ce qu'il affirmait, Braun vouait toujours une certaine tendresse à sa belle maîtresse au tempérament explosif.

— Que savez-vous de son passé ? De son enfance ?

— Nous n'en parlions pas.

— Pourquoi ?

— Je ne sais pas, nous ne le faisions pas… mais je crois qu'elle avait eu une enfance malheureuse. Ses parents sont morts quand elle était très jeune, et elle a dû se débrouiller toute seule… mais je n'en sais pas plus.

— Ça ne vous intéressait pas ?

— Elle ne tenait pas à en parler… et je ne voulais pas insister. D'ailleurs, le passé est le passé, docteur. Ce qui est fait est fait, pas vrai ?

— Herr Braun, à votre avis, qui a tué Fräulein Löwenstein ?

— Au début, j'ai pensé que ça pouvait être Theodore Roche… mais, maintenant, je n'en suis plus aussi sûr. C'est quelqu'un de fier, du genre à vouloir se venger. Mais il n'a aucune imagination. Cette histoire de balle et de porte fermée... la statuette dans le coffret... c'est vraiment extraordinaire. Je ne vois pas comment on a pu s'y prendre.

Ses lèvres se retroussèrent en un léger sourire cynique.

— Alors, c'était peut-être un démon. Qui sait s'ils n'existent pas, après tout.

Le jeune homme ouvrit les yeux et renversa la tête en s'efforçant d'apercevoir Liebermann.

— Herr Doktor, je suppose que vous n'avez pas une bouteille d'un alcool quelconque cachée quelque part ?

— Non, je n'en ai pas.

— J'ai du mal à le croire. Je sais à quel point les médecins aiment boire un coup.

Liebermann ne releva pas. La tête de Braun reprit sa place.

— J'ai cru comprendre que Fräulein Löwenstein voyait Herr Uberhorst en particulier. Êtes-vous au courant ?

— Oui. Il venait tout le temps la voir... pour des consultations supplémentaires. À vrai dire, je crois qu'elle avait un petit faible pour lui... pauvre Karl !

— Pourquoi « pauvre Karl » ?

— L'avez-vous déjà vu ?

— Non.

— Bon, si vous l'aviez vu, vous me comprendriez. Un homme pitoyable. Solitaire. Si vous voulez mon avis, il souffre des nerfs.

Braun tourna la tête et s'empressa de dire :

— Ce n'est que l'avis d'un profane, mais je suis sûr que vous seriez d'accord avec moi.

— Fräulein Löwenstein avait donc pitié de lui ?

— Oui, sans aucun doute. Elle aurait pu le tondre... lui rafler jusqu'à son dernier sou. Mais, savez-vous ? Elle se contentait de lui prendre deux couronnes pour une heure de son temps.

— Recevait-elle aussi les autres hommes en privé ?

— Les membres du cercle ?

— Oui.

— Pas que je sache. Karl était le seul. Je lui disais toujours : « Tu t'imagines peut-être que tu diriges une œuvre de bienfaisance ? »

— Et que répondait-elle ?

— Que c'était un individu triste qui avait besoin d'aide. C'était là un côté de son caractère qu'elle montrait rarement. Un petit bonhomme comme lui… éveillait son instinct maternel, je pense.

— Herr Braun, qu'aviez-vous l'intention de faire après la naissance ?

— La naissance ?

— L'autopsie a révélé que Fräulein Löwenstein était enceinte de trois mois. Elle aurait eu des jumeaux.

— Vous devez vous tromper, Herr Doktor. Lotte et moi… avions cessé toute relation. Il y avait des mois et des mois que nous n'avions pas fait l'amour.

— Je peux vous assurer, Herr Braun, qu'au moment de sa mort Lotte Löwenstein était enceinte.

Braun se redressa, pivota et laissa glisser ses jambes au sol. Ses yeux flamboyaient de colère.

— N'essayez pas de me rouler, Herr Doktor. Il n'y a qu'un magicien dans cette pièce… et ce n'est pas vous.

42

Le portier s'inclina et claqua les talons quand le couple sortit de l'hôtel *Bristol*. Rheinhardt récompensa l'homme d'un généreux pourboire qu'il lui remit avec une telle discrétion que son épouse – dont il tenait pourtant le bras – ne s'en aperçut pas. Si leur allure était plus mesurée que de coutume, c'était dû au dîner qu'ils venaient de s'octroyer. Il comprenait cinq plats, et le dessert avait ravi Rheinhardt : de délicieuses *Marillenknödel*[1].

Un fiacre attendait dehors et le cocher caressait patiemment son cheval avec la manche de son fouet. Rheinhardt ouvrit la portière et, tenant la main d'Else, l'aida à monter sur le marchepied. Une mèche de cheveux châtain clair s'était échappée de son chapeau. Si son visage s'était rempli avec l'âge, elle conservait des traits de jeune fille, et sa silhouette ronde n'excédait pas les limites de la beauté selon Rubens. Lorsqu'elle grimpa dans le fiacre, Rheinhardt prit la liberté de soulever un peu sa jupe, juste pour s'assurer que sa femme n'allait pas trébucher. Il s'acquitta de cette petite attention avec tant de tact que, tout comme le pourboire, elle échappa à Else.

Le fiacre descendit la Ringstrasse, passa devant les musées d'Art et d'Histoire naturelle, et poursuivit vers l'ouest pour gagner Josefstadt. Pendant que Rheinhardt regardait par la vitre, Else, repue après ces agapes, posa la joue sur l'épaule de son mari. Le fiacre avançait avec un bruit de ferraille en cahotant sur les pavés, et la tête d'Else oscillait de droite à gauche. À l'intérieur de la voiture, il fit bientôt tiède, l'air étant un peu trop confiné. Tels des débris entraînés dans un tourbillon, les idées de Rheinhardt décrivaient des cercles toujours plus rapprochés pour converger vers un unique sujet de méditation : Otto Braun.

Croyant que sa femme s'était endormie, Rheinhardt fut étonné quand ses cogitations furent troublées par une question :

— À quoi penses-tu ?

Il prit le temps de trouver une réponse apaisante et répondit :

— Je me dis que tu es très belle dans ta nouvelle robe.

1. Boulettes sucrées fourrées aux abricots et au fromage blanc, parsemées de miettes de pain et rissolées dans du beurre. *(N.d.T.)*

— Oskar, depuis le temps, tu devrais savoir qu'on ne peut pas m'embobiner avec des flatteries, répliqua Else d'une voix pâteuse à cause d'une légère somnolence.

L'inspecteur se mit à rire tout bas et se tourna pour déposer un baiser sur le ruban du chapeau de son épouse.

— Très bien, je passe aux aveux. Je suis un peu préoccupé. Mais je n'ai aucune envie de gâcher notre anniversaire de mariage en parlant d'une enquête criminelle.

— Rien ne pourrait gâcher notre anniversaire. Nous avons passé une soirée merveilleuse et je suis très, très heureuse.

En prononçant ces mots, elle se redressa et enfouit le visage encore plus profondément dans le creux formé par l'épaule de son mari.

— Tu aimes ta robe ?

— Je l'adore.

Ils avançaient sur une route bordée de lampadaires placés à intervalles réguliers, et de doux éclairs d'ambre illuminaient le fiacre, telles des palpitations lumineuses. Le cuir noir de la garniture craqua quand Rheinhardt s'installa à son aise en pesant davantage sur le siège.

— Alors ? demanda Else.

— Alors quoi ?

Le rythme régulier de l'éclairage exerçait un effet curieusement apaisant.

— À quoi penses-tu ?

Rheinhardt hésita et Else poursuivit :

— Il s'agit de l'assassinat de Leopoldstadt. C'est à ça que tu penses, hein ?

— Oui, admit son mari avec un soupir. Max s'est entretenu avec le principal suspect aujourd'hui – un certain Otto Braun. Il faisait partie du cercle de spiritisme que réunissait Fräulein Löwenstein, et on ne l'avait plus revu depuis le soir du meurtre. C'est un illusionniste – un élément que nous considérions comme fort significatif, eu égard aux circonstances du crime.

— Et alors ? demanda Else avec une douce insistance.

— J'espérais qu'il avouerait. Mais il n'a rien fait de tel. Et le commissaire s'impatiente de plus en plus.

— Est-ce que tu vas relâcher Braun ?

— Nous allons y être obligés.

— Et que feras-tu ensuite ?

— Je n'en sais vraiment rien…

Le fiacre ralentit pour laisser passer un omnibus avant de reprendre de la vitesse.

— Écoute, l'autre jour, j'ai lu un article très intéressant dans mon magazine féminin, dit Else en bâillant.

— Ah bon ?

— Sur une certaine Mme de Rougemont. Elle vit à Paris et a aidé la police française à élucider plusieurs crimes.

— Comment s'y est-elle prise ?

— Elle est médium, comme Fräulein Löwenstein.

— Est-ce que tu es en train de suggérer que…

Else l'interrompit :

— La *Sûreté*[1] l'utilise sans se sentir déchoir.

— La *Sûreté* est… bon, française. Ici, à Vienne, nous avons des méthodes différentes. D'ailleurs, je frémis à l'idée de ce que Max dirait si je proposais une chose pareille.

— Le Dr Liebermann ne peut pas tout savoir, déclara Else d'un ton catégorique.

43

En tournant dans un couloir de l'hôpital, Liebermann se trouva nez à nez avec le professeur Wolfgang Gruner. Tous deux sursautèrent – et eurent même un

1. En français dans le texte. *(N.d.T.)*

mouvement de recul – comme s'ils avaient heurté un mur invisible.

— Ah ! docteur Liebermann, dit Gruner en se ressaisissant. Si vous avez un moment, j'aimerais vous voir dans mon bureau.

— Tout de suite ? demanda Liebermann d'une voix hésitante.

— Oui.

Liebermann consulta sa montre-bracelet.

— Ma prochaine consultation est à trois heures.

— Ce que j'ai à vous dire ne sera pas long.

En silence, les deux hommes avancèrent d'un pas synchronisé, presque militaire. Ils gardaient toutefois une distance manifeste, comme s'ils étaient des aimants dont les champs magnétiques se repoussaient. Bientôt, l'absence de civilités et l'antipathie palpable qu'ils éprouvaient l'un pour l'autre devinrent aussi gênantes qu'inconfortables. Liebermann se sentit fort soulagé quand ils atteignirent enfin le bureau du professeur.

La pièce était sombre et, curieusement, faisait penser à un fond sous-marin. De faibles coulées d'une lumière délavée filtraient par les rideaux vert mousse et éclairaient des grains de poussière qui oscillaient en l'air avec la grâce alanguie de protozoaires. Éparpillés sur le sol, de nombreux coffres à dispositif électrique évoquaient des malles au trésor oubliées depuis longtemps au fond de la mer des Antilles.

Une haute bibliothèque vitrée contenait plusieurs rangées de bocaux dans lesquels des fragments spongieux de cerveau, d'où pendaient des filaments de tissu nerveux, flottaient dans une solution jaunâtre de formol. Cette bibliothèque ressemblait à un aquarium sinistre. Un bocal légèrement plus grand que les autres contenait un objet qui fit frémir Liebermann : un fœtus à deux têtes en décomposition. Des lambeaux de chair blanche s'étaient accumulés au fond du bocal, indiquant que le spécimen était très ancien. Cette bizarrerie médicale – de provenance inconnue – était la pièce maîtresse de la collection macabre de Gruner.

— Asseyez-vous, s'il vous plaît, ordonna le professeur.

— Merci, répondit Liebermann en approchant du bureau imposant un lourd fauteuil en bois.

— Docteur Liebermann, je crois comprendre que vous soignez la gouvernante anglaise, Miss Amelia Lydgate. Elle devait être traitée par électrothérapie pour sa toux hystérique persistante avec paralysie associée. Combien de séances d'électrothérapie lui avez-vous administrées, docteur Liebermann ?

— Aucune, monsieur.

— Pourriez-vous m'expliquer pourquoi ?

— Ses symptômes ne traduisent pas une faiblesse du système nerveux, mais résultent de plusieurs expériences traumatiques, qui, en tant que telles, ont une signification. Par conséquent, je suis d'avis que l'électrothérapie n'est pas le traitement qui s'impose, monsieur.

Gruner se carra dans son fauteuil, tel Neptune sur son trône. Le bureau était placé devant la fenêtre et, à cause du contre-jour, Liebermann ne distinguait pas les traits du professeur. Tout ce qu'il discernait, c'étaient le contour de sa tête et une auréole flamboyante de cheveux frisottés.

— Tiens donc. Les symptômes de Miss Lydgate ont une signification. Voudriez-vous prendre la peine de développer ?

— Engagée comme gouvernante, Miss Lydgate a été importunée à plusieurs reprises par son employeur. Finalement, il a perdu tout contrôle de lui-même et l'a agressée. Il a réussi à l'embrasser – et elle a éprouvé une sensation d'étouffement. Sa toux, donc, est le résultat d'un souvenir traumatique refoulé.

Remarquant que Gruner tambourinait déjà sur son bureau avec impatience, il poursuivit :

— Sa paralysie s'est déclarée au moment où son employeur, frustré et ivre, sans doute, a tenté de la violer. Cette conduite abominable a déclenché en Miss Lydgate un désir puissant, mais inacceptable à ses yeux, de le tuer. Une paire de ciseaux se trouvait à portée de sa main. Écartelée entre le besoin de se protéger et le fait de commettre un meurtre, elle est devenue paralysée. Sa pulsion meurtrière a été refoulée, et son inconscient s'est incarné en une personnalité secondaire, plus primitive, qui s'est donné le nom de Katherine. C'est celle-ci qui contrôle le bras droit de Miss Lydgate. D'après moi, quand cette opposition psychique sera surmontée, quand la division entre Katherine et Miss Lydgate s'effacera, sa paralysie disparaîtra. Et je crois que seule la psychothérapie permettra de parvenir à ce résultat.

Gruner cessa de tambouriner et se pencha en avant.

— Et quelle preuve avez-vous de ce que vous avancez là de manière aussi époustouflante ?

— La personnalité secondaire émerge quand quelque chose rappelle à Miss Lydgate ces violences sexuelles. À ce moment-là, elle a une crise durant laquelle elle se comporte avec agressivité et retrouve l'usage de son bras droit. Ces crises sont certainement déclenchées par un stimulus olfactif – à savoir l'eau de toilette qu'utilise son employeur. En outre, il est à noter que cette eau de toilette a pu jouer un rôle dans la toux de Miss Lydgate, car elle a une odeur forte, écœurante.

— Herr Doktor, votre naïveté me consterne.

Gruner laissa alors s'installer un long silence déstabilisant. Liebermann loucha dans la lumière aveuglante qui filtrait par la fenêtre pour essayer de déchiffrer l'expression du professeur, mais c'était impossible. Voulant à tout prix sortir de cette impasse insupportable, il répliqua d'une façon plus franche que diplomatique :

— Je crains de ne pas partager votre avis, monsieur.

Gruner reprit la parole et, cette fois, ne marqua pas de pause.

— Docteur Liebermann, j'ai peine à croire qu'un jeune homme qui a étudié dans l'une des meilleures écoles de médecine du monde puisse être aussi facilement abusé. Nous savons tous qu'une femme hystérique est rusée, malicieuse et théâtrale. Elle se montre une séductrice achevée. Le médecin crédule est une proie toute désignée, qu'elle attire par ses confessions dans son monde imaginaire sordide. En prenant au sérieux les débordements ridicules de son esprit, vous vous faites son complice et vous légitimez sa psychopathologie. Seul un imbécile tenterait d'interpréter des symptômes hystériques – tout comme seul un imbécile tenterait d'interpréter les rêves.

Liebermann résista à l'envie de répondre à ce coup de griffe donné au professeur Freud.

Gruner éleva la voix.

— Avez-vous seulement pris la peine de chercher à savoir qui était l'employeur de Miss Lydgate, docteur Liebermann ?

— Oui. Il s'appelle Schelling.

— Exact. Le parlementaire. Il est fort admiré par ses pairs et jouit d'une réputation tout à fait méritée de parfaite rectitude morale. J'ai eu le privilège de siéger à ses côtés lors des conseils d'administration de plusieurs œuvres de bienfaisance. Laisser entendre qu'il pourrait avoir à maintes reprises attenté à la pudeur d'une jeune gouvernante est absurde. À l'évidence, cette fille a l'esprit dérangé. Je vous prie instamment de lui administrer le traitement approprié dès la prochaine consultation. Je recommande le moxa faradique, un bâtonnet électrique introduit dans la gorge, qui, en une seule séance, viendra à bout de sa toux. Vous trouverez la manière de procéder expliquée en détail dans le manuel d'Erb. Pour la paralysie, ce sera peut-être un peu plus long, mais elle devrait céder en une semaine. Au revoir.

Liebermann resta assis.

— Je vous ai dit « Au revoir », Herr Doktor.

Liebermann déglutit.

— Avec tout le respect que je vous dois, Herr Professor, je ne pense pas pouvoir suivre vos instructions.

— Refusez-vous de traiter la patiente ?

— Non…

— Alors, que me chantez-vous là ?

— À mon avis, le récit qu'a fait la patiente de ses expériences traumatiques est véridique. Je continuerai donc à la traiter par la psychologie.

Gruner abattit sa main sur son bureau. Le coup sourd fut suivi par des vibrations éthérées – le chant aigu, spectral de choses innommables qui flottaient dans le liquide brunâtre de leur bocal.

— Docteur Liebermann, refuser d'administrer le traitement approprié équivaut à une négligence coupable, gronda le professeur. J'ai donc le regret de vous informer que je serai obligé d'exiger votre renvoi immédiat.

Liebermann se doutait qu'une confrontation avec le professeur Gruner serait inévitable à un moment ou à un autre ; toutefois, à présent que l'ultimatum attendu venait d'être prononcé, il se sentait pris au dépourvu.

— Eh bien ? demanda Gruner.

Liebermann commença à élaborer une réponse dans sa tête. Son cœur cognait violemment.

Professeur Gruner, malgré mon grand désir de conserver mon poste dans cet hôpital, je ne puis agir contre ma conscience…

Liebermann prit une profonde inspiration et commença :

— Professeur Gruner, malgré mon…

Des coups sonores furent frappés à la porte. Liebermann s'interrompit lorsque Gruner brailla :

— Entrez !

La porte s'ouvrit et Fräulein Rupius apparut.

Gruner secoua la tête.

— Pas maintenant, Fräulein Rupius, pas maintenant ! Je suis en pleine discussion avec le Dr Liebermann.

L'infirmière hésita et allait refermer la porte quand elle parut changer d'avis. Deux aides-soignants passèrent en courant dans le couloir.

— Professeur Gruner, l'une de vos patientes... la signora Locatelli... elle est morte.

— Morte ? s'écria Gruner en se levant de son fauteuil. Comment ça, morte ?

L'infirmière s'avança dans la pièce.

— Apparemment, elle a noué ses draps à une canalisation dans les toilettes et s'est pendue. Nous ignorons depuis combien de temps elle se trouve là.

44

Heinrich Hölderlin avançait à vive allure dans une rue étroite. Il arriva sur une place pavée au milieu de laquelle se dressait une grande statue de Moïse. Lorsqu'il passa devant le bronze monumental, une voix sonore emplit tout l'espace :

— Herr Hölderlin !

Le banquier sursauta. Il avait l'impression que c'était l'instaurateur de la loi qui s'adressait à lui.

— Herr Hölderlin ! Par ici ! tonna la voix.

Derrière la statue, Heinrich Hölderlin aperçut Hans Bruckmüller, assis seul à la terrasse d'un minuscule café qui s'appelait à juste titre le *Kleines Café*. La façade était dépourvue de fenêtres et l'entrée se faisait par une très modeste porte dont un battant était ouvert, calé par un butoir. Une bicyclette était appuyée au mur, à côté de la table de Bruckmüller. Hölderlin supposa qu'elle n'appartenait pas à l'homme corpulent. On ne pouvait l'imaginer juché sur un cadre aussi grêle.

— Bonjour, Herr Bruckmüller.

— Bonjour, Hölderlin. Un café ?

Hölderlin consulta sa montre de gousset avec affectation, puis, feignant de se livrer à un calcul, répondit :

— Oui, pourquoi pas ?

Bruckmüller s'appuya à son dossier et beugla vers l'intérieur du minuscule café :

— Egon !

Un jeune homme grand et sec, qui n'avait qu'un duvet en guise de moustache et des favoris peu fournis, apparut aussitôt.

— Un autre *Fiaker* pour moi. Qu'est-ce que vous prendrez, Hölderlin ?

— Un *Melange*.

Le garçon s'inclina et s'engouffra dans l'obscurité.

Hölderlin s'assit, ôta son chapeau et passa sa main sur son crâne chauve.

— Venez-vous souvent ici, Bruckmüller ?

— Oui. C'est un havre de paix, un endroit splendide pour s'adonner à la contemplation.

— Peut-être vous ai-je donc dérangé ?

— Pas du tout, répondit Bruckmüller en souriant.

Mais le sourire était trop prompt, et s'attarda plus qu'il n'était vraiment nécessaire.

Hölderlin posa sur la table le volume qu'il tenait et Bruckmüller pencha la tête pour lire le titre au dos.

— *Isis dévoilée.*

— C'est de Mme Blavatsky.

— Intéressant ?

— Je n'en sais rien. Pour être franc, je ne l'ai pas lu… il appartient à ma femme. Je viens de le récupérer chez Herr Uberhorst. Juno le lui avait prêté il y a plus d'un mois.

— Et il ne vous l'avait pas rendu ? s'écria Bruckmüller, surpris.

— Non. Bien qu'on puisse pardonner un tel oubli.

— Oui, reconnut Bruckmüller. Compte tenu des circonstances…

Le serveur revint avec un plateau en argent qu'il glissa sur la table. Dégageant une forte odeur de rhum, le *Fiaker* de Bruckmüller était surmonté de crème fouettée en volute. Le lait mousseux du *Melange* semblait vivant, parcouru de bulles, tel un frai de grenouille, et débordait de la tasse. Avec sa petite cuiller, Hölderlin interrompit sa course et porta la mousse à sa bouche.

— Sa conduite… pendant la séance…

Bruckmüller regarda la façade Renaissance de l'église des Franciscains, de l'autre côté de la place. Le haut gable en spirale était orné de saints et d'obélisques égyptiens.

— Qu'en avez-vous conclu ? ajouta-t-il.

— Difficile à dire…

— Il voulait savoir s'il devait leur en parler. Vous pensiez qu'il faisait allusion aux policiers, n'est-ce pas ?

Le banquier eut l'air nettement mal à l'aise.

— Et puis, une affaire d'honneur ? poursuivit Bruckmüller. Que pouvait-il bien vouloir dire par là ?

Hölderlin sortit un mouchoir de sa poche et s'épongea le crâne, où perlait la sueur.

— J'ai dû faire une longue marche pour me rendre chez Uberhorst, expliqua-t-il d'un air d'excuse.

— Je n'ai jamais eu le plaisir d'y aller.

— Il possède un petit atelier à Leopoldstadt.

— Vous auriez dû prendre un fiacre !

Hölderlin se tamponna le front.

— Le temps s'arrange… je me suis dit que ce serait agréable de marcher.

— Faire régulièrement une petite promenade est sans doute une bonne habitude qui aide à digérer, dit-on.

Bruckmüller leva son verre et but une gorgée.

— Qu'y a-t-il, Hölderlin ? Vous semblez un peu…

Hölderlin l'interrompit.

— J'ai chaud, c'est tout. Je pense que j'ai forcé l'allure.

Bruckmüller hocha la tête et montra le livre de Mme Blavatsky.

— Vous permettez ?

— Bien sûr.

Bruckmüller attrapa l'ouvrage et laissa les pages défiler sous son pouce en s'arrêtant de temps à autre sur l'une d'elles. Après cet examen superficiel, il leva la tête et regarda son compagnon.

— À votre avis, il s'agissait d'un démon ?

Malgré son ton confidentiel, sa voix tenait du grondement.

— C'est ce que l'esprit a dit.

— Bon, c'est à vous que je pose la question, Hölderlin. Je sais très bien ce que l'esprit a dit, mais vous, qu'en pensez-vous ?

Hölderlin regarda autour de lui d'un air embarrassé, comme s'il cherchait des oreilles indiscrètes. La place était déserte.

— Je crois que de telles choses sont possibles. Toutefois…

Il s'interrompit et joua avec sa cuiller avant de poursuivre :

— Je suppose que Herr Uberhorst ne doit plus souscrire à cette opinion.

— Il ne peut pas accepter que Fräulein Löwenstein ait pu se mêler de magie noire, déclara Bruckmüller d'un air solennel. Quelle naïveté !

— Sans doute. Mais j'ai l'impression qu'il y a autre chose.

— Ah bon ?

— J'ai remarqué d'innombrables modèles de serrures dans son atelier. Dans des étaux et sur son établi. Il les avait démontées… et il y avait des instruments partout.

— Enfin, Hölderlin, ce type est serrurier ! Qu'y a-t-il là de surprenant ?

— Des pinces ? Des aiguilles à tricoter ? Des aimants ? Il y avait même une seringue d'hôpital. Un vrai laboratoire.

Bruckmüller secoua la tête.

— Je ne vois pas…

— Je pense que Herr Uberhorst essaie de comprendre comment le crime a été commis. Je crois qu'il essaie de résoudre l'énigme de la porte fermée à clé.

45

Else Rheinhardt avait fait des courses à Leopoldstadt, car tout coûtait bien moins cher dans ce quartier. Elle avait commandé un coupon chez un marchand de nouveautés, dans la Zirkusgasse. Si elle l'avait acheté dans la Kärntner Strasse, elle l'aurait payé le double. Son expédition l'avait entraînée à l'est de la capitale, presque jusqu'au Prater, et, pour se dédommager de sa peine, elle décida de s'offrir un déjeuner au *Café Eisvogel*, ayant un faible pour sa tarte au miel et aux amandes.

Elle s'y attarda pour observer les gens qui entraient et sortaient, et les petits drames qui faisaient partie de la marche du monde : dans un coin, un couple s'était visiblement donné un rendez-vous galant ; à la table voisine, des messieurs avaient l'air de conspirateurs ; un jeune homme solitaire, près de la vitre, écrivait sur la nappe ce qu'elle imaginait être un poème. À Vienne, le café avait remplacé le théâtre. On pouvait en apprendre autant sur la nature humaine au *Café Eisvogel* qu'en lisant toutes les pièces de Goethe, de Molière ou de Shakespeare.

En remarquant l'heure, Else se sentit mauvaise conscience. Il lui fallait rentrer à la maison. Elle n'avait effectué que les trois premières courses mentionnées sur la liste froissée glissée dans une poche de son sac.

Le soleil brûlait dans un ciel pur, et Else ouvrit son ombrelle. Elle traversa la vaste étendue dégagée menant à la Riesenrad. La grande roue écrasait les autres bâtiments, même les quatre tours du château d'eau. En approchant du *Prohaska*, Else eut la surprise de voir son mari attablé à la terrasse du restaurant. Son premier mouvement fut de l'appeler et de courir vers lui. Elle avait déjà accéléré l'allure quand son sourire se figea, puis s'évanouit.

Une femme était assise à côté de lui… et tous deux riaient.

Else la trouva assez séduisante, même de loin. Oskar et elle semblaient tout à fait à l'aise ensemble. Rheinhardt fumait un cigare, et sa compagne avait l'air de lui raconter une histoire amusante.

Leur entretien ne ressemblait pas à un interrogatoire policier – ni à aucune espèce de rendez-vous professionnel.

La femme se pencha en avant et, par-dessus la table, posa une main aguicheuse sur la manche de Rheinhardt. Le geste était suffisamment assuré pour suggérer une atmosphère détendue, intime – suffisamment pour faire trembler le sol sous les pieds d'Else.

Pivotant soudain, elle rebroussa chemin. Troublée, médusée, elle marchait en direction du *Café Eisvogel*. Telle la roue de la fortune, la Riesenrad tournait lentement, indifférente, lorsque la première larme de colère roula sur la joue d'Else.

46

Karl Uberhorst avait fait le trajet jusqu'au poste de police de la Grosse Sperlgasse. Une fois devant le modeste bâtiment, il avait passé près d'une heure à arpenter le trottoir, à réfléchir, à douter, à se poser des questions, puis, finalement, il était reparti vers le centre de la ville.

Depuis la malheureuse séance d'occultisme, il avait eu bien du mal à s'endormir – et, même alors, il fallait compter avec les cauchemars : apparition d'une compagnie maintenant familière de démons vengeurs et de succubes repoussants ; réveil en sursaut, suivi par une coulée de sueur glacée ; terreur persistante qui paralysait son corps ; hallucinations hypnagogiques qui se fondaient dans l'obscurité. En conséquence, Uberhorst préférait échapper au sommeil et passait les heures nocturnes à errer dans les rues du quartier Innere Stadt. La monotonie réconfortante de son pas sur les pavés l'aidait à apaiser son esprit troublé.

Minuit approchait quand Karl Uberhorst se retrouva en train de traverser le Graben. Il ralentit en approchant de la colonne de la Peste – montagne de corps convulsés, entassés. Il y avait quelque chose d'orgiaque dans ce caractère excessif, cette accumulation débridée, hystérique de nuages tourbillonnants, de saints et de *putti*. En fait, on aurait dit que le monument lui-même était malade et avait commencé à développer des excroissances, masse amorphe de chancres suintants et de nodules enflés. Grimpant quelques marches, Uberhorst posa les mains sur la balustrade et contempla la Foi et un chérubin ailé qui empalait joyeusement la vieille sorcière figurant la Peste.

— Bonsoir, monsieur.

Elle se trouva soudain à ses côtés – une femme portant un long manteau évasé et un chapeau à voilette. Il ne l'avait pas vue plantée derrière le monument et sursauta en l'apercevant.

— Bonsoir, lui retourna-t-il en descendant.

— On se sent un peu seul, pas vrai ?

Sa voix avait un accent vulgaire, mais sa question était curieusement pénétrante.

Uberhorst avait envie de répondre : « Oui, je me sens bien seul. » Leurs petites conversations lui manquaient, tout comme l'odeur de ses cheveux dorés lorsqu'elle lui lisait les lignes de la main.

— Je suis sûre qu'un homme comme vous a quelques couronnes à dépenser.

Il ne parvenait pas à reconnaître son accent. Était-elle ruthène ou polonaise ?

— Si vous veniez avec moi dans ma chambre, à Spittelberg ? C'est loin, mais le temps d'y arriver, nous aurons fait connaissance. Qu'en dites-vous ?

Lorsqu'il la regarda, le visage de la femme se brouilla. Ses yeux s'agrandirent et ses lèvres se firent plus pleines. Le sourire de Fräulein Löwenstein flotta sur les traits grossiers de la prostituée.

Peut-être pouvait-il demander à cette femme de rester un moment avec lui, de lui tenir la main, comme elle l'avait fait, elle ?

La putain se mit à rire et, attrapant le col du manteau d'Uberhorst entre le pouce et l'index, tâta le tissu comme un tailleur qui voudrait s'assurer de sa qualité. Elle était plus grande que lui et il avait les yeux au niveau de sa poitrine.

Gêné, il détourna le regard.

— Ne soyez pas timide…

De nouveau nez à nez avec la vieille sorcière, il se rappela que Vienne était la proie d'une autre épidémie. S'il se laissait faire, il risquait l'infection, et ensuite, un traitement déshonorant. Des semaines passées à l'hôpital, où on lui injecterait du mercure dans le corps jusqu'à ce que ses dents tombent, une par une.

— Non, merci, Fräulein, dit-il sèchement en portant la main à son chapeau. Bonsoir.

Il s'éloigna à vive allure.

— Vous allez le regretter ! lâcha la prostituée.

Il allongea le pas et se lança bientôt dans un galop disgracieux.

L'image de Fräulein Löwenstein avait joué sur la physionomie de la prostituée comme un beau soleil sur une eau trouble. Uberhorst était encore obsédé par la spirite défunte.

Il devait le dire aux policiers.

Il devait leur dire ce qu'il savait.

Il devait leur dire ce qu'il soupçonnait…

En levant les yeux, il aperçut la flèche de la cathédrale, qui, de plus en plus fine, s'élançait dans l'invisible, au-delà du brouillard luminescent des lampadaires.

Uberhorst se sentait hanté. Comment être sûr que Charlotte Löwenstein ne l'accompagnait pas en ce moment même, son pas spectral emboîtant le sien, son bras glacé, fantomatique, passé sous le sien ? Le punirait-elle de sa tombe s'il ne gardait pas son secret ?

« Je suis enceinte », avait-elle dit.

Sa tête avait effleuré les épaules d'Uberhorst. Ses boucles dorées lui avaient effleuré la bouche.

« Qu'est-ce que je vais faire ? » avait-elle demandé.

Il n'avait pas su quoi répondre… et ils étaient restés figés dans un silence impuissant pendant que les minutes de l'après-midi s'égrenaient.

À présent, il se sentait obligé de se poser lui-même cette question.

Qu'est-ce que je vais faire ?

Le portail de la cathédrale était ouvert. Uberhorst se glissa dans le monde froid, rédempteur, de Saint-Étienne, et éprouva alors une sensation qui frisait le soulagement. Il brûlait de retrouver la sécurité et la certitude de son ancienne foi : la prévisibilité imperturbable du chemin de la Croix et du rituel, l'emprise spirituelle de Rome.

Une pénombre digne du monde des ténèbres baignait l'immense cathédrale. Cette obscurité apparemment infinie dissimulait une haute voûte qu'on devinait – tel un continent de pierre exerçant une pression vers le bas – sans la voir. Uberhorst fit un signe de croix et remonta la nef centrale en passant devant les lueurs vacillantes de cierges presque consumés.

Le silence sépulcral était troublé par un crissement curieux qui signalait l'apparition d'une lumière mouvante au loin : un feu follet clignotait derrière les immenses piliers gothiques. C'était le sacristain qui allumait les lampes.

Uberhorst éprouva une vive agitation en s'approchant du maître-autel. Au fond, un retable baroque montrait saint Étienne lapidé devant les murs de Jérusalem. Au-dessus de lui, les cieux se fendaient pour révéler le Christ placé à la droite du Seigneur.

Après une génuflexion, Uberhorst gagna un banc, se prosterna sur le prie-Dieu et, le front appuyé sur ses mains jointes, se mit à prier.

Une porte s'ouvrit et se referma.

— Mon Père, pardonnez-moi, murmura-t-il.

Sa demande d'expiation chuintante rebondit entre les piliers de marbre noir, et seules les statues muettes d'ecclésiastiques, de madones et d'anges l'entendaient.

— Que dois-je faire ?

Le silence ne fut pas troublé par une intervention divine, mais par un coup sourd provenant du fond de la cathédrale. On avait heurté ou fait tomber un missel, semblait-il.

Uberhorst leva la tête et regarda par-dessus son épaule en plissant les yeux dans l'immensité ténébreuse. Le crissement avait disparu – tout comme la lumière vacillante. Le sacristain était parti.

Uberhorst joignit de nouveau les mains et reprit sa prière, mais, cette fois, il fut dérangé par un bruit de pas.

Il n'était pas seul.

47

La porte s'ouvrit à la volée et un homme au visage en lame de couteau entra au pas de charge dans le bureau du professeur Gruner, suivi par un gardien.

— Je regrette, monsieur, mais je n'ai pas pu l'arrêter, dit ce dernier.

L'homme l'écarta de son chemin et fonça droit sur la table de travail.

— Qu'est-ce que ça signifie ? demanda Gruner en se levant de son fauteuil.

L'homme avait les yeux enfoncés et une fine moustache surmontait sa lèvre supérieure. Ses cheveux très bruns, gominés, crantés, étaient ramenés en arrière.

— Ah ! s'exclama Gruner d'une voix plus douce en le reconnaissant. Signor Locatelli. Asseyez-vous, je vous prie. Je suis vraiment navré…

— Où est-elle ?

La voix du diplomate italien était rauque.

— Je vous en prie, je comprends votre profonde affliction.

— Où est-elle ? répéta le diplomate.

— Voulez-vous… demanda le gardien à Gruner.

— Attendez dehors. Je connais ce monsieur.

Le gardien jeta un coup d'œil incrédule à Gruner qui inclina la tête. À contrecœur, il sortit.

Le diplomate se pencha au-dessus du bureau.

— Je veux voir ma femme.

Sa voix était plus sonore et, pour la première fois, Gruner décela un accent.

— Si vous désirez vous rendre à la morgue, c'est possible, répliqua Gruner. Puis-je toutefois vous conseiller de vous asseoir un instant pour vous ressaisir ?

L'Italien se retourna, considéra le fauteuil vide et, pressant un doigt sur le bureau, s'y dirigea. Gruner s'approcha de la fenêtre.

— Je vous présente mes condoléances. J'espérais vous informer en personne de cette tragédie. Vous devez avoir voyagé toute la nuit.

— J'ai quitté Venise dès que j'ai reçu votre télégramme, expliqua le diplomate en s'asseyant. Le train n'est arrivé à la Westbahnhof qu'à sept heures.

Gruner croisa les mains derrière son dos et avança d'un pas vers lui.

— Signor Locatelli, je voudrais que vous sachiez que nous avons fait de notre mieux pour aider votre épouse. Elle a bénéficié du meilleur traitement possible, je puis vous l'assurer. Peu d'hôpitaux en Europe disposent de notre équipement pour soigner l'hystérie.

Il montra un amoncellement d'appareils électriques.

— Certains seraient même prêts à nous accorder la suprématie en la matière. Il n'empêche que nous ne pouvons rien pour certains patients, c'est inévitable. Lorsqu'ils viennent à nous, leur système nerveux est déjà tellement affaibli qu'ils ne parviennent plus à tirer profit de nos soins. Par malheur, c'était le cas de votre femme. Elle souffrait d'une perte progressive de sa force nerveuse que l'électrothérapie n'a pu ni arrêter ni guérir. Bien que sa paralysie hystérique ait commencé à répondre au traitement, comme je l'avais prédit, ces gains thérapeutiques étaient neutralisés par des troubles de l'humeur. À la fin, sa mélancolie était telle que ses facultés de raisonnement s'en sont trouvées atteintes et qu'elle est devenue l'architecte de son propre décès.

Locatelli avait dévisagé Gruner d'un air interdit. Lorsque le professeur en eut terminé, Locatelli sembla prendre conscience de ce qui l'entourait et son attention fut attirée par l'horrible contenu des bocaux. Ses traits se plissèrent de dégoût.

Sans se tourner pour regarder Gruner, il affirma d'une voix calme et distincte :

— Vous l'avez assassinée.

Gruner s'éclaircit la gorge.

— Je vous demande pardon ?

— Professeur, j'ai dit : Vous l'avez assassinée.

L'Italien fixa sur Gruner un regard accusateur glacial.

— Signor Locatelli, dit Gruner en écartant les mains d'un geste apaisant. Vous êtes visiblement en état de choc. Permettez-moi de vous prescrire un calmant, je vous en prie. Je vais demander à un jeune médecin de vous raccompagner pour s'assurer que vous prendrez la bonne dose. Demain, quand vous serez reposé, que vous vous sentirez mieux, nous pourrons poursuivre notre conversation.

Ignorant cette intervention, l'Italien sortit de sa poche une feuille de papier couverte au recto et au verso d'une écriture irrégulière.

— Cette lettre est la dernière que j'ai reçue de Julietta, ma femme. Permettez-moi de vous la traduire : « Le professeur n'écoute pas un mot de ce que je lui dis… il ne s'intéresse qu'à ses machines infernales. Je l'ai interrogé sur les autres traitements possibles, mais il refuse d'en discuter. J'ai entendu dire qu'il y avait une nouvelle cure par la parole, mais il nie son existence. Je sais que c'est faux. L'électrothérapie est insupportable… j'ai l'impression qu'on me punit. Je ne peux plus continuer comme ça. S'il te plaît, viens vite. Je suis très malheureuse. »

Locatelli replia le feuillet et le rempocha.

— Et elle en écrit bien davantage, professeur.

— J'en suis persuadé, dit Gruner en trahissant soudain des signes d'irritation. Mais votre épouse était malade, très malade. C'est bien pourquoi vous l'aviez fait hospitaliser ici. Si vous essayez de suggérer qu'elle n'a pas été correctement traitée pendant qu'elle était dans mon service, vous vous trompez. Elle était sujette à des crises de mélancolie suicidaire. Qu'elle n'ait pas eu une bonne opinion de son traitement n'a donc rien de très surprenant, signor.

Durant le silence qui suivit, chaque seconde qui s'écoulait faisait penser à un engrenage en train de tourner en grinçant. Enfin, le diplomate se leva.

— Le moment venu, je soulèverai la question du traitement approprié avec votre ministre chargé de la santé et des hôpitaux. À présent, professeur, si vous voulez bien rappeler le gardien, j'aimerais qu'on m'accompagne à la morgue.

48

— Stefan, tu veux bien me remplacer ? Juste ce matin ?

— Tu n'as pas assez d'ennuis comme ça, Max ? Si Gruner s'aperçoit…

— Il ne s'en apercevra pas. La démonstration d'aujourd'hui a été annulée.

— Ah bon ? Voilà qui est inhabituel. N'empêche, pourquoi tenter le sort, Max ?

— Il s'agit, je pense, d'une affaire qui ne peut attendre.

— Tu penses ?

— Oui, je viens de recevoir ce petit mot… de Rheinhardt, mon ami inspecteur de police.

Il tendit le papier à Kanner, qui le lut tout haut :

— « Cher Max, viens à l'adresse suivante, à Leopoldstadt. C'est assez urgent. »

— Alors, tu me remplaces ? S'il te plaît ?

— Bien sûr. Mais il faut que tu sois revenu à midi.

Liebermann se hâta de quitter l'hôpital et courut jusqu'au coin de la rue où il trouva un fiacre qui attendait.

— Leopoldgasse, indiqua-t-il au cocher en ouvrant la portière. Et je serais content si vous pouviez m'y conduire le plus vite possible.

L'homme porta une main à son chapeau et fouetta son cheval. La voiture s'ébranla aussitôt et Liebermann s'affaissa sur le siège en cuir noir. Après avoir évité deux trams, le cocher traversa la Währinger Strasse et descendit la Berggasse en direction du Danube. En quelques minutes, ils avaient traversé le canal et avançaient en cahotant dans la petite rue qui était la destination de Liebermann.

En descendant du fiacre, il se trouva devant une rangée de magasins. L'un d'eux attirait l'attention en raison des deux agents postés dehors. Liebermann se présenta et ils lui permirent d'entrer dans ce qui se révéla être la boutique d'un serrurier.

Un rideau marron usé séparait le magasin de l'atelier. Liebermann entendit la voix de Rheinhardt. Pendant qu'il se demandait s'il devait ou non avancer, Haussmann entra derrière lui, son calepin et son stylo à la main.

— L'inspecteur Rheinhardt questionne un voisin, murmura-t-il. Voudriez-vous avoir l'amabilité de patienter ici, Herr Doktor ?

Haussmann lui avança une chaise.

— Que s'est-il passé ?

— Il a été assassiné dans son sommeil.

— Qui ?

— Herr Uberhorst – l'un des membres du cercle spiritualiste. Une vraie boucherie.

Haussmann se dirigea vers le rideau en secouant la tête, l'air un peu pâle. Le tissu marron se gonfla après son passage.

Liebermann s'assit et attendit. Il tendit l'oreille, mais le voisin de Herr Uberhorst parlait trop bas, si bien que seules les questions étaient audibles.

Enfin, l'inspecteur éleva la voix.

— Merci pour votre aide, Herr Kaip. Je vous suis très reconnaissant.

— De rien, monsieur l'inspecteur. Je regrette de n'avoir pas pu vous être plus utile.

Le rideau s'écarta et Rheinhardt entraîna vers la porte un homme barbu vêtu d'un caftan.

— Au revoir, Herr Kaip.

— Au revoir, monsieur l'inspecteur.

Liebermann se leva.

— Max, je suis vraiment content que tu aies pu venir.

— J'ai persuadé un collègue de faire la tournée de mes malades à l'hôpital… je ne peux pas rester plus d'une heure.

— Ce sera amplement suffisant. Haussmann t'a dit de quoi il retournait ?

Liebermann le confirma. Rheinhardt avertit :

— Laisse-moi te dire que ce n'est pas un beau spectacle.

Ils traversèrent l'atelier encombré et grimpèrent au premier étage par un escalier en colimaçon. Le palier ne comptait que deux portes, dont l'une était entrouverte. Lorsque Liebermann passa le seuil, il comprit que quelque chose de terrible s'était produit. L'air était chargé d'une redoutable odeur métallique.

La pièce était petite et claire. Des rayons de soleil filtraient à l'oblique par les lames relevées d'une jalousie en mauvais état ; poussé par un léger vent, le store oscillait et martelait la fenêtre à intervalles irréguliers. Une table rustique grossière était poussée contre le mur. Elle supportait un bassin de toilette, un broc, un miroir à main et un pince-nez. L'élément le plus remarquable de la chambre était un grand lit à colonnes drapé de mousseline blanche. Liebermann constata que du sang avait giclé sur les deux pans qu'il voyait.

— Comment a-t-il été tué ? demanda-t-il.

— Apparemment, on lui a fracassé le crâne.

Liebermann s'approcha du lit et écarta la mousseline avec soin. Ce qu'il vit lui inspira une forte répulsion. Son estomac se souleva et, l'espace d'un instant, il crut qu'il allait rendre.

Les draperies formaient une boîte blanche lumineuse dont les côtés et le haut étaient éclaboussés de sang coagulé et de fragments de tissu spongieux. Herr Uberhorst (ou, du moins, la personne qui s'était appelée ainsi) était toujours allongé sous les draps, mais la moitié de son visage avait été détruite. On lui avait défoncé la joue gauche et brisé la mâchoire. Dans sa bouche béante, Liebermann apercevait jusqu'au voile du palais.

Plusieurs dents étaient éparpillées près des épaules du défunt, quelques-unes s'étaient prises dans ses cheveux raidis par des caillots de sang et une croûte de liquide céphalorachidien figé. Pire encore, la partie supérieure du crâne, perforée, révélait les replis gris rosé du cerveau, fruit étrange au reflet mouillé, entouré des pétales que figuraient les os brisés.

Liebermann déglutit et laissa retomber les draperies.

— C'est la servante qui l'a découvert ce matin en venant changer les draps.

— Pauvre fille !

— Oui, elle est muette d'horreur. La serrure de la porte principale est intacte, et rien ne permet d'envisager une entrée par effraction. Herr Kaip – le voisin – n'a rien entendu pendant la nuit. Ni lui ni sa famille n'ont été dérangés.

— Il n'y a aucune trace de lutte.

— Et le lit n'est même pas en désordre.

— En effet. Il a dû tuer Herr Uberhorst dans son sommeil.

— Pourquoi dis-tu « il » ?

— Oskar, même armée d'un lourd gourdin, une femme n'aurait pas pu infliger de telles blessures. Regarde comme elles sont profondes. C'est l'œuvre d'un homme.

— À moins que Herr Uberhorst n'ait été tué d'une manière soudaine, suggéra Rheinhardt. Auquel cas la présence de l'homme dans sa chambre ne l'aurait pas inquiété.

Liebermann considéra son ami d'un air perplexe.

— Ce que je voulais dire, c'est qu'il connaissait peut-être son assaillant, précisa Rheinhardt.

— Il aurait été tué par un ami ?

— Peut-être.

— Herr Uberhorst était-il homosexuel ?

Rheinhardt haussa les épaules.

— Il était sensible, ça oui. Mais j'ignore complètement s'il était homosexuel.

Il s'interrompit un instant, puis ajouta :

— Toutefois, je ne le pense pas.

— Pourquoi ?

— À cause de la manière dont il parlait de Fräulein Löwenstein. Ça ne serait pas cohérent.

Liebermann regarda en direction de la jalousie qui continuait à frapper bruyamment contre la fenêtre.

Haussmann entra alors dans la chambre. Il était toujours très pâle.

— Monsieur, Herr Kaip est revenu. Sa femme vient de lui apprendre un détail qu'il estime important.

— Excuse-moi, Max.

Malgré la répulsion qu'il avait éprouvée un peu plus tôt, Liebermann se sentit poussé à examiner une nouvelle fois le cadavre. Il écarta les draperies.

La mort était un révélateur qui insistait sur l'élément physique de la condition humaine. Le regard de Liebermann passa de la masse de chair écrasée au pince-nez abandonné, pour revenir sur le visage. Un lien obscur rendait le jeune médecin infiniment triste.

« Voilà ce que nous sommes, songea-t-il. De la viande et des os. Du cartilage et des viscères. »

— Max !

Rheinhardt apparut sur le seuil.

— D'après Frau Kaip, Herr Uberhorst aurait eu de la visite hier soir. Un drôle de bonhomme qui avait une moustache tombante et portait une canne.

49

— Oui, dit le professeur Spiegler. C'est un net progrès. On serre beaucoup plus facilement les deux branches.

— Merci, monsieur, fit Bruckmüller en arborant un sourire reconnaissant et peu sincère.

Le chirurgien posa le clamp sur la table, puis saisit une curette dont il évalua le poids d'une main experte.

— Elle est très légère.

— Un nouvel alliage, précisa Bruckmüller. Le même a été utilisé pour la gouge.

Spiegler lâcha la curette, attrapa la gouge, puis compara leur poids à un instrument équivalent de la même taille.

— En avez-vous vendu beaucoup ?

— Oui. Nous venons de recevoir une grosse commande de Salzbourg.

— Du professeur Vondenhoff ?

— Je crois, monsieur. Et nous avons aussi vendu plusieurs grandes curettes au professeur Suráni.

— À Pest ?

— Le professeur Suráni vient souvent nous voir.

— Tiens, tiens ! dit Spiegler, visiblement satisfait de ces renseignements sur les acquisitions de ses confrères.

Bruckmüller se tourna vers son vendeur.

— Eusebius, soyez gentil, allez chercher les spéculums.

Le jeune homme se dirigea vers le fond du magasin et commença à sortir un tiroir d'un grand meuble.

— Non, non ! s'écria Bruckmüller. Ce sont les ciseaux à crochets !

— Excusez-moi, Herr Bruckmüller.

— Le meuble suivant… le troisième tiroir à partir du haut.

— Très bien, Herr Bruckmüller.

Bruckmüller sourit au professeur et leva les yeux au ciel.

— Il débute dans le métier, murmura-t-il.

Le jeune homme ouvrit le bon tiroir et l'apporta sur le comptoir. Il contenait plusieurs rangées d'instruments argentés munis de poignées en bois.

Bruckmüller attrapa le plus gros et le présenta au professeur dont le visage rayonna de plaisir.

— Magnifique ! Vous l'avez donc fabriqué !

— En suivant vos indications à la lettre. Voyez la taille des écarteurs ! Avec votre permission, nous l'appellerons dans notre prochain catalogue « le Spiegler ».

— Je suis très honoré, Bruckmüller.

Le professeur joignit les poignées et observa la manière dont les branches métalliques plates s'écartèrent.

— Une splendeur ! souffla-t-il.

— Pour bloquer les écarteurs, la poignée la plus longue doit être glissée vers le haut, et la plus courte vers le bas, expliqua Bruckmüller.

Le professeur suivit ces instructions et les différentes parties du spéculum se déplacèrent, puis se mirent en place.

— Savez-vous à quoi ça sert, jeune homme ? demanda Spiegler au vendeur.

Eusebius se tourna vers son patron.

— Allez-y, Eusebius, vous pouvez répondre.

— Non, monsieur. Tout ce que je sais, c'est que ça s'appelle un spéculum.

Le professeur se mit à rire.

— Faites un rond avec votre pouce et votre index… comme ceci.

Le professeur indiqua le mouvement, et le jeune homme s'exécuta.

— Quand je veux examiner une grosseur dans le rectum d'un patient, je lui glisse cet instrument dans l'anus.

Spiegler poussa les écarteurs repliés dans le petit trou formé par le pouce et l'index du vendeur.

— Et je l'ouvre.

Il serra les poignées et les branches métalliques s'écartèrent en agrandissant le sphincter imaginaire.

Le jeune homme déglutit.

— Ça fait mal, monsieur ?

— Bien entendu ! confirma le professeur en riant avec affabilité.

Bruckmüller s'esclaffa lui aussi et donna une tape vigoureuse sur l'épaule de son employé. Cette humeur joyeuse fut cependant vite tempérée par l'apparition d'un policier qui regardait par la vitre du magasin. Bruckmüller le reconnut aussitôt. Le jeune agent s'était trouvé dans l'appartement de Fräulein Löwenstein.

— Excusez-moi, Herr Professor.

Bruckmüller s'avança vers la porte. Lorsqu'il l'ouvrit, le bruit les assaillit. La circulation était intense dans la rue cet après-midi-là. Un tramway passa en faisant sonner bruyamment sa cloche.

— Oui ?

Bruckmüller hurlait presque.

— Herr Bruckmüller, je me demandais si vous pourriez m'accorder quelques minutes, répondit Haussmann.

— Quoi ? Encore ?

50

Le comte Záborszky enfonça l'aiguille dans la peau parcheminée de son bras et appuya sur le piston de la seringue. Il ferma les yeux et attendit que la morphine fasse son effet.

La police l'avait trouvé en train de déjeuner au *Csarda*. Les agents avaient insisté pour qu'il les accompagne au poste de Schottenring, où il avait été interrogé tout l'après-midi. Durant une pause, on lui avait permis de sortir fumer une cigarette. Il avait longé le canal du Danube. En revenant, il avait vu une voiture s'arrêter devant le poste. Un jeune homme qui ressemblait à Otto Braun avait été emmené de force à l'intérieur.

Les policiers voulaient savoir pourquoi le comte était allé voir Herr Uberhorst la veille.

— J'ai des ennemis, avait-il répondu en montrant son œil au beurre noir. Je voulais consulter Herr Uberhorst sur un problème de sécurité.

— Vous vouliez qu'il vous fournisse une serrure ?

— Oui. Une bonne serrure pour ma porte d'entrée.

L'inspecteur l'avait considéré d'un air sceptique.

— J'ai joué aux cartes avec un monsieur qui a perdu de l'argent. Je crois comprendre qu'il souhaite le récupérer.

— Pourquoi ne pas être allé trouver la police pour lui demander de vous protéger ?

— Le monsieur en question vient de mon pays. Nous avons nos façons de régler les choses.

Les questions avaient continué de la sorte… une inquisition forcenée.

Et ce gros inspecteur agaçant !

La morphine fit alors son effet et une agréable chaleur se diffusa dans le corps de Záborszky. Ses paupières s'alourdirent, le monde devint flou, son image vacilla un instant, puis sombra dans les ténèbres. Le jour faiblit et des couleurs magiques se fondirent dans l'obscurité infinie. Záborszky vit un grand manoir perché sur un roc et entendit le bruit d'une rivière tumultueuse qui traversait une vallée profonde.

— Zoltán.

La voix féminine venait de loin.

— Zoltán ?

Était-ce sa mère ? Ou l'une de ses sœurs ?

Il essaya d'ouvrir les yeux mais trouva cet effort surhumain.

— Laisse-moi ôter ça.

Lentement, ses paupières se soulevèrent, et il distingua une vague silhouette féminine agenouillée à côté de lui.

Il tenait encore la seringue vide et l'aiguille était restée plantée dans son bras. Du pouce et de l'index la femme saisit le cylindre en verre. Il vit une perle de sang se former à l'endroit de la piqûre. La goutte grossit et s'écoula dans le pli de son coude. Il était fasciné par son éclat – un vif écarlate.

Les pieds de la femme entrèrent dans son champ de vision.

Elle portait des bottines en cuir, à hauts talons – les lacets se croisaient entre deux colonnes de trous cerclés d'argent. Il ne voyait ni l'ourlet d'une robe ni jupon, mais des bas en coton noir. En laissant remonter son regard, il remarqua des jambes minces et bien galbées.

Ce n'était pas sa mère.

Le haut de ses bas était brodé d'un motif floral compliqué et maintenu par des jarretières vertes qui mordaient dans la chair blanche lumineuse des cuisses.

Afin de poursuivre son examen, Záborszky dut lever la tête – une tâche qui semblait requérir un immense effort.

Des baleines s'écartaient en éventail à partir d'une taille minuscule et tendaient des voiles de soie rouge luisante. Záborszky s'abîma dans chaque détail – les rubans qui flottaient, les fils vert et or, les agrafes qui fermaient le corset. Les seins sculpturaux étaient serrés l'un contre l'autre et poudrés. Pour la première fois, Záborszky remarqua le parfum de la femme… il lui rappelait l'odeur de la giroflée la nuit.

D'un ultime effort herculéen, Záborszky renversa la tête en arrière et regarda le visage de la femme.

— Alors ? fit-elle.

Ses lèvres bougeaient, mais il ne semblait y avoir aucun rapport entre leur mouvement et le son qu'elles produisaient.

— Tu veux un peu de *Kätzchen* ?

Écartant les jambes, elle se jucha à califourchon sur lui, comme s'il était un cheval. Lorsqu'elle lui attira le visage contre ses seins, sans y penser, il se mit à les embrasser. La chair était ferme et agréablement rafraîchissante.

Elle passait les mains dans les cheveux de Záborszky. De ses doigts joints, elle lui tira la tête en arrière.

Quelque chose dans son expression le mit mal à l'aise. Un trait curieusement familier.

— Qu'est-ce qu'il y a ? demanda-t-elle d'une voix fluide, ondoyante. Tu as l'air terrifié.

Ces yeux bleus... ces volutes de cheveux blonds.

— Il ne faut pas avoir peur.

Comment est-ce possible ?

— J'ai quelque chose pour toi.

— Lotte, souffla-t-il. Lotte ?

Szépasszony. La blonde. La séductrice démoniaque.

Ses mains remontèrent sur les bras nus et les épaules lisses de la femme pour s'arrêter sous sa mâchoire inférieure.

La sorcière avait dit : *Elle t'aura.*

— Qu'est-ce que tu fais ?

Les doigts de Záborszky se refermèrent sur le cou de la femme.

Ces yeux bleus. Des tempêtes et des averses de grêle.

La femme essaya de bouger, mais s'aperçut que la poigne du comte était solide. Dans ses yeux brûlait le feu d'une étrange passion.

— S'il te plaît... lâche-moi, dit-elle.

Étranglée par une trachée comprimée, sa voix était soudain très fluette.

51

Cosima von Rath ne semblait vraiment pas à sa place dans le bureau de Rheinhardt : trop grosse, trop originale pour un endroit aussi utilitaire. Elle déplaçait son poids sur la chaise dure en bois, son vaste arrière-train s'épanouissant au-delà du siège. Rheinhardt aurait été moins déconcerté de la voir perchée dans un palanquin reposant sur les épaules de huit esclaves nubiens.

Tout en agitant un éventail devant son visage rond, elle poursuivit son récit :

— En effet, Herr Uberhorst a eu un comportement étrange. Il voulait poser une question à l'esprit et tenait absolument à obtenir une réponse catégorique, un oui ou un non. Je m'en souviens très bien.

Rheinhardt tourna la pointe de sa moustache entre le pouce et l'index.

— Et quelle était la question qu'il posait ?

— Il voulait savoir s'il devait leur en parler.

— En parler à qui ?

— Je n'en ai pas la moindre idée, monsieur l'inspecteur. Il ne voulait pas le dire. Nous lui avons assuré qu'il se trouvait avec des amis et qu'il n'avait rien à craindre, mais nous n'avons pu le persuader de fournir une explication. Il a dit qu'il s'agissait d'une affaire d'ordre privé.

— A-t-il ajouté autre chose ?

— Non.

— Je vous en prie, Fräulein, réfléchissez… ça pourrait être important.

Cosima cessa de s'éventer et s'abîma dans ses pensées. Rheinhardt voyait qu'elle prenait sa demande au sérieux. Son front se plissa de rides profondes et sa bouche s'arrondit en cul-de-poule.

— Bon, dit-elle enfin. Il a dit qu'il s'agissait d'une affaire d'ordre privé, mais il a aussi parlé d'honneur. Oui, c'est ça… il ne pouvait pas donner d'explication, parce que c'était une affaire d'honneur.

— Qu'en déduisez-vous ?

Cosima referma son éventail et en tapota ses lèvres saillantes.

— Il supposait sans doute que, si nous apprenions avec qui il tentait de communiquer, Fräulein Löwenstein aurait à en souffrir. Or, il s'efforçait de protéger sa réputation. Ce qui donne à penser qu'il était impliqué dans ses manigances.

— Ses manigances ?

— Pour assujettir une puissance supérieure. Compte tenu du sort qu'a connu Herr Uberhorst, je suis encore plus convaincue à présent que tel était bien le cas.

— Vous croyez donc que Herr Uberhorst a lui aussi été tué par une entité surnaturelle ?

Cosima lâcha son éventail pour agripper la croix égyptienne pendue à son cou.

— Oui.

— Serait-ce Seth, cette fois aussi ?

Les yeux de Cosima s'écarquillèrent et ses jointures pâlirent tant elle serrait son talisman.

— C'est un dieu puissant, un dieu malveillant… Oui, c'est possible.

Rheinhardt prit quelques notes. Pendant que son stylo crissait sur le papier, il dit :

— Je vous dois des excuses, Fräulein von Rath. Je regrette de ne pas avoir répondu plus vite à votre lettre. Malheureusement, j'ai été assez occupé.

— Je craignais que vous ne teniez aucun compte de ma découverte.

— Non, pas du tout. En fait, j'allais moi-même organiser une séance de ce type.

Cosima rouvrit son éventail et l'agita près de son cou.

— Une séance de spiritisme ?

Rheinhardt posa son stylo sur son bureau.

— Fräulein, avez-vous entendu parler de Mme de Rougemont ?

— Non, je ne pense pas.

La voix de Cosima était moins aiguë.

— C'est une médium française à laquelle fait appel la *Sûreté*[1] de Paris. Elle possède un don extraordinaire,

1. En français dans le texte. *(N.d.T.)*

dit-on. J'ai cru comprendre qu'elle avait élucidé nombre de crimes et d'énigmes.

— Ah bon ? dit Cosima avec intérêt, les yeux brillants. Je n'ai jamais entendu parler d'elle.

— Peu de gens connaissent son existence. La *Sûreté* y veille jalousement.

— Voilà qui est fascinant ! s'écria Cosima en penchant sa masse en avant.

— Après avoir reçu votre lettre, j'ai téléphoné à l'inspecteur Laurent, à Paris, pour lui demander l'aide de Mme de Rougemont.

— Et alors ?

— Ma requête a été agréée.

— Cette dame veut donc bien venir à Vienne ?

— Mme de Rougemont sera ici mercredi.

D'exaltation, le large visage blême de Cosima se marbrait de petites taches rouges.

— Il se peut que Mme de Rougemont confirme vos découvertes et qu'elle nous permette aussi d'élucider le décès tragique de Herr Uberhorst, poursuivit Rheinhardt. Dans ce but, elle a proposé que nous mettions sur pied une nouvelle séance... à laquelle participeraient tous les membres du cercle de Fräulein Löwenstein. Je me demandais si vous accepteriez de nous aider à l'organiser ?

— Bien sûr...

Cosima était empourprée, haletante.

Rheinhardt gribouilla quelque chose sur son bloc.

— Mme de Rougemont logera à cette adresse, dit-il en arrachant le feuillet. C'est près de l'église Saint-Pierre. J'aimerais que tout le monde s'y retrouve jeudi soir à huit heures.

Cosima prit le bout de papier. Sa main tremblait de surexcitation.

— Je vais immédiatement envoyer des invitations à tout le monde – sauf à Herr Braun, bien sûr.

— Non, incluez-le lui aussi.

— L'avez-vous retrouvé ?

— Il est revenu à Vienne la semaine dernière. Il avait été appelé au chevet d'une tante malade à Salzbourg… à ce qu'il paraît.

Le ton de Rheinhardt était sec comme de l'amadou.

52

— À la morgue, le signor Locatelli a été horrifié de découvrir que les jambes de son épouse portaient de graves brûlures. C'était là, bien sûr, une confirmation de ce qu'elle lui avait écrit – à savoir que le professeur Gruner l'avait soumise à une cure immodérée d'électrothérapie. Locatelli en a touché un mot à des amis parlementaires et, quelques jours plus tard, le gouvernement a dépêché un contrôleur. À l'évidence, une enquête est en cours, et nous allons tous être interrogés.

— Et Gruner, que lui est-il arrivé ? demanda le professeur Freud.

— Je ne sais pas, répondit Liebermann. Je ne l'ai pas revu depuis qu'il a menacé de me renvoyer.

— Il semblerait donc que vous ayez été favorisé par le dieu de la médecine, dit Freud en tapotant la tête d'une petite figurine en bronze assise sur un trône carré primitif. Tout compte fait, vous allez pouvoir poursuivre votre travail avec la gouvernante anglaise.

— Durant quelques semaines, peut-être. Jusqu'au retour de Gruner.

— S'il revient.

Après avoir tiré sur son cigare, Freud souffla un gros nuage de fumée et sourit d'un air malicieux.

— Je suis sûr que le professeur Gruner a lui aussi des amis influents, glissa Liebermann.

Freud haussa les épaules et continua à caresser la statuette posée sur son bureau. C'était une nouvelle acquisition et, fait caractéristique, il ne pouvait s'empêcher de la tripoter.

— Imhotep, annonça soudain Freud en se rendant compte que Liebermann l'observait.

L'expression déconcertée de ce dernier l'incita à fournir une explication.

— Les Grecs de l'Antiquité l'ont assimilé à Asclépios, le dieu de la médecine.

— Ah !

Freud aligna la figurine parmi les autres statues et reprit soudain le fil de leur conversation initiale.

— Le cas que vous décrivez est extrêmement intéressant, Max. Mais j'émettrai quelques réserves au sujet de votre technique et de votre interprétation.

Liebermann haussa les sourcils. Freud poursuivit :

— Comme vous le savez, j'ai abandonné l'hypnose en faveur de la libre association d'idées – c'est-à-dire encourager le patient à dire tout ce qui lui passe par la tête, sans se censurer. L'analyste écoute et tire des enseignements non seulement de ce qui est dit, mais aussi de la manière dont c'est dit : les silences, les hésitations, les modifications de la voix, les changements de sujet. Les problèmes ne manquent pas dans l'hypnose… par exemple, tous les patients ne parviennent pas à entrer en transe. Quand je suis allé à Nancy il y a quelques années, je me rappelle que Liébeault était tout prêt à le reconnaître. Bernheim a obtenu plus de succès, mais, d'après mon expérience, le véritable état de somnambulisme est beaucoup plus rarement atteint qu'il veut bien nous le laisser croire. Quoi qu'il en soit, le problème le plus important de l'hypnose, selon moi, est qu'on ne peut jamais être sûr de l'authenticité du phénomène observé. La transe hypnotique rend le patient très réceptif à la suggestion… Je pense dès lors qu'il ne s'agit pas d'une coïncidence si les cas de personnalités multiples se produisent plus souvent dans les établissements où on pratique l'hypnose.

La déception se lisait clairement sur le visage de Liebermann. Son aîné souhaita alors adoucir le coup que lui portaient ses critiques en les amendant quelque peu.

— Naturellement, je ne peux pas porter de jugement sur l'authenticité clinique dans le cas de votre gouvernante… mais c'est une chose qu'il faut garder à l'esprit, Max.

— Bien sûr, dit Liebermann avec respect, puis, s'armant de courage pour affronter d'autres reproches, il ajouta d'une voix hésitante : Vous aviez aussi des réserves sur mon… interprétation ?

Freud écrasa son cigare et se pencha en avant, les coudes sur son bureau, les mains croisées.

— Vous supposez que les symptômes de votre gouvernante sont le résultat direct d'un traumatisme – les avances sexuelles d'un parent éloigné, qu'elle juge choquantes. Mais si… si votre gouvernante avait eu un comportement ambivalent ? Et si, inconsciemment, elle était attirée par cet homme ? Ses symptômes ne traduiraient alors pas une défense contre lui, mais contre son propre désir de répondre à ces avances.

Le front de Liebermann se creusa de plis.

— Ah ! s'écria Freud. Je vois bien que vous ne trouvez pas cette explication plausible. Toutefois, vous ne devez pas sous-estimer l'importance de la vie érotique dans l'étiologie des symptômes hystériques. J'ai eu un cas similaire il y a quelques années – une jeune fille de dix-huit ans qui souffrait de *tussis nervosa* et d'aphonie. Elle aussi avait été importunée par un ami de la famille ; il est cependant apparu que ses symptômes ne résultaient pas des transgressions de l'homme en question, mais du refoulement de sa propre libido. L'évolution de ce cas est assez compliquée et la conclusion insatisfaisante. Mais j'ai revu mes notes l'année dernière et mon article sera publié dans le *Monatsschrift für Psychiatrie und Neurologie* – un certain Ziehen l'a accepté.

— Eh bien, j'ai hâte de le lire, dit Liebermann.

Néanmoins, il était un peu troublé en constatant que Freud insistait toujours autant sur l'importance du désir sexuel refoulé. Freud avait la réputation de se montrer dogmatique en la matière, et Liebermann avait peine à croire qu'Amelia Lydgate désirait secrètement avoir des relations intimes avec un homme tel que Herr Schelling.

Freud lui offrit un autre cigare.

Liebermann hésita.

— Allez-y, dit Freud. Ils sont bien trop bons pour qu'on les refuse.

Lorsque Liebermann puisa dans le coffret, Freud lui demanda :

— Connaissez-vous Steckel ?

— Wilhelm Steckel ?

— Oui.

— De nom.

— C'est un généraliste, mais il s'intéresse beaucoup à mes travaux. Il a rédigé dans le *Neues Wiener Tageblatt* une critique enthousiaste de mon livre sur le rêve.

— Oui, je me rappelle l'avoir lue.

— Bon, nous nous sommes rencontrés à l'*Imperial* il y a quelques jours, et il m'a fait une excellente suggestion : que nous nous retrouvions une fois par semaine pour discuter de nos cas et échanger des idées. Nous pourrons peut-être commencer en automne. Quelques personnes sont intéressées : Kahane, Reitler et Adler, que vous devez connaître. Est-ce que le mercredi soir vous conviendrait ?

— Le mercredi…

S'il éprouvait un immense respect pour Freud, le jeune homme n'était pas sûr d'être prêt à compter parmi ses disciples.

— Est-ce que cela vous pose problème ?

— En ce moment, je prends un cours d'escrime le mercredi, avec le signor Barbasetti…

Il estima qu'il serait inélégant de ne pas accepter l'invitation de Freud, si bien qu'il ajouta :

— Mais je suis sûr que je pourrai changer le jour.

— Bien. Je vous tiendrai au courant.

Les deux hommes allumèrent leur cigare et des volutes bleues alourdirent encore un air déjà enfumé.

— Comment avance votre livre sur les blagues, Herr Professor ? demanda Liebermann en tirant sur son cigare pour que le bout s'embrase uniformément.

Freud se carra dans son fauteuil et vit dans la question de Liebermann une occasion de se mettre en scène :

— Le marieur va vanter les mérites de la promise, et il a amené son assistant pour l'appuyer. Elle est bâtie comme un sapin, dit le marieur. *Comme un sapin*, répète l'assistant. Et les yeux qu'elle a… il faut voir ça ! *Oh ! ces yeux !* dit l'assistant. *Magnifiques.* Quant à l'éducation, personne ne la vaut. *Personne ne la vaut !* entend-on en écho. Mais il y a une chose, concède le marieur : elle a une bosse. *Mais quelle bosse !*

Malgré lui, Liebermann se surprit à éclater de rire.

Quatrième partie

La dernière séance

53

— Alors, à ton avis, que souhaitait demander Uberhorst ? questionna Rheinhardt.

Une charrette de nettoyage des rues approchait, et l'homme perché dessus brandissait son tuyau d'arrosage sans discernement. Les deux amis durent reculer pour éviter d'être aspergés.

— Il voulait savoir s'il fallait dire à la police que Fräulein Löwenstein était enceinte, répondit Liebermann.

— Oui… c'est aussi ce que je pensais. Fräulein von Rath avait bien sûr une opinion tout à fait différente.

— Ah bon ?

— Selon elle, Uberhorst aidait Fräulein Löwenstein dans son ambition d'assujettir une puissance démoniaque… et il désirait savoir s'il devait solliciter l'aide de spirites versés dans la magie noire.

Liebermann secoua la tête.

— Es-tu vraiment sûr qu'il n'aurait pas pu être l'amant de Charlotte Löwenstein ?

— Sûr et certain.

— Dans ce cas, Fräulein Löwenstein s'est simplement confiée à lui… mais je me demande pourquoi.

— Eh bien, compte tenu de sa situation fâcheuse, elle ne pouvait guère espérer la compassion de Braun.

Une voiture noire laquée fila, rideaux baissés.

— La grossesse n'a toujours pas été évoquée dans les journaux, n'est-ce pas ?

— Non… et, pour autant que nous le sachions, Braun n'a parlé à aucun journaliste.

— Donc aucun des autres membres ne sait qu'elle attendait un enfant.

— Exact. Seul Braun est au courant.

Tête baissée, deux ursulines croisèrent leur chemin.

— As-tu remarqué la curieuse collection d'instruments dans l'atelier d'Uberhorst ? demanda Liebermann. La seringue, les aimants… J'ai l'impression qu'il essayait de comprendre comment le tour de force de la porte fermée à clé avait pu être accompli. Il avait un tempérament obsessionnel et, avec le temps, j'imagine qu'il aurait percé le mystère. Qui d'autre, à part Záborszky, est allé dans son atelier ?

— Herr Hölderlin est passé récupérer un livre vendredi après-midi.

— Quel genre de livre ?

— Un ouvrage de Mme Blavatsky. Frau Hölderlin l'avait prêté au serrurier environ un mois plus tôt.

— Donc Hölderlin, tout comme Záborszky, aurait pu en arriver à la même conclusion que nous. Et Braun ?

— Il affirme qu'il n'a jamais mis les pieds dans son atelier.

— Où était-il le fameux vendredi soir ?

— Il dit qu'il était seul dans sa chambre… parce qu'il avait trop bu.

Trois officiers de cavalerie apparurent sur la route devant eux. Leurs éperons cliquetants sonnaient comme les cordes pincées d'une guitare.

— Comment peux-tu être certain que Braun sera là ce soir ? demanda Liebermann.

— Haussmann ne l'a pas quitté de la journée et, à la première difficulté, l'escortera chez Mme de Rougemont.

— Voilà une sage précaution, Oskar.

— C'est qu'il n'avait pas envie de venir. Il ne voulait revoir aucun de tous ces gens. Non pas parce qu'il éprouvait des remords, mais parce qu'il pensait que nous pouvions leur avoir parlé de ses supercheries… il avait peur qu'ils lui réclament leur argent.

— As-tu révélé à Cosima von Rath qu'ils avaient tous été dupés ?

— Non.

— Que sait-elle à propos de la disparition suspecte de Braun ?

— J'ai dit à Fräulein von Rath qu'il avait été appelé à Salzbourg pour soigner une tante malade. Braun sait ce qu'il doit répondre si quelqu'un lui pose une question délicate. Ils apprendront la vérité le moment venu.

Marchant vers la Josefsplatz, les deux hommes suivirent la façade du palais de la Hofburg, sorte de falaise percée de fenêtres. Comme la lumière déclinait, un allumeur de réverbères s'activait de l'autre côté de la rue.

— Sais-tu que j'ai été surpris que tu acceptes de m'accompagner ce soir, Max ?

— Pourquoi ?

— Parce que tu trouves ces séances de spiritisme ridicules.

— Elles le sont.

— Alors pourquoi avais-tu une telle envie d'assister à celle-ci ?

— N'est-ce pas évident ?

— Non, pas vraiment.

— Ce sera sans doute la dernière fois que le cercle de Fräulein Löwenstein se réunit. Je n'aurai plus jamais l'occasion de les voir ensemble… ce sera extrêmement intéressant.

Ils passèrent devant la statue équestre de Joseph II, érigée au milieu d'une place imposante cernée de façades blanches baroques.

— N'éprouves-tu pas un brin de curiosité à l'égard de Mme de Rougemont ?

Une note de désespoir se glissait dans la voix de Rheinhardt.

— Non.
— Elle passe pour avoir un don authentique.
— Oskar, un médium authentique, ça n'existe pas.
— Elle a aidé la *Sûreté* en de nombreuses occasions.
— Qui te l'a dit ?
— L'inspecteur Laurent… il m'a envoyé un dossier complet sur ses succès.
— Bon… ce type doit être…
— Quoi ?
— Crédule.

Liebermann examina son ami. Il portait un chapeau melon, un beau costume anglais, et les pointes de sa moustache avaient été gominées et effilées avec un soin extrême. Curieusement, il paraissait raide et mal à l'aise.

— Max… j'admets que ma décision de recourir à Mme de Rougemont n'a rien d'orthodoxe. Néanmoins, lundi matin, j'ai dû me présenter une nouvelle fois chez le commissaire Brügel. Inutile de préciser que la découverte du corps d'Uberhorst ne l'a pas rendu moins impatient.

Ils s'engagèrent sous un long passage voûté, qui enjambait la rue.

— N'empêche, Oskar, consulter une médium ?

Le ton de Liebermann était attristé.

— Connais-tu bien Shakespeare, Max ?
— Pas trop mal.
— Alors, tu vas te rappeler ce passage dans *Hamlet* : « Il y a plus de choses dans le ciel et sur la terre, Horatio… »

Liebermann lui coupa la parole :

— « … que n'en rêve votre philosophie. » Bon, Oskar, je vais m'efforcer de garder l'esprit ouvert… mais je doute fort d'être converti au spiritisme par le… le spectacle de ce soir.

En ressortant de l'autre côté du tunnel, ils prirent la direction du nord-est, traversèrent le Graben, et empruntèrent une ruelle menant à l'église Saint-Pierre.

Son grand dôme vert et ses deux tours dominaient le quartier. Plusieurs fiacres étaient rangés devant l'église pour attendre des clients. Juste derrière, ils trouvèrent l'adresse de Mme de Rougemont – un appartement situé au rez-de-chaussée, dans un pâté de maisons bien entretenues.

Un serviteur les débarrassa de leurs manteaux et les conduisit dans une vaste salle de réception. La plupart des fidèles du cercle de Charlotte Löwenstein étaient déjà présents : Záborszky, les Hölderlin, Fräulein Heck et enfin Braun, le plus remarqué. Une petite dame vêtue de satin noir était assise à côté du comte. Elle se leva et tendit la main.

— Messieurs, dit le comte, Mme Yvette de Rougemont.

Rheinhardt prit la main couverte d'une mitaine en dentelle noire, s'inclina et la porta à ses lèvres.

— L'inspecteur Rheinhardt, précisa le comte à Mme de Rougemont.

Záborszky semblait s'être chargé de chaperonner la médium ; toutefois, la lueur d'empressement qu'on lisait dans ses yeux trahissait bien plus qu'une innocente galanterie.

— Je suis très honoré de faire votre connaissance, dit Rheinhardt en se redressant et en désignant son ami. Puis-je vous présenter mon collègue, le Dr Max Liebermann ?

La médium se tourna vers Liebermann qui se sentit obligé de répéter la formule de politesse utilisée par Rheinhardt.

— Monsieur l'inspecteur, commença Mme de Rougemont dans un allemand adouci par un ravissant accent français, j'ai eu le privilège de mettre mon don au service de la police en plusieurs occasions. J'espère sincèrement que je ne vous décevrai pas.

— Nous vous serons très reconnaissants pour toute aide que vous voudrez bien nous apporter, dit Rheinhardt.

— Bien sûr, je ne peux rien promettre, reprit la Française avec une nuance de prudence dans la voix. Je ne suis qu'une servante… un intermédiaire. Peut-être les puissances supérieures nous permettront-elles de faire certaines découvertes ce soir, peut-être s'y refuseront-elles. Qui sait ? Tout ce que je peux faire, c'est implorer humblement leur clémence, et prier pour qu'elles se montrent bienveillantes à notre égard.

Elle s'exprimait d'un ton insistant, un peu haletant et, pour ponctuer son discours, usait de grands gestes et de mimiques excessives.

Liebermann était sur le point de répliquer avec scepticisme quand la porte à double battant s'ouvrit sur Hans Bruckmüller et Cosima von Rath.

— Excusez-moi, messieurs, dit Mme de Rougemont.

Elle offrit son bras à Záborszky et tous deux s'avancèrent pour saluer les derniers arrivants. La petite Française disparut presque dans l'ample étreinte de la femme corpulente.

Liebermann avait certes compté sur une entrée en scène pittoresque de Cosima von Rath, mais il n'en fut pas moins sidéré par son aspect. Elle portait un chapeau inspiré par la coiffure de quelque déesse égyptienne, et une robe bleue lâche, ondoyante, dont le tissu scintillait au moindre mouvement. Un épais cordon jaune scindait son corps en deux hémisphères, et une grande croix égyptienne en or oscillait sur le précipice de sa volumineuse poitrine. Son cou était dissimulé par plusieurs plis de chair rose bouffie qui pendaient d'un menton fuyant, et ses yeux ressemblaient à des raisins fourrés dans du massepain. L'effet tenait de l'hallucination. On aurait dit un cochon primé à un concours agricole et attifé pour quelque obscure fête de village.

L'espace d'un instant, Cosima von Rath attira l'attention générale. Les autres membres du cercle, qui, jusqu'ici, s'entretenaient tranquillement, se turent. Braun parut pour sa part moins impressionné et fit même un clin d'œil à la couturière – dont l'éventail se leva aussitôt pour cacher un sourire complice.

La conversation reprit bientôt dans la salle et atteignit peu à peu son animation précédente.

— Herr Doktor, tu pourrais envisager de refermer la bouche à présent, murmura Rheinhardt.

54

Les participants s'assemblèrent autour d'une grande table ronde. Seule la flamme vacillante d'une bougie éclairait leurs visages et faisait bondir des ombres sur les murs – chape noire mouvante.

Mme de Rougemont leur avait demandé à tous de se tenir la main pendant sa longue invocation suppliante aux puissances supérieures. Son discours suranné semblait tiré d'une source moyenâgeuse, de quelque rite magique immémorial.

— Je t'invoque et t'implore, ô Morax, et, forte de l'appui de la Majesté Suprême, je te convoque par Baralamensis, Baldachiensis, Paumachia, Apolorésédès, et les princes les plus puissants, Genio, Liachide, ministres du siège tartaréen, grands princes du siège d'Apologie dans la neuvième abysse ; je te conjure et t'appelle, ô Morax, par celui qui a parlé et a été obéi, par les noms glorieux d'Adonaï, d'El, d'Élohim, d'Éloha, de Sabaoth, d'Élion, d'Escherle, de Jah, du tétragramme divin, de Shaddaï…

Pendant qu'Yvette de Rougemont psalmodiait de la sorte, Liebermann étudia ses voisins : le comte languissant, l'héritière ridicule, l'homme d'affaires. Il se tourna pour examiner les autres : le directeur de banque, impassible, et son épouse, l'escroc et la couturière. Quel assemblage hétéroclite ! Qu'il était donc étrange que leurs chemins se soient croisés chez Charlotte

Löwenstein ! Selon toute probabilité, l'un d'eux était coupable de meurtre. Mais lequel ? En regardant leurs visages perplexes, si mal assortis, il ne put déceler aucun indice patent.

La pièce s'était emplie d'un parfum lourd rappelant l'odeur pénétrante de l'encens dans une église. Mais ces effluves n'avaient pas de source visible – ni soutane à proximité ni encensoir oscillant au bout de sa chaîne. Liebermann croisa le regard déconcerté de Rheinhardt.

Si l'inspecteur ne prononça pas un seul mot, son expression disait à l'évidence : « D'où vient cette odeur ? »

Liebermann secoua la tête.

La Française continuait son invocation.

— Apparais devant moi, devant ce cercle, sous forme humaine exempte de difformité ou de monstruosité ; quitte tout de suite l'endroit du monde où tu te trouves pour venir apporter des réponses sensées à mes questions ; viens maintenant nous voir, viens aimablement et conforme-toi à mon souhait, étant convoqué par le nom de l'Éternel, du vrai Dieu, du Dieu vivant, Héliorum.

Mme de Rougemont se tut, et le silence fut rompu par le bruit reconnaissable entre tous d'une pièce de monnaie tombant sur le sol, tourbillonnant avant de s'arrêter dans une ultime oscillation.

— Une première contribution, estima Cosima von Rath.

Frau Hölderlin approuva d'un vigoureux hochement de tête.

Yvette de Rougemont reprit :

— Je te convoque aussi par le vrai nom de ton Dieu particulier, à qui tu dois obéissance ; par le nom du roi dont tu es le sujet, viens sans tarder ; viens, réponds à mes désirs ; reste jusqu'à la fin, conformément à ma volonté.

On entendit un étrange crépitement. On aurait dit des griffes minuscules sur du bois dur. Seuls Liebermann et Rheinhardt se retournèrent pour scruter le coin le plus obscur de la pièce. Frau Hölderlin se pencha vers Liebermann et lui souffla un avertissement sévère :

— Non, Herr Doktor. Ne regardez pas l'obscurité.

Liebermann avait envie de lui demander pourquoi, mais, sachant qu'il n'était qu'un intrus parmi eux, il se contenta de sourire poliment et de reporter son attention sur Mme de Rougemont. À la faible lumière, la robe noire de la médium était presque invisible et donnait l'impression que sa tête n'était pas rattachée à son corps. Son visage serein flottait dans l'espace telle une bulle, tel un ectoplasme.

— Je t'invoque par Celui à qui toutes les créatures obéissent, par le tétragramme de Jéhovah, nom inexprimable, par Celui qui renverse les éléments, fait trembler l'air, retourne la mer, génère le feu.

La bougie crachota soudain, et Liebermann sentit que Natalie Heck accentuait la pression de sa main.

— La terre bouge et tous les hôtes du ciel, de la terre, de l'enfer tremblent et se confondent ; parle-moi !

L'injonction d'Yvette de Rougemont se perdit dans un silence avide. Une chaise craqua, et Liebermann décela un léger sifflement asthmatique dans les poumons de Frau Hölderlin.

L'attente s'étirait en se déroulant comme un rouleau de tissu et, à chaque tour, le suspense s'intensifiait. Enfin, un sourire salutaire vint soulager les traits anxieux de Mme de Rougemont.

— Je le vois… murmura-t-elle, la voix vibrante d'une émotion contenue. Il est là. Bienvenue, esprit. Bienvenue, Morax.

Liebermann sentit un infime déplacement d'air, comme si une porte avait été claquée au fond de l'appartement. La flamme de la bougie se tortilla et s'allongea, une volute de fumée bleue s'éleva. L'esprit qui guidait Mme de Rougemont venait semblait-il d'arriver.

— Bienvenue, murmurèrent les autres.

Frau Hölderlin et Natalie Heck relâchèrent les mains de Liebermann. La Française reprit :

— Morax. Nous qui vivons dans l'ignorance te supplions de nous aider. Nous souhaitons entrer en communication avec notre sœur Charlotte, récemment passée de notre monde à l'autre, de l'obscurité à la lumière.

À la lueur miroitante de la flamme vacillante, le visage d'Yvette de Rougemont se modifia soudain : son front se plissa, son menton se fit saillant. Ses paupières papillotèrent, puis s'ouvrirent pour révéler le blanc luisant de ses yeux. Prenant une voix masculine convaincante, dépourvue de tout accent français, elle dit :

— Elle est ici, madame.

Plusieurs membres du cercle en eurent le souffle coupé, et Liebermann remarqua que le comte avait porté une main à son cœur.

— Je vois une jeune femme aux cheveux dorés et au sourire rayonnant… mais elle ne trouve pas le repos. Son âme est fort troublée. Quel est ton tourment, jeune demoiselle ? Pourquoi ne peux-tu t'accorder la paix éternelle ? Ah… J'ai été assassinée, me dit-elle, et je ne pourrai trouver le repos qu'une fois l'infâme créature convaincue de son crime…

La médium ferma les yeux et reprit sa voix de soprano.

— Son âme n'a donc pas été emportée par un démon ?

— Non, madame, répondit la voix de ténor, cependant que les yeux de Mme de Rougemont se révulsaient de nouveau. Elle a été tuée par un mortel, avec des moyens qui n'avaient rien de surnaturel… et cette infâme créature se trouve parmi vous ce soir.

Natalie Heck laissa échapper un petit cri, suivi par une explosion de prières et de protestations. Frau Hölderlin se signa, et Cosima von Rath se tamponna le front avec un grand mouchoir.

— Oh ! madame ! souffla-t-elle. Oh ! madame !

Záborszky marmonna :

— Doux Jésus ! Doux Jésus !

Impassible, Bruckmüller fixait la bougie. Hölderlin entoura son épouse de son bras. Liebermann surprit le regard de Braun. Un sourire cynique aux lèvres, le jeune homme haussa les épaules et détourna les yeux.

— Y a-t-il ici quelqu'un qui se prénomme Natalie ? demanda Mme de Rougemont avec le ton solennel de Morax.

Même dans la pénombre, on put se rendre compte que la couturière avait pâli. Elle secoua violemment la tête.

— Non, murmura-t-elle. Ce n'est pas moi, je le jure.

— Natalie, annonça Morax d'un ton solennel. La demoiselle a un message pour vous.

L'agitation générale céda, un silence total gagna la pièce. La bougie crépita et une goutte de cire chaude tomba, tel un fil à plomb, en laissant un mince filet dans son sillage.

— Natalie ?

Liebermann sentit la couturière tressaillir à côté de lui.

— Oui, répondit-elle d'un ton prudent. Je suis là.

— Vous aimiez beaucoup ma broche en forme de papillon.

— C'est vrai, c'est vrai…

— Je veux qu'elle vous revienne. Vous serez très jolie avec ma broche agrafée à votre robe d'été blanche.

Natalie Heck porta vivement une main à sa bouche et, en regardant les autres participants, s'écria :

— Cette broche me plaisait en effet, et j'ai bien une robe d'été blanche !

Puis, capitulant soudain, elle souffla :

— C'est elle…

Morax poursuivit :

— Y a-t-il parmi vous un certain Otto ?

— Oui, répondit Braun en se redressant. Je m'appelle Otto.

La médium pencha la tête sur le côté, comme si elle tendait l'oreille. Toujours avec la voix de l'esprit qui la guidait, elle déclara :

— Otto, quel imbécile vous faites ! Vous avez foncé tête baissée sur une voie qui finira dans le désespoir. Ce qui nourrit le corps détruit parfois l'âme.

Le jeune homme parut quelque peu perplexe, sans plus. Après un bref silence, Yvette de Rougemont ajouta :

— Rappelez-vous le Danube. Rappelez-vous Baden… et la pauvre veuve. Aucun péché n'est si insignifiant qu'il puisse échapper au contrôleur divin – aucun châtiment n'est oublié. Repentez-vous !

Morax éleva la voix.

— Voyez ! Vous avez péché contre le Seigneur, soyez assuré que votre péché vous rattrapera.

L'expression de Braun se modifia. Il n'avait plus l'air supérieur, indifférent, méprisant. À présent, il semblait troublé. Natalie Heck lui lança un regard pénétrant.

— Mais comment…

Il regarda Mme de Rougemont avec anxiété. Elle ne lui répondit pas et resta d'une parfaite immobilité, la lueur de la bougie jouant sur les creux nacrés de son ossature.

— Comte Zoltán Záborszky ! appela Morax. Comme vous êtes triste ! Je sens votre tristesse. Tel un chancre, elle vous ronge le cœur. Je vois une grande et noble maison qui a été trahie. Une famille plongée dans le désespoir.

Le comte se signa, baissa la tête et se mit à prier, joignant ses doigts couverts de bagues.

— Heinrich ? Y a-t-il un Heinrich ici présent ?

Liebermann était assis juste en face de Hölderlin. Il voyait son front luisant de sueur.

— Heinrich, j'ai quelque chose d'important à vous dire, annonça Morax.

Frau Hölderlin regarda son mari avec une expression de méfiance et d'inquiétude.

— Non ! s'écria Hölderlin.

Brusquement, il se leva et abattit son poing sur la table. La bougie tressauta et les ombres se pourchassèrent dans les recoins de la pièce et au plafond.

— Non, ça ne peut pas continuer ! C'est contre nature. Je regrette, mais je dois insister pour que nous mettions fin à cette réunion.

— Morax ?

Yvette de Rougemont avait repris sa voix normale et ses paupières s'étaient fermées ; son timbre restait toutefois peu marqué, son intonation rêveuse.

— Morax… où es-tu ?

— Herr Hölderlin, asseyez-vous ! hurla Záborszky. Mme de Rougemont est encore en communication avec le monde des esprits ! Vous la mettez en grand danger.

— Non, je ne m'assiérai pas ! hurla à son tour Hölderlin. Vous n'avez pas le droit de faire ça. C'est un sacrilège. Un blasphème. Fräulein Löwenstein s'est mêlée de choses qui dépassaient sa compréhension… et regardez ce qui est arrivé ! Ça suffit comme ça ! Je refuse de participer plus longtemps à une chose de ce genre !

Yvette de Rougemont ouvrit soudain les yeux. Son expression resta vide durant un certain temps. Puis les contours de son visage se modifièrent pour laisser apparaître un masque de frayeur. Ses lèvres se mirent à trembler. Ouvrant alors grand la bouche, elle poussa un long gémissement propre à glacer le sang. Sa plainte monta aussitôt dans l'aigu en devenant plus sonore, puis décrut peu à peu, avec régularité – et elle resta haletante, les mains refermées sur sa gorge. Elle sembla s'étouffer, puis émit une sorte de gargouillis. Enfin elle s'affaissa sur la table, agita les bras, renversa la bougie… et la pièce fut plongée dans une obscurité totale.

55

Liebermann et Rheinhardt entrèrent dans le vestibule sombre du *Café Central* et enfilèrent un étroit couloir qui sentait le café… et une odeur d'ammoniaque provenant des urinoirs. Après avoir grimpé quelques marches, ils passèrent sous des arcades pour gagner un espace parsemé de piliers, rappelant une cave voûtée. Au bourdonnement des conversations s'ajoutait le cliquetis de boules de billard qui s'entrechoquaient. Une épaisse fumée flottait tel un dais sous lequel une foule grouillante semblait s'être rassemblée. Certes, les tables étaient espacées, mais la plupart étaient entourées de spectateurs qui critiquaient ouvertement tel ou tel déplacement d'une pièce d'échecs ou félicitaient un joueur de tarot pour avoir augmenté sa mise.

Les deux hommes se frayèrent un passage dans la cohue et trouvèrent une table libre au fond de la salle.

Rheinhardt effleura la manche d'un serveur.

— Un *Türkischer* pour moi et un *Schwarzer* pour mon ami.

Le garçon s'inclina.

— Oh… et une *Dobostorte*. Et toi, Max ?

— Non, pas de pâtisserie, merci.

Le serveur disparut derrière le pilier le plus proche.

— Bon, dit Rheinhardt en gonflant les joues. Elle est extraordinaire, pas vrai ?

— C'est un charlatan.

— Allons, Max, ne sois pas bougon. Je croyais t'avoir entendu dire que tu viendrais avec un esprit ouvert.

— C'est ce que j'ai fait… et elle simule. Cet évanouissement absurde à la fin… j'en ai vu de plus convaincants à l'Opéra. Son pouls était tout à fait normal.

— Si tu le dis… Je ne peux toutefois m'empêcher de penser que ces messages avaient une signification. Qu'ils ne relevaient pas de la simple tricherie. Tu as vu la tête de Braun ? Il avait l'air époustouflé quand elle a parlé du Danube, de Baden et de la veuve. À l'évidence, il ne s'y attendait pas. Quant à Fräulein Heck… Comment diable Mme de Rougemont savait-elle qu'elle convoitait une broche ? Et qu'elle avait une robe d'été blanche ? Comment pouvait-elle le savoir ?

— Toutes les femmes que je connais en possèdent une, Oskar.

— Très bien. Et la broche, alors ?

Liebermann soupira.

— Je l'ignore… j'ignore comment elle s'est débrouillée pour avoir raison sur ce point. Mais j'imagine qu'elle a appris tout ce qu'elle avait besoin de savoir en bavardant avec les membres du cercle avant notre arrivée. Elle est très perspicace et s'y entend pour remarquer les réactions les plus infimes. En fait, elle possède sans doute des compétences fort proches de celles d'un psychanalyste. Pour le professeur Freud, les êtres humains sont incapables de garder un secret – nous nous dévoilons toujours par des gestes de nervosité et des lapsus. Un jour, il m'a dit que nous nous trahissions par tous les pores. Mme de Rougemont n'est qu'une observatrice hors pair du comportement humain.

Rheinhardt avait encore l'air préoccupé.

— Mais cette voix… Morax. C'était déconcertant.

— Oskar, j'ai vu des phénomènes similaires dans des cas cliniques. Morax atteste une sorte de dédoublement de la personnalité, quelque chose qui est créé et cultivé par le recours fréquent à l'autohypnose.

Le serveur arriva avec les cafés et le gâteau que Rheinhardt avait commandé.

— Tu es sûr que tu ne veux rien manger ? demanda l'inspecteur.

— Tout à fait sûr.

À l'aide de sa cuiller, Liebermann ôta la mousse de son café, pendant que son ami plongeait sa fourchette dans plusieurs couches de biscuit et de crème au chocolat.

— Mm… délicieux, dit Rheinhardt en fermant les yeux.

Liebermann sortit de sa poche une lettre froissée et un stylo.

— Tiens !

— Tu veux que je lise ça ?

— Non, je veux que tu fasses un dessin. Quelque chose de simple. Mais ne me le montre surtout pas.

Liebermann regarda ailleurs pendant que son ami, perplexe, exécutait un petit dessin.

— Tu as fini ?

— Oui.

— Alors, retourne le papier pour que ton dessin soit dessous.

— C'est fait.

— Bien.

Liebermann pivota et dit :

— Donne-moi le papier.

Rheinhardt le lui rendit et Liebermann l'empocha aussitôt sans essayer de regarder ce qu'il y avait au verso.

— Tu as dessiné les armes des Habsbourg – l'aigle à deux têtes.

— Dieu du ciel ! s'exclama Rheinhardt. Explique-moi comment tu as fait.

— J'ai lu dans tes pensées, bien sûr, répondit Liebermann sans se démonter.

Rheinhardt éclata de rire.

— Bon, d'accord… tu as gagné. Maintenant, explique-moi comment tu as fait.

— J'ai regardé ma tasse de café pendant que je prenais le papier. J'ai vu ton dessin reflété à la surface de mon *Schwarzer*.

Rheinhardt était impressionné.

— Bravo ! Je vais faire l'expérience avec Else… elle n'en reviendra pas.

Il reprit sa fourchette et continua à manger sa *Dobostorte*.

— Et qu'as-tu pensé de l'éclat de Hölderlin ?

— Il se sentait mal à l'aise, ça crevait les yeux…

Rheinhardt se pencha en avant et porta la main à son oreille.

— Parle plus fort, Max, je ne t'entends pas.

Les tasses qui s'entrechoquaient, le bruissement des conversations et les éclats de rire s'étaient soudain ligués pour produire un crescendo.

— Il se sentait mal à l'aise, ça crevait les yeux, et voulait mettre fin à la séance. Il était préoccupé, voire inquiet, à l'idée qu'on allait révéler quelque chose qui l'incriminerait. As-tu remarqué le regard qu'il a lancé à sa femme ?

— Non.

— Il paraissait un peu trop empressé avec elle.

— Qu'est-ce qui te fait dire ça ?

Liebermann baissa les yeux sur son café.

— Fräulein Löwenstein était enceinte. Et je dois avouer que j'ai tendance à croire Braun quand il affirme qu'il n'était pas le père.

— Mais Hölderlin ! Vraiment, Max…

— C'est un homme d'âge mûr, respectable, qui a des responsabilités. À qui on fait confiance. Exactement le type d'homme que je m'attends à voir céder aux charmes d'une jeune femme.

Rheinhardt secoua la tête et se mit à rire. Liebermann poursuivit :

— J'ai trouvé son discours moralisateur fort éloigné d'une intime conviction authentique. Il n'emportait certes pas l'adhésion.

— Et cette… cette femme, Cosima von Rath ! Quel tempérament ! Ce n'est pas à moi de me risquer à un diagnostic médical, Herr Doktor, mais elle est sans doute…

Rheinhardt vissa un doigt sur sa tempe. Liebermann sirota une gorgée de café et en convint.

— En effet. Les rumeurs concernant les ambitions politiques de Bruckmüller doivent être fondées, car, sinon, pourquoi voudrait-il l'épouser ? En outre, il avait lui aussi un comportement…

Liebermann sombra dans une rêverie muette.

— Quel comportement ?

— Il était tellement maître de lui ! À aucun moment il n'a cillé, sursauté… il s'est contenté de fixer la flamme de la bougie. Il en faisait trop. Les gens qui ont quelque chose à cacher présentent souvent au monde extérieur une surface curieusement lisse, opaque.

— Est-ce que ça pourrait être lui, selon toi ?

— L'assassin ?

Liebermann haussa les épaules.

À travers les volutes de fumée, ils virent un homme ôter la housse protectrice du piano et soulever le couvercle.

— Tu n'as jamais vu un coupable en la personne du comte, fit remarquer Liebermann sans détour. Pourquoi ?

— Le soir où Charlotte Löwenstein a été tuée, il jouait au backgammon à son club. Il y est resté jusqu'au petit matin.

— Il y a des témoins ?

— Oui.

— Dignes de foi ?

— Je pense, estima Rheinhardt en ajoutant du sucre à son café turc.

— Aurait-il pu les soudoyer ?

— Certains, peut-être, mais pas tous. Ils étaient trop nombreux là-dedans.

— Puisque tu le dis…

Le pianiste s'installa, prêt à jouer. Avant qu'il puisse commencer, quelqu'un se précipita d'une table voisine et engagea la conversation. Quelques clients se mirent à acclamer et à applaudir le musicien.

Celui-ci se leva et sortit une partition du tabouret. L'un des joueurs de cartes apporta une chaise devant le piano, et les deux hommes – tous deux, à l'évidence, pianistes – s'assirent et firent craquer leurs jointures.

— Je crois que c'est Epstein, le concertiste, dit Liebermann.

Un instant plus tard, l'air vibrait de musique… on aurait dit les crépitements d'un feu d'artifice. Le brouhaha diminua pendant que les pianistes exécutaient un arrangement à quatre mains d'une danse bohémienne, à un tempo très rapide.

— Magnifique ! jugea Rheinhardt en se tournant vers son ami et en élevant la voix. Qu'est-ce que c'est ?

À une ravissante mélodie jouée dans les graves répondit aussitôt une cascade de notes cristallines.

— Brahms, répondit Liebermann. Une de ses *Danses hongroises*.

Il ne tarda pas à se pencher en avant, perché au bord de son siège, subjugué par la virtuosité d'Epstein. À la fin de ce premier morceau, quand les applaudissements retentirent, il fit face à Rheinhardt. Il n'en crut pas ses yeux… et sursauta, craignant d'être sujet à une hallucination. Là, debout, à côté de son ami, se tenait Mme de Rougemont.

Le visage de l'inspecteur était fendu d'un grand sourire.

— Max, puis-je te présenter Isolde Sedlmair ? Une actrice très talentueuse, je suis sûr que tu seras d'accord avec moi.

— Je vois que vous êtes un grand admirateur de Brahms, docteur Liebermann, dit la dame en noir dans un allemand parfait, dépourvu de tout accent étranger.

56

Enveloppé dans un ample peignoir turc, Heinrich Hölderlin avait passé toute la soirée à fumer dans son bureau. C'était une pièce de taille moyenne, à la décoration sobre, éclairée par deux lampes électriques. Sur la table de travail, une pile de documents, lettres et imprimés attendait d'être étudiée.

Hölderlin écrasa son quatrième cigare et laissa errer un regard vide sur le papier peint à rayures vertes. Les coudes posés sur le sous-main, il soutenait son menton dans ses poings serrés.

Quel imbécile !

Incessant, ce reproche se réverbérait dans sa tête tel un bourdon et provoquait des élancements migraineux.

Hölderlin attrapa une liasse de courrier. Il aurait dû y répondre dans la journée, à son travail, mais il avait été incapable de se concentrer.

Cher Herr Hölderlin,
Je vous ai récemment écrit pour vous demander...

Les premières lignes étaient claires, mais celles qui suivaient devenaient de plus en plus incompréhensibles, chaque phrase n'étant plus qu'un alignement de mots dépourvus de signification.

Cette Mme de Rougemont avait vraiment un don. L'esprit qui la guidait avait sans aucun doute conversé avec Charlotte Löwenstein. Ces messages… surtout celui qui était destiné à la couturière…

Le banquier tâcha de se concentrer sur la lettre.

... comptabilité... compte venir à Pest la semaine prochaine... garantir des intérêts... Herr Balázs... dans les meilleurs délais...

Hölderlin grogna, repoussa la lettre et se frotta le menton. Il sentit une barbe naissante. D'ordinaire, il se rasait avant le dîner, mais, n'ayant pas l'intention de manger avec son épouse, il avait négligé sa toilette.

Qu'aurais-je pu faire d'autre ? Il fallait l'arrêter... il n'y avait pas d'autre moyen... le risque était trop gros...

Un léger coup frappé à la porte l'arracha à son malaise. Une double pulsation timide, étouffée.

Hölderlin ne répondit pas.

— Heinrich ?

C'était sa femme.

— Heinrich ?

La porte s'ouvrit et Frau Hölderlin entra.

— Pourquoi n'as-tu pas répondu ? Que fais-tu, Heinrich ?

— Je rédige mon courrier.

Il vit bien que sa femme ne se laissait pas abuser.

— Heinrich, je voudrais te parler de ce qui s'est passé hier soir.

— Je n'ai rien de plus à en dire, Juno.

— Mais...

Elle ferma la porte et s'approcha du bureau.

— Je ne comprends toujours pas ta réaction.

— Juno, j'ai agi par principe.

— J'en suis persuadée, mon chéri. Mais quel principe ?

— Allons, ça suffit. Laisse-moi, je t'en prie... j'ai beaucoup à faire, dit-il en désignant la pile de documents.

Juno ne bougea pas. Quoique menue, elle était dotée d'une certaine détermination due à son intransigeance. Son mari remarqua qu'elle ne cillait plus.

— Heinrich, tu te rends sûrement compte de l'effet que ton comportement a produit sur les autres ?

— Juno, ce que les autres peuvent penser m'est bien égal. J'ai agi de bonne foi… en accord avec mes principes. Maintenant, veux-tu avoir la gentillesse de me laisser répondre à ce courrier urgent…

— Heinrich !

Juno haussa le ton de manière choquante, et son cri strident provoqua des élancements encore plus douloureux dans la tête de Hölderlin. C'était la première fois depuis près de trente ans qu'il entendait sa femme élever la voix.

— Tu ne te soucies peut-être pas de ce que les autres pensent… mais moi, si. Je m'en soucie énormément. Et je m'inquiète surtout de ce que l'inspecteur de police a pensé. Mon Dieu, toute la journée, je me suis attendue à le voir se présenter à la porte avec une escouade d'agents !

— Je t'en prie, ma chère ! répliqua Hölderlin en portant un doigt à ses lèvres. Les voisins, les domestiques…

La fureur de Juno Hölderlin augmenta.

— Pourquoi as-tu fait ça, Heinrich ? Tu me prends pour une idiote ?

Hölderlin baissa les yeux sur ses documents.

— Je… commença-t-il en sortant sa plume de l'encrier. Je dois m'occuper de ma correspondance.

Il ne releva pas la tête. Mais, quand il le fit, sa femme était partie… et le bruit de la porte claquée fut une véritable torture pour ses nerfs à vif.

57

Les doigts de Liebermann hésitèrent au-dessus des touches. Au lieu de jouer les premières mesures de *Nachtigall*, de Brahms, il referma le couvercle du Bösendorfer et regarda son ami.

— Je n'arrive toujours pas à croire que tu ne m'aies pas averti.

— Ça m'était impossible, Max. Ta perception de la soirée en aurait été influencée. Or, je voulais une opinion objective.

Liebermann ôta une peluche de sa manche.

— Comment savais-tu que j'allais t'accompagner ?

— Je l'ignorais. Mais, en revanche, je savais que quelqu'un comme toi, qui étudie la nature humaine, serait curieux d'observer les suspects réunis pour une telle occasion.

— Ha !

Liebermann souleva de nouveau le couvercle du piano et joua la gamme ascendante de *do* dièse mineur sur quatre octaves.

— Je me trompe peut-être, reprit Rheinhardt d'une voix hésitante. Mais il me semble que tu t'es senti plus heureux en constatant que ton vieux camarade n'avait pas succombé à la superstition qu'irrité à l'idée d'avoir été abusé.

Liebermann sourit.

— Oui, c'est vrai. En ne t'abaissant pas à employer la vraie Mme de Rougemont, tu as conservé mon respect et mon estime…

L'intonation de Liebermann suggérait que ses pensées ne s'arrêtaient pas là.

— Mais ?

— Je n'arrive toujours pas à croire que tu ne m'aies rien dit !

Rheinhardt secoua la tête.

— Allons, Max, voyons si nous sommes capables de faire honneur à cette mélodie de Brahms, suggéra-t-il en tapotant la partition tel un maître de musique.

Liebermann laissa ses doigts jouer les notes mystérieuses du début, mais, avant d'avoir terminé l'introduction, il s'arrêta soudain.

— N'empêche, je dois reconnaître que c'était une idée superbe, Oskar.

Liebermann se mit à rire tout bas et, toujours amusé, se lança une nouvelle fois dans *Nachtigall.*

Ravi de constater que son ami lui accordait enfin son pardon, Rheinhardt posa une main cordiale sur l'épaule du jeune médecin, et sa voix mélodieuse de baryton emplit la pièce.

58

— Il y a eu un éclair, et sa présence, que je devinais seulement, s'en est trouvée confirmée. J'ai vu qu'il était près de moi, tout près.

Plongée dans un sommeil hypnotique, la gouvernante anglaise revivait son traumatisme.

— Le matelas s'est creusé quand il a grimpé sur le lit. *Amelia, Amelia.* J'étais incapable de bouger. Je sentais le poids de son corps sur le mien, ses lèvres sur mon visage. Je n'arrivais pas à respirer… je n'arrivais pas à respirer… j'étouffais, et je me suis mise à…

Lorsqu'elle commença à tousser, Liebermann s'écria :

— Arrêtez, arrêtez !

Puis il ajouta d'un ton plus doux :

— Je veux que vous gardiez cet instant en mémoire.

Miss Lydgate inclina la tête.

— Dites-moi, comment vous sentez-vous ?

— Bouleversée.

— N'éprouvez-vous aucune colère ?

Le visage d'Amelia Lydgate était dénué de toute expression, mais l'index de sa main droite se mit à s'agiter – signalant l'entrée en scène de Katherine.

— Je me sens bouleversée, répéta Miss Lydgate en niant les pulsions plus primitives de sa psyché.

Liebermann voulait voir avancer le récit traumatique comme la pellicule d'un film défile dans un projecteur de cinéma.

— Le visage de Herr Schelling est rugueux, rappela-t-il pour focaliser l'attention de la jeune femme sur ce seul souvenir sensoriel.

— Oui… ça fait mal.

— Sa moustache pique, poursuivit Liebermann.

— Oui…

La colère d'Amelia Lydgate montait et, en même temps, se transmettait à la personnalité secondaire en train d'affleurer. Liebermann imaginait ce double, issu de l'inconscient, qui gagnait en puissance et commandait peu à peu le bras droit de Miss Lydgate, glissait ses doigts dans sa main comme dans un gant. Prenait le relais.

— Amelia, souffla Liebermann. Regardez en vous. Que voyez-vous ?

— Rien…

— Quelqu'un sort de l'obscurité.

Les paupières de Miss Lydgate se crispèrent.

— Que voyez-vous, Amelia ?

— Une jeune fille.

— Décrivez-la-moi.

— Elle a de longs cheveux roux, comme moi, et porte une robe blanche… on dirait une chemise de nuit.

— Savez-vous qui elle est ?

— Elle s'appelle… je crois qu'elle s'appelle Katherine.

— D'où vient son nom ?

— Je l'ai lu dans un livre… quand j'étais petite. Il parlait d'une méchante fille rousse. L'illustration me ressemblait. Cette fillette faisait des choses que je n'aurais jamais faites… elle était désobéissante et piquait des colères.

— Elle vous a parlé, ce soir-là… quand Herr Schelling est entré dans votre chambre. Vous en souvenez-vous ?

— Non… je n'ai rien entendu.

Liebermann posa les doigts sur les tempes d'Amelia Lydgate et exerça une pression.

— Vous sentez que j'appuie sur vos tempes. De plus en plus fort… au fur et à mesure que la pression augmente, vos souvenirs deviennent plus nets…

— Je ne me rappelle pas.

— La voix de Katherine… dans votre tête. Que disait-elle ?

Soudain, Miss Lydgate haleta, sembla ressentir une douleur cuisante.

— « Tue-le »… voilà ce qu'elle disait. Elle voulait que je le tue. C'était une suggestion horrible.

Liebermann relâcha sa pression.

— Et qu'a fait Katherine ?

— Elle a attrapé les ciseaux… elle a attrapé les ciseaux et les lui a enfoncés dans le corps.

— Et si Katherine ne l'avait pas blessé, que vous aurait fait Herr Schelling ?

— Il m'aurait… il m'aurait…

La jeune gouvernante agita la tête de droite à gauche.

— Je ne sais pas.

— Mais si, vous le savez, Amelia. Allons, que vous aurait fait Herr Schelling ?

La respiration de Miss Lydgate s'accéléra.

— Il m'aurait… maîtrisée… il m'aurait… violée.

Sa voix s'était élevée.

— C'est là un crime inconcevable, odieux.

— Il m'a trahie.

— Et il a trahi la confiance de vos parents. Qu'éprouvez-vous à son égard… en ce moment ?

— De la colère.

— Oui, Amelia… votre colère. Pas celle de Katherine. Votre colère.

Une larme jaillit au coin de son œil, sa poitrine se souleva et elle se mit à sangloter.

— Ce n'est pas bien… de vouloir tuer quelqu'un. C'est barbare.

— Mais il abusait de vous. Ses mains étaient sur votre corps, vous sentiez son eau de toilette. Rappelez-vous ses joues rugueuses qui grattaient, grattaient…

Le visage de Miss Lydgate se contracta et une veine battit sur son cou.

— Je le déteste, je le déteste !

— Sa peau rugueuse, comme de la pierre ponce.

— Je le déteste !

— Qui grattait.

La jeune femme tendit soudain le bras droit pour attraper des ciseaux imaginaires. Pleinement consciente de son désir de meurtre, elle hurla et se jeta en avant. Une fois son mouvement accompli, elle resta d'une parfaite immobilité. Le bras tendu, elle semblait figée dans le temps. Seule sa respiration sifflante trouait le silence.

Amelia Lydgate ouvrit les yeux… et cilla.

Elle se tourna pour regarder Liebermann.

— Tout va bien, Miss Lydgate, dit-il d'une voix douce. C'est fini, maintenant.

Elle baissa son bras droit, et, tour à tour, chacun de ses doigts se mit à bouger. Un infime sourire s'esquissa sur son visage en larmes.

59

Assis à son bureau, le commissaire Brügel parcourait les notes et documents qui débordaient de quatre cartons.

— J'ai l'impression que vous n'avez pas beaucoup avancé, Rheinhardt.

Son ton était grave. Rheinhardt commença à se lancer dans une réponse qui se voulait évasive.

— Eh bien…

Le commissaire lui coupa la parole.

— Et vous avez négligé les rapports.

— Ah bon ?

— Allons, Rheinhardt, ne me dites pas que vous ne le savez pas.

— Il y a tant d'imprimés à remplir…

— Tous essentiels, je suis sûr que vous serez prêt à l'admettre.

— Bien entendu, monsieur.

Dans son for intérieur, Rheinhardt gémit à la perspective de s'enfoncer jusqu'au cou dans la paperasse. Il était policier, que diable, pas contrôleur des Finances.

— Ça ne va pas, Rheinhardt, dit sévèrement Brügel. Ça ne va pas du tout.

Rheinhardt était sur le point de se défendre quand le commissaire abattit son poing sur le bureau. Le bruit n'était pas excessif, mais constituait un avertissement suffisant pour réduire au silence l'inspecteur harcelé.

— Depuis le début de cette enquête, je vous ai clairement donné à comprendre que son élucidation était pour moi de la plus haute importance.

— Oui, monsieur.

— Je vous ai fait confiance.

— Oui, monsieur.

— Mais plus le temps passe, et plus je crains de m'être trompé en vous faisant confiance.

Brügel étira le cou hors de son col et laissa un silence cruel jouer avec les nerfs de Rheinhardt. Après quoi, il reprit la parole.

— L'enjeu est important, Rheinhardt, plus que vous ne le croyez.

Le commissaire grogna et secoua la tête. Il avait l'air d'un bœuf agacé par des mouches.

— Très insatisfaisant, marmonna-t-il. Vraiment très insatisfaisant.

Rheinhardt était perplexe. Il avait envie de demander à son supérieur hiérarchique ce qu'il entendait au juste par là, mais comprit qu'il valait mieux tenir sa langue. Brügel était quelqu'un d'éternellement impatient, mais, en l'occurrence, il semblait très irascible.

— Fräulein Löwenstein ! aboya le commissaire comme s'il s'agissait d'un défi. La porte, la balle… vous avez progressé ?

— Je crains que non, monsieur, répondit Rheinhardt d'un ton humble.

— Mais vous croyez toujours que nous avons affaire à un illusionniste… du moins, je l'espère. D'où votre intérêt initial pour Roche et Braun.

— C'est exact, monsieur. Bien qu'ils ne soient pas les seuls à posséder une expérience théâtrale. Le comte – Záborszky – a lui aussi frayé avec ce milieu, quoique comme investisseur, rien de plus. Nous avons reçu une lettre anonyme relatant son itinéraire douteux.

Rheinhardt se pencha en avant et scruta avec anxiété le bureau jonché de documents.

— Elle devrait être dans le dossier, monsieur.

Brügel s'attaqua à des papiers épars sans parvenir à la retrouver.

— Que disait-elle ?

— Elle contenait certaines accusations assez extravagantes. Záborszky aurait vidé les coffres de la famille en abandonnant sa mère et ses sœurs à la misère en Hongrie. Je me suis servi de cette allégation pour le déstabiliser au cours de la fausse séance de spiritisme.

— Avez-vous une idée de la personne qui l'a envoyée ?

— Non… mais Záborszky a de nombreux ennemis.

— Je crois comprendre qu'il a un alibi pour le soir où Charlotte Löwenstein a été assassinée ?

— C'est exact, monsieur.

— Mais on l'a vu sortir de l'atelier d'Uberhorst la veille du jour où le corps du serrurier a été découvert ?

— Oui, monsieur. Selon lui, il était allé voir Herr Uberhorst car il envisageait d'acheter une serrure pour sa porte d'entrée – ce qui, à la réflexion, est fort plausible. Le comte a été agressé il y a peu de temps.

— Par qui ?

— Par un de ses compagnons de jeu. Le comte a de lourdes dettes.

— Comment a-t-il réagi en apprenant qu'Uberhorst avait été tué ?

— Je n'étais pas présent quand il a été trouvé au Prater. Mais, d'après ce qu'on m'a rapporté, il a insisté pour qu'on lui laisse le temps de finir son déjeuner.

— Je vois, dit le commissaire.

— Monsieur, Herr Hölderlin, le banquier, est lui aussi allé voir Herr Uberhorst le même jour.

— Le type qui a troublé votre fausse séance ?

— Oui. Il était passé chercher un livre et a fort bien pu remarquer les expériences auxquelles se livrait Uberhorst.

— Quelles expériences ?

— Nous pensons qu'il essayait peut-être de découvrir par quel stratagème la porte avait pu être refermée. Si l'assassin de Fräulein Löwenstein était au courant de ses tentatives…

Brügel tambourina sur son bureau, répétant plusieurs roulements de cinq coups séparés par une pause. Rheinhardt avait l'impression d'entendre une marche funèbre. Enfin, renonçant aux percussions au profit du discours, il demanda :

— Comment savez-vous que les deux meurtres sont liés ?

— Je ne le sais pas.

— Les méthodes employées sont tellement différentes qu'on a peine à croire que c'est la même personne qui a perpétré les deux crimes.

— Oui, monsieur. Il se peut qu'il nous faille chercher deux assassins au lieu d'un. Toutefois…

— Allez, accouchez !

— À mon avis, c'est peu probable.

Brügel feuilleta d'autres documents et se mit à lire. Au bout d'un moment, il reprit :

— Puisque vous avez passé tant de temps avec ce médecin pour établir la grossesse de Charlotte Löwenstein…

— Le Dr Liebermann.

— Oui, Liebermann. En quoi cette information vous a-t-elle permis de mieux comprendre cette affaire ?

Rheinhardt se rendit compte qu'il valait sans doute mieux reconnaître la défaite.

— Elle ne s'est pas révélée très utile, monsieur.

— Non, dit le commissaire en grattant son menton encadré de rouflaquettes gris argent. Elle ne s'est pas révélée très utile… surtout à présent qu'elle est parvenue à la presse.

— C'est sans doute Braun le fautif, monsieur. Je suppose qu'il a vendu le tuyau à un journaliste du *Zeitung* contre une bouteille de vodka.

— Ce qui est peut-être magnifique pour lui, mais très gênant pour nous. Très, très gênant.

Rheinhardt estima que garder le silence serait plus diplomatique.

— Rheinhardt, il y a une chose que vous devriez savoir.

Cette phrase paraissait de mauvais augure.

— Les devoirs d'un commissaire sont multiples, et je suis souvent obligé d'assister à des cérémonies publiques rassemblant d'autres dignitaires – du Parlement, de l'hôtel de ville, de la Cour. Des rumeurs circulent. De simples potins, pour la plupart… mais pas toujours. Par chance, j'ai surpris une rumeur que je ne puis me permettre d'ignorer. On m'a laissé entendre qu'un membre éminent de la famille impériale s'était intéressé à l'affaire Löwenstein quand les journaux avaient commencé à en parler. Un haut fonctionnaire a assuré à cette auguste personne que l'énigme serait bientôt élucidée par les services de sécurité. Par bonheur, ladite personne n'y a ensuite plus pensé – son attention ayant sans doute été attirée par des affaires plus urgentes concernant l'État et la Cour. L'article récent révélant que Fräulein Löwenstein était enceinte au moment de son assassinat est très embarrassant, car il a rappelé cette histoire à la mémoire de la haute personnalité en question.

Le commissaire Brügel marqua une pause et leva les yeux. Rheinhardt suivit son regard et le portrait imposant de l'empereur emplit alors son champ de vision.

— Vous ne voulez pas dire…

— Je crains que si. Et mes sources sont tout à fait sûres.

Rheinhardt prit une profonde inspiration et relâcha lentement son souffle.

Brügel hocha la tête et ordonna des documents sur son bureau.

Enfin, Rheinhardt comprenait pourquoi son supérieur hiérarchique était aussi agité.

— Je ne vais pas y aller par quatre chemins, Rheinhardt. Vu les circonstances, il est impératif que cette affaire soit élucidée le plus tôt possible. À cette fin, je pense que nous avons besoin de sang neuf, d'un regard nouveau sur tout ça.

De la main, il montra les documents et observa la lueur de déception qui passa dans les yeux de l'inspecteur.

— Écoutez, dit-il d'un ton un peu plus chaleureux. Je ne compte pas vous retirer l'affaire, Rheinhardt, mais je pense qu'un peu d'aide ne serait pas de trop.

— De l'aide, monsieur ?

— Oui. J'ai invité l'inspecteur von Bulow à examiner les témoignages.

— Très bien, monsieur.

Si Rheinhardt réussit à conserver un calme de façade et à feindre de se résigner à ce déboire professionnel, la simple mention du nom de von Bulow lui donnait la nausée.

— Comme vous le savez, il étudie en ce moment avec le professeur Gross à Czernowitz, mais il a bien voulu accepter de revenir à Vienne pendant un mois environ. Vous avez déjà travaillé avec lui, n'est-ce pas, Rheinhardt ?

— Oui, monsieur. C'est un policier très compétent.

— Voilà exactement mon sentiment. Je suis heureux que vous partagiez ma manière de penser.

60

Une dame coiffée d'un grand chapeau à plume se plaignait de la qualité de sa pâtisserie, une *Esterházytorte*, et menaçait de ne plus accorder sa clientèle à l'*Imperial* et de se replier sur le *Sacher* ou le *Bristol*. Elle avait attiré l'attention du maître d'hôtel et d'une nuée de serveurs qui, tels des corbeaux, assaillaient sa table. Leur ressemblance avec des oiseaux était renforcée par de fréquentes courbettes, qui leur donnaient l'air de picorer. Tout près, une grande tablée extrêmement bruyante, qui sortait à l'évidence de l'Opéra, riait aux éclats et portait des toasts en levant des flûtes de champagne. Pendant ce temps, le pianiste soumettait la *Grande Valse* de Chopin à un tempo presque deux fois plus rapide en faisant preuve d'une dextérité remarquable dans les notes répétées de la mélodie, exécutées sans la moindre faute. Liebermann était très impressionné.

— La situation n'est pas encore revenue à la normale dans les usines de Bohême, continua à grommeler Mendel. Il y a toujours beaucoup de ressentiment… ah ! ces nationalistes tchèques et allemands ! Avec eux, il est impossible de gérer une entreprise. Je ne crois pas que les choses puissent s'arranger avant plusieurs années. Les bénéfices et les investissements se sont presque écroulés. Je suppose que tu ne connais pas les Bauer… Bon, ils ont eu un tas de problèmes. Quand

Badeni[1] a démissionné, il a laissé un chaos total. Tu m'écoutes, Max ?

— Oui… tu disais qu'après la démission de Badeni…

Mendel lui lança un coup d'œil méfiant.

— Quant à nos pareils, reprit-il en levant les bras et en secouant la tête. Une position intenable !

Nos pareils ?

Liebermann se sentait nettement gêné par le vocabulaire par trop globalisant de son père.

— Nous ne sommes pas les bienvenus chez les Allemands du Nord-Ouest, et pourtant, les Tchèques nous traitent en alliés des Allemands. Comment s'en sortir ?

Mendel s'interrompit pour remuer son *Pharisäer.*

— Un vieil ami de la loge – Rubenstein – est mort le mois dernier d'une insuffisance cardiaque, reprit Mendel en se tapotant la poitrine. Il avait perdu presque tous ses avoirs là-bas… entre les émeutes et l'incertitude politique. Il n'avait pas d'enfant, ce qui est sans doute aussi bien. Sa femme va toucher les revenus modestes d'investissements, mais ça n'ira pas chercher loin. Ce qui me fait penser qu'il faudra que j'aille la voir avec ta mère… ça doit être difficile de se retrouver toute seule dans cette grande maison… avec tous ces souvenirs.

Un groupe installé près de la porte se leva juste au moment où un autre arrivait. Des serveurs fondirent sur la table pour la débarrasser, et l'agitation, la confusion, le bruit des conversations augmentèrent.

— Où est-ce ?

— Cette maison ?

— Oui.

— À Alsegrund.

— Et cette Frau Rubenstein, comment est-elle ?

Mendel fut surpris de cet intérêt soudain.

1. Premier ministre, Badeni voulait donner au tchèque le statut de langue officielle en Bohême et en Moravie, et son gouvernement est tombé pour cette raison. *(N.d.T.)*

— Tu veux savoir comment est Mimi Rubenstein ?

— Oui. Est-ce qu'elle est agréable ?

— Assez agréable, oui, mais timide… et plongée dans ses livres. J'ai toujours eu un peu de mal à converser avec elle… Je ne suis pas un grand lecteur, tu me connais. Mais, dis-moi, pourquoi t'intéresses-tu tout à coup autant à Mimi Rubenstein ?

— A-t-elle une dame de compagnie ?

— Je l'ignore.

— Aimerait-elle en avoir une ?

Mendel goûta son *Esterházytorte* et hocha la tête d'un air approbateur.

— Moi, je la trouve bonne.

Puis, la bouche encore pleine, il demanda :

— Pourquoi ? Aurais-tu quelqu'un à l'esprit ?

— Oui. Une gouvernante anglaise qui cherche un emploi. Elle conviendrait parfaitement, me semble-t-il. Crois-tu que Frau Rubenstein aimerait la rencontrer ?

— Je peux toujours lui poser la question. Où l'as-tu dénichée, cette gouvernante ?

Liebermann prit une profonde inspiration et se lança dans une explication un peu longue, mais revue et corrigée avec soin.

61

Assis dans un fauteuil, Rheinhardt n'avait pas entendu sa femme approcher. Il leva les yeux, sourit et lui effleura la main. Elle ne répondit pas à sa caresse et eut un léger mouvement de recul.

— Est-ce que les filles se sont endormies ?

— Oui.

— Je me suis montré impatient avec Mitzi tout à l'heure… je le regrette.

— Ce n'est pas grave, dit Else en tirant une chaise placée devant la table. Mitzi était vraiment contrariante.

Rheinhardt soupira et referma une revue de la police qu'il avait essayé de lire sans succès.

— Qu'y a-t-il ? lui demanda sa femme. Je sais que quelque chose te préoccupe. Tu es resté sur la même page toute la soirée.

— Tu possèdes des dons d'observation peu communs, Else. Parfois, je me dis que tu ferais un meilleur officier de police que moi.

Il se carra dans son fauteuil.

— Alors ? reprit Else. De quoi s'agit-il ?

Rheinhardt ne voulait pas accabler son épouse avec ses problèmes professionnels ; d'un autre côté, il savait que, s'il choisissait d'esquiver ses questions, elle ne le lâcherait plus.

— Aujourd'hui, le commissaire m'a convoqué dans son bureau. Il trouve que nous n'avançons pas assez vite dans l'affaire Löwenstein.

— Herr Brügel n'est jamais content.

— C'est vrai. Mais, cette fois, il n'a pas tort… il a donc invité un collègue à me donner un coup de main, un certain von Bulow.

Il se tut un instant avant d'ajouter :

— Et s'il y a un homme que je déteste plus que n'importe qui au monde, c'est bien von Bulow.

Else s'assit.

— Il est d'une arrogance insupportable, poursuivit Rheinhardt. Sans doute à cause de son histoire personnelle. Il se considère un cran au-dessus de nous tous de par sa naissance. Sa famille a été anoblie parce qu'un de ses ancêtres – Dieu seul sait à quand cela remonte – s'est distingué sur un champ de bataille.

— Mais c'est un bon policier ?

— Il est intelligent, ça oui. Malin. Mais, à mon goût, trop respectueux de la bureaucratie et des règles de procédure. Inutile de dire que le commissaire ne jure que par lui.

Else se leva de la table et revint un instant plus tard avec un verre de brandy.

Rheinhardt lui baisa la main et la porta à sa joue.

— Merci.

De nouveau, elle eut un mouvement de recul. S'il n'avait pas été aussi soucieux, cette froideur aurait sans aucun doute éveillé ses soupçons.

Rheinhardt sirota le liquide ambré, fut gagné par une douce chaleur et se sentit un peu moins démoralisé – en partie grâce à l'alcool, en partie grâce à la présence de sa femme.

— Oskar ?

La voix d'Else était posée, mais décidée.

— Oui, ma chérie ?

— Ce n'est pas ton travail qui te préoccupe, n'est-ce pas ?

Rheinhardt la regarda. Elle s'était composé une apparence de calme, mais quelque chose dans son attitude trahissait la tension. Ses lèvres pincées formaient une ligne fine, sévère.

— Que veux-tu dire au juste ? demanda Rheinhardt.

— Tu es malheureux, c'est ça ?

— Else ?

— Notre couple ne te satisfait plus ?

Ces mots étaient si inattendus que Rheinhardt s'étrangla avec son brandy.

— Ma chérie… de quoi… mais de quoi donc parles-tu ? Qu'est-ce qui a bien pu te pousser à imaginer une chose pareille ?

Else se redressa et expliqua :

— Je t'ai vu au Prater… en train de déjeuner avec une femme.

L'accusation jaillit, crispée et lourde de sens.

Rheinhardt en resta bouche bée.

— Elle se comportait avec beaucoup de… familiarité, ajouta Else.

L'espace d'un instant, Rheinhardt fut éberlué. Puis, peu à peu, une lueur de compréhension apparut dans ses yeux. Sa large poitrine se souleva et une tempête de rire s'en échappa.

— Ma chérie, ma chérie… ma chère petite femme, viens ici.

Else hésita avant d'aller rejoindre son mari. Quand elle fut près de lui, il l'attira sur ses genoux. Toujours hésitante, elle scruta son regard et avertit :

— Je t'en prie. N'essaie pas de me faire croire que tu étais en train de travailler.

Rheinhardt lui baisa les doigts.

— Ah ! mais si, justement, je travaillais, ma chère ! Elle s'appelle Isolde Sedlmair et elle est actrice !

Else plissa les yeux.

— Non, ajouta son mari. Je ne me suis pas bien exprimé.

Il attira Else encore plus près et enfouit le visage dans sa robe. Dessous, il sentait les baleines dures de son corset.

— Je peux tout t'expliquer. Ensuite, une fois que tu seras tout à fait convaincue, je propose que nous nous retirions très tôt dans notre chambre.

Il n'avait plus von Bulow à l'esprit.

62

Liebermann patientait dans le salon de Frau Rubenstein. Il avait estimé qu'il valait mieux laisser la veuve parler seule à seule avec Miss Lydgate ; mais plus d'une heure s'était écoulée depuis le début de leur entretien, et il commençait à s'inquiéter quelque peu. Il n'entendait pas leurs voix.

Elle n'est pas folle au moins ?

Il avait fallu user de persuasion avec Mendel, et Liebermann avait peut-être minimisé la gravité des symptômes de Miss Lydgate. À présent, abandonné à ses réflexions, il se demandait s'il avait bien fait et sentait le doute l'envahir.

Non, bien sûr qu'elle n'est pas folle, papa.

Avait-il eu raison de l'affirmer tout net ?

Évidemment, s'il avait mentionné « Katherine », Mendel n'aurait pas été d'accord. Tout un traité évoquant les subtilités du diagnostic en psychiatrie n'aurait pas réussi à le convaincre qu'une femme qui avait souffert d'un dédoublement de personnalité pouvait être considérée comme saine d'esprit. Liebermann avait donc présenté à son père une version très édulcorée de l'hystérie et du traitement de Miss Lydgate. En outre, il s'était montré manipulateur en faisant appel à ses instincts charitables. Il lui avait décrit la gouvernante comme une étrangère pauvre et vulnérable, sachant fort bien que son père s'apitoyait sur le sort des défavorisés – une classe d'individus qui, pour lui, évoquait souvent le souvenir de son propre père.

Liebermann consulta sa montre.

Une heure et douze minutes.

Il se leva, s'approcha de la porte, l'entrouvrit et pencha la tête sur le côté pour tendre l'oreille.

Rien.

Déterminé à découvrir ce qui se passait, il avança dans le long couloir peu éclairé. Mais, au moment même où il prenait cette décision, la porte du salon s'ouvrit en livrant passage à Miss Lydgate. Si, à l'évidence, elle était surprise de le trouver là, elle ne tressaillit pas.

— Oh… docteur Liebermann.

— Miss Lydgate.

Maintenant qu'il voyait son expression calme et sérieuse, il se sentait un peu bête. Ses inquiétudes s'envolèrent.

— Je venais juste voir…

Il fut incapable de terminer sa phrase. Son anxiété lui apparut vraiment superflue, et il sourit de soulagement.

— Frau Rubenstein aimerait vous parler.

Pendant qu'elle lui tenait la porte, il ne savait pas encore si l'entretien avait été fructueux – les traits de la jeune femme ne montraient pas la moindre émotion. Liebermann s'inclina légèrement avant d'entrer dans le vaste salon qui sentait le renfermé.

Vêtue de noir, Frau Rubenstein était assise dans un fauteuil, devant une grande baie vitrée. C'était une petite femme ratatinée, non seulement par l'âge, mais par son récent chagrin. Pourtant, en levant la tête, elle rayonnait et ses yeux pétillaient. À ses pieds, Liebermann remarqua plusieurs livres qui ne se trouvaient pas là lorsqu'il avait quitté la pièce. Les deux femmes en avaient sans aucun doute discuté ou lu des passages.

— Herr Doktor, je suis navrée de vous avoir fait attendre, dit la veuve d'une voix douce, mais claire. J'étais en train de montrer ces volumes de ma collection… et j'ai complètement oublié que vous étiez là.

Planté au milieu de la pièce, Liebermann ne savait pas comment réagir. Il jeta un coup d'œil à Miss Lydgate qui, pour la première fois, esquissa un sourire.

— Amelia et moi sommes parvenues à un accord au sujet de sa situation, poursuivit Frau Rubenstein. Auriez-vous l'amabilité de lui montrer les pièces du dernier étage, Herr Doktor ? L'escalier est raide, et mes jambes ne sont plus aussi robustes qu'autrefois.

— Bien sûr, dit Liebermann.

D'ordinaire réservée, Amelia Lydgate se précipita vers Frau Rubenstein pour lui prendre la main.

— Merci, murmura-t-elle.

La vieille dame secoua la tête et dit :

— J'espère que vous serez heureuse ici.

Liebermann et Miss Lydgate sortirent et commencèrent à grimper les larges marches courant sur plusieurs étages.

— Frau Rubenstein est exquise, dit Miss Lydgate en soulevant un peu sa jupe et en enjambant une barre mal fixée du tapis d'escalier. Et elle s'intéresse beaucoup à la littérature et aux sciences.

— Je savais qu'elle était très instruite, mais j'ignorais qu'elle était aussi passionnée.

— Elle s'est même intéressée au journal de mon grand-père.

— Ah bon ?

— Oui. Quand elle était petite, elle habitait à la campagne, et sa grand-mère lui a appris à utiliser les plantes médicinales. Elle connaît des tas de choses.

— Eh bien, vous serez pour elle une compagne idéale.

— Je ferai de mon mieux, docteur Liebermann.

Tous deux étaient un peu essoufflés en atteignant le dernier étage. Plusieurs pièces avaient autrefois servi à loger les domestiques ; à présent, l'odeur de renfermé indiquait qu'elles étaient inoccupées depuis un certain temps. Les problèmes financiers de Herr Rubenstein remontaient peut-être à une époque plus ancienne que ne le pensait Mendel. Amelia Lydgate examina chaque pièce avec soin, le visage empourpré par l'excitation ; pour sa part, Liebermann était un peu déçu par leur petite taille et l'obscurité due au jour déclinant. Il laissa courir un doigt sur une table et examina la poussière ainsi ramassée.

— Bien sûr, il va falloir faire un grand ménage, dit-il.

Miss Lydgate ne répondit pas. Au lieu de quoi, elle courut partout et s'arrêta enfin sur le palier.

— C'est merveilleux, dit-elle.

— Vous trouvez ?

— Oh ! oui !

Elle se tourna et montra les portes tour à tour.

— Ma chambre sera ici, ma bibliothèque là… et la petite pièce du fond me servira de laboratoire.

Liebermann l'observa… et eut une perception aiguë de son apparence physique. Il s'était habitué à voir Amelia Lydgate en chemise d'hôpital informe, et, à présent, elle était transformée. Elle avait beau ne porter qu'une simple robe verte à col montant, l'effet était saisissant. Sa poitrine et l'agréable symétrie que constituaient ses hanches sautaient aux yeux. Ses cheveux d'un roux auburn ardent semblaient en feu. Elle avait l'air élégante, sophistiquée.

— Je vais tout de suite avertir le Dr Landsteiner, précisa-t-elle.

Leurs regards se croisèrent, et Liebermann détourna les yeux.

— Oui, dit-il en desserrant un peu sa cravate. Oui, vous devez reprendre vos travaux dès que possible.

Après un bref silence, il ajouta :

— Miss Lydgate, pourrions-nous nous asseoir un instant ? J'aimerais discuter avec vous de certains détails pratiques.

Ils entrèrent dans la pièce du fond, où ils découvrirent une table à abattants repliés et deux chaises dures.

— Miss Lydgate, quels sont vos projets immédiats ?

— Est-il possible que je reste ici… dès ce soir ?

— Oui, bien sûr. Je peux rédiger votre autorisation de sortie dès mon retour à l'hôpital.

— J'ai une malle…

— Vous pourrez la prendre quand vous serez prête. Ou je peux m'arranger pour qu'on vous l'envoie.

Amelia Lydgate baissa les yeux sur ses mains et entrelaça ses doigts.

— Je vais écrire à Herr Schelling. Il recevra demain ma lettre de démission.

— Et vos parents ?

— Oui, je vais les prévenir, bien sûr. Mais je leur épargnerai des détails qui pourraient leur causer du chagrin. Ils n'ont pas besoin de tout savoir.

Miss Lydgate leva la tête et la lumière se refléta dans ses yeux sereins, à l'éclat métallique.

— Bon, dit Liebermann. Je suppose que je devrais prendre congé de Frau Rubenstein et vous laisser vous installer dans votre nouveau logis.

Tous deux se levèrent, mais ne bougèrent pas. Un curieux malaise les gagna.

— Docteur Liebermann, dit Amelia Lydgate, sa retenue habituelle perturbée par un soupçon d'agitation. Je ne sais vraiment pas comment vous remercier.

— Il n'y a pas de quoi, répondit Liebermann en secouant la tête. Je suis sûr que Frau Rubenstein appréciera beaucoup votre compagnie.

— Non, pas seulement pour ça, expliqua-t-elle avant de balayer la pièce d'un geste de la main. Frau Rubenstein…

Elle s'interrompit, puis ajouta :

— Je voulais vous remercier pour tout.

Liebermann sourit, mais, comme d'habitude, son sourire ne fut pas retourné. La jeune femme conserva une expression fervente.

— Bien entendu, je vous…

Liebermann laissa ses mots se perdre.

— Vous me rendrez visite ?

Une infime inflexion d'espoir se glissa dans la voix de la jeune femme.

— Oui, je vous rendrai visite, répéta Liebermann d'un ton décidé. Pour voir comment vous allez.

— J'en serai très heureuse, souffla Miss Lydgate.

63

Victor von Bulow passa les mains sur ses cheveux ras argentés, et on entendit un bruit de râpe. Contrairement à la plupart de ses contemporains, il ne portait ni favoris ni moustache, mais une simple barbiche rectangulaire soignée. Ses traits étaient anguleux. Un nez aquilin séparait des yeux très espacés, et ses oreilles étaient légèrement en pointe. Pour autant, rien n'était comique dans son aspect physique. Au contraire, la sévérité de sa figure donnait une impression de vive intelligence. C'était là un beau visage, peu banal, frappant, doté d'une forte personnalité.

Rheinhardt remarqua la coupe élégante de son costume, les feux jetés par ses boutons de manchette en diamants.

« On dirait un dignitaire de la Cour », songea Rheinhardt. Il l'imaginait dans une salle perdue de la Hofburg, en train d'expliquer à ses acolytes les arcanes et les complexités byzantines du protocole. La Vienne impériale était un paradis pour les pédants – un endroit où on pouvait juger l'importance d'un visiteur à l'angle que formait le fouet de son cocher.

Face à von Bulow, Rheinhardt se sentait mal habillé et conscient de ses origines modestes. Il rentra le ventre et se redressa.

— Écoutez, Rheinhardt, j'ai feuilleté le dossier et ne l'ai pas trouvé très éclairant.

En prononçant ces mots, von Bulow regarda le commissaire. Assis sous le portrait de l'empereur François-Joseph, Brügel inclina la tête pour signifier son accord.

— Je n'y ai pas trouvé le plan des lieux du crime, poursuivit von Bulow. Je suppose qu'on en a pourtant tracé un ?

Ses yeux étaient d'un gris très pâle, délavé, presque décoloré.

— Oui, répondit Rheinhardt. Mon adjoint, Haussmann, a dû s'en charger.

— Alors, où est-il ?

— Il ne se trouve pas dans le rapport ?

— Non.

— Alors, c'est qu'il a dû être… égaré.

Von Bulow secoua la tête.

— À moins que Haussmann n'ait oublié de s'en charger.

Rheinhardt comprit qu'il était inutile de s'acharner à couvrir son adjoint.

— Si Haussmann a négligé de tracer le plan, c'est qu'il était occupé ailleurs. Nous avions un nombre faramineux de témoins à entendre.

— C'est par l'exemple que les adjoints apprennent, Rheinhardt, rétorqua von Bulow.

— En effet, et, à mon avis, les auditions doivent prendre le pas sur la disposition des objets.

— Vous avez le droit de penser ce que vous voulez... mais ce n'est pas l'opinion qui prévaut parmi les experts.

De nouveau, von Bulow jeta un coup d'œil à Brügel avant de poursuivre.

— Et puisque nous abordons les règles de procédure... j'ai été surpris de voir l'original de la lettre laissée par Fräulein Löwenstein... dans une enveloppe.

— Où est le problème ? demanda Rheinhardt.

— Dans la mesure où elle risque d'être abîmée par les manipulations, il aurait fallu la photographier. Le cliché aurait ensuite pu être manipulé à volonté.

Rheinhardt l'interrompit.

— Si je l'avais fait, Herr Doktor Liebermann n'aurait jamais pu interpréter la rature de Fräulein Löwenstein. Une reproduction photographique n'aurait...

Von Bulow leva la main.

— Permettez-moi donc de terminer. Après avoir tiré des photographies, il fallait placer l'original entre deux plaques de verre fixées sur les bords par du papier gommé. On aurait ainsi pu voir le recto et le verso du document et l'exposer à la lumière.

— Tout cela est bien beau, von Bulow, mais...

— Inspecteur !

D'un regard menaçant, Brügel réduisit Rheinhardt au silence.

— Je crains fort de ne pas pouvoir visualiser l'appartement de Fräulein Löwenstein, poursuivit von Bulow.

— Les photographies ne sont-elles pas satisfaisantes ? demanda Rheinhardt.

— Sans plan pour indiquer les distances, elles sont insuffisantes.

Tout en regardant Brügel, il continua :

— J'ai bien peur de devoir me rendre dans l'appartement.

— Entendu, répondit Brügel. Rheinhardt, vous pourriez peut-être y accompagner l'inspecteur von Bulow demain ?

— Ce serait un honneur.

Von Bulow releva la tête et scruta Rheinhardt pour tenter de déchiffrer son expression. Rheinhardt sourit poliment.

Reportant les yeux sur son carnet, von Bulow reprit :

— Je n'ai pas trouvé le rapport du médecin de la police… le Dr Liebermann, c'est ça ?

Rheinhardt toussa avec nervosité.

— Le Dr Liebermann ne fait pas partie de la police. C'est pourquoi il n'a pas rédigé de rapport.

— Alors, à quel titre a-t-il été consulté ?

— À titre officieux, déclara Rheinhardt d'un ton ferme.

— N'empêche qu'il aurait fallu prendre la peine de demander un rapport.

— Je ne pensais pas que c'était nécessaire.

— Eh bien, ça l'est. Comment puis-je arriver à une conclusion quelconque sur ses découvertes ?

— Je suis sûr que le bon docteur consentirait à vous parler.

— J'en suis moi aussi persuadé… mais, dans l'immédiat, ça ne m'avance pas beaucoup.

Von Bulow passa l'heure qui suivit à travailler sur ses notes, à poser des questions qui, toutes sans exception, mettaient en lumière tel ou tel manquement au « code de procédure ». La tête vide, bruissante, Rheinhardt avait l'impression de se trouver au bord d'un abîme profond et noir. Il se surprit à fixer un regard vague sur le portrait de François-Joseph… la blancheur de l'uniforme de général qu'il portait et l'écharpe rouge foncé qui lui barrait la poitrine le fascinaient curieusement. Sur une table, à côté de l'empereur, était posé un grand chapeau noir de feld-maréchal, orné d'un faisceau de plumes de paon vertes.

— Rheinhardt ?

C'était la voix de Brügel.

— Pourriez-vous, s'il vous plaît, accorder quelque attention…

64

— J'ai reçu ton petit mot, maman. Dis-moi… tout va bien ?

— Oui, oui… tout va bien. Entre donc.

Liebermann pénétra dans le salon.

— Où est Hannah ?

— Elle est sortie avec son amie… pour acheter un chapeau. Elles sont allées se promener dans la Kärntner Strasse.

Liebermann tendit son manteau au serviteur qui l'avait suivi dans le couloir.

— Veux-tu du thé ?

— Non, merci.

— Alors, assieds-toi, Maxim.

Elle ajouta à l'intention du domestique :

— Ce sera tout, Peter.

— Maman…

Liebermann hésita. Il commençait à soupçonner qu'il avait été manipulé.

Ne le laissant pas poursuivre, Rebecca dit :

— Je sais… je sais exactement ce que tu penses. « Pourquoi a-t-elle dit que c'était urgent ? » Mais, sinon, est-ce que tu serais venu ? Non. Tu m'aurais envoyé un mot pour expliquer que tu étais trop occupé à l'hôpital. Je me trompe ?

Liebermann s'assit sur le sofa.

— Non, maman, tu ne te trompes pas. Mais, le fait est… que je suis vraiment très occupé à l'hôpital. Pour être franc…

Il était sur le point de parler à sa mère de Gruner et de son renvoi imminent, mais il eut tôt fait de changer d'avis.

— Oh ! aucune importance.

— Qu'est-ce qui n'a aucune importance ?

Liebermann soupira.

— Pourquoi voulais-tu me voir aujourd'hui ?

Rebecca s'assit sur le sofa à côté de son fils et lui prit la main. L'affection creusa de petites rides au coin de ses yeux. Mais son regard n'en était pas moins interrogateur, pénétrant. Liebermann trouva un peu énervant d'être sondé de la sorte.

— Maxim, je voulais te parler… seule à seul.

— De quoi ?

— De Clara.

— Très bien, maman. Que voulais-tu me dire ?

— C'est une jolie fille. Très belle en vérité. Et la famille Weiss… est tout à fait respectable. Tu le sais, son père et le tien…

Liebermann l'interrompit.

— Leur amitié ne date pas d'hier. Ils sont allés en classe ensemble à Leopoldstadt, et le grand-père Weiss a aidé grand-père à monter sa première affaire.

La main devant la bouche, il feignit de bâiller avec ostentation.

— Oui, oui. Je sais. Ce n'est pas la première fois que tu entends ça.

De son pouce, sa mère lui caressa la main.

— Alors, qu'y a-t-il, maman ?

— Est-ce que tu es…

Elle sourit avec nervosité.

— Est-ce que tu es sûr que c'est elle qu'il te faut ? Qu'elle te rendra heureux ?

D'une façon bizarre, la phrase que Liebermann avait préparée à l'intention du professeur Gruner lui revint à l'esprit : « Professeur Gruner, malgré mon grand désir de conserver mon poste dans cet hôpital, je ne puis agir contre ma conscience… »

Une curieuse sensation de froid s'insinua dans sa poitrine. Liebermann chassa cette pensée, irrité par son intrusion.

— Oui, répondit-il avec quelque hésitation. Oui… je crois que nous serons heureux ensemble.

— Et tu l'aimes ? Tu l'aimes vraiment ?

— Oui, dit-il en riant. Si je ne l'aimais pas, je ne l'aurais pas demandée en mariage.

Pourtant, tout en prononçant ces mots, il les trouva légers, aériens, dénués de sentiment profond. Il ne sentait pas le poids de l'affection lui étreindre le cœur.

— Maman, je n'en suis pas absolument certain. Comment veux-tu que je le sois ?

Il se rappela ce que lui avait dit Rheinhardt, cet homme si dévoué à sa femme : « Mon cher ami, j'ai eu quelques doutes, oui. Tout le monde en a. »

— Je… je ne sais pas quel genre de vie nous mènerons… je n'ai pas de boule de cristal. Mais j'éprouve une grande affection pour Clara et, quand nous sommes ensemble, elle me rend heureux. Et puis, c'est vrai qu'elle est très jolie.

— La beauté ne dure pas, crois-moi, lâcha Rebecca d'un ton sec. On me trouvait très belle autrefois.

Elle coinça une mèche de cheveux derrière l'oreille de son fils… comme s'il était encore un gamin. Liebermann fronça les sourcils et s'écarta.

— Alors, tu es sûr ? demanda sa mère en souriant.

— Aussi sûr que je puisse l'être, maman.

À ces mots, Rebecca se leva, s'approcha de la commode placée de l'autre côté de la pièce. Lorsqu'elle revint, elle s'assit et tendit à son fils un coffret noir.

— Prends-le.

Liebermann l'ouvrit. À l'intérieur, une bague de fiançailles reposait sur un lit de soie. Un saphir d'un beau bleu était entouré de petits diamants.

— Elle était à ma grand-mère… ton arrière-grand-mère. Dieu sait comment ils avaient réussi à l'avoir. Je suppose que tu as été trop occupé pour aller en acheter une.

65

La pièce était éclairée par des bougies dont la plupart, presque consumées, ne donnaient plus qu'une flamme vacillante. Une rangée de narguilés abandonnés obscurcissait le champ visuel de Záborszky ; à travers les récipients de verre, il apercevait toutefois l'image grotesquement déformée de deux messieurs sans connaissance. Quand le comte bougeait la tête, ses compagnons inconscients semblaient grandir puis rétrécir.

— Mon cher comte.

Záborszky se retourna. Une femme mûre, vêtue avec sobriété, se tenait près de lui.

— Frau Matejka…

Záborszky prononça son nom avec une nuance de mépris.

— Il y a une chose dont j'aimerais parler avec vous.

Záborszky resta inerte.

— En privé, reprit la femme.

Záborszky se leva en vacillant un peu.

— Attention à ne pas tomber.

— Je ne m'abaisserais jamais à un tel manque de dignité.

La tenancière l'entraîna dans un couloir sombre menant à une pièce délabrée qui sentait l'humidité. Le plancher était nu et le papier peint avait commencé à peler près du plafond ; des traînées de moisissures noires flanquaient la fenêtre aux volets clos ; une lampe à huile était posée sur un bureau éraflé, en piteux état, devant lequel étaient installées deux chaises grossières.

— Asseyez-vous, je vous prie.

Quand Záborszky tira une chaise sur le parquet, le raclement écorcha ses oreilles sensibles. Il s'affaissa sur son siège, les bras ballants.

— Alors, de quoi s'agit-il ?

— Comme vous le savez, vous êtes un client très estimé de notre petite affaire…

— J'ai payé… j'ai payé Olga pour toute la semaine dernière.

— Oui, bien sûr. Je n'essayais pas de…

— Alors ? Venez-en au fait.

Frau Matejka ressemblait à une maîtresse d'école provinciale. Elle n'était pas maquillée et ses cheveux grisonnants étaient noués en un chignon dont quelques mèches folles s'échappaient. Le crucifix en argent pendu à son cou renforçait son allure de vieille fille.

Elle sourit d'un air patient.

— J'aime considérer nos clients réguliers comme des amis. Des messieurs à qui je peux parler.

— Je ne peux pas vous donner davantage, Frau Matejka. Je suis à sec.

— Ce n'est pas une question d'argent que je voudrais aborder avec vous, mais une question de conduite.

Záborszky se mit à rire – un long gloussement mécanique.

— De conduite ? Dans un bordel ?

Frau Matejka attrapa la lampe à huile et augmenta la mèche. La lumière n'était pas flatteuse pour la tenancière. Les poches sous ses yeux semblaient violacées et les ridules verticales sur sa lèvre supérieure en furent accentuées.

— Je suis responsable des filles. Vous vous en rendez compte, n'est-ce pas ? Je suis une mère pour elles.

Elles viennent me parler quand elles sont soucieuses… quand quelque chose les tracasse.

— En quoi cela me concerne-t-il ?

— Il y a eu des plaintes.

— Des plaintes ?

— Oui.

— De quoi se sont-elles plaintes ?

— D'être brutalisées. Ça ne va pas, cher comte… vous leur faites peur.

Záborszky leva les yeux au ciel.

— C'est idiot.

— Amalie m'a montré son cou. Elle a cru que vous alliez l'étrangler.

— Dans le feu de l'action… marmonna Záborszky.

Frau Matejka se pencha en avant.

— Écoutez, certaines acceptent de se prêter à des pratiques inhabituelles. Des spécialistes. Si vous voulez, je peux me renseigner. Bien sûr, ça vous coûterait un peu plus cher. Disons quatre, peut-être même cinq couronnes.

— Je m'en vais…

Záborszky se leva et sortit de la pièce. Se sentant plus assuré sur ses jambes, il avança à vive allure dans le couloir et traversa la salle où ses compagnons dormaient encore. Dans une petite antichambre, il récupéra son manteau et sa canne.

Une fois dehors, il s'immobilisa pour laisser l'air froid de la nuit lui éclaircir les idées. La porte donnait directement – et discrètement – sur une venelle peu éclairée. Des briques à nu affleuraient aux endroits où le cataplasme de plâtre s'était effrité. Lorsqu'il remarqua une silhouette qui venait vers lui, Záborszky se mit aussitôt à marcher. L'homme avançait, ombre dépourvue de traits dans la lueur jaune diffuse des réverbères.

La ruelle était trop étroite pour permettre à deux hommes de se croiser, et aucun ne céda le passage. Leurs épaules se heurtèrent donc avec une force considérable.

Encore furieux de son entretien avec Frau Matejka, Záborszky se retourna en lâchant :

— Regardez donc devant vous !

L'autre homme s'arrêta et pivota. Záborszky vit alors son visage, éclairé, à présent.

— Braun ! Que faites-vous ici ?

— La même chose que vous, j'imagine, lui répondit le jeune homme en approchant d'un pas. Ce n'est pas un enrichissement spirituel qu'on vient chercher chez Frau Matejka.

Záborszky garda le silence.

— Écoutez, j'ai toujours pensé que votre intérêt pour notre cercle était superficiel, continua Braun.

— Que voulez-vous dire par là ?

— Vous n'avez jamais réellement souhaité communiquer avec les morts.

— Vous êtes ivre, Braun. Bonsoir.

Záborszky se retourna et commença à s'éloigner. Il sentit alors la main de Braun peser sur son épaule.

— Non, mon cher comte. Je crois que vous devriez rester un moment pour bavarder.

Záborszky demeura parfaitement immobile.

— C'était une supercherie… elle n'était pas une vraie médium, poursuivit Braun. Vous le saviez, je crois.

— Ôtez votre main.

— Alors pourquoi veniez-vous semaine après semaine ? Est-ce que c'était vous ?

— De quoi parlez-vous ?

— Est-ce que vous l'avez…

— Ôtez votre main, répéta Záborszky.

— Elle s'est toujours laissé impressionner par le dandysme et les promesses.

— Je ne vous le répéterai pas une deuxième fois.

— C'étaient vos enfants ? Ceux qu'elle portait ? C'étaient les vôtres ?

Záborszky tira sur le pommeau de sa canne, une tête de jaguar dorée. On entendit un frottement et une lueur métallique apparut. Braun bondit en arrière et serra sa main entaillée qui saignait déjà d'abondance.

— Continuez à mettre ma patience à l'épreuve, et c'est la gorge que je vous trancherai.

Il rengaina l'épée à lame fine dans son fourreau singulier et appuya. Braun entendit le déclic d'un mécanisme. Sans un regard en arrière, Záborszky se remit à marcher. Quand il arriva au bout de la venelle, Braun ne le vit prendre ni à droite ni à gauche, mais eut l'impression qu'il s'était dissous dans la nuit.

Cinquième partie

L'appareil photo Pocket Kozy

66

Haussmann s'essoufflait. Von Bulow semblait marcher plus vite que la plupart des gens.

— Qu'avez-vous pensé en entrant dans la pièce pour la première fois ?

— J'ai pensé à un suicide, monsieur. À cause du message laissé sur la table.

— Oui, le message. J'ai lu le rapport de Rheinhardt. Il a consulté ce médecin… comment s'appelle-t-il déjà ?

— Liebermann, monsieur.

Haussmann se sentait encore mal à l'aise à cause de leur départ précipité du poste de police.

— Vous ne croyez pas que nous aurions dû attendre l'inspecteur Rheinhardt, monsieur ?

— Non. Il était en retard.

— D'habitude, il est toujours à l'heure, monsieur.

— Eh bien, pas aujourd'hui, Haussmann. Si l'inspecteur Rheinhardt a jugé bon de s'attarder à sa toilette ce matin, c'est son affaire. Moi, j'ai du travail. Il est juif, n'est-ce pas ?

— Pardon, monsieur ?

— Liebermann… il est juif ?

— Je suppose.

— Vous ne le savez pas ?

— C'est-à-dire…

— Laissez donc. Il – ce Liebermann – a déduit d'une rature dans ce message que la victime était enceinte. Qu'en pensez-vous, Haussmann ?

— C'était fort ingénieux.

— À moins qu'il ne s'agisse d'un simple coup de chance.

— Il avait raison, monsieur.

— Est-ce que vous le connaissez ?

— Pas très bien… mais il a aidé l'inspecteur Rheinhardt en plusieurs occasions.

— Comment est-il ?

— Agréable… intelligent.

— Digne de confiance ?

— Pour autant que je sache, oui.

Un omnibus passa dans un bruit de ferraille, et von Bulow éleva la voix.

— C'est un disciple de Sigmund Freud, je crois.

— De qui ?

— Un professeur juif. Je ne suis pas sûr que ses principes, sa psychologie puissent s'appliquer à l'ensemble de la population.

— Très bien, monsieur, dit Haussmann sans se tourner pour croiser son regard.

Von Bulow accéléra encore l'allure.

— La porte était fermée à clé de l'intérieur.

— Oui, monsieur.

— Et il n'y avait aucune cachette – aucun endroit où un homme aurait pu se dissimuler pendant que vous vous trouviez dans l'appartement ?

— Non, monsieur.

— Avez-vous vérifié ?

— Pas sur le moment. Mais plus tard, oui, monsieur, et aucune cachette n'a été trouvée.

— Cette fouille a-t-elle été assez poussée ?

— Les lames de parquet étaient toutes bien fixées. Il n'y avait pas de renfoncement derrière les étagères. Ni assez de place dans le conduit de la cheminée.

— Étiez-vous présent quand cette vérification a eu lieu ?

— Oui, monsieur. Ainsi que l'inspecteur Rheinhardt, les agents Wundt, Raff et Wengraf. D'ailleurs, monsieur…

— Quoi donc ?

— Le coffret japonais. Personne n'aurait pu fermer ce coffret de l'intérieur.

— Alors, c'est un démon qui a fait le coup ?

Pour la première fois, Haussmann se permit de sourire.

— Non, monsieur. Mais nous n'en sommes pas plus avancés pour autant. Nous n'avons pas réussi à trouver une explication.

— En effet.

— Monsieur ? dit Haussmann en montrant le café d'en face. Le *Zilbergeld*. Rosa Sucher, la domestique… c'est là qu'elle est allée avant de venir dans la Grosse Sperlgasse.

Von Bulow hocha la tête.

Quand ils atteignirent l'immeuble de Fräulein Löwenstein, von Bulow s'arrêta et scruta la place, juste devant.

Les étals du marché étaient restés installés et des bannes mal fixées claquaient au vent léger. Les immeubles environnants étaient assez grands, certains comptaient jusqu'à six étages et étaient peints de couleurs vives – orange, jaune, tilleul et rose. Toutefois, ils ne donnaient pas une impression de gaieté, mais de délabrement, ayant perdu leur lustre sous une couche de crasse.

D'un air dégoûté, von Bulow secoua la tête et poussa la porte pour entrer dans le hall miteux.

— La cour se trouve par là, précisa Haussmann, le bras tendu devant lui.

— La pièce où elle a été découverte donne-t-elle sur la cour ?

— Non, monsieur… sur une rue, derrière.

— Dans ce cas, j'y jetterai un coup d'œil plus tard. Voyons d'abord l'appartement.

Ils grimpèrent l'étroit escalier en colimaçon.

— Qui d'autre habite ici ?

— Les appartements du premier et du deuxième étage sont vides – le propriétaire y fait des travaux. Le rez-de-chaussée est occupé par la famille Zucker.

— Je n'ai rien lu sur eux dans le dossier.

— Herr Zucker est aveugle. Sa femme travaille comme secrétaire dans un magasin.

— Il n'empêche que Rheinhardt aurait dû consigner ces détails.

Ils arrivèrent sur le palier et Haussmann s'immobilisa soudain. Deux choses étaient déposées devant l'appartement de Charlotte Löwenstein : un bouquet de fleurs fanées et un petit paquet. Haussmann avança lentement et, en arrivant à la porte, s'accroupit pour séparer les tiges brunes emmêlées… une couronne de pétales desséchés tomba et roula sur les carreaux ébréchés.

— Il n'y a pas de carte, dit-il d'une voix douce.

Puis il ramassa le paquet et le tendit à von Bulow.

— Il est adressé à Fräulein Löwenstein.

L'inspecteur arracha la ficelle et déroula le papier raide. Un carton plat apparut. Von Bulow l'ouvrit avec soin et trouva plusieurs photographies à l'intérieur. Sur la première, on voyait une jeune femme très séduisante assise à une table de café. Elle portait un chapeau imitant un turban, orné d'un petit bouquet de fleurs, et une robe blanche élégante. Un homme d'âge mûr était installé en face d'elle et, penché en avant, lui tenait la main.

Von Bulow feuilleta le reste.

Toutes les photographies montraient la même scène – et n'étaient pas de très bonne qualité ; l'une était même très floue : l'homme approchait de ses lèvres la main de la jeune femme. Le bras en mouvement de celle-ci avait laissé une traînée vaporeuse, sans doute la manche lâche d'une robe presque transparente.

Haussmann se releva et von Bulow lui tendit les photos.

— Je sais qui est la femme, naturellement, dit-il. Mais qui est l'homme ? Le reconnaissez-vous ?

— Oui. Oui, je le reconnais.

67

Si Liebermann se retrouva dans la Wieblinger Strasse, c'était davantage dû au hasard qu'à une intention délibérée. Le professeur Freud avait tout à fait raison. C'était là qu'il fallait venir si on souhaitait acheter des antiquités. Liebermann examina les divers objets exposés en vitrine, s'efforça d'éprouver quelque enthousiasme, mais resta de marbre. Il n'était pas facile de reconnaître les véritables antiquités de la camelote – de distinguer le Biedermeier des articles de pacotille. Bronzes, porcelaines, filigranes et flocages réveillaient son goût des lignes simples, mesurées, géométriques, des espaces nets, impeccables, d'un intérieur moderne.

La vitrine n'avait pas été lavée depuis un certain temps, et on voyait à hauteur des yeux une page fripée de la *Neue Freie Presse*. L'encre avait pâli et le papier jaunâtre s'était fendillé. Liebermann put toutefois déchiffrer l'article : on parlait des découvertes d'une expédition archéologique britannique en Crète.

Parmi l'argenterie noircie, les vases craquelés et les coupes en cuivre – tachetées de vert-de-gris –, il repéra deux petites statuettes égyptiennes, un vautour et une figurine à corps humain et à tête de faucon. La seconde lui rappela un peu la représentation de Seth enfermée dans le coffret japonais de Fräulein Löwenstein.

« Pourquoi pas ? se dit-il. Quel mal y aurait-il à se renseigner ? »

Il ouvrit la porte. Ce ne fut pas le propriétaire qui l'accueillit, mais un mainate hurlant et battant des ailes. Accrochée au bras levé d'une Aphrodite dégradée, une cage en bambou abritait l'oiseau noir qui braillait d'une voix de fausset stridente :

— Jolies choses, jolies choses.

Juste à côté, un vieillard ratatiné était enfoncé dans un grand fauteuil en osier surmonté d'un dais, tel un bulot dans sa coquille. Il portait un fez, et une lourde couverture écossaise lui couvrait les jambes. Des touffes de cheveux grisonnants surmontaient ses oreilles, et sa longue barbe poivre et sel conservait quelques traces de couleur – beige jaunâtre. Il dormait d'un sommeil si profond que ni la clochette ni l'oiseau ne parvinrent à le réveiller. Liebermann remarqua qu'il avait laissé choir sa pipe. Sur la pointe des pieds, il avança dans la boutique encombrée, la ramassa et la déposa avec soin sur les genoux du vieil homme.

La chaleur était suffocante, intolérable. Derrière l'Aphrodite, un gros poêle chauffait.

Liebermann regarda autour de lui. Étrange bazar, le magasin contenait une collection hétéroclite de bric-à-brac et de trésors anciens. Au milieu de sièges défoncés, de vieux rideaux, de cadres et d'argenterie, certaines pièces avaient l'air d'antiquités authentiques. Liebermann se pencha pour examiner une amphore grecque en terre cuite, décorée d'une grossière figure ailée. Sur une étiquette accrochée à son cou, on pouvait lire, écrit à l'encre marron : « Période classique, 20 couronnes. » À côté se trouvait un sphinx aux traits presque gommés par l'usure, mais à la posture déterminée, accroupi, le regard fixé devant lui. D'après l'étiquette, il provenait d'Italie. Il n'y avait pas de prix.

Liebermann attrapa l'animal, qui lui rappela ses cousins gigantesques trônant dans les jardins du Belvédère.

— Jolies choses… jolies choses.

C'était là qu'ils étaient toujours allés – au Belvédère. Au début, il escortait les deux sœurs, mais ensuite, Clara avait eu la permission de s'y rendre sans Rachel. Herr Weiss n'avait pas élevé d'objection. Pourquoi en aurait-il élevé ? Ils avaient tous confiance en lui… Combien de fois Clara et lui ne s'étaient-ils pas promenés dans les jardins ? Un jour, elle avait voulu toucher la tête de chacun des sphinx.

Il attendait toujours avec impatience le moment de la retrouver – d'entendre son rire, son bavardage sans fin, ses remarques malicieuses. Il adorait sa façon de s'habiller – sa méticulosité, la manière dont elle assortissait les couleurs. Il était captivé par ses yeux en amande, ses lèvres appétissantes, son sourire. Elle était sa Clara. Pourtant, quelque chose avait changé. Il n'éprouvait plus ce qu'il aurait dû éprouver…

— Jolies choses, jolies choses.

Liebermann posa le sphinx à terre.

— Le sphinx vaut au moins quatre-vingts couronnes. Mais je veux bien vous le laisser à trente.

Liebermann espéra que ce n'était pas le mainate qui s'adressait à lui… mais ne pouvait en être tout à fait certain. Ces mots avaient été prononcés d'une voix stridente. Il se releva et pivota.

Les yeux du vieillard étaient ouverts et pétillaient.

— Bonjour, monsieur, dit Liebermann.

Le vieux marchand répondit au salut en levant sa pipe. Puis, se tournant vers l'oiseau, il s'écria :

— Giacomo, espèce de gredin !

L'oiseau gloussa et lissa ses plumes.

Liebermann s'avança vers le propriétaire.

— Est-ce que toutes les antiquités sont authentiques ?

— Authentiques ? Bien sûr qu'elles le sont, grommela le vieillard de sa voix éraillée. Romaines, étrusques, persanes, grecques, égyptiennes… vous ne pourriez trouver de meilleur choix… même pas à Paris ! Même pas à Londres !

— Je me demandais si vous pourriez m'aider. J'essaie de retrouver la trace d'une pièce que vous avez peut-être vendue.

— Quel genre de pièce ?

— Une figurine égyptienne, à peu près de cette taille, répondit Liebermann en indiquant la hauteur avec ses mains. Elle représente le dieu Seth.

Le vieil homme émergea de son dais en osier.

— Approchez, approchez !

D'un doigt noueux, il lui faisait signe. Quand Liebermann s'avança vers lui, le vieil homme le scruta.

— Seth, hein ? Que désirez-vous en faire ?

— J'ai un ami collectionneur.

— Un conseil : laissez votre ami trouver Seth tout seul…

— Pourquoi ?

— Parce que ceux qui le cherchent finissent le plus souvent par le trouver.

Il y avait quelque chose de glaçant dans le ton du vieillard. Une certaine autorité – en dépit de son aspect excentrique – qui hérissait le poil.

— Que voulez-vous dire par là ? demanda Liebermann.

Mais le vieillard ne répondit pas. Au lieu de quoi, il fit claquer ses lèvres, ferma les yeux et se renfonça dans son fauteuil. Il semblait avoir glissé de nouveau vers le sommeil et marmonnait dans sa barbe :

— Le versant de la montagne… couvert de buissons… et d'arbustes à fruits sauvages. J'avais chevauché onze heures durant. On disait que c'était à treize lieues, mais c'était plus, je peux vous le dire, beaucoup plus. Sous un buisson était étendu un loup mort. La route était presque impraticable, entre l'argile glissante et une chute de pierres, mais je suis arrivé au sommet : le col de Muk. J'ai suivi un ruisseau jusqu'à la gorge d'Anjiran, un étroit défilé entre deux falaises, un endroit connu pour ses voleurs…

— Ça suffit, père… ça suffit !

Un homme grassouillet, d'âge mûr et portant un costume ajusté, émergea du fond de la boutique, derrière un paravent. Il s'approcha aussitôt du conteur somnolent et arrangea sa couverture.

— Vraiment, père, je ne peux pas te laisser seul cinq minutes.

Le fils lui ôta la pipe de la bouche et déposa sur ses genoux une assiette de saucisses et de choucroute. En levant les yeux sur Liebermann, il ajouta :

— Excusez-moi, je suis à vous dans un instant.

Il se retourna alors vers son père.

— Combien de fois t'ai-je répété que, si des gens entrent, il faut leur demander de patienter ? Ils ne s'intéressent pas à tes radotages.

Le vieillard ouvrit les yeux, prit sa fourchette et piqua une tranche de saucisse.

— Bonjour, monsieur, dit le propriétaire en claquant les talons. Je m'appelle Reitlinger, Adolph Reitlinger. Que puis-je pour vous ?

— J'essaie de retrouver la trace d'une figurine égyptienne… une petite effigie du dieu Seth. Je me demandais si c'était vous qui l'aviez vendue…

Herr Reitlinger réfléchit un moment.

— Seth, avez-vous dit ?

— Le dieu de l'orage, mon garçon, le dieu du chaos ! s'écria le vieillard.

— Ça suffit, père !

— Jolies choses ! brailla l'oiseau.

— Non, reprit Herr Reitlinger. Je ne crois pas qu'il faisait partie de nos acquisitions. Mais laissez-moi vous montrer ceci…

Herr Reitlinger leva la main vers une étagère et tendit à Liebermann une petite statuette en bronze d'un homme en train de marcher.

— Il s'agit d'Amon-Rê, sous sa forme humaine. Cette figurine date de la période tardive – de 700 avant Jésus-Christ, peut-être. Vous reconnaîtrez, je pense, que c'est une pièce charmante. Remarquez les détails.

Liebermann tourna la statuette entre ses mains et souffla à Reitlinger :

— Que disait votre père à propos de… montagnes, d'une gorge…

— Il a beaucoup voyagé dans sa jeunesse, répondit-il en portant la main à sa tempe. À présent, tout se mélange dans sa tête.

Liebermann lui rendit le bronze.

— Une pièce charmante, en effet, mais ce n'est pas tout à fait ce que je cherche. Au revoir.

Le vieil homme, son fils et l'oiseau observèrent Liebermann sans mot dire quand il sortit.

68

Dans le salon des Schelling, le lourd papier peint gaufré, les épais rideaux rouges et le parquet en ébène bien ciré concouraient à créer une atmosphère oppressante. Même les plateaux en argent, suspendus de part et d'autre d'un miroir Biedermeier doré, semblaient recouverts d'une patine terne, grands disques gris-vert qui absorbaient plutôt qu'ils ne réfléchissaient les faibles rayons du soleil.

Assise près d'un lampadaire éteint, Beatrice Schelling brodait le nom d'Adele sur un couvre-lit. Loin d'être apaisée par ces travaux d'aiguille, elle exécutait cette tâche lèvres pincées, front plissé, avec une rapidité qui suggérait l'urgence. Elle s'y attelait depuis un certain temps et le motif de feuillage était presque achevé.

Marie, sa sœur cadette, avait emmené Eduard et Adele chez Demel (la pâtisserie-confiserie qui fournissait la maison impériale et royale). Beatrice lui avait recommandé de surveiller la quantité de chocolat que les enfants mangeraient. La dernière fois qu'ils y étaient allés, Eduard avait eu mal au ventre en revenant, et il avait fini par vomir. Quatre bustes en praliné de l'empereur lui pesaient sur l'estomac.

Lorsqu'elle entendit le pas lent, lourd de son mari dans le couloir, le vide se fit dans son esprit. Les portes s'ouvrirent et Schelling entra. Il portait une veste d'intérieur dorée et une cravate bleu vif. D'une main, il tenait un cigare, de l'autre une feuille de papier.

— Beatrice, j'ai reçu une lettre d'Amelia.

— Est-ce qu'elle va bien ?

— Elle a quitté l'hôpital.

— S'est-elle enfuie ?

Sa voix aiguë traduisait une certaine inquiétude.

— Non. Elle est sortie avec l'accord de son médecin.

— Alors, où est-elle ? Devons-nous aller la chercher ?

— Elle ne va pas revenir chez nous.

Le visage de Beatrice passa par une série d'expressions contradictoires, hésitant entre l'espoir et l'anxiété.

— Elle dit qu'elle a trouvé un autre emploi.

Schelling avança lentement et, les yeux baissés sur l'ouvrage de sa femme, ajouta :

— Tu t'es remise à ta broderie.

— Oui… Où est-elle allée ?

— Je l'ignore. L'adresse se trouve à Alsegrund.

— Mais comment a-t-elle pu…

— Je n'en ai pas la moindre idée.

— Une telle ingratitude !

— C'est honteux. Vraiment honteux.

Schelling alluma le lampadaire.

— Il te faut de la lumière, ma chère. Sinon, tu vas forcer sur tes yeux et avoir mal à la tête.

Puis il se dirigea vers la cheminée, tira une dernière bouffée et jeta son mégot sur le charbon éteint.

— Elle nous prie de lui envoyer ses livres… et son microscope, en souhaitant qu'il fasse l'objet de soins attentifs. Elle ne parle pas de ses vêtements.

— Je vais demander à Vilma et à Alfred d'emballer ses affaires.

— Oui, c'est ça.

Beatrice tripota sa broderie avec nervosité. Sans lever les yeux, elle reprit :

— Qu'a dit Amelia… sur…

Sa voix se fêla.

— Quelle raison a-t-elle donnée ?

Schelling s'approcha pour tendre la lettre à sa femme. Celle-ci refusa en secouant la tête avec une vigueur excessive. On aurait dit qu'il lui avait proposé du poison.

— Elle n'en donne aucune, précisa Schelling avant de plier la lettre et de la glisser dans sa poche. Il faut que j'écrive à sa mère.

— Oui, dit Beatrice, gagnée par l'agitation. Dès ce soir, sinon, elle pourrait…

Son mari l'interrompit.

— Ma chère, les enfants t'ont épuisée. Tu es surmenée, ne te tracasse surtout pas.

Beatrice respirait trop vite et avait le feu aux joues.

— Cette pauvre fille était en très mauvaise santé, poursuivit Schelling d'un ton apaisant. Depuis le début. Dès lors, tout ce qu'elle pourra dire sera aussitôt mis au compte de son imagination. Considéré comme de pures inventions. La situation va se révéler très pénible pour Greta et Samuel… je les plains. Je suis persuadé que les médecins ont fait de leur mieux, mais fatalement…

Tout en secouant la tête, il commença à se diriger vers la porte.

— Ils ne peuvent pas accomplir de miracle, conclut-il.

Soudain, Beatrice le retint par la manche. Ce geste était si inattendu que l'attitude savamment composée de Schelling en fut un instant perturbée. Un tic nerveux se manifesta sous son œil droit – la lourde chair rubiconde s'agita, galvanisée. Bien que tremblante, la main de sa femme lui étreignait le bras avec une fermeté étonnante.

— Ça suffit, à présent, dit-elle avec une intensité haletante, en exerçant une pression encore plus forte. Il faut que ce soit la dernière fois. Je ne peux plus… c'est… nous devons…

Peu à peu, Schelling se dégagea. Les doigts de son épouse s'attardèrent, mais finirent par lâcher la manche de sa veste.

— Continue à broder, dit-il d'une voix douce. C'est très joli. Tu as beaucoup de talent.

Et il s'éloigna.

Beatrice entendit les portes du couloir s'ouvrir et se refermer. Elle se mordit la lèvre inférieure et se remit à son ouvrage. Ses doigts s'affairaient avec une dextérité mêlée de fureur.

69

Des portraits de famille s'étageaient en gradins dans la vitrine : maris et femmes, mères et filles, pères et fils. Des jeunes mariés se regardaient dans les yeux, des enfants en culotte de peau et blouse de paysan posaient devant une toile peinte représentant collines, vallées et montagnes lointaines. La rangée du haut était toutefois occupée par des chanteurs célèbres, Walhalla de princes guerriers et de Walkyries, ténors brandissant leur épée et sopranos à la poitrine généreuse, le regard fixé sur d'invisibles banquets divins et flammes apocalyptiques. Un grand portrait du maire se trouvait en cette compagnie héroïque, un homme fringant, coiffé d'un feutre, appuyé sur une canne, entouré d'une coterie d'admirateurs.

Von Bulow lut l'affiche apposée sur la porte. Le Club photo exposait les paysages de Herr Heinrich Kühn (dont le nom était suivi de la mention suivante : « Inventeur du tirage multiple sur plaque en caoutchouc »).

— Une exposition de photographies ! dit von Bulow. On aura tout vu !

Haussmann jugea préférable de ne pas s'exprimer sur ce sujet.

Von Bulow poussa la porte et une sonnette retentit.

Une forêt de trépieds encombrait le magasin. Seuls certains étaient surmontés d'un appareil photographique, gros boîtiers en bois prolongés par des soufflets en cuir. Une vitrine basse était bourrée d'objectifs cylindriques, chacun étant accompagné de données mathématiques et d'une étiquette indiquant le prix. L'air était chargé d'une odeur désagréable que von Bulow ne parvenait pas à identifier. On aurait dit un mélange de cire à parquet et de fromage.

Un rideau s'écarta derrière le comptoir et un petit bonhomme en manches de chemise en émergea. Il s'essuya les mains avec une serviette. Ses cheveux aplatis et sa barbe et sa moustache soignées lui donnaient l'air d'un Parisien.

— Bonjour, messieurs.

Il agita la serviette pour chasser l'épais nuage de fumée qui l'avait suivi.

— Excusez-moi. Je viens d'essayer une nouvelle recette de poudre pour le flash.

— Herr Joly ? demanda von Bulow.

— Oui.

— Je me présente : von Bulow, inspecteur von Bulow… et voici mon collègue, Haussmann.

Le regard de Herr Joly passa d'un policier à l'autre et ses sourcils se rapprochèrent.

— En quoi puis-je vous être utile ?

Von Bulow déposa le paquet sur le comptoir et ôta le papier qui l'enveloppait.

— Reconnaissez-vous ceci ?

Joly ouvrit la boîte et sursauta en voyant la première photo. Puis il leva la tête et regarda l'inspecteur d'un air interrogateur. Il ne lut aucun encouragement dans les yeux délavés, inexpressifs de von Bulow.

— Oui, répondit-il d'un ton hésitant.

— Votre carte se trouvait à l'intérieur, précisa von Bulow. Savez-vous qui est la femme ?

— Oui. Elle s'appelle Löwenstein…

Joly sortit les photos de la boîte et les feuilleta. Un sourire rêveur adoucit son expression anxieuse.

— Ce n'est pas un visage qu'on oublie, monsieur l'inspecteur.

— Avez-vous pris ces photos vous-même ?

— Oui, il y a un mois… peut-être un peu plus. Est-ce que cela pose un problème ? Cette dame aurait-elle fait quelque chose de répréhensible ?

Herr Joly remit les photos dans la boîte et chercha de nouveau une explication dans les yeux de von Bulow. L'inspecteur garda le silence. Déconcerté, Joly ajouta :

— Elle m'a payé d'avance, mais n'est pas venue les récupérer. Mon aide est donc allé les déposer chez elle à bicyclette. Une adresse à Leopoldstadt, me semble-t-il.

— Ces clichés sortent un peu de l'ordinaire, dit von Bulow. Ils n'ont rien à voir avec les portraits exposés en vitrine.

— En effet. Je crois que le monsieur est le fiancé de Fräulein Löwenstein. Il paraît qu'il déteste qu'on le photographie. Elle souhaitait avoir son portrait – en fait, elle avait envie qu'ils soient pris en photo ensemble, mais sans qu'il s'en rende compte. Pour que l'effet soit plus naturel.

Von Bulow tourna la boîte vers lui et scruta la première photographie.

— Comment pouviez-vous les prendre à son insu ? Il n'aurait pas manqué de vous voir installer le trépied.

Herr Joly sourit.

— Non, non, je ne me suis pas servi d'un de ces appareils, dit-il en montrant les gros boîtiers. Voilà ce que j'ai utilisé.

Il ouvrit un tiroir placé sous le comptoir et sortit un petit objet rectangulaire gainé de cuir noir.

— Qu'est-ce que c'est ?

— Un appareil photo, répondit Joly d'une voix plus animée, dans laquelle perçait l'amusement.

À l'évidence, von Bulow et Haussmann n'étaient pas convaincus.

— Ça s'appelle un Pocket Kozy.

— C'est anglais ?

— Non, américain. Ils commencent à produire des inventions remarquables, ces Américains. Ça s'ouvre comme un livre… vous voyez ?

Herr Joly tira sur le boîtier et, à l'endroit où von Bulow s'attendait peut-être à voir des pages, des soufflets en cuir rouge apparurent.

— Voici l'objectif, un ménisque, et l'obturateur, à vitesse unique, est logé ici, au dos.

Herr Joly montra une petite ouverture.

— Ça va très vite, c'est presque instantané. Ce modèle date de quelques années, mais je crois qu'ils en ont sorti d'encore plus petits. Le Kozy peut prendre dix-huit poses par pellicule, qui donnent des photographies de 9 centimètres. Le résultat est meilleur quand…

Von Bulow l'interrompit d'une voix forte.

— Oui, oui. Tout cela est très intéressant, Herr Joly. Où les avez-vous prises ?

— À la terrasse d'un petit café du Prater, répondit Joly d'un ton dans lequel l'enthousiasme était retombé. J'ai oublié lequel. Fräulein Löwenstein m'avait indiqué l'heure à laquelle elle devait retrouver son fiancé et, lorsqu'il est arrivé, je me suis installé à la table voisine. Vous voyez, on dirait que je suis en train de lire…

Herr Joly regarda dans les soufflets déployés. Puis il leva les yeux par-dessus le boîtier.

— Vous rappelez-vous comment ils se sont accueillis ? demanda von Bulow.

Joly referma l'appareil photo et le posa sur le comptoir avec un soin extrême.

— Que voulez-vous dire par là ?

— Se sont-ils embrassés ?

— Euh… non, je ne crois pas. Mais je ne pourrais pas l'affirmer du fait que ça remonte à un certain temps. Pourquoi est-ce important ? Pourquoi la police s'y intéresse-t-elle ?

Von Bulow fixa un regard méprisant sur le photographe qui ressemblait un peu à un oiseau.

— Lisez-vous les journaux, Herr Joly ?

— Oui. Le *Tageblatt*, le *Zeitung*… Pourquoi ?

— Peut-être ne les lisez-vous pas avec grande attention.

Le petit bonhomme haussa les épaules.

— Herr Joly, Fräulein Löwenstein n'est pas venue chercher ces photos pour la bonne raison qu'elle est morte. J'imagine qu'elle a été assassinée par notre ami, représenté là-dessus.

Von Bulow désigna la petite pile de photographies. Tout en appuyant un doigt sur l'image de l'homme, il écarta les lèvres en un grand sourire prédateur.

70

Si l'appartement d'Amelia Lydgate manquait encore d'attrait, plusieurs signes indiquant qu'il était habité commençaient à apparaître. Un modeste feu de cheminée crépitait, un vase bleu ancien contenait des fleurs fraîches, et quelques mezzotinto étaient à présent accrochés au mur. Le premier montrait l'Observatoire royal de Greenwich, le deuxième la cathédrale Saint-Paul, à Londres, et le troisième du bétail en train de paître près d'un bosquet d'arbres, dans un endroit qui s'appelait Hampstead.

Le manteau de la cheminée était surmonté par un rempart d'encyclopédies, et divers volumes étaient empilés ou éparpillés à terre. Sur le palier, une malle ouverte prouvait que Miss Lydgate n'avait pas terminé de déballer sa bibliothèque. Avant de s'embarquer pour Vienne, elle avait manifestement sacrifié sa garde-robe au profit de plusieurs auteurs grecs et latins.

Pendant qu'il examinait les possessions de la jeune femme, Liebermann éprouvait un net malaise. Sa présence n'avait rien d'irrégulier ni d'incorrect. Il était courant, voire recommandé, qu'un médecin aille voir ses patients lorsqu'ils étaient guéris. Pourtant, Liebermann ne s'était pas déplacé par devoir, mais par curiosité. Il voulait en apprendre davantage sur l'ancienne gouvernante, et percevait le caractère suspect de cette motivation. Cette personne n'avait en effet rien d'ordinaire, si l'on s'en tenait aux critères traditionnels. Schelling avait raison : Amelia Lydgate était bel et bien anormale, mais cette déviance par rapport à la norme suscitait chez Liebermann de la fascination et non de la répulsion.

Les marches craquèrent lorsqu'elle remonta avec le plateau du thé, sur lequel les tasses cliquetaient. Après s'être livré à un examen subreptice des mezzotinto, Liebermann revint s'asseoir à la table d'un air coupable.

Miss Lydgate apparut sur le seuil, et il se leva aussitôt pour lui proposer son aide. Mais elle refusa. Il était son invité, insista-t-elle.

Tout en servant le thé, Miss Lydgate parla librement de ses projets d'installation. Elle voulut savoir où elle pourrait se procurer une bibliothèque solide et s'il serait possible de monter une paillasse de laboratoire dans l'escalier sans endommager la rampe. Enfin, elle espéra que Frau Rubenstein ne verrait pas d'inconvénient à ce qu'elle modifie les tuyaux d'arrivée du gaz pour alimenter un bec Bunsen.

Comme d'habitude, elle conservait une certaine retenue anglaise. Mais au fur et à mesure que la soirée avançait, Liebermann vit dans sa solennité, sa posture très droite, la précision de ses paroles et le respect scrupuleux des bonnes manières moins de la froideur qu'un charme qui lui était propre.

Son attention fut attirée par plusieurs volumes posés sur la table. Leur dos ne portait aucune mention et le papier jauni était maculé de taches brunes.

— S'agit-il…

Avant qu'il ait le temps de poser sa question, Miss Lydgate confirma son intuition.

— Oui, ce sont les journaux de mon grand-père. Du moins, certains d'entre eux. Je vous en prie, jetez-y un coup d'œil si vous le souhaitez.

Liebermann se sentit privilégié. D'un geste, il désigna le plateau du thé.

— Je ne peux pas… je risque de…

— Docteur Liebermann, les journaux de mon grand-père ont survécu à deux incendies, aux crues de la Tamise et à l'abandon dans un grenier infesté de chauves-souris pendant trente ans. Je puis vous assurer qu'ils sont assez résistants pour supporter une tache de thé… si, par accident, vous renversiez votre tasse.

Liebermann sourit et attrapa le premier volume. Il était relié dans un cuir qui avait dû être à l'origine noir, mais était à présent décoloré, fendillé, éraflé. Même si on l'avait assuré de la solidité des volumes, il se sentit obligé de le manipuler avec un soin extrême. Lorsqu'il l'ouvrit, il perçut une odeur subtile – curieux mélange de parfum et de moisissure, comme si l'altération avait imprégné le papier d'une fragrance sucrée. La première page était blanche, mais la deuxième portait le nom de l'auteur, inscrit en grandes capitales gothiques : *Buchbinder*.

Les pages suivantes étaient pleines d'une écriture serrée et, parfois, s'y ajoutaient des dessins très fins à l'encre. La plupart des illustrations reproduisaient des lames de microscope. L'effet général évoquait un esprit méticuleux et une grande attention portée aux détails.

— Dans ce volume, mon grand-père relate les expériences de transfusion menées à la Royal Society. Il retrace aussi ses propres recherches sur la nature du sang. C'est le sixième si on se réfère à l'ordre chronologique, mais pour moi, c'est simplement le « livre du sang ».

Liebermann interrogea la jeune femme sur le but de ces expériences de transfusion. Quelles maladies, par exemple, devaient-elles soigner ?

— L'intérêt principal des savants était de traiter l'esprit plutôt que le corps, répondit Miss Lydgate.

— Voilà qui est fort intéressant.

Miss Lydgate hésita, ne sachant si elle devait poursuivre.

— Continuez, je vous en prie, dit Liebermann en refermant le journal.

— Ils croyaient qu'il y avait une relation entre le sang et le caractère – cette idée, bien sûr, remonte à l'Antiquité. C'est pourquoi ils espéraient qu'un changement de sang pourrait soigner la folie.

— Ont-ils tenté de vérifier cette hypothèse ?

— Oui, et d'ailleurs mon grand-père fournit de nombreux détails sur les circonstances de la toute première expérience ainsi que sur la méthode employée. Le sujet était un fou dénommé Coga. À l'aide d'un dispositif consistant en tubes et en tuyaux de plume, les médecins de la Royal Society ont pu transfuser à Coga un quart de litre de sang de mouton.

— Du sang de mouton ?

Liebermann avait envie de rire, mais se domina. L'expression d'Amelia Lydgate était très sérieuse.

— Oui. Le mouton est un animal connu pour sa nature docile et timorée. Les savants croyaient que la transfusion rendrait cet aliéné plus pacifique, je suppose.

— L'opération a-t-elle réussi ?

— Oui. Coga a été guéri de sa folie et, par la suite, semble avoir été plus tranquille et plus mesuré. En outre, il a reçu une guinée pour s'être prêté à cette expérience. Voudriez-vous une autre tasse de thé, Herr Doktor ?

— Non, merci, répondit Liebermann. Voilà qui est extraordinaire. Je me demande pourquoi Coga n'a pas ressenti d'effet fâcheux.

— La transfusion n'a peut-être pas aussi bien réussi que les savants le pensaient. La quantité de sang de mouton était peut-être trop insignifiante pour causer un réel dommage.

— Auquel cas l'amélioration observée était sans doute psychologique.

— En effet.

— Les savants ont-ils poursuivi ces expériences ?

— Oui, à la fois sur des animaux et sur des êtres humains. Mon grand-père écrit toutefois qu'ils ont fini par y mettre un terme en raison des nombreux décès.

— Je n'en suis pas surpris.

— Il n'empêche que leurs efforts ne se sont pas révélés moins fructueux que ceux de n'importe quel médecin d'aujourd'hui. La transfusion reste extrêmement dangereuse et n'est tentée que par les chirurgiens les plus hardis – les plus imprudents, estimeraient certains. L'opération tue autant de gens qu'elle en sauve. Depuis fort longtemps, les spécialistes se penchent sur ces résultats contradictoires, et plusieurs hypothèses ont été avancées pour les expliquer. La plus convaincante concerne les différences dans le type de sang, d'où leur degré variable de compatibilité. Dans le passé, l'obstacle majeur qui empêchait tout progrès était l'identification de ces différents types. Comment faire pour les reconnaître ? Le grand chirurgien Theodor Billroth a posé cette question ici même, à Vienne, il y a une vingtaine d'années.

Miss Lydgate s'interrompit pour boire une gorgée de thé.

— Mon grand-père a découvert que des cellules sanguines prélevées sur des individus différents se mélangeaient bien ou au contraire s'agglutinaient. Il en a conclu que l'agglutination – ou l'absence d'agglutination – pouvait être la raison pour laquelle certaines des premières tentatives de transfusion échouaient tandis que d'autres réussissaient.

La jeune femme attrapa le « livre du sang » et l'ouvrit à la bonne page.

— Voici des exemples de ses observations au microscope.

Elle tendit le journal à Liebermann. À première vue, on aurait dit des schémas réalisés par un astronome pour montrer les phases de rotation d'une planète. Mais chaque « univers » était en réalité la représentation des cellules sanguines à divers stades de leur agrégation.

— Bien entendu, le Dr Landsteiner a beaucoup progressé par rapport aux travaux de mon grand-père, poursuivit Amelia Lydgate. Il a découvert que l'agglutination dépend de la présence ou de l'absence de deux substances à la surface des cellules sanguines, les antigènes A et B…

Soudain, elle se tut, rougit légèrement et referma l'ouvrage.

— Pardonnez-moi, docteur. Vous connaissez sans doute déjà les publications du Dr Landsteiner.

— Non, pas du tout. Je vous en prie, continuez.

— Je crains que vous ne le disiez par simple courtoisie, docteur.

— Non, ça m'intéresse beaucoup.

Toutefois, en dépit des protestations nourries de Liebermann, Miss Lydgate refusa de poursuivre sur ce sujet.

Liebermann préféra rentrer chez lui à pied. Il avança vers le sud et se retrouva dans la Währinger Strasse. Quand il arriva devant le Josephinum – l'ancienne école militaire de chirurgie et de médecine –, il s'arrêta et, à travers la haute grille, regarda une représentation imposante de la féminité : une grande statue d'Hygie, la déesse de la santé. C'était l'une des rares figures antiques de Vienne qu'il reconnaissait.

La déesse dominait Liebermann de toute sa hauteur, sa main puissante agrippant la tête d'un énorme serpent qui s'enroulait autour de son bras pour retomber pardessus son épaule en décrivant de multiples circonvolutions. Elle le nourrissait et incarnait ainsi les deux vertus que sont la force et la compassion. Lorsque le soleil filtra derrière un nuage bas, les yeux de la statue se firent miroirs d'étain.

71

Rheinhardt arriva devant le bureau du commissaire Brügel et en poussa la porte.

— Ah ! Rheinhardt. Entrez.

Von Bulow s'y trouvait. Il se leva et s'inclina sans conviction. Rheinhardt ne le salua pas tant il était furieux.

— Von Bulow, où étiez-vous ce matin ?

— Je vous attendais dans mon bureau avec Haussmann… comme convenu.

— Je suis arrivé à huit heures moins cinq, et je ne vous ai pas vu.

— Bien sûr, puisque nous devions nous retrouver à sept heures. Vous étiez en retard, Rheinhardt.

— Pas du tout. Nous avions rendez-vous à huit heures.

— Alors, c'est qu'il y a eu un malentendu, répliqua von Bulow en souriant avec une assurance perfide.

— Messieurs ! s'écria Brügel. Je vous en prie, asseyez-vous.

Rheinhardt était certain qu'il ne s'agissait pas d'un malentendu.

— Bon, dit Brügel en regardant Rheinhardt. J'ai une excellente nouvelle à vous annoncer. Il semble que, après une seule journée passée sur l'affaire Löwenstein, l'inspecteur von Bulow ait pu procéder à une arrestation.

— Pardon, monsieur ?

Rheinhardt était sidéré. Il jeta un bref coup d'œil à von Bulow, dont les traits figés ne trahissaient pas la moindre émotion.

— Regardez donc ceci.

Avec la dextérité d'un joueur professionnel, Brügel étala sur son bureau une petite pile de photographies. Rheinhardt se pencha en avant. On y voyait Fräulein Löwenstein coiffée d'un chapeau de style turban et vêtue d'une élégante robe blanche – son image monochrome revenait avec d'infimes variations sur les « cartes » de toutes couleurs et de toutes valeurs déployées en arc de cercle. Fräulein Löwenstein souriait sur la plupart – un grand sourire rayonnant qui se transformait parfois en rire. Mais ses yeux, dans lesquels se lisait l'intérêt et se reflétait un rayon de soleil printanier, étaient toujours fixés sur son compagnon – Heinrich Hölderlin.

Rheinhardt préleva une photo et l'examina avec attention. Le couple était assis à la terrasse d'un restaurant. Malgré l'horizon brouillé et flou, on avait l'impression que la scène se déroulait dans un parc. Hölderlin baisait les doigts de Fräulein Löwenstein. Il avait une expression ardente, concupiscente.

— Où les avez-vous eues ? demanda un Rheinhardt abasourdi qui sentait le vertige le gagner.

— Peut-être feriez-vous mieux de le lui expliquer, inspecteur, dit Brügel à von Bulow.

— Bien sûr, monsieur.

Von Bulow tira sur sa manche pour laisser voir un bouton de manchette en diamant.

— Je les ai trouvées devant l'appartement de Fräulein Löwenstein ce matin. Elles ont été déposées voilà quelques jours, par l'aide d'un photographe qui avait glissé sa carte dans le paquet. Il s'appelle Fritz Joly et possède un magasin sur le Bauernmarkt.

Rheinhardt avait toujours les yeux fixés sur Fräulein Löwenstein et sur Hölderlin.

— Je m'y suis aussitôt rendu et j'ai appris que Fräulein Löwenstein avait payé Herr Joly pour prendre ces photos, poursuivit von Bulow. Elle prétendait que Herr Hölderlin était son fiancé et qu'il refusait d'être photographié. Herr Joly devait donc s'acquitter de cette tâche à son insu. Ce fut chose facile au moyen d'un Pocket Kozy, un nouvel appareil miniature fabriqué en Amérique. Fräulein Löwenstein n'était pas retournée chez le photographe, et ce dernier ignorait son assassinat. C'est pourquoi, ne la voyant pas, il a demandé à son aide de livrer les tirages chez elle. Il est évident que Hölderlin et Fräulein Löwenstein étaient amants, affirma von Bulow d'un ton catégorique. Une fois qu'elle a été enceinte, elle a voulu utiliser ces photos pour extorquer de l'argent au banquier, je suppose.

— Mais elles n'étaient pas en sa possession quand elle a été tuée, lui opposa Rheinhardt. Comment auraitelle donc pu les montrer à Hölderlin ?

— Elle n'avait pas besoin de le faire. Aussitôt la tâche de Herr Joly exécutée, elle pouvait mettre son plan en œuvre.

— Poursuivez, inspecteur, dit Brügel à von Bulow.

— Merci, monsieur. Hölderlin a tué Fräulein Löwenstein pour se tirer d'embarras, mais il redoutait d'être démasqué. Il soupçonnait Karl Uberhorst, le serrurier, de disposer d'une information susceptible de l'incriminer. Dans votre rapport, Rheinhardt, vous notez qu'Uberhorst s'est comporté d'une étrange façon lors de la séance de spiritisme organisée chez Cosima von Rath. Il semblait détenir un renseignement important pour la police. Je ne pense pas me tromper en disant qu'il s'agissait de la grossesse de Fräulein Löwenstein. À l'époque, Hölderlin – comme tous les membres du cercle – ne connaissait pas les conclusions de la seconde autopsie. Donc, de son point de vue, ce renseignement représentait une menace, surtout s'il rendait les policiers plus curieux à son endroit. Bien entendu, il ne pouvait pas savoir que, alors même que vous étiez au courant, vous ne feriez pas grand-chose pour justifier ses craintes, Rheinhardt.

— Je vous demande pardon, von Bulow, ça ne s'est pas passé tout à fait…

— Rheinhardt ! gronda le commissaire. Laissez donc von Bulow terminer, vous pourrez alors prendre la parole.

Rheinhardt croisa les bras et voûta les épaules.

— Quand Hölderlin s'est rendu dans l'atelier d'Uberhorst et s'est aperçu que les expériences auxquelles le serrurier se livrait pouvaient révéler la nature humaine et non démoniaque du crime, il a décidé de liquider ce gêneur sur-le-champ. D'ailleurs, notons que la fausse séance que vous avez organisée pour démasquer l'assassin a parfaitement réussi, Rheinhardt. Hölderlin a pris peur et a mis fin à la soirée. Si j'avais été à votre place, je n'aurais alors pas hésité à procéder à une arrestation. Enfin, ces photographies viennent confirmer de façon décisive la culpabilité de Hölderlin, conclut von Bulow avec un geste de la main.

Brügel hocha la tête d'un air approbateur.

— Voici une analyse irréfutable, ce n'est pas votre avis, Rheinhardt ?

Rheinhardt était fort irrité par l'attitude de son supérieur hiérarchique envers von Bulow. Certes, c'était un enquêteur impressionnant, mais, en l'occurrence, il avait surtout eu de la chance. De plus, il n'y avait rien d'« irréfutable » dans son « analyse ». N'importe qui disposant d'une bonne connaissance du dossier et tombant sur ces photographies aurait pu aboutir aux mêmes conclusions. Enfin, von Bulow s'était beaucoup servi d'un dossier qu'il avait raillé la veille.

— Sans doute ces photographies suggèrent-elles que Herr Hölderlin et Fräulein Löwenstein étaient amants, commença Rheinhardt.

Brügel l'interrompit.

— Suggèrent ? Pourquoi donc un homme marié baiserait-il la main d'une femme séduisante au Prater si elle n'était pas sa maîtresse ?

— C'est un fait, monsieur, et l'inspecteur von Bulow devrait recevoir des éloges pour cette découverte d'une ingéniosité exceptionnelle.

Le sarcasme de Rheinhardt échappa à Brügel, mais déclencha une contraction infime des muscles du cou chez von Bulow.

— Il n'empêche que nous avons le même problème sur les bras qu'au début. En principe, je reconnais que Herr Hölderlin paraît être notre homme – je l'ai écrit moi-même dans le rapport sur la fausse séance de spiritisme. Nous n'en sommes pas moins confrontés à un fait très gênant : l'assassinat de Fräulein Löwenstein est tout aussi inexplicable aujourd'hui qu'il l'était il y a un mois. Comment Herr Hölderlin peut-il être poursuivi pour un meurtre dont nous ne pouvons pas exposer la méthode ?

— Rheinhardt, vos objections soulignent la différence de nos approches respectives, dit von Bulow. Je suis sûr que, le moment venu, nous apprendrons comment Herr

Hölderlin a procédé pour réussir cette mise en scène. Le coupable a été démasqué… et je suis persuadé qu'une longue période de réclusion dans une cellule étroite et, si possible, dépourvue de fenêtre, le poussera à faire des aveux complets. Vous n'aurez pas besoin d'attendre plus longtemps votre explication, je vous le garantis.

— C'est ça, c'est ça ! s'écria Brügel en riant tout bas. Je parie qu'il aura avoué avant la fin de la semaine !

— Pardon ? fit Rheinhardt en regardant von Bulow. Vous avez vraiment l'intention d'arracher des aveux à Hölderlin en l'enfermant ?

— Une période d'isolement et de privations ne manquera pas de lui remettre les idées d'aplomb.

Rheinhardt s'adressa à son patron.

— Monsieur, je crois qu'il y a un autre moyen, plus humain, d'inciter Hölderlin à passer aux aveux. Je sollicite qu'il soit autorisé à s'entretenir avec le Dr Liebermann.

— C'est hors de question ! s'exclama von Bulow.

— Pourquoi ?

— Ça gâcherait tout. Alors qu'il suffit de mettre un homme sous pression pour qu'il parle.

— Il suffit de mettre n'importe qui sous pression pour qu'il parle, rétorqua Rheinhardt.

Von Bulow en appela au commissaire.

— Monsieur, ce Dr Liebermann n'appartient pas à la police.

— Pardon, von Bulow, répliqua Rheinhardt sans laisser au commissaire le temps d'intervenir. Le mentor dont vous vous réclamez, le professeur Gross, recommande à un enquêteur d'avoir la sagesse d'utiliser tous les talents dont il peut disposer – même officieux.

Si von Bulow eut l'air surpris en constatant que Rheinhardt semblait connaître les travaux de Hans Gross, il recouvra son aplomb en moins d'une seconde.

— C'est un fait. Mais je ne suis pas convaincu que le Dr Liebermann soit un homme de talent. Et je ne suis pas d'accord avec ses méthodes.

Il fixa ses yeux délavés sur le commissaire.

— Monsieur, Liebermann est un disciple de Sigmund Freud. Ses idées sont hautement suspectes et sa psychologie singulièrement juive.

— Monsieur, dit Rheinhardt en élevant la voix, il n'y a rien de singulièrement juif dans les méthodes du Dr Liebermann. C'est un fin observateur de la nature humaine, et il a été capable de déduire la grossesse de Fräulein Löwenstein d'une simple rature dans son message d'adieu. Il possède un talent inestimable.

Brügel abattit sa main sur son bureau. Le bruit fut aussi fort qu'une détonation.

— Ça suffit, tous les deux… avec ces chamailleries mesquines !

Les deux inspecteurs se turent.

Le commissaire se frotta le menton, et son regard passa de Rheinhardt à von Bulow pour revenir se poser sur Rheinhardt.

— Bon, très bien, Rheinhardt. Appelez donc votre Dr Liebermann. Il pourra passer une heure avec Herr Hölderlin, mais pas une minute de plus. Ensuite, Hölderlin sera pris en main par von Bulow, et lui seul.

— Merci, monsieur.

Rheinhardt avait l'impression d'avoir remporté une petite bataille dans une guerre qui se présentait fort mal.

72

Abritant tritons, néréides et chérubins espiègles, le toit du Belvédère surplombait la cascade inférieure. Le couple tourna à droite et passa devant un visage démoniaque au gros nez et aux longues cornes courbes. La gueule de la créature était grande ouverte, suggérant le rire, mais les yeux enfoncés semblaient révulsés.

L'effet était plutôt dérangeant – et Liebermann songea à une crise d'épilepsie.

— C'était la première fois que je mettais ma nouvelle robe en crêpe de Chine et j'avais l'air très distinguée… même si c'est moi qui le dis, raconta Clara. Il me tarde que tu la voies. Frau Kornblüh a passé des mois à travailler sur le col en dentelle… si je te donne le prix, tu n'en reviendras pas. Cent florins ! Le corsage est effilé en pointe à la taille, et la jupe est bouffante derrière, à l'ancienne.

Ils grimpaient les marches et passèrent devant un *putto* à l'expression irascible portant un chapeau de montagne incliné sur le côté. La statue était censée représenter Avril, mais le bambin maussade, à l'accoutrement bizarre, faisait un bien curieux messager de l'été arcadien. Il paraissait d'un ridicule achevé.

— Quelle ne fut pas mon entrée ! poursuivit Clara. Frau Baum est venue m'accueillir et m'a conduite dans la salle. Tout le monde me regardait, mais je n'ai pas perdu mon sang-froid. J'ai réussi à paraître impassible – et même hautaine – alors que mon cœur cognait. En fait, j'avais un peu le vertige… mon corset est horriblement serré…

— N'est-il pas possible de le desserrer ?

— Certes, répliqua Clara avec un soupçon d'irritation dans la voix. Mais l'effet du corsage effilé serait gâché !

Liebermann hocha la tête.

— Je vois.

Le Belvédère virait au rose dans la lumière crépusculaire. On aurait dit un énorme gâteau aux murs en sucre glace et au toit en massepain.

— Frau Baum m'a présentée à quelques personnes – la famille Hardy et les filles Lichtenfeld – et nous avons bavardé un moment. Mais Flora devait chercher sa cousine et je me suis retrouvée toute seule. Soudain, Herr Korngold a surgi devant moi.

— Korngold ?

— Un associé de mon père… et du tien aussi, je crois.

— Ah bon !

— Écoute, Max, il s'est montré d'une impertinence incroyable. Il m'a dit : « Tiens ! je ne vous aurais jamais reconnue, petite demoiselle Weiss. La chenille est devenue papillon. »

Clara rendait assez bien le ton ampoulé d'un vieux beau.

— J'ai donc dû rester plantée dans un coin, à l'écouter raconter des bêtises tandis qu'il me dévorait des yeux par-dessus sa flûte de champagne. Ça n'en finissait pas. En plus, il a des fausses dents, j'en suis sûre.

Liebermann sourit d'un air amusé en sentant contre son bras l'épaule de Clara agitée par des frissons de dégoût.

— Et alors, devine qui nous avons vu arriver ? Frau Korngold ! Bon, je la connais. Maman et moi tombons sans cesse sur elle en ville, et nous nous arrêtons toujours pour échanger quelques mots. Mais elle est passée devant nous l'air dédaigneux, sans même un sourire. J'ai interrogé son mari : « Qu'a donc Frau Korngold ? » Il m'a répondu : « Elle est jalouse. – Mais de qui ? – De vous, bien sûr. » Il a même cligné de l'œil, tu te rends compte ?

— Comment t'es-tu tirée de ce mauvais pas ?

— Par chance, Frau Baum est venue à mon secours.

Ils continuèrent à grimper vers le palais. Un autre couple descendait et, en se croisant, tout le monde se sentit obligé d'échanger quelques amabilités. Le jeune homme inclina son chapeau, si bien que Clara s'exclama ensuite :

— Sais-tu, Max, il me semble que je ne t'ai jamais vu avec un chapeau.

— C'est un fait, répondit Liebermann d'un ton laconique.

— Est-ce que tu n'en as pas ?

— Si, j'en ai même plusieurs.

— Alors, pourquoi n'en mets-tu jamais ?

— Je ne sais pas au juste…

Mais, pendant qu'il prononçait ces mots, le *putto*, ce ridicule messager du printemps, lui vint à l'esprit, et il sourit intérieurement. Clara haussa les épaules et, laissant là l'indifférence de son fiancé pour les chapeaux, reprit le fil de son récit.

— Le lendemain, nous sommes allées chez Frau Lehman. Elle habite une très jolie maison – dans le 11ᵉ district. La salle à manger est entièrement recouverte de boiseries. Frau Lehman a failli annuler notre visite parce que Johann, son fils, était tombé de bicyclette.

— Était-il blessé ?

— Au début, tout le monde s'inquiétait, car il s'était entaillé la main et le genou. Mais il s'est très vite remis, et Frau Lehman a eu grand plaisir à nous recevoir. Maman et elle ont parlé des Kohlberg…

— Qui sont-ils ?

— Max, parfois je me demande si nous habitons la même ville ! Herr Kohlberg fait le commerce du thé… et il est très riche, d'ailleurs. Il était très heureux en ménage après un an de mariage, quand, soudain, sa femme s'est enfuie. Tout d'un coup, elle a quitté son foyer, abandonnant mari et enfant. Bien sûr, Herr Kohlberg a demandé à ses avocats de lancer une procédure de divorce, dans l'intention d'obtenir la garde de l'enfant.

— Quel âge a-t-il ? Le petit ?

— C'est encore un bébé. Il doit avoir neuf mois. Alors, devine ce qui est arrivé ? Frau Kohlberg est revenue et a supplié, imploré son mari de la reprendre, en disant qu'elle ne pouvait pas vivre sans son enfant… et préférait en finir s'il ne lui permettait pas de regagner le foyer. Et, crois-le ou non, c'est ce qu'il a fait. D'après maman, cette aptitude au pardon fait preuve d'une force de caractère remarquable. Mais pour Frau Lehman, il s'agit là seulement de bêtise. Elle a laissé entendre que Frau Kohlberg avait pris un jeune amant qui l'avait quittée dès qu'il s'était aperçu qu'elle n'avait pas de fortune personnelle.

D'ordinaire, Liebermann avait plaisir à écouter les potins de Clara, mais, cette fois, il les trouva irritants, blessants. Son colportage de rumeurs pouvait parfois être inconsidéré, voire malveillant.

— Il ne faut pas croire tout ce qu'on raconte, Clara.

Leurs regards se croisèrent et, en réponse à la légère réprimande de son fiancé, Clara fit une moue exagérément boudeuse.

Liebermann secoua la tête et examina les sphinx. Accroupis sur des supports qui ressemblaient à des cercueils, ils étaient groupés par paires qui se faisaient face. Chacun était différent, arborait une expression unique. Un membre de la confrérie était particulièrement frappant. En dépit de son apparence majestueuse et de ses tresses en cornes de bélier, la tête de femme avait l'air au bord des larmes. Le subtil dessin des lèvres, avec leurs commissures tirées vers le bas, semblait laisser présager le tremblement qui accompagne une bouffée d'émotion. Liebermann se demanda quel sorte de tristesse pouvait s'être glissée dans le cœur froid, léonin de l'animal mythique.

Clara se lassa bientôt de bouder et reprit son bavardage avec entrain.

— Mercredi, ma tante Trudi m'a emmenée en promenade. Elle est venue me chercher dans un phaéton à roues en caoutchouc. Laisse-moi te dire qu'il était tout simplement hideux. Nous nous sommes rendues au Graben où nous avons pris un thé complet, puis nous avons hélé le fiacre le plus élégant que nous avons pu trouver et nous sommes allées au Prater.

— Est-ce que tu es montée une fois de plus dans la grande roue ?

— Oui. Je ne m'en lasse pas.

— Beaucoup de gens, notamment les jeunes femmes, en ont peur.

— Moi, non. Je trouve que c'est…

Soudain, Clara s'interrompit.

— Que c'est quoi ?

— Que c'est…

Son front se plissa de concentration.

— Comme un rêve.

— Dans quel sens l'entends-tu ?

— C'est une expérience vraiment inhabituelle qui, pour moi, évoque un rêve où on est en train de voler. Rêves-tu parfois que tu voles, Max ?

— Je crois que tout le monde fait ce rêve.

— Qu'est-ce que ça signifie… de rêver qu'on vole ?

— Rien de particulier. La signification dépend de la personne et des circonstances. Toutefois, ce genre de rêve est sans doute suscité par nos tout premiers souvenirs. D'après le professeur Freud, tous les adultes se sont amusés à faire voler un gamin de leur famille…

— C'est intéressant.

— Quoi donc ?

— Je crois que tante Trudi l'a fait avec moi. Elle me prenait dans ses bras et courait dans toute la pièce. Je hurlais de rire.

— Tiens, tu vois. Alors, quand tu montes dans la grande roue, il se peut que tu revives inconsciemment cette expérience heureuse de ton enfance. Et c'est peut-être pour cette raison que tu n'as pas peur.

Clara garda un instant le silence, puis dit avec une naïveté nostalgique :

— On ne s'ennuie pas avec tante Trudi… et elle est tellement généreuse ! Elle m'a acheté du parfum et deux boîtes de sucre candi.

Sans lui laisser le temps de continuer, Liebermann prit la parole :

— Ça me fait penser que j'ai moi aussi quelque chose pour toi.

Clara s'élança pour lui faire face, les joues roses d'excitation.

— Un cadeau ?

— Oui.

— Où est-il ?

Elle tâta le manteau de Liebermann.

— Non, ce n'est pas là.

— Montre-moi.

— Attends une minute.

Liebermann extirpa la bague de la poche de son gilet et la montra à Clara qui, un peu déconcertée, la regarda un instant.

— Donne-moi ta main, dit Liebermann d'une voix douce.

Soudain réduite au silence, Clara lui tendit un doigt fin et blanc.

Liebermann glissa la bague à son annulaire et déposa un baiser sur son front.

Clara tendit le bras et fit osciller sa main. Ce geste était gauche, mais charmant. Les diamants lancèrent leurs feux autour du saphir central, et Clara se mit à rire avec un plaisir innocent.

— Elle me va à la perfection, souffla-t-elle.

C'était vrai.

Elle passa les bras autour de la taille de Liebermann et enfouit son visage dans sa poitrine. Il l'enlaça à son tour, le regard fixé sur les jardins, au-delà des sphinx occupés à ruminer leur mélancolie, vers la ville et les lointaines montagnes bleues.

73

Le menton rugueux, les yeux injectés de sang, la cravate pendillant de la poche de son pantalon, tout indiquait que Heinrich Hölderlin avait passé une nuit blanche et inconfortable dans sa cellule. Son ancienne solennité avait déserté le banquier. Il n'avait plus l'air digne, soigné, mais négligé et indécis. Même si

Rheinhardt reconnaissait que cette figure pathétique pouvait fort bien avoir assassiné d'une façon cruelle et brutale, son aspect minable n'éveillait en lui que la pitié.

À la demande de Liebermann, on avait sorti Hölderlin de sa cellule et on l'avait escorté dans une pièce pourvue d'un divan. Cette expérience n'était pas du goût de von Bulow, mais le commissaire avait balayé ses objections. À présent, Hölderlin était allongé, ses yeux cernés, affolés, fixés au plafond.

Liebermann avait pris sa place habituelle, assis derrière la tête du patient, hors de son champ visuel.

— Je vous le jure, je n'ai jamais eu d'autre rendez-vous avec elle. J'ai été stupide, je l'avoue, un parfait idiot. Au cours d'un entretien à la banque, elle m'a annoncé qu'elle allait bientôt recevoir un héritage considérable et m'a demandé si je voulais bien la conseiller en matière financière. C'était une petite rouée, croyez-moi. Ce qu'elle m'a dit était destiné à flatter ma vanité. Des amabilités sur mon bureau, ma situation et même…

— Oui ?

— Mon physique, ajouta Hölderlin avec un soupir. Comme si une jeune femme aussi belle… c'est ridicule, je sais. Quel imbécile ! Pourtant, sur le moment, je n'ai pas pris le temps de me poser la moindre question sur ses motivations. Quand elle m'a proposé de déjeuner avec elle au Prater le lendemain, j'ai accepté. Sachez bien que c'était vraiment inhabituel. Exceptionnel, en fait. Je ne suis pas comme ça. On ne m'avait encore jamais fixé de rendez-vous de cette manière. Mais Fräulein Löwenstein…

Il secoua la tête.

— Quand elle m'a tendu sa main, je n'ai pas pu résister… Je me sentais… ensorcelé.

Il jeta un coup d'œil à Rheinhardt.

— L'autre inspecteur, von Bulow, se trompe, je vous assure. Nous n'étions pas amants. Les enfants qu'elle portait… n'étaient pas de moi. Et avant que vous me les montriez, je n'avais jamais vu ces effroyables photos. Elle ne m'avait pas menacé de chantage. J'ignore ce qu'elle avait derrière la tête.

— Est-ce que vous avez revu Fräulein Löwenstein après votre rendez-vous au Prater ?

— Non, c'est la dernière fois que je l'ai vue. Avant la fin de la semaine, elle était morte.

Le banquier se tut soudain, mais sa respiration était bruyante, difficile.

— De toute façon, reprit-il, même si elle m'avait menacé… mon Dieu, je ne l'aurais pas tuée. Je ne suis pas fou.

Liebermann croisa les jambes et s'appuya à son dossier.

— Pourquoi avez-vous mis fin à la séance de Mme de Rougemont, Herr Hölderlin ?

— N'est-ce pas évident ?

Liebermann garda le silence.

— Je ne pensais pas qu'on allait m'accuser de meurtre, si c'est ce que vous avez à l'esprit. Mais je me disais que Mme de Rougemont pouvait me transmettre un message aguichant ou affectueux de la part de Fräulein Löwenstein. Quelque chose qui risquait d'éveiller les soupçons de mon épouse. Cette Rougemont était inquiétante…

— Ainsi donc votre relation avec Fräulein Löwenstein n'était pas devenue intime ?

— Non, Herr Doktor. Mais quand on a l'habitude d'avoir la conscience tranquille, la moindre petite transgression prend une importance démesurée. Je vous en prie, Herr Doktor, je vous en supplie, assurez-vous que ma femme n'en saura rien. C'est quelqu'un de gentil et elle en aurait le cœur brisé. Déjà, elle n'est plus dans son état normal.

Liebermann lissa un pli sur la jambe de son pantalon et joignit le bout des doigts sous son menton.

— Herr Hölderlin, comment avez-vous dormi cette nuit ?

— Pas très bien, comme vous pouvez l'imaginer.

— Avez-vous rêvé ?

Hölderlin réfléchit un instant.

— Oui, répondit-il d'une voix lente et hésitante.

— De quoi ?

Hölderlin tourna vers Rheinhardt un regard interrogateur. L'inspecteur lui adressa un sourire poli, mais cessa de sourire quand il remarqua que Liebermann fronçait les sourcils et secouait la tête.

— Herr Hölderlin ? reprit Liebermann en élevant un peu le ton.

Le banquier renversa la tête en arrière et dit :

— Vous voulez savoir ce que j'ai rêvé cette nuit ?

— Oui.

— Je ne sais pas… des bêtises sur ma mère.

— Allez-y…

Hölderlin soupira, trop épuisé pour discuter.

— J'étais dans la chambre d'enfant… sur un cheval à bascule.

— Étiez-vous petit dans ce rêve ?

— Oui, je suppose.

— Est-ce que la chambre d'enfant était réelle ? La reconnaissiez-vous ?

— Oui, c'était dans la maison où j'ai grandi, une grande maison à Penzing. J'étais sur mon cheval à bascule, je faisais semblant de galoper, et j'ai remarqué un coffret par terre.

— Quel genre de coffret ?

— Il appartenait à ma mère.

— Une boîte à ouvrage ?

— Oui. En ivoire, avec des incrustations de nacre. Je me rappelle qu'elle jouait de la musique quand on en soulevait le couvercle. La *Lettre à Élise*, ou quelque chose d'approchant.

— Et ensuite ?

— Je suis descendu de cheval, j'ai ramassé la boîte et j'ai essayé de l'ouvrir. Mais le couvercle était coincé. Ma mère est alors apparue et m'a grondé. Êtes-vous sûr de vouloir écouter toutes ces âneries, Herr Doktor ?

— Tout à fait sûr.

— J'avais beau avoir la boîte dans les mains, j'ai protesté. Ce qui me semble absurde à présent… mais, dans le rêve, ça paraissait logique, raisonnable. Ensuite, je me suis réveillé.

Liebermann garda un instant le silence. Puis il se tourna vers Rheinhardt et dit :

— Ce sera tout, inspecteur.

Il effleura doucement l'épaule de Hölderlin et ajouta :

— Merci, Herr Hölderlin.

Le banquier se redressa.

— Nous en avons terminé ?

— Oui.

Hölderlin se leva du divan et fit quelques pas vacillants dans la pièce. Il paraissait faible et désorienté. La cravate tomba de sa poche. Liebermann la ramassa et la lui tendit.

— Merci, murmura le banquier en la passant négligemment autour de son cou.

Rheinhardt ouvrit la porte et l'entraîna dans le couloir où deux agents l'attendaient.

— Alors ? Qu'en penses-tu ? demanda-t-il en revenant.

— Il dit la vérité.

Rheinhardt retourna s'asseoir et Liebermann s'allongea sur le divan.

— Comment le sais-tu ?

— À cause de son élocution facile. De l'absence d'hésitations significatives. Il n'a fait aucun lapsus, aucune erreur de vocabulaire. Quant au rêve… le rêve était fort intéressant.

— Ah bon ?

— Oui, il était tout à fait lié à son récit, et l'inconscient ne ment pas.

— Peut-être pourrais-tu t'expliquer ?

— Avec plaisir, Oskar. Afin de ne pas empêcher le sommeil, l'esprit doit procéder à certaines transformations dans le contenu des rêves, surtout s'ils sont susceptibles de générer de l'anxiété. Sinon, cette anxiété nous réveillerait constamment, ce qui ne serait pas très bon pour notre état de santé. Le rêve dont nous nous souvenons est donc une version modifiée de l'original. C'est un peu un message codé, un langage symbolique dans lequel des images assez inoffensives en remplacent d'autres, plus problématiques, plus dérangeantes. Herr Hölderlin se trouvait dans une chambre d'enfant – ce qui évoque son désir de retourner au monde de l'enfance. Un monde simple, où les intrigues sexuelles n'existent pas. Dans la plupart des rêves se cache un désir ou un autre…

Liebermann s'adressait au plafond, mais ponctuait ses paroles avec des gestes expressifs de la main.

— Toutefois, il avait toujours son rendez-vous avec Fräulein Löwenstein très présent à l'esprit, et ses défenses mentales n'ont pas pu la laisser en dehors de l'univers idyllique de sa chambre d'enfant de Penzing.

— Enfin, Max, il n'a pas parlé d'elle une seule fois !

— Non, n'empêche qu'elle est le sujet principal de son rêve. Prends le cheval à bascule, par exemple…

— Eh bien ?

— Les chevaux ne sont-ils pas le symbole de la puissance sexuelle ? Les étalons, et ainsi de suite.

Les poings de Liebermann se refermèrent sur les rênes imaginaires d'un coursier tout aussi imaginaire lancé au galop.

— C'est vrai, mais…

— Et où les chevaux courent-ils à Vienne ?

— Au Prater.

— L'endroit où…

— … il avait rendez-vous.

— Très bien, Oskar.

Liebermann laissa retomber ses mains.

— Et, à ce moment-là, il était sans doute excité à la perspective de bénéficier des faveurs sexuelles de Fräulein Löwenstein. J'espère que je n'ai pas besoin de te faire un dessin sur le lien évident entre les espérances de Herr Hölderlin et l'oscillation d'un cheval à bascule.

Rheinhardt haussa les sourcils.

— Il a remarqué une boîte à ouvrage par terre, reprit Liebermann.

— Qui appartenait à sa mère.

— Procédons par ordre, Oskar. À ton avis, que peut désigner la boîte à ouvrage ?

— Je sais que cette expression, dans la bouche d'individus grossiers, désigne parfois…

— Exactement. Inutile d'être timide, Oskar. C'est un terme d'argot pour les organes génitaux féminins. Dans son rêve, Hölderlin est surpris en train de vouloir ouvrir la boîte, ce qui est plus ou moins ce qui s'est passé. On l'a bel et bien surpris pendant ce rendez-vous. Toutefois, le rêve nous dit que sa sexualité a été frustrée. Il n'est pas allé très loin. Il a pu faire une proposition à Fräulein Löwenstein, et c'est même probable, mais elle a refusé. Donc, dans le rêve, le couvercle reste fermé.

Liebermann jeta un coup d'œil à son ami. En observant qu'il avait l'air plus horrifié que surpris, il ajouta :

— Oskar, si tu penses que c'est un peu tiré par les cheveux, regarde mieux les photos. La boîte était en ivoire, avec des incrustations de nacre. Fräulein Löwenstein porte une robe blanche et un double rang de perles. Je suis absolument convaincu que Hölderlin dit la vérité sur sa relation avec Fräulein Löwenstein. Il n'est pas l'auteur de sa grossesse… ils n'étaient pas amants.

Le ton de Liebermann était catégorique.

Rheinhardt acquiesça d'un grognement, et le jeune médecin poursuivit son analyse :

— Herr Hölderlin s'est décrit en train de protester alors qu'il avait été surpris la boîte dans les mains. Puisque sa mère le réprimande, on peut supposer sans grand risque de se tromper qu'il faisait quelque chose de mal. À première vue, ça paraît peu logique. Comment pourrait-il se justifier alors qu'il a été découvert *in flagrante delicto* – et j'utilise ces mots à dessein. Mais, dans les rêves, les significations se mélangent. Il ne protestait pas au sujet du rendez-vous. Il s'élevait contre l'accusation de meurtre, autrement plus importante. C'est pourquoi l'illogisme de sa position n'a pas suscité de conflit émotionnel. Dans le rêve, son déni était ressenti comme acceptable. Ce qui tendrait à suggérer que, tout au moins pour ce qui concerne le meurtre, il est innocent.

— Mais pourquoi a-t-il été découvert par sa mère ? En réalité, c'est von Bulow qui l'a découvert. Max, ne me dis pas que la mère de Hölderlin représentait von Bulow ?

— D'après le professeur Freud, les rêves significatifs reproduisent souvent des scènes de la petite enfance. Il se peut que, pour Hölderlin, tout l'édifice repose sur le souvenir authentique d'avoir été découvert un jour par sa mère, souvenir à présent enfoui dans son inconscient. Néanmoins, dévoiler ce secret, savoir ce qui s'est réellement passé dans la chambre d'enfant, nécessiterait des heures de psychanalyse.

Rheinhardt secoua la tête.

— Tout cela est bien joli, Max, mais je ne vois pas Brügel réagir d'une façon favorable à ton interprétation.

— Peut-être, dit Liebermann en se redressant et en se tournant vers son ami. Mais, Oskar, je te promets que von Bulow aura beau boucler cet infortuné pendant une éternité, il n'arrivera pas à lui arracher des aveux !

74

— Le maire a absolument raison, dit le conseiller Schmidt, en se tapotant les lèvres avec sa serviette de table. Médecins, avocats, enseignants, directeurs d'Opéra… ils sont partout. Il faut faire quelque chose.

— En effet, renchérit Bruckmüller. De nos jours, les gens acceptent n'importe quoi. Je vous assure, Julius, nous aurions bien besoin d'une autre affaire Hilsner. Il y aurait alors des réactions.

Cosima von Rath, qui fixait un regard rêveur sur les derniers chocolats, se tourna vers son fiancé.

— Ce Hilsner travaille aussi à l'hôtel de ville ?

Bruckmüller et Schmidt se regardèrent un instant avant d'éclater de rire.

— Mon Dieu, non, mon amour. Il n'est pas l'un de nous, mais l'un des leurs. Ne me dis pas que tu n'as pas entendu parler de Leopold Hilsner ?

Cosima secoua la tête et la chair qui pendillait autour de son cou trembla comme du blanc-manger.

— Hans ! s'écria-t-elle en pinçant les lèvres en une moue fort disgracieuse. Tu sais à quel point je suis détachée du monde.

— Ne lisez-vous donc jamais les journaux, ma chère ? demanda Schmidt.

— Jamais, répliqua-t-elle.

— Je t'ai déjà vue lire la rubrique mondaine, lui opposa Bruckmüller.

Cosima l'ignora.

— J'aurais pourtant cru que l'affaire Hilsner vous aurait beaucoup intéressée, vous qui connaissez bien les doctrines et pratiques occultes, expliqua le conseiller Schmidt.

— Pourquoi donc ?

Séduite par son enrobage alléchant de cacao, Cosima tendit la main vers la truffe solitaire.

— Hilsner a perpétré un meurtre rituel.

La main de Cosima s'immobilisa et, tel un oiseau de proie, plana au-dessus du chocolat.

— Ah bon ?

Elle se tourna pour fixer sur Schmidt ses petits yeux luisants de cochon, enfouis dans une chair rose boursouflée.

— Vous voyez ? dit Schmidt à Bruckmüller. Je savais bien que nous finirions par l'intéresser à la politique.

Feignant de porter un toast, il leva son verre, puis sirota son brandy.

Bruckmüller sourit et posa une main condescendante sur l'épaule de Cosima.

— C'était un Juif, mon amour. Un apprenti cordonnier. Il a été jugé pour avoir assassiné une jeune fille… elle n'avait que dix-neuf ans, je crois.

— Oui, dix-neuf, c'est ça, confirma Schmidt.

— On a retrouvé son corps près du quartier juif de Polna. La gorge tranchée, reprit Bruckmüller en traçant un trait de gauche à droite sur son propre cou. Et vidé de tout son sang.

Cosima éloigna à la hâte sa main de la truffe pour la refermer sur la croix égyptienne et lâcha d'une voix flûtée :

— Oh ! c'est affreux ! Mais pourquoi a-t-il fait ça ?

— Il avait besoin de sang chrétien pour fabriquer ce pain qu'ils mangent.

— Du pain azyme, précisa Schmidt avec une expression exagérée de dégoût. Une horrible chose.

— Apparemment, ils se livrent à ce rituel depuis des siècles, conclut Bruckmüller en se servant un autre brandy.

— Ah oui ! dit Cosima en faisant soudain le lien entre le sujet de la conversation et son fonds de connaissances ésotériques. J'ai lu quelque chose là-dessus. On appelait ça profanation du sang, je crois.

Schmidt haussa les épaules.

— Je ne peux pas vous le dire.

— Mais j'ignorais totalement que ces rituels étaient encore pratiqués dans notre monde moderne. C'est tout à fait extraordinaire.

— En effet, dit Schmidt. Hilsner se trouve à présent derrière les barreaux, Dieu merci. Mais on aurait dû le pendre.

— Il n'a donc pas été condamné à mort ? demanda Cosima en mettant les deux mains devant sa bouche, dans un geste théâtral.

— Non, ma chère, répondit Schmidt. Grâce aux vociférations de la minorité libérale, composée surtout de Juifs, il est repassé en jugement. Et, cette fois, l'histoire du meurtre rituel n'a même pas été mentionnée ! On l'a étouffée. N'empêche qu'ils n'ont pas pu triompher sur toute la ligne. Hilsner a été reconnu coupable, bien entendu, et a été condamné à la prison à perpétuité – mais il aurait dû se balancer au bout d'une corde.

Cosima lâcha une exclamation réprobatrice et son regard passa de Schmidt à Bruckmüller. Ses traits se pincèrent de nouveau en une moue maussade.

— Qu'y a-t-il, chérie ? demanda Bruckmüller.

— Je ne comprends pas.

— Qu'est-ce que tu ne comprends pas ?

— Comment peux-tu dire que nous avons besoin d'une nouvelle affaire Hilsner ?

— La politique, ma chère, la politique ! répondit-il en tapotant son nez protubérant d'un doigt épais.

75

Après la fugue en *do* majeur, Liebermann passa au prélude en *do* mineur. *Le Clavecin bien tempéré* de Bach était un exercice qu'il pratiquait avec une régularité croissante. La pureté et l'élégance du contrepoint l'aidaient à réfléchir. Les grandioses variations propres à l'univers tonal de Bach lui étaient tellement familières que ses doigts se posaient sur les bonnes touches sans effort conscient de sa part. Pour lui, jouer les préludes et fugues était une sorte de discipline spirituelle – l'équivalent occidental de la méditation orientale.

Liebermann était sûr que son interprétation du rêve de Hölderlin était la bonne. Le banquier n'était pas l'amant de Fräulein Löwenstein et ne l'avait pas assassinée non plus. Il n'y aurait pas d'aveux.

Les lignes mélodiques se succédaient à différents intervalles, s'entrelaçaient avec une grande richesse d'invention.

Alors, qui ?

Sa main gauche commença à marteler la tonique du prélude en *ré* mineur, pendant que, dans l'aigu, les triolets de doubles croches crépitaient comme une averse.

Le dieu des orages !

Il avait l'impression que l'affaire Löwenstein était un labyrinthe. Rheinhardt et lui y avaient avancé à tâtons dans le noir, repéré de temps à autre une piste alors suivie un bref instant, pour se retrouver rejetés dehors sans façon. Au centre du labyrinthe se trouvait un dieu antique malveillant qui raillait leur stupidité.

L'assassin de Fräulein Löwenstein – et aussi d'Uberhorst, sans doute – avait réussi le prodige de s'envelopper d'un épais mystère. Aussi longtemps que ce mystère ne serait pas percé, l'affaire ne pourrait pas être élucidée. Autant imputer le crime à Seth.

Des portes fermées à clé de l'intérieur.

Une blessure par balle... mais pas de balle.

Comment avait-on pu créer ces illusions ?

Tout en jouant, Liebermann se dit soudain que les œuvres pour clavier de Bach créaient elles aussi une sorte d'illusion. Elles semblaient spontanées, improvisées, inspirées, et pourtant, chaque fugue était conduite par une logique interne impitoyable. La magie se réduisait à l'application scrupuleuse de règles musicales et de principes mathématiques. Cependant, si Liebermann était capable de soulever le voile enchanteur de Bach, il ne parvenait pas à dissiper l'illusion créée dans le meurtre de Fräulein Löwenstein. Son mécanisme demeurait invisible, ses rouages parfaitement cachés.

L'enquête débouchait sur une impasse désolante.

Liebermann était forcé d'accepter une évidence difficile à avaler : ni Rheinhardt ni lui ne trouveraient la solution par eux-mêmes. Ils avaient besoin d'aide. En arrivant au quinzième prélude, Liebermann sut ce qu'il devait faire. Il ne cessa pas de jouer, resta au clavier et acheva le premier recueil. Puis il referma le couvercle du Bösendorfer, se leva et sortit dans le couloir pour attraper son pardessus accroché au portemanteau. À son retour, il s'attaquerait au deuxième recueil.

Dehors, il faisait encore jour et la soirée était agréablement tiède. L'air embaumait le lilas. Liebermann avança d'un pas vif, traversa la Währinger Strasse et descendit vers le Danube. Il ralentit devant le numéro 19 de la Berggasse et fut tenté d'entrer. Le professeur Freud serait ravi de lui donner son opinion sur le rêve de Hölderlin et pourrait même disserter sur l'état mental d'un assassin. Mais Liebermann savait déjà que ça ne suffirait pas. Cette énigme réclamait une approche différente. Il accéléra l'allure.

Quand Amelia Lydgate ouvrit la porte, ses yeux s'agrandirent légèrement de surprise.

— Herr Doktor !

Liebermann s'inclina.

— Miss Lydgate, excusez-moi de vous déranger. Je passais par là, et j'ai songé à vous rendre une petite visite.

— Que c'est gentil à vous, Herr Doktor ! Entrez donc.

Avant de monter l'escalier, Liebermann alla présenter ses hommages à Frau Rubenstein. Il la trouva en train de somnoler dans un fauteuil, un volume de poésie sur les genoux. L'échange d'amabilités ne le retint pas longtemps. Liebermann accepta le thé que lui proposait Miss Lydgate et, bientôt, ils s'installèrent dans son petit salon.

Liebermann commença en questionnant la jeune femme sur sa santé. Elle répondit en s'en tenant aux faits et décrivit ses progrès avec un détachement clinique : son appétit était revenu, elle dormait bien, son bras droit continuait à réagir et ses doigts n'avaient pas perdu leur dextérité. Liebermann se sentait un peu gêné en faisant montre de cette sollicitude alors qu'il souhaitait secrètement orienter la conversation sur des domaines plus proches de sa préoccupation ; une transition se présenta toutefois. Lorsqu'il invita la jeune femme à raconter sa récente visite à l'Institut de pathologie, elle évoqua la méthodologie d'un projet de recherche qu'elle pourrait entreprendre et dont elle avait parlé avec Landsteiner : une analyse au microscope du plasma sanguin d'un sujet hémophile.

Liebermann risqua alors avec une timidité qui ne lui était pas coutumière :

— Miss Lydgate, je me disais que peut-être... Écoutez, pourrais-je vous demander votre opinion sur un problème technique ?

Amelia Lydgate nota ces circonlocutions.

— Technique ?

— Oui. Voyez-vous, j'ai la chance d'être un ami proche de l'inspecteur Oskar Rheinhardt, de la police viennoise...

Il expliqua en peu de mots leur association, puis tenta d'en venir au meurtre sans alarmer sa compagne.

— Pardonnez-moi d'aborder un sujet aussi affligeant, mais, il y a six semaines, on a retrouvé le corps d'une jeune femme dans un appartement de Leopoldstadt. Les circonstances de la découverte étaient inhabituelles et le résultat de l'autopsie ne ressemble à rien de ce qu'on a pu voir jusqu'ici. Vous possédez une remarquable faculté d'analyse, Miss Lydgate, et votre opinion m'intéresse au plus haut point. Néanmoins, si parler d'un meurtre vous est insupportable, je comprendrai tout à fait...

Pendant que Liebermann s'enferrait, la jeune femme déclara d'une voix fière :

— Herr Doktor, j'ai l'intention d'étudier la médecine. La mort ne me perturbe pas. Avec l'aide de mon père, j'ai pratiqué de nombreuses dissections sur des animaux, et je m'attends à le faire sur des corps humains si je suis acceptée à l'université.

— Bien sûr. Acceptez toutes mes excuses, je vous prie.

— Je suis prête à en apprendre davantage sur cette affaire singulière. Du reste, vous avez déjà éveillé ma curiosité. Je crains cependant que vous ne surestimiez mes connaissances et mes facultés de raisonnement déductif.

Ses yeux d'étain luisaient à la lumière déclinante.

Liebermann reconnut de bonne grâce qu'il avait pu se tromper, puis se mit à décrire la scène : Fräulein Löwenstein allongée sur la méridienne, le cœur transpercé par une balle inexistante. Le message laissé sur la table, le coffret japonais avec son occupant démoniaque. Il ne décrivit aucun des suspects, et ne raconta pas non plus où l'enquête en était arrivée.

Quand il se tut, Miss Lydgate garda le silence. Puis, remarquant la pénombre, elle se leva et alluma la lampe à gaz la plus proche. Elle le fit sans dire un mot, sans même jeter un coup d'œil à Liebermann. Le front barré de son pli coutumier, elle semblait totalement absorbée.

— Je pourrais vous emmener voir l'appartement, si vous le jugez utile, suggéra Liebermann.

Elle s'assit et se servit une nouvelle tasse de thé.

— De quelle sorte de serrure s'agissait-il ?

— Sur la porte de la salle de séjour ?

— Oui.

— Je ne sais pas au juste.

— Une serrure à bouterolles ? À gorge avec cliquet ? À détecteur ?

— Je regrette…

Liebermann eut un geste d'impuissance pour indiquer qu'il n'en savait rien.

— Peu importe, dit Amelia Lydgate. Auriez-vous remarqué quelque chose d'inhabituel dans sa conception ? De curieux ?

— Non. C'était une serrure ordinaire.

— Bien.

— L'inspecteur Rheinhardt ne s'opposerait pas à notre visite des lieux. Je suis sûr que nous pourrions…

— Non, docteur, répliqua la jeune femme avec fermeté. Ce ne sera pas nécessaire. Mais je vous serais très reconnaissante de m'apporter les deux clés – celle du salon et celle du coffret japonais. J'aimerais les examiner.

Son visage était imperturbable et, d'une manière qui défiait l'analyse, adouci par une beauté subtile.

76

Sur la pointe des pieds, Beatrice Schelling monta l'escalier, passa devant les lampes à gaz chuintantes et atteignit la partie de la maison où la lumière reculait devant l'ombre. Elle tâta les poches de son peignoir pour trouver une bougie qu'elle alluma avant de continuer son chemin. Le bruit se manifesta de nouveau – indistinct, mais bien réel. Beatrice retint son souffle pour mieux l'entendre, mais s'aperçut que le sang lui martelait les oreilles.

Après avoir traversé le palier, elle s'apprêta à grimper la dernière volée de marches. Il n'y avait plus de tapis, et elle devait donc marcher avec encore plus de précaution. Ôtant ses chaussons, elle agrippa la rampe et se hissa vers le dernier étage. Le bois protesta, gémit sous son poids. Elle se figea, marqua une pause, puis, avec prudence, posa une plante de pied sur la marche suivante.

En arrivant au grenier, elle entendit de nouveau le murmure. On aurait dit des sanglots. Beatrice s'approcha de la porte et y colla l'oreille. Elle imaginait la jeune fille à l'intérieur, assise sur son lit, les genoux relevés contre la poitrine, des larmes abondantes s'écoulant sur sa modeste chemise de nuit. La nouvelle domestique venait d'arriver de la campagne. Frêle, avec des cheveux châtains bouclés, elle avait presque l'air d'une enfant.

Les hoquets augmentèrent.

Le premier mouvement de Beatrice fut de soulever le loquet, d'entrer et de poser un bras autour des épaules de la pauvre fille pour la consoler.

Tes parents te manquent, bien sûr. Mais tu vas les revoir à l'automne. Ne te tracasse pas, ma chère petite.

C'était ce qu'elle avait fait en trouvant en pleurs la dernière servante, et l'avant-dernière – une belle Croate aux cheveux noir de jais et aux yeux bleus. Mais Beatrice ne pouvait plus jouer ce rôle. Elle en était fatiguée et savait que son texte serait récité sans conviction. De plus, elle n'ignorait pas que le pas lourd qui avait descendu l'escalier du grenier une demi-heure plus tôt était celui de son mari. Tout en bas, dans le hall d'entrée, une horloge sonna deux heures du matin.

Les sanglots cédèrent, et firent place à des reniflements pathétiques.

Une goutte de cire chaude tomba sur le pied de Beatrice. Loin de tressaillir, elle se figea et laissa la sensation de brûlure devenir plus intense. Elle y trouvait une satisfaction perverse. D'une obscure façon, la douleur rachetait le péché, semblait purifier l'âme.

Derrière la porte, la jeune fille avait dû sombrer dans un sommeil agité. À présent, Beatrice n'entendait qu'un gémissement continu, tout bas.

Elle se redressa et avança d'un pas moins prudent vers le bout du palier. Elle s'immobilisa un instant, soupira et souffla sa chandelle.

En arrivant dans le bureau de son mari, elle alluma la lampe. Une fois installée à la table de travail, elle sortit une feuille de papier crème. Les yeux fixés sur la page vierge, elle se mit à rédiger une lettre qui commençait par : *Chère Amelia…*

77

Fräulein Rupius, l'infirmière, et Stefan Kanner arrivaient chacun d'une direction opposée. Tous deux avaient revêtu leur manteau.

— Bonsoir, Sabina.

— Herr Doktor…

Ils s'engagèrent dans le couloir principal et avancèrent côte à côte.

— Appelez-moi Stefan, dit Kanner en consultant sa montre de gousset avec ostentation. Nous ne sommes plus au travail.

Cette familiarité empourpra un peu les joues de la jeune femme.

— Avez-vous un long chemin à faire pour rentrer chez vous ? reprit Kanner.

— J'habite à Josefstadt.

— Ce n'est donc pas très loin.

— Non.

Kanner cherchait désespérément un moyen de poursuivre la conversation, mais aucune idée ne lui venait à l'esprit. Sabina Rupius se porta à son aide.

— Et vous, Herr Dok… commença-t-elle avant de se reprendre. Et vous, Stefan ?

— Oh, je vais à Mariahilf !

— Ça fait longtemps que vous y habitez ?

— Non, j'ai quitté Döbling en janvier.

— Je garde un bon souvenir de Mariahilf. Mon père m'y emmenait voir *La Flûte enchantée*... presque tous les ans, à Noël.

— À l'An der Wien ?

— Oui.

— C'est un vieux théâtre charmant. On vient de le rénover.

— Ah bon ?

— J'y vais assez souvent. Et vous, allez-vous encore au théâtre ?

— Pas aussi souvent que je le devrais, ou que je le voudrais.

Elle tourna la tête. Ses yeux brillaient.

S'attend-elle que je l'y invite ? On le dirait bien.

Kanner déglutit avec nervosité. Au moment où il s'apprêtait à reprendre la parole, l'occasion qui s'était présentée fut perdue car Brunnhilde Grützner, la plus revêche des infirmières en chef, approchait. Kanner vit l'expression de Fräulein Rupius passer de l'espoir à la consternation, et enfin à la déception.

L'infirmière en chef les salua de loin.

— Bonsoir, Herr Doktor, dit-elle avant de regarder Sabina avec une franche réprobation et d'ajouter d'un ton sec : Fräulein Rupius.

— Bonsoir, madame, répondirent-ils à l'unisson tout en s'écartant inconsciemment l'un de l'autre.

Tout le monde savait que Frau Grützner voyait d'un mauvais œil une jeune infirmière fréquenter un médecin. Cette femme semblait dotée d'un flair presque surnaturel pour repérer les histoires d'amour naissantes.

Kanner attendit que ses pas se soient éloignés avant de tenter de reprendre le fil de leur conversation interrompue.

— Savez-vous que la toute première représentation de *La Flûte enchantée* a eu lieu dans ce théâtre ?

— Oui, répondit Sabina en songeant qu'il aurait peut-être mieux valu feindre de l'ignorer. Oui, je le sais.

Tous deux réussirent à sourire, mais perçurent une gêne sous-jacente. Par chance, plusieurs hommes vêtus de tabliers marron sortirent alors du bureau du professeur Gruner avec de gros cartons qu'ils emportèrent vers l'escalier. Ils les sauvèrent d'une conversation qui s'enlisait.

— Il s'en va ? souffla Fräulein Rupius.

— On dirait qu'il est déjà parti, dit Kanner en jetant un coup d'œil dans le bureau.

— Votre ami sera content.

Stefan se mit à rire.

— En effet. Gruner et Max ne se sont jamais entendus, il faut le reconnaître.

— Je me demande ce qui s'est passé.

— L'enquête… il a dû être renvoyé.

— Ou alors il a donné sa démission.

— C'est vraiment extraordinaire.

— Aurons-nous un nouveau professeur ?

— Oui… espérons qu'il sera meilleur que l'ancien.

Après un signe de tête adressé aux déménageurs, ils descendirent au rez-de-chaussée. Malgré leur silence, la gêne avait disparu.

En arrivant dans le hall, Kanner éprouva une étrange impression d'urgence. Ils allaient sortir de l'hôpital, et chacun irait son chemin – elle vers Josefstadt, lui vers Mariahilf. Il devait faire quelque chose, dire quelque chose.

La soirée était d'une douceur agréable et tous deux s'arrêtèrent sur les marches. Sabina Rupius regarda son compagnon – l'espoir avait fait sa réapparition dans son expression.

— Sabina… Aimeriez-vous aller au théâtre ? Demain soir ? Bien entendu, je comprendrais que…

— J'en serais ravie, Stefan, répondit Fräulein Rupius, rayonnante.

— Bon… voilà qui est parfait. Parfait.

Ils se regardèrent quelques instants, puis Sabina Rupius dit :

— Je dois partir.

Elle jeta un bref coup d'œil dans la cour et, la trouvant déserte, tendit la main à Kanner. Il lui baisa les doigts.

Fräulein Rupius sourit, se retourna et s'éloigna... sans se presser, les hanches oscillant à chaque pas.

78

Amelia Lydgate se tenait devant sa nouvelle paillasse de laboratoire. Tel un cordon ombilical, un tuyau de caoutchouc rouge reliait l'arrivée de gaz d'une lampe Bunsen au bec quelque peu cabossé, et un microscope d'une taille impressionnante était installé à côté d'une rangée de tubes à essai vides. En remarquant les nombreuses éraflures à la surface de la paillasse, Liebermann se douta que Miss Lydgate se l'était procurée dans un magasin d'occasion, l'un de ceux qui se trouvaient à proximité de l'hôpital.

Les rideaux étaient écartés et une vive lumière baignait la pièce mansardée. Les cheveux de la jeune femme étaient noués en chignon, mais leur couleur était ardente – parcourus de reflets ocre, rouille et or. Comme à son habitude, elle était habillée avec une simplicité fonctionnelle : un simple chemisier blanc et une longue jupe grise. Fine et élancée, elle semblait posséder une fragilité hautaine désarmante.

— J'ai apporté les clés, annonça Liebermann.

Il sortit deux enveloppes de sa poche et les tendit à Miss Lydgate. Elle les ouvrit et fit tomber les clés sur la paillasse.

— La grande est celle du salon, expliqua Liebermann. La petite est celle du coffret japonais de Fräulein Löwenstein.

Amelia Lydgate attrapa la grande et parut la soupeser dans sa main droite. Puis elle la leva au-dessus de sa tête et, d'un air très concentré, la fit pivoter à la lumière.

— Que cherchez-vous ? demanda Liebermann.

Elle ne répondit pas tant elle était absorbée dans sa tâche. Après l'avoir posée sur la paillasse, elle ramassa la petite et la soumit au même examen.

Liebermann ne pouvait s'empêcher d'admirer sa silhouette. L'anorexie l'avait amincie, mais, à présent que sa guérison était en bonne voie, elle reprenait des formes. Ses petits seins et la courbe de ses hanches étaient plus prononcés. Pendant que son regard s'attardait sur le corps d'Amelia Lydgate, Liebermann sentit monter une bouffée de désir que la culpabilité fit aussitôt retomber. Il repensait à Katherine, à sa chemise d'hôpital plaquée sur son ventre, laissant deviner son sexe, à ses pieds nus et à la peau ivoire de ses chevilles…

— Très intéressant.

— Quoi donc ? demanda Liebermann d'une voix sourde, mortifié par un picotement de honte.

De nouveau, la jeune femme garda le silence. Mais Liebermann ne s'en vexa pas. À l'évidence, elle était plongée dans ses réflexions. En outre, il se sentait soulagé de ne pas être à présent soumis à l'examen de ces yeux inquisiteurs.

Miss Lydgate tira un haut tabouret en bois de sous la paillasse et, sur la pointe des pieds, réussit à se hisser dessus. Puis elle approcha le microscope – un bel instrument en cuivre luisant et en fer émaillé noir, lourd, sans aucun doute, car elle retint son souffle en le tirant. Après avoir placé la clé du salon sur la platine argentée, elle se pencha sur l'oculaire et tourna les molettes de mise au point approchée et fine, tout en orientant le miroir de façon à avoir davantage de lumière. Ses gestes possédaient un certain naturel révélateur des nombreuses heures qu'elle avait consacrées à l'étude scientifique. Il était en effet peu habituel de voir une femme aussi à l'aise avec un instrument d'optique.

Elle retira la grande clé et la remplaça par la petite.

— Docteur ? Avez-vous des clés sur vous ?

— Oui.

— Puis-je les voir, s'il vous plaît ?

Liebermann lui tendit deux trousseaux.

— Voici celles de mon appartement… et de l'hôpital.

— Merci.

Amelia Lydgate examina systématiquement chaque clé en réglant parfois la mise au point. Alors qu'elle avait toujours les yeux fixés sur l'oculaire, elle demanda :

— Docteur, auriez-vous l'amabilité d'aller chercher la clé de ma chambre – la deuxième porte sur la droite en sortant d'ici ?

— Bien sûr.

Liebermann alla donc ouvrir cette porte. Les rideaux étaient tirés et la pièce était plongée dans la pénombre. Il laissa s'attarder son regard sur le lit, dont le jeté était à moitié replié. Les draps formaient des rides concentriques, comme du sable sur une plage, à marée basse. Un léger creux était imprimé sur le matelas dont les ressorts fatigués gardaient l'empreinte du corps de son occupante. Liebermann ôta la clé de la serrure et referma doucement la porte derrière lui.

Quand il revint dans le « laboratoire », il trouva Miss Lydgate penchée sur le microscope, en train de passer d'une clé à l'autre et de régler la mise au point. En l'entendant approcher, elle tendit sa main ouverte. Il y déposa la clé.

— Merci, dit-elle sans lever les yeux.

Ses doigts se refermèrent sur la clé qu'elle déposa aussitôt sur la platine.

— Oui. C'est ce que je pensais.

Puis, levant la tête, elle fit signe à Liebermann d'approcher.

— Si vous voulez bien regarder cette clé, tout d'abord.

Liebermann regarda dans l'oculaire et vit une surface métallique un peu tachetée.

— C'est la clé de ma chambre. Et voici maintenant celle de l'appartement de Fräulein Löwenstein. Que voyez-vous ?

Liebermann remonta ses lunettes et plissa les yeux.

— On dirait… on dirait que le métal est rayé. Et forme un certain motif ?

— En effet.

De minuscules lignes parallèles marquaient la clé.

— Le même motif se retrouve des deux côtés, précisa Miss Lydgate.

Elle se tenait tout près de lui, et sa proximité le déconcentrait un peu. Le tissu de sa jupe bruissait quand elle bougeait.

— Et maintenant, la petite clé du coffret japonais.

Amelia Lydgate la plaça sous l'objectif.

— Un autre motif, dit Liebermann.

— Non, répliqua la jeune femme d'un ton légèrement irrité. Le même motif, Herr Doktor. Plus petit, voilà tout. Il n'apparaît ni sur les vôtres ni sur la mienne, et je suppose que nous n'en trouverions pas de semblable même si nous disposions d'un plus large éventail de clés.

Liebermann se redressa et croisa le regard de Miss Lydgate. Toujours aussi calme, elle ne laissait paraître aucune émotion, aucun contentement de soi, et rien, dans son comportement, ne suggérait qu'elle cherchait les compliments.

— Qu'est-ce que ça veut dire ? demanda Liebermann.

— À mon avis, ça veut dire que, sans risque de nous tromper, nous pouvons rejeter toute explication surnaturelle.

79

La lettre d'Angleterre avait été jointe au courrier de Schelling. Sa femme voulait l'interroger à ce sujet – elle glissa même quelques allusions discrètes –, mais il ne réagit pas. Balayant ses questions, il prit un air condescendant.

— Ma chère, tu as vraiment l'air fatiguée ! Tu devrais peut-être laisser les enfants à la garde de Marie. Va te promener et achète-toi donc quelque chose… disons, une nouvelle paire de gants.

Avant de partir, il avait lâché, presque en passant, qu'il allait recruter une nouvelle gouvernante, une brave jeune femme, vertueuse, que lui avait recommandée Schmidt, l'un des conseillers du maire. Rien à voir avec la pauvre Amelia. Une vigoureuse Allemande. Saine, robuste, quelqu'un qui servirait d'exemple aux enfants.

La porte se referma, et Beatrice Schelling se retrouva seule dans le hall, perplexe, gagnée par le vertige. Elle avait l'impression d'être perdue dans sa propre maison, de ne pas savoir où aller ni quel chemin emprunter. Une horloge sonna l'heure. La journée s'écoulerait avec ou sans elle.

Les enfants étaient ravis de revoir leur tante. Ils se jetèrent au cou de Marie et embrassèrent son visage rose et joufflu.

— Les enfants ! Quel plaisir de vous revoir !

Beatrice éprouva une sensation désagréable dans le ventre. Une soudaine sécrétion de bile noire – mélange corrosif de jalousie et de souffrance. Quand la bile eut quitté son estomac, elle se sentit sèche et vide.

En bavardant avec Marie, Beatrice se dédoubla totalement. Elle avait l'impression que sa voix appartenait à quelqu'un d'autre, un peu comme si elle écoutait aux portes.

— Il faut que j'aille à la boutique de lingerie qui se trouve dans la Dingelstedtgasse, et, si j'ai le temps, chez Taubenrauch. Nous devons assister à une réception officielle dans quelques semaines, et je ne peux pas me permettre de porter la même robe que la dernière fois. En taffetas bleu marine… tu l'as vue, j'en suis sûre. Frau Förster ne porte jamais deux fois la même robe.

Beatrice continua à pérorer tel un organiste d'église qui s'évertue à improviser sur un thème indigent. Quand elle jugea que la comédie avait assez duré, elle se tut et s'excusa. D'habitude, elle abordait le sujet controversé de la pâtisserie Demel juste avant son départ, mais cette fois, elle ne le fit pas. Aujourd'hui, Eduard et Adele pourraient engloutir autant de chocolat qu'ils voudraient.

— Dites au revoir à votre maman ! rappela Marie aux enfants qui étaient déjà en train de jouer bruyamment dans l'escalier.

— Non, laisse donc… qu'ils continuent à jouer, lâcha Beatrice d'un ton distrait en forçant un faible sourire sur ses lèvres.

Elle ne se rendit ni dans la Dingelstedtgasse ni dans le magasin de confection pour dames. Au lieu de quoi, elle erra dans les rues et, peu à peu, dériva vers le sud de la ville. Finalement, elle se retrouva devant l'une des nouvelles entrées du métro, à Karlsplatz. Son mari lui avait dit que ces bâtiments étaient une honte et que l'architecte devrait être exécuté. Beatrice avait acquiescé, mais, en les regardant à présent, elle ne comprit pas pourquoi certains les jugeaient aussi choquants. La structure verte en fer forgé des deux pavillons évoquait pour elle une serre.

Derrière ces pavillons se dressait l'énorme église Saint-Charles. Son immense dôme à l'italienne était flanqué de colonnes gigantesques. Des scènes tirées de la vie de saint Charles Borromée, gravées en relief, s'enroulaient jusqu'au sommet de chacune, à l'endroit où les aigles dorés des Habsbourg avaient fait leur aire.

Que dit cette lettre ? Qu'a raconté cette fille ?

Y aura-t-il un scandale ? M'accusera-t-on moi aussi ?

La cloche d'un tramway retentit. Un monsieur attrapa Beatrice par le bras et l'entraîna sur le trottoir.

Un éclair rouge et blanc.

— Je vous demande pardon, madame, mais le tram…

— Oui, bien sûr. Quelle idiote je fais !

— Il faudra être plus prudente.

— C'est vrai. Merci.

Beatrice recula et se hâta de se fondre dans la foule.

À l'arrêt, les passagers montèrent dans le tramway. Elle fit la queue et, sans réfléchir, grimpa à son tour sur la plate-forme, puis s'assit. Sans prêter attention au trajet, elle se retrouva au terminus, devant l'édifice faussement Renaissance de la Südbahnhof.

Le hall de la gare ressemblait à un palais. Un magnifique escalier de pierre montait avant de se diviser pour conduire à deux voûtes élancées. Les rampes étaient ornées de faux candélabres aussi grands que des pommiers, et une austère lumière blanche filtrait par les hautes fenêtres.

Beatrice se tenait sous les globes transparents des lampadaires en fer forgé et observait les gens qui allaient et venaient, foule affairée qui se pressait dans le hall. Après s'être ressaisie, elle se rendit à la poste pour déposer la lettre qu'elle avait rédigée le mardi à l'aube. Puis elle retourna vers les guichets et examina le tableau des départs.

Il y avait tant de destinations.

Baden, Wiener Neustadt, Semmering…

Bruck an der Mur (Klagenfurt, Udine, Venise).

Graz (Maribor, Zagreb, Trieste).

Beatrice s'avança vers un guichet et demanda un billet pour Trieste.

L'employé la regarda.

— Un aller simple, madame ?

— Oui.

Serrant son billet, elle se dirigea vers les quais.

Deux servantes passèrent en pouffant derrière leurs mains ; un soldat en longue capote portait un gros sac sur le dos ; trois hommes d'âge mûr, qui se ressemblaient beaucoup avec leur moustache en crocs et leur chapeau melon, discutaient affaires. Beatrice continua son chemin et ne sut plus vraiment si la Südbahnhof était un rêve ou la réalité.

Un chef de gare attira son attention.

— Inutile d'aller plus loin, madame.

Elle s'immobilisa. Mais, dès que l'homme s'éloigna, elle recommença à mettre un pied devant l'autre.

Le quai trembla. Au loin, elle aperçut la locomotive qui approchait. Un coup de sifflet retentit.

Elle fixa les yeux sur les traverses couvertes de sable et de suie.

La honte l'écrasait.

Ce ne serait pas difficile… et, si elle atterrissait au bon endroit, elle ne souffrirait pas.

80

Au dîner, ils avaient dégusté caviar, sardines, foie d'oie, œufs de faisan en gelée et, pour terminer, un ananas bien mûr, très sucré, le tout arrosé de deux bouteilles d'asti. On servit le café avec des pastilles au cognac, chacune délicatement enveloppée dans du papier d'argent. Ils avaient eu l'intention de partir au moins une heure plus tôt, mais une impression de satiété, le slibovitz et les cigares les retinrent. Aucune autre table n'était occupée, et un serveur rôdait à proximité pour leur faire comprendre qu'ils s'attardaient un peu trop.

— Nous avons passé un très bon moment, racontait Kanner. La pièce était excellente et, ensuite, nous nous sommes promenés le long du Naschmarkt… Je n'arrivais pas à la lâcher des yeux. Écoute, Max, j'avoue que je n'ai pas éprouvé ce sentiment depuis bien longtemps.

— Mais enfin, Stefan, tu m'as dit la même chose au sujet de cette vendeuse… comment s'appelait-elle, déjà ?

— Gabrielle.

— Et la chanteuse ?

— Cora.

— Et l'actrice, si je ne me trompe pas ?

— Emilie.

— Bon, alors en quoi Fräulein Rupius est-elle différente ?

— C'est juste que…

Kanner décrivit un cercle avec son cigare. Une cendre dessina un huit en tombant lentement sur la table.

— Je ne peux pas te l'expliquer. Ce qui m'incite à croire mon inclination authentique.

— Tu es bien romantique, Stefan !

— Certaines choses dans notre nature défient toute analyse, Max… et l'amour en fait partie.

— Ah ! s'exclama Max en se penchant et en saisissant le bord de la table à deux mains. Nous y voilà : tu es amoureux de Fräulein Rupius.

— Bon, disons que Cupidon n'a peut-être pas encore décoché la flèche décisive, mais il a certainement vidé son carquois dans ma direction.

Le serveur toussa.

Liebermann regarda sa montre et s'aperçut qu'il avait quelque difficulté à lire l'heure. Les aiguilles floues ne lui facilitaient pas la tâche. Il aurait dû refuser le slibovitz.

— Ce n'est pas encore le moment de partir, si ? demanda Kanner.

Liebermann haussa les épaules et leva son verre. Il le fit tourner avant d'avaler une gorgée. Lorsque la chaleur se diffusa dans son corps, il sentit que le monde réel lui échappait encore un peu plus.

— Je me demande ce qui attire une personne vers une autre.

Il lâcha cette réflexion sans le vouloir, l'exprima au moment même où elle se formait dans son esprit.

— Le destin, répondit Kanner avec une feinte solennité.

— Nous avons sans aucun doute besoin du destin pour faire connaissance. Si deux personnes ne se croisent jamais, il est fort improbable qu'elles tombent amoureuses. Mais, à supposer que le destin travaille en leur faveur…

— Je ne comprends pas pourquoi tu me poses la question, Max… c'est toi qui vas bientôt te marier !

— Toute plaisanterie mise à part, Stefan…

Kanner tira sur son cigare et fit la grimace.

— Il faut bien reconnaître qu'il n'est pas facile de tomber amoureux d'une femme hideuse.

— Serions-nous donc amoureux de la beauté ?

— La beauté aiguise sûrement le désir.

— Alors pourquoi ne tombons-nous pas amoureux de toutes les jolies femmes ?

Kanner se tut un instant et, l'air un peu perplexe, s'écria :

— C'est peut-être ce que je fais !

Un infime silence fut aussitôt suivi par un éclat de rire.

— Que dit ton ami le professeur Freud sur l'amour ?

— Pas grand-chose, répondit Liebermann. C'est davantage sur la sexualité qu'il travaille. Mais j'ai l'impression qu'il ne se fait pas une idée très idyllique de l'amour. Pour lui, c'est une sorte de symptôme qui se manifeste quand la libido est refoulée.

— Hum… donc, dès qu'on a eu des relations intimes avec une femme, la passion se refroidit ?

— En gros, oui.

— Il n'a pas tort… qu'en penses-tu ?

C'était peut-être tout, en effet : cette douleur sourde, cette envie d'être avec elle… un besoin physique, rien de plus. Quelque chose qu'il pourrait maîtriser, comme n'importe quel autre instinct primaire. S'il se forçait un peu, ce serait aussi facile que sauter un repas ou se passer de dormir. Mais, au fond de lui, Liebermann savait qu'il en allait autrement. L'attachement qu'il éprouvait désormais pour elle était beaucoup plus complexe.

— Je ne suis pas toujours d'accord avec Freud. J'ai peine à croire que le plaisir que nous tirons de la compagnie d'une femme aimée soit un simple instinct animal frustré.

— Dis-moi, qui est romantique maintenant ?

— Tu ne m'as pas compris, Stefan. Il ne s'agit pas d'un sentiment mystique ou magique. Ce que je veux dire, c'est que la libido n'est pas le seul facteur à prendre en considération. Nous sommes enclins au désir, certes, mais ne cherchons-nous pas aussi une compagne avec laquelle converser ? Et la proximité rassurante d'une âme sœur ?

— Si, mais très peu de gens ont la chance de la trouver, répliqua Kanner en levant son verre. Alors, à la future mariée !

Liebermann trouva presque insupportable l'ironie de cette conversation qui reposait sur un malentendu. Les vapeurs d'alcool l'engourdirent soudain davantage et un brouillard l'isola de Kanner, du restaurant et même de la ville entière.

— Stefan…

Une note de désespoir s'était glissée dans sa voix.

— Oui ?

— Je ne suis pas toujours sûr de… Écoute, parfois, je me dis…

Il regarda Kanner qui souriait d'un air béat.

Quel conseil avisé pourrait-il arracher maintenant à son ami ? Il aurait fallu se confier à lui au début de la soirée, si c'était là ce qu'il voulait.

— Oh, aucune importance !

La main de Kanner heurta la table et renversa du slibovitz sur la nappe blanche amidonnée.

Liebermann fit signe au serveur et lâcha :

— L'addition, s'il vous plaît. Nous partons.

Sixième partie

La grande roue

81

À la fois intimidée et gagnée de vertige tant elle se sentait émue, Amelia Lydgate grimpa les marches de l'université en ayant l'impression d'effectuer un pèlerinage. L'atmosphère studieuse agissait sur elle comme un baume purifiant, émollient et apaisant. Dans un tel endroit, elle réussirait peut-être à laisser le monde derrière elle, à en oublier les vaines préoccupations, les bavardages futiles et les complexités émotionnelles usantes, pour trouver la consolation dans un univers de valeurs absolues – les certitudes indiscutables de la science. Son destin était désormais lié à ces pierres, se dit-elle.

Elle s'immobilisa et leva les yeux. C'était une belle bâtisse construite dans le style d'un palais Renaissance. Vaste, elle aurait rendu jaloux un prince du négoce. Alignées sur le toit, des statues l'observaient avec un détachement d'ange gardien. Frissonnante, Amelia respira profondément et avança pour se mettre à l'abri de trois énormes voûtes. S'il existait des influences bienveillantes, protectrices, elles s'étaient penchées sur son sort.

À peine quelques mois plus tôt, il lui semblait en effet que son ambition d'étudier la médecine dans cette Mecque du savoir ne pourrait jamais se réaliser. Et pourtant, tout était redevenu possible à présent. Le Dr Liebermann était passé par là et avait transformé sa vie. L'espoir et un optimisme tranquille avaient remplacé la peur et la honte. Amelia se doutait qu'elle serait éternellement redevable au Dr Liebermann de ses soins attentionnés, néanmoins, pour lui témoigner sa gratitude, elle avait décidé de l'aider dans son travail de limier.

Elle poussa la lourde porte de fer et de verre.

Le hall était plongé dans une pénombre perpétuelle, un clair-obscur ambré que le soleil n'illuminait jamais et que l'éclairage artificiel jaune soufre se révélait incapable de percer. Une forêt de piliers, tels des troncs d'arbres préhistoriques, s'élevaient vers un plafond voûté orné de bas-reliefs. Même en cette heure tardive, l'université bruissait d'activité et de conversations (les cours magistraux commençaient avant l'aube et se poursuivaient jusqu'à huit heures du soir). Des étudiants se rassemblaient par petites grappes dans l'obscurité, tandis que d'autres emboîtaient le pas à des sages en redingote. L'un des professeurs arborait une barbe blanche qui descendait plus bas que la ceinture. Amelia fut amusée en remarquant que, suivant son exemple, les membres de son cortège avaient eux aussi une longue barbe.

Au milieu de tous ces étudiants, Amelia n'aperçut qu'une seule femme qui avançait à vive allure dans cette mer de gilets, de cols cassés et de pantalons rayés. Lorsqu'elles se croisèrent, elles se firent un signe de tête, tels deux compatriotes à l'étranger. Toutes deux se reconnurent en un éclair, esquissèrent une expression de surprise, puis un sourire de solidarité. Encouragée par cette rencontre, Amelia s'adressa à un appariteur.

— Bonsoir, monsieur.

L'homme leva sur elle un regard qu'on ne pouvait qualifier que de sceptique.

— Le professeur Holz m'a accordé un entretien, poursuivit Amelia. S'il vous plaît, pouvez-vous me dire où se trouve le département des sciences physiques ?

L'appariteur donna quelques indications sommaires d'un ton péremptoire, mais il ne semblait pas disposé à faire plus.

Le couloir qui partait du hall menait à un double escalier majestueux, dont les rampes en pierre supportaient des lampes à gaz en fer forgé. Au sommet de chaque pied, trois globes opaques dispensaient une faible lumière. Les murs de l'immense cage d'escalier étaient élevés et d'une agréable simplicité, quoique ornés de sculptures baroques. Des piliers en marbre noir soutenaient ce qui ressemblait à une galerie, et le lointain plafond voûté captait les dernières lueurs du jour qui filtrait par les hautes fenêtres en ogive.

Une fois arrivée en haut des marches, Amelia se rendit compte que les maigres indications de l'appariteur étaient impossibles à suivre. Elle demanda donc son chemin à un jeune homme vêtu d'une courte cape, après s'être excusée. Il se mit à rire et expliqua qu'il sortait à peine d'un cours interminable avec le professeur Holz. Il insista pour escorter Amelia dans un petit amphithéâtre où le professeur était encore en train d'étudier quelques équations au tableau.

— Herr Professor ! appela le jeune homme.

Sans se retourner, le professeur se contenta d'avancer la main, comme s'il repoussait un assaillant. Le jeune homme sourit bêtement, puis fit une nouvelle tentative.

— Herr Professor, une jeune femme veut vous voir.

Cette fois, le professeur s'arracha à son travail et regarda dans l'allée.

— Vous voudrez bien m'excuser, chuchota le jeune homme à Amelia. Je vous souhaite bien du plaisir.

Après un clin d'œil impertinent, il s'éloigna à la hâte.

— Oui ? demanda le professeur Holz d'un ton impérieux.

— Je m'appelle Amelia Lydgate. Vous avez eu l'amabilité de m'accorder un entretien ce soir.

— Ah ! C'est vrai ? Bon, très bien, venez vous asseoir ici un moment.

Il indiqua un siège et ajouta :

— Je n'en ai pas pour longtemps.

Amelia releva un peu ses jupes et descendit l'escalier raide en bois. Le professeur reporta son attention sur le tableau auquel il s'attaqua violemment… avec un bout de craie. Un flot de lettres grecques reliées par des symboles s'étala comme une maladie de peau sur la surface poussiéreuse. Assise au premier rang, Amelia se concentra aussitôt sur le problème du professeur ; elle avait toutefois beaucoup de peine à comprendre son objectif. Enfin le professeur s'arrêta, gémit et lança la craie sur le pupitre. Amelia avait envie de lui adresser une parole de réconfort, mais jugea plus prudent de garder le silence.

— Alors, Miss Lydgate, que puis-je faire pour vous ? lui demanda-t-il, le dos toujours tourné, les yeux fixés sur ses épanchements mystérieux.

— J'aimerais vous poser une question relevant de votre domaine d'étude.

— Votre question concerne la balistique ?

— Oui, Herr Professor. J'ai récemment découvert votre monographie sur le calcul des trajectoires, et je la trouve très enrichissante.

Le professeur se tut un instant et se tourna sans hâte. Pour la première fois, il regarda réellement Amelia derrière un pince-nez en écaille de tortue posé en équilibre sur le bout de son nez. Ses narines frémirent, comme celles d'un animal sauvage qui hume l'air pour savoir s'il y a des prédateurs à proximité.

— Enrichissante, avez-vous dit ?

— Tout à fait, et ma question porte sur les projectiles et leur capacité à demeurer intacts.

Le professeur la fixait toujours des yeux.

— Je sais que vous êtes très occupé, Herr Professor, et je ne souhaite pas vous faire perdre un temps précieux. C'est pourquoi j'ai pris la liberté d'exposer mon problème à l'aide d'une formule… j'espère que vous voudrez bien l'examiner.

Amelia se leva, sortit de son sac une feuille de papier ministre et la tendit au professeur. Holz condescendit à jeter un œil sur ses équations et les écarta d'un « peuh ! » méprisant.

Amelia marqua un temps d'arrêt respectueux avant de demander :

— Y a-t-il une erreur ?

— Ma bonne fille, vous n'avez tout de même pas l'intention d'assigner thêta à ces paramètres ? C'est là une faute élémentaire !

Holz lança la feuille à Amelia qui l'attrapa au vol.

— Avec tout le respect que je vous dois, ce n'est pas une faute élémentaire. J'ai assigné le signe thêta à ces valeurs pour une raison particulière… parce que je souhaite trouver la réponse à une question bien spécifique.

Le professeur considéra alors Amelia avec un intérêt renouvelé, cilla, huma l'air et demanda :

— Quelle sorte de question ?

82

La fille s'était endormie. Avant de partir, Braun prit le temps de la regarder. Elle était slave et jeune – elle n'avait sans doute guère plus de dix-sept ans. La tenancière prétendait qu'elle venait de Galicie. Quel que soit le pays dont elle était originaire, Felka parlait affreusement mal l'allemand, et Braun avait dû mimer ce qu'il souhaitait. La fille l'avait observé de ses yeux intelligents, sérieux, avant d'exécuter ses instructions avec un zèle et une imagination inattendus.

Dans son sommeil, Felka marmonna quelques mots inintelligibles, vagit, puis roula sur le côté. La couverture tomba et révéla d'agréables courbes pleines menant à un triangle de boucles noires serrées. Elle portait encore ses bas de coton et ses jarretelles.

Éprouvant un curieux mélange de pitié et de gratitude, peu habituel chez lui, Braun attrapa un peu de monnaie dans sa poche – une malheureuse poignée de piécettes de dix *Heller* – et la laissa sur la table. (La fille ne verrait presque pas la couleur de l'argent qu'il avait donné à la patronne.) Dans l'âtre froid, il remarqua un bâton et une éponge dans une cuvette de liquide trouble. Felka avait oublié de se laver – mais ça ne le regardait pas. Il haussa les épaules et se dirigea doucement vers la porte.

Le parquet craqua lorsqu'il sortit sur le palier. Une bourrasque fit trembler la croisée et vaciller la bougie qu'il tenait dans une main. De l'autre, il tâta le mur moisi et avança avec précaution jusqu'à l'escalier branlant. Avant d'arriver en bas, il regarda par-dessus la rampe. Comme d'habitude, la pièce était peu éclairée, et un épais nuage cotonneux y flottait. Deux messieurs occupaient les sofas profonds. L'un, affalé telle une pile de hardes mises au rebut, avait perdu connaissance. L'autre, assis bien droit, fumait un narguilé glougloutant. C'était le comte Záborszky.

Braun sentit monter une bouffée d'anxiété, mais son corps épuisé était trop faible pour s'abandonner à cette émotion. Après une brève accélération, son cœur recouvra un rythme plus normal et sa respiration redevint régulière.

D'un pas lourd, Braun descendit le reste des marches, continua vers la table turque et, posant la bougie près du narguilé, s'affaissa à côté du client inconscient, qui, vu de près, ne semblait pas davantage avoir forme humaine. Il moucha alors la flamme avec ses doigts et contempla la colonne de fumée grise qui s'élevait telle une âme quittant le corps d'un défunt.

Braun croisa le regard terne et sans vie de Záborszky. Le comte ne fit pas mine de le reconnaître avant d'ôter de sa bouche le tuyau du narguilé et de murmurer :

— Comment va votre main, Braun ?

Braun la leva en souriant. Elle était toujours bandée.

Le comte hocha la tête d'un air approbateur. Braun ne savait pas s'il était impressionné par le pansement ou s'il était content de voir que la blessure n'avait pas encore guéri. Il sortit une boîte de six cigarettes égyptiennes roulées à la main. Le papier jaune pâle avait la même couleur que le tabac qui dépassait à chaque bout.

— Quelle fille avez-vous eue ? demanda le comte.

— Felka, répondit Braun en tassant le tabac.

— La nouvelle ?

— Oui.

— Est-ce que vous la recommanderiez ?

— Elle s'est montrée très consciencieuse.

Le comte inspira et ferma les yeux.

— Cette sorcière de Matejka n'a pas voulu me l'attribuer.

— Pourquoi ?

— Elle me trouve trop brutal.

— Pour être franc, je ne lui donne pas tort.

Le comte ouvrit lentement les yeux et retroussa les lèvres.

— Je suppose que vous avez eu vent de ce qui est arrivé à Hölderlin ? fit Braun en allumant enfin sa cigarette.

— Bien sûr.

— Il semble donc que je vous doive des excuses.

De ses doigts croisés, Záborszky le bénit avec langueur et lâcha un profond soupir de lassitude. Puis il tira de nouveau sur le narguilé et, après un long silence, demanda :

— Vous étiez l'amant de Fräulein Löwenstein, n'est-ce pas ?

Braun inclina la tête d'un geste brusque.

— Et aussi son complice ?

Braun le confirma, puis se laissa glisser au bord du sofa.

— Mais les enfants n'étaient pas de vous.

— Non.

Le comte croisa les doigts pour former un dôme. Ses nombreuses bagues donnaient l'impression qu'il avait, par magie, fait apparaître une sphère couverte de bijoux. Une grosse émeraude capta la lumière et jeta des feux verts.

— Hölderlin. Le directeur de banque. Le mari fidèle ! s'écria le comte en se mettant à rire – curieux glapissement qui s'arrêta net. Qui aurait pu s'en douter ?

L'homme évanoui rota soudain et, se redressant d'un coup, regarda autour de lui comme s'il venait de s'éveiller d'un cauchemar pour se retrouver dans les abîmes de l'enfer.

83

Liebermann prit la lettre et se carra dans le fauteuil, la nuque appuyée à la têtière.

Chère Amelia,

Je sais ce qu'il vous a fait. Vous n'étiez pas la première, et je sais que vous ne serez pas la dernière. Je suis sincèrement navrée. Pardonnez-moi. J'aurais dû intervenir, mais je n'ai pas eu le courage de parler.

Beatrice.

— Quand l'avez-vous reçue ? demanda Liebermann.

— Jeudi, répondit Miss Lydgate.

Pendant un moment, tous deux gardèrent le silence. Dehors, une cloche d'église se mit à sonner. Le soir s'avançait.

— C'est vraiment une tragédie, reprit Amelia Lydgate. Surtout pour les enfants.

— En effet. Je me demande quelles dispositions va prendre Herr Schelling en ce qui les concerne.

— Eduard et Adele adorent leur tante Marie. J'espère qu'il aura le bon sens de faire appel à elle. Elle est veuve, sans enfants, et aimera autant ses neveux que si elle était leur mère, j'en suis persuadée.

Miss Lydgate se leva, attrapa une boîte d'allumettes sur le manteau de la cheminée et alluma une lampe à gaz.

— Et vous-même, qu'éprouvez-vous à l'égard de Frau Schelling, Miss Lydgate ? Sa mort est certes une affreuse tragédie, mais… voilà un aveu terrible, dit Liebermann en soulevant la lettre.

La jeune femme se rassit et regarda Liebermann dans les yeux. À la lueur de la lampe, ses prunelles à la couleur métallique étaient devenues d'un bleu translucide.

— Je la plains, docteur. En se taisant, elle s'est sans aucun doute montrée complice de son mari… mais que pouvait-elle faire d'autre ? Si elle avait demandé le divorce, elle se serait heurtée à une réprobation terrible. L'Église catholique n'est pas réputée pour considérer avec bienveillance la dissolution des liens du mariage. Eduard et Adele auraient été stigmatisés, et la carrière politique de Herr Schelling aurait pu en souffrir, ce qui, par contrecoup, aurait compromis la sécurité matérielle des enfants. Pire encore, les griefs et les plaintes de Frau Schelling auraient pu être interprétés comme les symptômes d'un état pathologique. En effet, au cours du conflit qui en aurait résulté, elle aurait sans doute élevé la voix, parlé d'une manière nerveuse, fait preuve d'une passion violente… et alors, que serait-il arrivé ?

Amelia Lydgate sourit avec tristesse avant de reprendre :

— Nombreux sont ceux, surtout dans votre profession, Herr Doktor, qui voient dans une conduite qu'ils estiment peu féminine une maladie mentale. Frau Schelling aurait pu se retrouver enfermée au centre hospitalier, ou même à l'asile de Steinhof. Herr Schelling s'est comporté d'une façon abjecte, mais je ne suis pas naïve, docteur. Les hommes de son espèce ne manquent pas dans cette ville, ou dans n'importe quelle capitale européenne, et la souffrance muette des femmes qu'ils réduisent à leur merci n'est pas rare non plus.

— Vous la plaignez parce que vous vous identifiez à elle.

— Bien sûr. Toutes les femmes savent ce que signifie être enfermé dans un dilemme, et toutes les femmes partagent un sort précaire. Nous marchons sur une corde raide, avec précaution, en tenant en équilibre dans une main nos besoins et nos désirs, et dans l'autre les besoins et les désirs des hommes. Il suffit que nous déviions d'un cheveu… pour que nous tombions.

Liebermann se sentit troublé par son raisonnement – et même mis en accusation.

— Je vous prie de m'excuser, Herr Doktor, poursuivit Miss Lydgate en remarquant sa gêne. Vous ne m'aviez pas demandé d'être aussi franche et mon opinion vous choque peut-être.

— Non, pas du tout… J'incline à penser comme vous. Les femmes ne sont pas bien traitées par notre société, ni par la médecine, d'ailleurs. Certains praticiens viennois croient encore qu'elles sont sujettes à l'hystérie en raison d'un utérus malade. Il reste beaucoup à faire.

Liebermann rendit la lettre à Amelia Lydgate, qui la plia en deux et la posa sur la table.

— Lorsqu'il y aura davantage de femmes médecins, des idées aussi risibles rencontreront peut-être le mépris qu'elles méritent, déclara la jeune Anglaise.

— Je l'espère, dit Liebermann avec une évidente sincérité.

Leur conversation passa tout naturellement au suffrage des femmes, une cause qui semblait avoir attiré des avocates plus virulentes à Londres qu'à Vienne.

Liebermann reconnut que ses compatriotes, surtout les sympathisants du mouvement pangermanique, s'opposaient avec violence à l'entrée des femmes en politique et à leur participation à la vie publique. Pour eux, l'éducation des femmes devait servir un seul but : les préparer à être mères. Bien que l'université ait ouvert ses portes aux étudiantes en médecine, l'ensemble du corps enseignant s'y était opposé. Il fallut que le vieux François-Joseph en personne exige que les musulmanes bosniaques soient soignées par des doctoresses pour que la concession fût lâchée. Il était d'ailleurs toujours impossible à une femme d'étudier le droit et il y avait peu de chances que la situation évolue.

Dès que l'occasion se présenta, Amelia Lydgate s'absenta pour revenir avec le thé. Liebermann voyait là une certaine ironie. Après avoir exprimé son militantisme en faveur des droits des femmes, curieusement, la jeune Anglaise se pliait à une convention concernant la répartition des tâches et elle n'autorisa pas Liebermann à se servir lui-même. Elle lui versa une tasse de liquide fumant.

— Oh ! à propos, annonça-t-elle d'un ton détaché. J'ai réfléchi à votre enquête criminelle.

— Ah bon ? dit Liebermann en se redressant dans son fauteuil. Êtes-vous parvenue à en déduire quoi que ce soit ?

— Oui.

Liebermann se pencha en avant.

— Désirez-vous du lait, docteur ?

— Non, merci, Miss Lydgate.

— Vous êtes sûr ? Je trouve qu'un nuage de lait fait merveilleusement ressortir l'arôme de l'earl grey.

— Renoncer à ce plaisir ne me prive pas du tout, mais merci quand même.

Avec le plus grand sérieux, Miss Lydgate versa dans sa propre tasse une quantité de lait calculée avec soin.

— Vous disiez… reprit Liebermann.

— Ah oui ! excusez-moi, Herr Doktor. Le meurtre… En ce qui concerne les conclusions de l'autopsie et cette mystérieuse blessure par balle… eh bien, il me semble qu'on a pu arriver à un tel résultat de deux façons. La première, en utilisant un glaçon comme projectile. De l'eau ordinaire, gelée dans un moule ayant la forme d'une balle, a pu être introduite dans le magasin d'un revolver et employée comme une munition de type classique. La balle aurait ensuite fondu. Cette méthode soulève toutefois certains problèmes évidents. Quoiqu'une balle en glaçon puisse théoriquement infliger une blessure comparable à celle d'un projectile métallique, elle n'est pas très… fiable. Tout d'abord, elle risque de se briser dans le magasin. Ensuite, comment l'empêcher de fondre avant de s'en servir ? Je suppose qu'il n'y avait aucun moyen de réfrigération à proximité ? Ni réserve de glace ni neige dehors ?

— Non, en effet.

— Il est donc peu probable que l'assassin ait utilisé cette méthode.

— Vous disiez qu'il y en avait une autre ?

— Oui, une méthode beaucoup plus simple. Plus fiable et ne nécessitant pas de réfrigération.

Elle souleva sa tasse et but une gorgée.

— Miss Lydgate ! dit Liebermann en joignant ses mains aux jointures de plus en plus blanches. Je vous serais très reconnaissant de…

— Bien sûr, voilà que je traîne alors que vous êtes impatient d'entendre ma conclusion.

Ce qu'elle expliqua alors était tellement extraordinaire, tellement convaincant, que Liebermann eut grand-peine à réprimer son excitation. En outre, il savait à présent qui avait tué Fräulein Löwenstein.

84

L'omnibus avait roulé avec une rapidité étonnante. Il avait déjà traversé le canal du Danube et remontait bruyamment la large Praterstrasse. Liebermann jeta un coup d'œil à sa montre et se rendit compte qu'il allait arriver en avance. Le receveur, un petit homme jovial à la moustache militaire, secoua sa sacoche en cuir et encaissa un ticket de plus.

L'euphorie de Liebermann avait reflué en laissant dans son sillage un malaise grandissant. Quand il avait expliqué son plan à Rheinhardt, tout avait paru impeccable. À présent qu'il approchait de sa destination, il se demandait si, après tout, c'était une bonne idée. Il pouvait se tromper, auquel cas les conséquences seraient fâcheuses, surtout pour Rheinhardt, qui risquerait d'être fort embarrassé. Le commissaire était sceptique, l'insistance de von Bulow, qui ne cessait de répéter que Hölderlin était sur le point de faire des aveux complets, ne facilitait pas sa décision. Cependant, à la réflexion, Liebermann s'aperçut qu'il redoutait moins de se tromper que d'avoir raison. Élaboré dans un moment d'exaltation grisante, son plan n'était pas à toute épreuve. Les choses pouvaient mal tourner.

Rheinhardt avait précisé que son ami n'avait aucune obligation. Il pouvait décider d'abandonner sa mission à tout moment sans que ses collègues et lui-même ne le respectent moins pour autant. *Tu es médecin, Max, pas officier de police.* Mais, en réalité, Liebermann savait que ce n'était pas aussi simple. Il n'était plus question de faire machine arrière. Maintenant qu'il s'était embarqué dans cette aventure, il devait aller jusqu'au bout. Se désengager serait déshonorant – ce serait faillir à son devoir. C'était justement parce qu'il était médecin et non policier qu'il devait mener cette tâche à bien.

Est-ce que j'aurais dû rédiger une lettre ? Adressée à mes parents, à Clara ? Au cas où ?

Il se reprocha son imagination morbide... mais ses exhortations restèrent vaines. Un pressentiment persistant agitait le contenu de son estomac comme de la crème dans une baratte. Il se surprit à penser à Amelia Lydgate. Comment s'en sortirait-elle sans lui ? Landsteiner continuerait-il à l'aider ? Impossible de répondre à ces questions. Pourtant, le seul fait de se les poser révélait la profondeur de son attachement – un facteur qui aggravait plutôt qu'il ne soulageait son anxiété.

L'omnibus ralentit.

— Le temps n'est pas fameux ce soir, hein ? lança le receveur.

— Non, répondit Liebermann en se levant et en lissant le bas de son manteau.

— Mais, avec un peu de chance, il ne pleuvra pas.

— Peut-être...

Le receveur souleva sa casquette, se retourna et annonça :

— Prater. Terminus. Prater.

Les autres passagers – quelques jeunes gens formant une assemblée hétéroclite – suivirent Liebermann lorsqu'il sauta de la plate-forme arrière. Une fois le véhicule vide, le conducteur, exposé au vent sur son siège, secoua les rênes, et les chevaux repartirent.

Le ciel était en effet chargé, et Liebermann en fut secrètement content. Il y aurait moins d'affluence au Volksprater. Il leva les yeux et aperçut alors son but : la structure impressionnante de la grande roue. Elle tournait, tel le rouage principal d'un mécanisme d'horlogerie, égrenant le temps à chaque tour, rapprochant Liebermann de son destin.

Lorsqu'il descendit l'allée centrale, il entendit un orgue de Barbarie jouer une marche simple pleine d'allégresse, dont les basses couvraient une octave à partir du *do* grave. La mélodie peu recherchée rivalisa bientôt avec les cris des forains tâchant d'attirer les badauds. L'air commençait à sentir la saucisse grillée.

Liebermann erra dans ce labyrinthe de chapiteaux et de pavillons et remarqua un stand de tir, la tente d'un lutteur et le théâtre de marionnettes fermé. Puis il passa devant les deux voûtes de l'entrée de « Venise à Vienne », une reconstitution des canaux célèbres, sans oublier des gondoliers poussant la chansonnette. Bientôt il avisa une curieuse baraque à la façade ornée de peintures mystiques dont la plus frappante semblait être un moine qui, au moyen de l'hypnose, faisait léviter une femme en toge blanche. Une grosse planche suspendue à côté de l'entrée fermée par un rideau montrait une paume grossièrement représentée et entourée d'un cercle. Le rideau s'écarta soudain et un homme coiffé d'un haut-de-forme passa la tête au-dehors.

— Voulez-vous connaître votre avenir, monsieur ?

— Malheureusement, je ne le connais que trop.

— Personne ne connaît son destin, monsieur.

— Alors je suis une exception.

— La voyante est très jolie…

— Je n'en doute pas.

— Un visage d'ange.

— Merci, mais je crains de devoir décliner.

L'homme haussa les épaules et sa tête disparut aussi vite qu'elle était apparue.

Liebermann s'éloigna des attractions et se retrouva dans un espace dégagé. À sa gauche, il avait le Lustspieltheater, où on pouvait voir des comédies, le restaurant *Prohaska* et les quatre tours de la cascade. À sa droite, les toits bas des baraques d'attractions et le *Café Eisvogel*. Devant lui, vue sous cet angle, la grande roue se faisait ellipse.

Une bourrasque nimba l'allée d'un voile de bruine diaphane qui fit courir un petit groupe d'hommes vers le café. Par chance, la pluie fut brève et légère. Liebermann avait négligé de prendre un parapluie. Il sécha ses lunettes et repoussa en arrière ses cheveux humides. Après avoir consulté sa montre, il prit une profonde inspiration et s'avança d'un pas vif vers la roue gigantesque.

Il n'y avait pas de queue devant le kiosque. La Riesenrad ne constituait pas une attraction privilégiée quand il faisait humide – le brouillard masquait alors la vue. Un petit flot régulier d'amateurs de sensations fortes n'en achetaient pas moins un billet avant de monter dans l'une des trente nacelles rouges, impatients de tenter l'ascension marquée par les trépidations. Pendant que la roue était à l'arrêt, le vent arrachait une étrange mélopée funèbre aux câbles tendus. Puis, tel un géant qui se réveille, les poutrelles bâillèrent, gémirent, et la roue se mit à tourner.

Liebermann regarda sa montre.

Dix minutes de retard.

Il l'avait cru plus ponctuel et espérait que cette petite erreur de jugement n'augurait pas qu'il s'était complètement fourvoyé sur son compte. Le rouge des nacelles lui rappela soudain le sang coagulé sur la mousseline – la vision d'horreur qu'offrait le visage défoncé de Karl Uberhorst avec le cortex à nu. Son adversaire n'était pas seulement intelligent, mais capable d'une brutalité inhumaine.

— Herr Doktor, pardonnez-moi.

Liebermann tressaillit.

— J'ai été retardé par un accident sur le Schwedenbrücke.

Il se retourna lentement et fut obligé de serrer la main à l'homme qui venait d'arriver.

85

Un employé ferma la portière et les deux hommes se retrouvèrent face à face dans la nacelle vitrée.

— Écoutez, Herr Doktor, j'ai bien compris que ce que vous aviez à me dire était très délicat, mais cela était-il vraiment nécessaire ? demanda Bruckmüller de sa voix de basse sonore.

— Je ne voyais pas de meilleur endroit pour nous entretenir en toute confidentialité, répondit Liebermann.

— Allons donc, j'aurais été ravi de vous accueillir à mon club. Les salons sont parfaits et le personnel exemplaire – un modèle de discrétion.

Les câbles vibrèrent, les poutrelles gémirent, la roue se mit à tourner et leur nacelle s'éleva.

— Au téléphone, vous me disiez que ces informations me concernaient directement.

Bruckmüller ôta son chapeau melon et le posa sur un siège.

— En effet. Un certain nombre d'éléments nouveaux ont surgi dans l'affaire Löwenstein.

— Vraiment ? J'avais cru comprendre que la police tenait déjà le coupable. Je me trompe ?

La nacelle fut secouée par un arrêt brutal qui les fit trébucher. Liebermann regarda par la vitre et vit qu'on aidait un homme sobrement vêtu à monter dans la nacelle voisine.

— Y a-t-il un problème ? demanda Bruckmüller.

— Non, je ne crois pas.

Bruckmüller revint à sa question précédente.

— Alors, Herr Doktor, la police ne tient-elle pas le coupable ? C'est pourtant ce que dit le *Zeitung*.

— C'est aussi l'opinion de l'inspecteur von Bulow.

— Et la mienne. Dieu du ciel ! Vous étiez présent... chez Mme de Rougemont. Vous avez vu la réaction de Hölderlin.

La nacelle reprit son ascension. Cette fois, le mouvement fut moins saccadé.

Liebermann ne répondit pas. Bruckmüller s'agita avec nervosité, les yeux plissés par un doute.

— Dites-moi, Herr Doktor... êtes-vous officiellement mandaté ce soir ?

— Oui.

— Alors pourquoi n'êtes-vous pas accompagné ?

— Comme je vous l'ai expliqué, les informations que je possède sont extrêmement délicates.

Cette réponse ne satisfit pas Bruckmüller. Après avoir hésité un instant, crispé, il préféra toutefois ne pas insister. Il hocha la tête et adressa à son interlocuteur un sourire dépourvu de toute sincérité.

— Dans ce cas, Herr Doktor, je vous serais très reconnaissant d'en venir au fait.

— Bon.

Liebermann s'approcha de la vitre opposée. Son haleine la troubla, et il essuya la buée avec sa main.

— Pour commencer, je dois vous faire part de certains éléments relatifs au passé de Fräulein Löwenstein…

Derrière le treillis métallique, Liebermann observait les deux hauts murs d'eau de la cascade.

— À ce qu'il semble, Fräulein Löwenstein n'était pas une médium de talent, comme les membres de son cercle spirite le pensaient, mais une actrice qui n'avait pas percé et tentait, avec la complicité de son amant, d'exploiter la crédulité des gens pour en tirer bénéfice.

— C'est absurde, Herr Doktor ! Hölderlin est un homme riche.

— Hölderlin n'était pas son amant, Herr Bruckmüller.

— Si.

— Non, Herr Bruckmüller, son amant était Otto Braun – non pas un artiste, comme il voulait vous le faire croire, mais un illusionniste. C'est sans doute par ici qu'il a fait son apprentissage.

Liebermann baissa les yeux sur le Volksprater.

— La liaison de Charlotte Löwenstein et de Braun était devenue difficile et malheureuse. Braun menait une vie de plus en plus dissolue – vous avez peut-être remarqué vous-même certains changements dans son aspect physique – et il accumulait des dettes considérables. Fräulein Löwenstein a donc compris qu'il ne fallait plus compter sur lui pour assurer ses moyens d'existence. Ce complice auquel elle ne pouvait plus se fier finirait par mettre en danger leur petite entreprise. Étant une femme avisée, elle savait aussi que son atout principal, à savoir sa beauté, ne durerait pas éternellement. Peu à peu, Charlotte Löwenstein a donc conçu un plan susceptible de lui procurer une sécurité à long terme. Le chantage en faisait partie.

Liebermann pivota pour examiner l'expression de Bruckmüller. Le vernis de sa feinte affabilité craqua soudain et sembla s'écailler. Sa mâchoire inférieure se contracta.

— C'était une femme très séduisante, n'est-ce pas ? reprit Liebermann.

La roue s'arrêta pour admettre de nouveaux passagers. La nacelle oscilla, ballottée par le vent.

— Oui.

— J'ai seulement vu des photos, fort médiocres, d'ailleurs, de cette jeune femme. Mais on s'apercevait quand même de sa beauté exceptionnelle. En chair et en os, elle devait être… irrésistible.

La grande roue craqua et gémit comme les cordages et la membrure d'un antique galion. Une guirlande de lampes électriques s'alluma soudain devant un restaurant de l'Ausstellungstrasse.

— La trouviez-vous séduisante, Herr Bruckmüller ?

L'homme corpulent se détourna et fit semblant d'admirer la vue. Il paraissait avoir surmonté son émotion et son visage était de nouveau composé.

— Il faudrait qu'un homme soit fort étrange pour ne pas apprécier la beauté de Fräulein Löwenstein. Oui, bien sûr que je la trouvais séduisante.

— Séduisante ? Ou serait-il plus conforme à la vérité de dire irrésistible ?

Bruckmüller se mit à rire.

— Herr Doktor, est-ce que vous insinuez sérieusement…

La roue se mit en mouvement.

— Elle vous a séduit, Herr Bruckmüller.

— C'est là une accusation tout à fait ridicule.

— Et vous auriez voulu la garder indéfiniment comme maîtresse…

Bruckmüller l'interrompit.

— Herr Doktor ! Ma patience a des limites.

— Mais, par malheur, elle est tombée enceinte et, à partir de ce moment-là, vos relations ont changé. Elle s'est mise à vous demander de l'argent – des sommes importantes, j'imagine – et vous vous êtes exécuté de bonne grâce. Après tout, elle était en position de force. Elle n'avait qu'à révéler qu'elle portait votre enfant pour que le scandale vous interdise d'épouser Fräulein von Rath et sa fortune… sans parler de vos ambitions politiques. Même si vous réussissiez à survivre à ce scandale, la probabilité de vous marier et de conserver votre réputation après la naissance d'un enfant illégitime – ou, en l'occurrence, de deux enfants illégitimes – aurait en effet été bien mince.

Bruckmüller secoua la tête.

— N'oubliez-vous pas un élément important, Herr Doktor ?

— Hölderlin ?

— Oui.

— Fräulein Löwenstein n'était pas assurée de voir son plan réussir. Vous auriez pu, par exemple, vous résigner à votre sort. Le déshonneur ne tue pas. Rien n'empêche un esprit entreprenant de changer ses œufs de panier pour commencer une nouvelle vie. Que serait alors devenue Fräulein Löwenstein ? Non, elle était décidée à garantir sa sécurité financière jusqu'à la fin de ses jours, à n'importe quel prix. Je suppose que les quelques mois passés sous votre… protection n'ont fait qu'affermir sa résolution. Le pauvre Hölderlin n'était qu'une police d'assurance. Un filet de sécurité au cas où vous refuseriez un jour de vous plier à ses exigences.

Au fur et à mesure qu'ils prenaient de la hauteur, la ville leur apparaissait peu à peu. Les premiers réverbères avaient été allumés, et des taches jaunes luisantes trouaient la bruine.

— Mais vous ignoriez totalement son plan de secours, et la pression exercée sur vous augmentait. Il vous fallait donc vous sortir de ce guêpier… au plus vite.

La roue s'immobilisa en vibrant.

— Savez-vous une chose, Herr Doktor ? Je dois avouer que je n'étais encore jamais monté dans la Riesenrad. La vue est vraiment extraordinaire.

Son ton paisible, inhabituel chez Bruckmüller, et sa remarque incongrue déconcertèrent Liebermann. Ils étaient pourtant symptomatiques de la dissociation psychique qu'il voulait encourager.

— Vous êtes allé voir Charlotte Löwenstein et, sous la menace d'un revolver, vous l'avez obligée à rédiger un message suggérant qu'elle avait conclu un pacte faustien avec le diable. Au milieu de sa phrase, elle s'est aperçue qu'il pouvait s'agir de son arrêt de mort. Elle s'est interrompue et brusquement levée. Vous lui avez enfoncé le canon dans la poitrine et vous avez pressé la détente. Le magasin contenait une balle peu ordinaire, non pas en métal, mais confectionnée avec de la viande et de l'os comprimés. Une telle balle serait assez résistante pour perforer la poitrine de Fräulein Löwenstein, mais finirait par se désintégrer. De minuscules fragments d'une côte de porc, disons, seraient tout à fait indétectables lors de son autopsie.

« Charlotte Löwenstein est morte sur le coup. Vous avez ensuite déposé son corps sur la méridienne et placé la statuette égyptienne dans le coffret japonais. Vous avez laissé la clé à l'intérieur et vous l'avez refermé en vous servant d'un minuscule forceps utilisé en chirurgie… et fabriqué par Bruckmüller & C°. La même technique a été employée pour faire tourner la clé de la salle de séjour. Corrigez-moi si je me trompe, mais le déluge qui est tombé ce soir-là a été pour vous un vrai coup de chance en accréditant l'idée qu'un démon, Seth, le dieu de l'orage, du chaos et de la discorde, était venu voir Fräulein Löwenstein.

Au-dessus des lointaines collines, une trouée dans les nuages permit d'apercevoir le soleil couchant. Une brume rougeâtre s'étala à l'horizon et, l'espace d'un instant, le ciel prit la texture et la couleur du bronze martelé. Sous ce firmament vindicatif, Vienne ressemblait à une cité biblique décadente, mûre pour le châtiment, purifiée par un feu sacré.

Bruckmüller resta parfaitement immobile.

— Votre ruse a fonctionné à merveille, Herr Bruckmüller. La police en a été déconcertée, mystifiée, abasourdie. Le meurtre semblait avoir été commis par une entité surnaturelle. Les policiers étaient à ce point obnubilés par les circonstances étranges de cette mort qu'ils en ont presque oublié de mener leur enquête ! D'ailleurs, même quand ils se sont mis à poser des questions pertinentes, vous ne vous êtes pas inquiété. Vous étiez sûr que votre stratagème ingénieux ne serait jamais dévoilé. Vous saviez que personne ne saurait être jugé pour un crime impossible à commettre. Félicitations, Herr Bruckmüller, c'était un plan brillant.

La roue gémit et la nacelle poursuivit son ascension. Bruckmüller tourna sa grosse tête.

— Mais c'est alors que votre fiancée, Fräulein von Rath, a organisé une séance de spiritisme au cours de laquelle vous avez compris que Herr Uberhorst possédait un renseignement très important. Un renseignement qu'il envisageait de révéler – probablement à la police. Peut-être Fräulein Löwenstein s'était-elle confiée à lui ? Peut-être était-il au courant de sa grossesse ? Peut-être soupçonnait-il – ou même savait-il – le nom de son amant ? Ce sont sans doute ces questions dérangeantes que vous avez commencé à vous poser. Il se peut aussi que vous ayez appris peu après – mais j'ignore comment – que Herr Uberhorst s'efforçait de percer le mystère de la porte fermée à clé. S'il en arrivait à la conclusion qu'on avait utilisé un forceps chirurgical, il représenterait un double danger pour vous.

« Vous imaginiez-vous que la fortune des von Rath vous glissait entre les doigts ? Ou que le poids mort de votre corps se balançait au bout d'une corde ? Quelle que soit l'image qui vous est venue à l'esprit, vous vous êtes affolé. À l'aube, vous êtes entré dans l'atelier d'Uberhorst, à l'aide d'un forceps, cette fois encore, et vous vous êtes glissé dans sa chambre. Il dormait, je pense, quand vous lui avez fracassé le crâne.

La roue s'arrêta en grinçant. La nacelle avait atteint le point culminant de la Riesenrad. Être suspendu à une telle hauteur faisait un drôle d'effet. En regardant par la vitre, on avait vraiment l'impression de voler. D'autres lumières apparaissaient en bas, telle l'illumination majestueuse d'un ciel d'hiver au crépuscule – un scintillement de toutes les étoiles, en l'occurrence les rues et les places de Vienne.

— C'est une si belle ville, dit Bruckmüller. Vous n'êtes pas d'accord, Herr Doktor ?

Mais, avant que Liebermann puisse répondre, il poursuivit :

— Non, je suppose que non. Comme vous êtes viennois, le reconnaître heurterait votre sensibilité de citadin. Vous préféreriez sans doute lâcher quelque remarque cynique sur les excès de la capitale.

Un feu d'artifice, tiré du Prater, fila vers le ciel et explosa – pluie d'étoiles bleues et jaunes.

— Mais quelle splendeur ! ajouta Bruckmüller, songeur.

Puis il secoua la tête et répéta :

— Quelle splendeur !

Un coup de vent gifla la nacelle et la secoua d'avant en arrière.

— Vous vouliez être maire, dit Liebermann en prenant la mesure de l'ambition de Bruckmüller.

Le gros bonhomme tourna soudain le visage. La sueur perlait sur son front.

— Il a de bonnes idées, ce Lueger, mais il ne les pousse pas assez loin.

Les quatre cents tonnes de fer sur lesquelles ils étaient perchés se remirent en mouvement.

— Il ne fera jamais ce qui s'impose, ajouta Bruckmüller.

— C'est-à-dire ?

— Se débarrasser de la vermine. Les journalistes, les individus subversifs, les intellectuels… Je prie pour que quelqu'un ait le bon sens de faire ce qui s'impose. Avant qu'il ne soit trop tard.

Ils avaient amorcé leur descente.

— Vienne… Le joyau de l'empire… mais l'empire ne tiendra pas. Avec tous ces peuples. Tous ces gens différents. Ils sont trop nombreux, trop variés. Il faudra un bras fort pour protéger les honnêtes gens, les gens décents, quand tout commencera à se déliter. Croyez-vous au destin, docteur ?

Le jeune médecin secoua la tête.

— Je m'en serais douté, dit Bruckmüller.

Liebermann n'avait pas perdu son sens du diagnostic. Il examina Bruckmüller comme s'il s'agissait d'un patient. Il vit un homme qui se croyait élu, en quelque sorte. Un narcissique qui souscrivait à une philosophie pangermaniste dans laquelle les fils du mysticisme, du racisme et d'un idéalisme populaire s'étaient à jamais emmêlés. Dès lors, rien d'étonnant s'il pouvait tuer aussi facilement. Un homme pareil supprimerait le premier qui se mettrait en travers de ses nobles ambitions.

Bruckmüller gonfla les joues et souffla lentement. Puis, rassemblant son courage, il se redressa et fit un pas vers Liebermann.

— Vous devez être très content de vous, Herr Doktor. Je me sens presque obligé de vous retourner le compliment que vous m'avez fait tout à l'heure. Pourquoi pas, d'ailleurs ? Oui, je crois que je vais le faire. Félicitations, Herr Doktor. C'était là un brillant exposé.

Je suppose qu'à notre descente la police sera là pour m'arrêter.

Son grand sourire était dépourvu d'humour.

— Mais je m'interroge. Êtes-vous si intelligent, après tout ? Malin, rusé, retors… ça oui, on s'y attend, d'ailleurs, pour un membre de votre race, mais intelligent ? Peut-être pas.

Liebermann recula d'un pas pour passer de l'autre côté de la nacelle.

— Vous ne m'avez pas laissé beaucoup de possibilités, Herr Doktor. Mais j'ai encore le choix. Je suppose que vous vous rendez compte de votre erreur, à présent.

Bruckmüller ouvrit soudain la portière. Une bouffée d'air froid s'engouffra dans la nacelle.

— Ne sautez pas ! s'écria machinalement Liebermann.

Bruckmüller se mit à rire.

— Je n'en ai nullement l'intention, Herr Doktor.

Les poings en avant tel un boxeur, il s'approcha du jeune médecin. Sa corpulence le faisait paraître trapu, mais, à présent qu'il était tout près, Liebermann fut frappé par sa haute taille.

Liebermann réussit à esquiver le premier coup de poing, mais fuir se révélait impossible. Le deuxième le cueillit sur le côté de la tête et le fit trébucher non loin de la portière ouverte. La nacelle oscilla. Bruckmüller s'élança, fendit l'air de sa lourde patte pour la refermer violemment sur l'épaule de Liebermann. Ses doigts s'enfonçaient dans la chair comme les crocs d'un rottweiler. Le seul poids de son bras faillit briser la clavicule du médecin. Ce dernier remua les bras en vain avant de recevoir un troisième coup dans le ventre. Il eut l'impression qu'un boulet de canon lui déchirait les entrailles. Le souffle coupé, gagné par la nausée, il était toujours plié en deux quand Bruckmüller le frappa encore et, le soulevant du sol, l'envoya rouler à quelques centimètres de la portière. Sonné, Liebermann parvint à se relever avant de perdre aussitôt l'équilibre et de s'écrouler en arrière.

Il se raccrocha à la portière, mais glissa vers l'extérieur. Seuls ses pieds reposaient encore de façon précaire sur le sol de la nacelle. La hauteur était vertigineuse.

— Voilà ! hurla Bruckmüller. Regardez ce qui vous attend !

Il abattit sa paume sur la main droite de Liebermann qui sentit une flèche de douleur fulgurante. La peur de la mort fut alors supplantée par une autre angoisse : il lui vint à l'esprit qu'il risquait d'avoir les doigts écrasés et ne pourrait peut-être plus jamais jouer du piano. Une rafale l'aida à regagner un peu de terrain, mais, tel un maillet, la paume de Bruckmüller retomba sur ses doigts agrippés à la portière. Cette fois, la sensation de brûlure fut vite remplacée par un horrible engourdissement. Liebermann constata que sa main avait perdu toute sensibilité et observa avec un détachement résigné ses doigts qui commençaient tout doucement à lâcher prise.

Bruckmüller leva le bras, prêt à décocher le coup décisif.

Soudain, on entendit une détonation et le verre vola en éclats.

Perplexe, le gros homme pivota. Une tache apparut sous son épaule – une tache sombre circulaire qui s'étalait très vite. Le sang s'échappait en bouillonnant de sa blessure. Le médecin rampa à l'intérieur de la nacelle, puis se jeta sur Bruckmüller qui perdit l'équilibre et tomba à la renverse en s'accrochant aux revers du manteau de Liebermann.

Ce dernier fut entraîné jusqu'au moment où les épaules de son adversaire s'écrasèrent sur la paroi, arrêtant soudain sa chute. Bruckmüller s'appuya et tira la tête de Libermann pour la mettre à la hauteur de la sienne. Liebermann se débattit mais ne put se soustraire à cette poigne surhumaine. Baissant alors les yeux sur la tache de sang toujours plus grande, il annonça :

— Herr Bruckmüller, vous avez été touché.

La mâchoire de Bruckmüller remua, on aurait dit qu'il mastiquait. Puis, après s'être raclé la gorge, il cracha au visage du jeune médecin. Liebermann tressaillit quand la boule de mucus sanguinolent le frappa à la joue.

— Je sais bien que j'ai été touché, rétorqua Bruckmüller. Et je ne veux pas l'être une seconde fois.

Liebermann se rendit compte qu'il l'utilisait comme bouclier.

— Il n'y a pas d'échappatoire, Herr Bruckmüller.

— Non, pas pour vous, sale médecin juif.

La voix de basse profonde faisait vibrer la poitrine de Liebermann. Avant qu'il ait le temps de répliquer, il sentit la main libre de Bruckmüller se refermer sur son cou. Il en eut aussitôt le souffle coupé. Instinctivement, il tenta de se dégager, mais sa main droite était toujours engourdie, et les doigts épais de l'autre, couverts de sang, étaient glissants.

L'expression qu'il lut dans ses yeux l'horrifia. La malveillance avait été remplacée par quelque chose de beaucoup plus sinistre : une froide concentration. Bruckmüller ressemblait à un scientifique qui observe une créature en train d'expirer dans un tube à vide. Sans passion aucune, il semblait vouer Liebermann à la mort, à l'oubli. Pendant que le monde commençait à s'assombrir autour de lui, Liebermann eut conscience d'une pensée qui se formait dans son esprit – une petite voix tentait de se faire entendre au milieu du bruit et de la confusion.

Je ne suis pas encore prêt à mourir.

Jamais il n'avait approché d'aussi près la prière et, même s'il n'avait pas sollicité l'intervention d'une puissance supérieure, cette affirmation, indignée et pitoyable, n'en était pas moins un appel. Une supplique. Contre toute attente, elle parut avoir de l'effet.

Le regard sérieux, appliqué, de Bruckmüller se voila. Ses paupières se fermèrent, puis cillèrent mollement, et, comme par miracle, Liebermann s'aperçut qu'il pouvait de nouveau respirer. Il avala une goulée d'air avec avidité, la fit descendre tout au fond de ses poumons, le long de sa trachée douloureuse. Bruckmüller desserra son étreinte et, un par un, ses doigts lâchèrent la gorge de Liebermann.

Le manteau du gros homme était trempé de sang. Ses paupières clignèrent et, cette fois, restèrent longtemps fermées. Puis il bascula sur le côté et s'affaissa sur le sol.

Liebermann s'appuya à la paroi de la nacelle et essaya de reprendre son souffle. En regardant par la vitre, il eut une hallucination curieuse. Le sol paraissait monter à sa rencontre. Il jeta un coup d'œil à Bruckmüller dont le corps affalé évoquait un géant endormi.

Bruckmüller se redressa alors en s'appuyant sur sa main gauche, puis s'agrippa l'épaule. Le sang coula entre ses grosses jointures blanches. La bouche grande ouverte, il haletait tel un bouledogue assoiffé.

Le vent siffla par la vitre brisée. Dans la nacelle voisine, le bourgeois vêtu avec sobriété – à l'évidence un tireur d'élite de la police – était prêt à faire feu en cas de nécessité.

Bruckmüller remua et grimaça aussitôt.

— Si vous vous levez, j'ai toute raison de croire que vous recevrez une deuxième balle. Je vous conseille de ne pas bouger.

Bruckmüller ferma les yeux et se laissa retomber sur un lit de verre brisé.

— Puis-je… reprit Liebermann avant de s'interrompre. Puis-je soigner votre blessure, Herr Bruckmüller ? Vous perdez beaucoup de sang.

L'homme corpulent essaya d'ouvrir les yeux.

— Ne m'approchez pas… espèce de sale…

Avant qu'il ait pu achever son insulte, il cilla et perdit connaissance.

Liebermann s'accroupit à côté de lui et fit son possible pour étancher le flot de sang. Mais sa main droite était toujours insensible et le patient se trouvait dans une drôle de position. Il appuya le plus fort qu'il put. Bruckmüller respirait encore, mais chaque souffle semblait plus superficiel et difficile. Sa poitrine et son ventre se soulevaient à peine.

Un chœur de voix métalliques emplit l'air – les énormes tensions exercées sur la grande roue cessèrent. La nacelle était revenue au niveau du sol.

La portière s'ouvrit et Rheinhardt entra.

Liebermann leva les yeux.

— Je crois qu'il va s'en tirer, dit-il tout bas.

86

Les lieder qu'ils choisirent se devaient d'être lents. La main droite de Liebermann allait mieux, mais ses doigts étaient encore meurtris et raides. Il était tout juste capable de jouer dans un tempo *moderato*. La jubilation des deux amis ne se reflétait donc pas dans leur musique et, au lieu d'une soirée de valses insouciantes et de chansons populaires, leur programme se composa de ballades nostalgiques et de méditations expressives. Pourtant, en explorant les sonorités plus sombres du Bösendorfer, Liebermann estima que ce concert de célébration était somme toute plus approprié. Car c'était une enquête criminelle qui avait été élucidée.

Après une œuvre de Beethoven qui, empreinte de gravité, faisait penser à un choral, ils décidèrent de clore par « Der Leiermann », tiré du *Voyage d'hiver*, de Schubert. La partie de piano était si mince, si modeste que Liebermann n'eut aucun mal à la jouer sans la moindre faute. La main gauche s'attelait à de simples quintes destinées à imiter le son d'un bourdon, pendant que la droite exécutait une mélodie triste, désespérée. C'était là une musique qui vous donnait des frissons – forte, sans pathos. Même la rareté des notes sur la portée suggérait la blancheur dénudée d'un paysage gelé.

La voix de Rheinhardt était contenue, l'expression juste – chaque note était émise presque sans vibrato.

Drüben hintern Dorfe steht ein Leiermann.

« Là-bas, derrière le village, il y a un joueur de vielle… »

Figé de douleur, le narrateur de Schubert poursuivait avec insistance :

« Étrange vieillard, dois-je t'accompagner ? »

Une fois le dernier accord évanoui, avec sa promesse de rédemption par le froid et l'oubli, Liebermann ôta ses mains du clavier. Avec respect, il ferma le couvercle en laissant la pédale forte amplifier ce bruit, écho creux qui alla se dissoudre dans la vastitude d'un désert de glace imaginaire.

— Bon, ce n'était pas trop mal, tout compte fait, Max, dit Rheinhardt. Tu t'en es plutôt bien tiré.

— Merci, lui retourna Liebermann en frottant les doigts de sa main droite avec vivacité. Dans une semaine ou deux, je serai prêt à m'attaquer au *Roi des Aulnes*.

Rheinhardt se mit à rire et lui donna une tape dans le dos.

— Toi peut-être, Max, mais moi, je ne suis pas sûr d'en être capable.

Sans tarder davantage, les deux hommes passèrent dans le fumoir où, entre les fauteuils de cuir, une nouvelle table avait fait son apparition – un simple cube creux en bois, dont le dessus était un carré d'ébène ciré.

Rheinhardt considéra la nouvelle acquisition en penchant la tête à droite, puis à gauche.

— Tu ne l'aimes pas, hein ? demanda Liebermann.

— Elle a coûté cher ?

— Oui. Elle sort de l'atelier de Moser.

— Qui ça ?

— Koloman Moser, ça ne te dit rien ?

— Non, je n'ai jamais entendu parler de lui.

— Peu importe. Côté esthétique mis à part, je peux t'assurer que cette table remplira aussi bien son office que la précédente.

Liebermann indiqua le brandy et les cigares.

Les deux hommes s'assirent, Rheinhardt à droite, Liebermann à gauche, et, dans un silence rituel, fixèrent les yeux sur les braises, fumèrent et burent à petites gorgées. Enfin, Liebermann changea de position et, l'air penaud, demanda :

— Tu veux que je te raconte tout, je suppose ?

— Oui.

— Bon, je dois reconnaître, Oskar, que tu as fait preuve d'une retenue admirable, ce soir. Un homme moins méritant aurait insisté pour renoncer à nos plaisirs musicaux.

— En effet. Donc, après avoir fait preuve de cette retenue admirable, je me sens en droit de te prévenir que toute tergiversation supplémentaire soumettra notre amitié à une épreuve dépassant les limites du supportable.

— Oui, Oskar. Pardonne-moi, dit Liebermann en souriant et en se tournant vers son ami. Note que je t'ai déjà presque tout raconté.

— Je l'espère bien ! s'écria Rheinhardt avec une indignation légitime. N'empêche que je suis curieux d'apprendre comment tout s'est goupillé – dans ta tête.

— D'accord.

Liebermann réveilla son cigare et souffla d'énormes nuages de fumée âcre.

— Je vais satisfaire ta curiosité. Mais je dois commencer par un aveu. Ce n'est pas moi qui ai élucidé l'énigme de la blessure impossible de Fräulein Löwenstein, c'est Miss Lydgate.

— Celle qui se passionne pour les microscopes ?

— Oui… quoique ses talents excèdent de loin l'utilisation des nouveaux appareils d'optique. Elle est dorénavant inscrite à l'université et va étudier la médecine dès l'automne.

— Mais c'est une…

— Une femme, à l'évidence. L'université vient de modifier les règles d'admission.

Rheinhardt prit une expression affable, mais perplexe. En ce qui concernait la modernité, la table en forme de cube lui suffisait amplement pour ce soir-là.

— Elle est remarquable, Oskar, et possède des dons intellectuels extraordinaires. Je ne lui ai parlé que des circonstances du crime et, au bout de quelques jours, elle tenait déjà la réponse et affirmait à juste titre qu'une balle confectionnée avec de la viande était la solution. Son goût pour la pensée rationnelle est tel qu'elle n'a pas été le moins du monde troublée ni tentée de recourir au surnaturel.

« Une fois que Miss Lydgate m'avait expliqué comment l'illusion d'une balle fantôme avait pu être créée, j'ai eu une révélation – je ne peux pas appeler ça autrement. Je me suis rappelé que Bruckmüller avait commencé dans la vie comme boucher de province. Je me suis aussi rappelé l'avoir vu à un concert du Philharmonique avec Lueger – le maire a toujours été très soutenu par les bouchers et les boulangers – et il m'est venu à l'esprit que les origines de Bruckmüller comptaient peut-être plus que nous ne l'avions imaginé, et à de nombreux égards. En effet, Bruckmüller devait connaître les propriétés de la viande, de la même manière que moi, en tant que psychiatre, je connais les propriétés de l'esprit humain. Qui d'autre qu'un boucher verrait dans son souper un éventuel projectile ?

— Voilà qui est extraordinaire, et pourtant…

— … si simple. Je ne puis qu'être d'accord avec toi.

Tous deux levèrent leur verre en même temps.

— Continue, dit Rheinhardt, impatient d'entendre la suite.

— Bien sûr, dès que j'ai vu en Bruckmüller un meurtrier probable, d'autres détails sur lui ont pris toute leur signification. Son entreprise, par exemple. Tu te rappelles qu'en examinant les clés de Fräulein Löwenstein au microscope, Miss Lydgate a remarqué des rayures inhabituelles. Elle se doutait qu'on avait employé un instrument quelconque pour les faire tourner dans la serrure.

Liebermann avala une gorgée de brandy et secoua la tête.

— Si j'avais été chirurgien, Oskar, j'aurais aussitôt fait le lien entre Bruckmüller et le crime. Mais, même au moment où Miss Lydgate a conclu à l'utilisation d'un outil spécialisé, je n'ai pas songé à un forceps. Je ne pensais qu'aux serrures et aux serruriers… Cependant, quand Miss Lydgate a suggéré qu'une balle pouvait avoir été fabriquée avec de la viande, je me suis souvenu que Hans Bruckmüller avait été boucher, et l'importance de ce métier m'a alors sauté aux yeux. Armé d'un microscope, je suis allé au service de chirurgie, et j'ai découvert que les rainures observées sur les clés de Fräulein Löwenstein correspondaient exactement aux empreintes que laissent les forceps fabriqués par Bruckmüller & C°. Depuis, nous avons trouvé les mêmes rainures sur la clé de l'atelier d'Uberhorst.

— Pourquoi est-ce que tu n'as pas voulu voir cette clé avant de rencontrer Bruckmüller ?

— Je n'en avais pas besoin, et puis le temps pressait. Il y avait toujours la possibilité que von Bulow arrive à extorquer de faux aveux à Hölderlin, ce qui aurait vraiment compliqué les choses. Lorsque j'ai essayé de fermer la porte de mon appartement avec un forceps de Bruckmüller, j'ai trouvé cette tâche d'une extrême difficulté. Tourner une clé de cette façon réclame une force considérable – le genre de force que trahissaient déjà la poignée de main mémorable de Bruckmüller, à laquelle j'avais eu le plaisir d'être confronté le soir de la séance de spiritisme, et les affreuses blessures d'Uberhorst.

— Oh, oui ! dit Rheinhardt qui frémit au souvenir du carnage. Je présume que tu étais aussi allé voir les antiquaires ?

— Rares sont les magasins de la Wieblingerstrasse qui vendent des antiquités égyptiennes. Il paraît qu'elles ne sont pas très en vogue en ce moment. J'ai bientôt appris qu'une statuette égyptienne à queue fourchue avait été vendue en mars à un homme corpulent qui vous broyait les os en vous serrant la main.

— Nous disposions donc à ce moment-là d'éléments de preuve très convaincants. Alors pourquoi… pourquoi diable as-tu autant insisté pour que cette confrontation avec Bruckmüller ait lieu ?

— Des éléments de preuve très convaincants, dis-tu ? Tu trouves ? N'importe qui peut se procurer un forceps chez Bruckmüller & C°. Et il n'est pas le seul homme corpulent à Vienne !

— Oui, c'est vrai.

— En outre, Bruckmüller a le bras long… et il est potentiellement très riche. C'est un ami du maire, rien de moins. Voilà qui est triste à dire, mais je ne suis pas persuadé que notre système judiciaire aurait prononcé le bon verdict en de telles circonstances. Nous avions rassemblé quelques éléments de preuve, mais aucun n'était décisif.

— Bon, si tu veux, mais pourquoi la grande roue ? Tu as affirmé à Brügel que tu devais être seul avec Bruckmüller pour lui arracher ces aveux. Il y a nombre d'autres endroits tranquilles à Vienne. Je ne peux pas m'empêcher de penser que tu me caches quelque chose, Max.

Liebermann secoua la cendre de son cigare.

— La grande roue était nécessaire à cause de son effet psychologique.

— Tiens donc !

— Est-ce que tu y es monté récemment ?

— Non, mais l'année dernière, j'y ai accompagné Mitzi.

— N'as-tu pas trouvé cette expérience… irréelle ?

— S'élever à cette hauteur est sans aucun doute étrange.

— Exactement. Le passager est coupé de son existence quotidienne et suspendu dans un environnement qui est d'ordinaire réservé aux oiseaux. Réfléchis un peu, Oskar. Quand éprouve-t-on une sensation similaire ?

— Je ne vois rien de similaire. Pourtant…

Liebermann l'interrompit.

— En es-tu bien sûr ?

— Oui, tout à fait sûr.

Liebermann fit tourner son brandy dans son verre et huma l'arôme de l'alcool.

— Et quand on rêve ?

Rheinhardt retroussa les pointes de sa moustache et fronça les sourcils.

Liebermann insista :

— Est-ce que ça ne ressemble pas à un rêve dans lequel on vole ?

— Si. Maintenant que tu le dis, je suppose que ces deux expériences ont quelque chose de commun.

— Tu vois… Je crois qu'un tour dans la Riesenrad estompe les frontières entre rêve et réalité – le conscient et l'inconscient se rapprochent dans notre esprit.

— Ce qui signifie ?

— As-tu lu ce livre que je t'ai donné ?

— Celui sur les rêves ? Bon, j'ai commencé, mais…

— Ce n'est pas grave. Dans le monde des rêves, nos inhibitions s'effondrent. Les désirs que la morale réprouve sont souvent mis en scène. Même le plus dévoué des maris ne peut éviter des rendez-vous galants pendant son sommeil.

Rheinhardt s'agita dans son fauteuil, l'air un peu gêné.

— Quand Bruckmüller a appris que j'avais percé sa méthode et compris ses motivations, il n'a eu qu'une idée en tête : tuer son adversaire, un adversaire qui, du moins pour lui, incarnait tous ses préjugés irrationnels. Ses ambitions politiques ayant été contrecarrées, son désir secret ne s'est exprimé que trop facilement dans l'atmosphère onirique de la grande roue. Il a tenté de me tuer – ce qui revenait presque à avouer son crime.

— Mais alors, tu n'as jamais eu l'intention de lui arracher des aveux ! Tout ce que tu voulais, c'était le provoquer !

Rheinhardt avait quelque peu élevé la voix.

— Écoute, Oskar, est-ce que tu ne comprends pas à présent pourquoi il m'était impossible de m'expliquer avec une parfaite franchise ? Brügel n'aurait jamais accepté qu'un raisonnement psychanalytique justifie l'opération…

— Ni moi non plus… surtout si j'en avais connu les détails ! s'exclama Rheinhardt en secouant la tête. Te rends-tu compte que la décision de faire appel à un tireur d'élite n'a été prise qu'à la dernière minute ?

— Oui. J'ai beaucoup de chance d'avoir trouvé en toi un ami aussi scrupuleux et je te dois à la fois des excuses et ma profonde gratitude.

— Je n'arrive pas à croire que tu ne m'aies pas prévenu !

— C'était une nécessité absolue.

— Le provoquer ! En sachant qu'il essaierait sûrement de te tuer !

— Il n'y avait pas d'autre moyen. J'espérais que, le temps qu'il réagisse, la roue m'aurait rapproché du sol. Je croyais être plus ou moins en sécurité…

— Plus ou moins en sécurité ! Quand je pense que tu ne m'as rien dit !

— Oskar, pour être franc, j'ai moi aussi peine à croire que tu aies pu ne pas m'avertir quand tu as organisé cette fausse séance de spiritisme.

— Ça n'a rien à voir.

— Tu trouves ?

Rheinhardt marmonna et arbora un masque renfrogné – qui, peu à peu, s'adoucit malgré lui et céda la place à une expression de résignation.

— N'empêche… finit-il par murmurer. Tout s'est déroulé à merveille, et, pour une fois, voir un von Bulow qui ne savait plus où se mettre ne manquait pas de sel !

Les deux amis se regardèrent et éclatèrent de rire en même temps.

La pièce était noyée de fumée, le feu s'était éteint, et ils savouraient encore leur triomphe. Lorsque Liebermann versa la dernière goutte de brandy, Rheinhardt fit remarquer que le destin de Charlotte Löwenstein servirait sans doute d'exemple à ses pareilles. Mais, au lieu d'acquiescer, Liebermann se surprit à défendre la défunte au lieu de la juger.

— Indéniablement, Fräulein Löwenstein était une femme fatale – une sirène digne d'un roman sentimental ; toutefois, je ne peux pas la condamner, Oskar. Dans notre Vienne moderne, les femmes intelligentes et courageuses n'ont guère le choix pour se faire une place dans le monde. La plupart renoncent à leurs ambitions et se résignent au mariage et à la maternité… ou alors elles se rebellent et se font traiter d'hystériques. Charlotte Löwenstein mérite notre pitié. Après tout, elle essayait seulement de protéger ses intérêts.

Rheinhardt ne partageait pas toujours les idées progressistes de son ami, mais, en l'écoutant, il en vint à songer au monde dans lequel vivraient peut-être ses filles et s'amollit. En y réfléchissant, il espéra que Therese et Mitzi ne seraient pas contraintes à une destinée malheureuse parce qu'elles n'auraient pas d'autre choix. Il termina son brandy et sortit sa montre de gousset.

— Seigneur, Max, il est bientôt onze heures ! Je dois rentrer.

Avant de partir, il s'arrêta un instant pour regarder son ami. Dans ses yeux se lisait une foule de choses : plaisir, affabilité et peut-être même amusement.

— Bravo, Max, souffla-t-il.

Liebermann garda le silence, mais lui serra la main un peu plus longuement que d'habitude.

87

Miss Lydgate attrapa la carte et lut tout haut le message :

— « À Miss Amelia Lydgate, avec notre sincère gratitude pour les services rendus à la police viennoise. Acceptez, je vous prie, ce modeste témoignage de notre estime. Avec mes sentiments les meilleurs, Inspecteur Oskar Rheinhardt. »

Assis devant la table à abattants, Liebermann tapota le gros coffret en acajou.

— C'est pour moi ? demanda-t-elle d'une voix hésitante.

— Oui.

Miss Lydgate ouvrit les fermoirs et souleva le couvercle. L'objet métallique qui se trouvait à l'intérieur renvoya sur son visage une lumière chaude, dorée. Elle ne lâcha pas un cri, ne sourit pas. La seule réaction visible fut un léger froncement de sourcils ; Liebermann n'en fut toutefois pas vexé. Il savait que l'expression impassible de la jeune Anglaise cachait une immense et sincère reconnaissance.

— Merci, murmura-t-elle.

Dans le coffret garni de velours bleu se trouvait un gros microscope en cuivre.

— Il a été fabriqué par Eduard Messter, à Berlin, dans la Friedrichstrasse. Le coffret est signé… regardez.

Liebermann montra la signature du fabricant.

— Je crois que cet instrument est plus puissant que celui que vous utilisez. Les lentilles sont plus fines. Vous aurez moins de distorsion quand vous voudrez obtenir un fort grossissement.

Amelia Lydgate retira le microscope de son coffret avec une douceur presque maternelle. Il était à l'évidence trop lourd pour qu'elle le manipule sans gêne, mais elle le tint en l'air et l'admira sous tous les angles. Le cuivre semblait luire de triomphe.

— Vous serez très aimable de remercier l'inspecteur Rheinhardt… je ne mérite pas ce cadeau, dit la jeune femme d'une voix égale.

— Mais si, vous le méritez ! s'exclama Liebermann. Sans vous, l'affaire Löwenstein n'aurait jamais été élucidée.

Avec le plus grand soin, Amelia Lydgate posa le microscope sur la table. Puis elle s'assit et dit :

— J'aimerais que vous me racontiez ce que vous avez appris, docteur. J'ai lu dans le *Zeitung* que le « démon de Leopoldstadt » avait été attrapé, mais l'article donnait fort peu de détails.

— Très bien.

Et il lui relata par le menu toute l'enquête, depuis le message laissé par Fräulein Löwenstein, que Rheinhardt lui avait demandé d'examiner, jusqu'à sa rencontre avec Bruckmüller dans la grande roue, rencontre qui avait failli mal tourner. Lorsqu'il évoqua le moment où il s'était retrouvé à moitié hors de la nacelle et commençait à lâcher prise, Miss Lydgate tendit la main pardessus la table et lui effleura la manche. Ce contact fut tellement bref et anodin qu'il aurait pu ne pas s'en apercevoir. Pourtant, ce signe d'inquiétude lui fit beaucoup d'effet. Liebermann avait l'impression que ses pensées étaient des gouttes de rosée, tremblantes sur une toile d'araignée, et il se sentait léger, aérien, arraché à la pesanteur.

— Vous avez été très courageux, docteur.

Son geste devait avoir été inconscient car l'attitude de la jeune femme ne trahissait pas le moindre embarras.

Liebermann s'éclaircit la gorge et, après avoir lâché quelques railleries pour se moquer de lui-même, se ressaisit et termina son récit.

— Comme c'est étrange, docteur, que les deux meurtres aient été si différents ! L'un méticuleux et ingénieux… l'autre grossier et brutal.

— Le plan de Herr Bruckmüller était peut-être de faire croire à la police qu'il y avait deux assassins différents, dans l'espoir qu'on ne relierait pas les deux crimes. Mais je n'en suis pas persuadé. La peur est une émotion primaire. Elle ôte le vernis de la civilisation et réduit tout être à l'essentiel. Bruckmüller redoutait d'être découvert, et l'affolement a donné libre cours à son moi profond, sauvage.

Miss Lydgate semblait beaucoup s'intéresser au fonctionnement de l'esprit de Bruckmüller et elle encouragea Liebermann à commenter la psychologie de ce personnage.

— Il voulait devenir le maire de Vienne, c'est presque certain… et je soupçonne que son ambition allait encore plus loin. Quand il s'est livré à la dissociation mentale, il s'est mis à parler du délitement de l'empire, du besoin d'un chef à poigne. À mon avis, il se voyait un peu en messie. Les Allemands possèdent une mythologie très développée, dans laquelle un héros semi-mystique semble presque toujours surgir à l'aube d'une nouvelle époque. Lorsque la police a fouillé la maison de Bruckmüller, elle a trouvé un horoscope avec un commentaire suggérant que sa naissance était placée sous les meilleurs auspices à plusieurs égards. Fräulein Löwenstein et Herr Uberhorst ont eu le malheur de compromettre le rendez-vous qu'il croyait avoir avec le destin.

— Et vous avez failli vous aussi avoir ce malheur, fit justement remarquer Miss Lydgate.

Liebermann sourit.

— Oui. J'ai de la chance d'être toujours en vie.

En jetant un coup d'œil à sa montre, il se rendit compte qu'il était resté bien plus longtemps qu'il n'en avait eu l'intention. La soirée avait glissé vers la nuit, et il n'était plus convenable qu'il reste seul avec Miss Lydgate. Il se leva. Amelia Lydgate le pria une nouvelle fois de remercier l'inspecteur Rheinhardt pour son cadeau et le raccompagna à la porte. Ils descendirent l'escalier sombre et le bruissement de jupes que Liebermann entendait derrière lui faisait une musique sensuelle qui l'attirait et le hantait.

Liebermann ne tenta pas de héler un fiacre. Il avait envie de marcher. En passant devant le Josephinum, il s'arrêta afin d'admirer la statue d'Hygie. De là-haut, inatteignable, nourrissant pour l'éternité le grand serpent enroulé autour de son bras, la déesse le regardait avec une royale indifférence.

Affrontant l'air glacé de la nuit, Liebermann traversa Alsergrund et descendit la Berggasse jusqu'au canal du Danube. Là, il scruta l'eau sombre et s'octroya un cigare fumé en solitaire.

Après avoir regagné son appartement, il se sentait encore trop agité pour dormir et songea à jouer du Bach – un morceau de difficulté raisonnable, les *Inventions* à deux et trois voix, par exemple –, mais il se rappela qu'il était tard. On jouait tant de musique à Vienne qu'un décret interdisait la pratique d'un instrument après onze heures du soir. Liebermann avait pourtant besoin de s'occuper l'esprit.

Du piano, il passa au secrétaire, alluma la lampe, prit des feuilles de papier dans le tiroir du bas, s'assit, mit de l'encre dans son stylo, et commença à écrire :

*C'était le jour de cet orage terrible. Je m'en souviens très bien parce que mon père – Mendel Liebermann – m'avait proposé de le retrouver à l'*Imperial *pour prendre le café. Je me doutais que quelque chose le tracassait…*

REMERCIEMENTS

J'aimerais remercier Clare Alexander, mon agent littéraire, qui m'a invité à déjeuner en septembre 2002 et m'a suggéré de réfléchir à une série policière ; Hannah Black et Oliver Johnson qui m'ont fourni des conseils indispensables à la rédaction de cet ouvrage, Steve Matthews pour ses critiques si justes et si fines, Sarah Liebrecht qui a traduit divers documents d'allemand en anglais, David Coffer, grâce à qui j'ai appris l'existence de l'inestimable Raymond Coffer (une encyclopédie vivante de la Vienne du début du XXe siècle), Eva Menassa à Berlin, qui m'a aidé à traduire des lettres, Sonja Busch et Fabrizio Scarpa pour leur accueil splendide à Vienne, Wolfgang Sporrer, qui m'a recommandé des ouvrages très utiles, Toni Nagel et Anna Maxted pour leurs conseils sur les pratiques religieuses juives. Je voudrais également remercier Maria Käfer, de l'ambassade d'Autriche à Londres, Bruno Splichal et Herr Winter de la Bundespolizeidirektion Wien, Harald Seyrl, du Wiener Kriminal Museum, et Ulrike Spring, de l'Historisches Museum der Stadt de Vienne. Enfin, j'aimerais une fois de plus remercier Nicola Fox, qui m'a aidé de tant de façons qu'il me serait impossible de les énumérer toutes.

Frank Tallis
Londres, 2004

TABLE

Impression réalisée sur Presse Offset par

BRODARD & TAUPIN

GROUPE CPI

La Flèche (Sarthe), 38989
N° d'édition : 3912
Dépôt légal : janvier 2007

Imprimé en France